三國風雲之

曹賊

卷之拾

第二部完

天命魏武永昌

庚新（風回）著

超合金叉雞飯 繪

二部 卷拾

目錄

人物

曹朋

曹朋

曹叡

曹操

魏延

典韋

許褚

陳群

甘寧

龐統

龐德

黃忠

趙雲

諸葛亮

劉備

馬超

關羽

呂布

貂蟬

袁紹

章一

願為紅顏棄前程

悶熱的夜晚，在後半夜突然起了風。烏雲遮月，電閃雷鳴，一場豪雨忽而將臨……

木乘谷，寂靜無聲。刁斗有氣無力的敲響，已到了丑時。曹營轅門口的燈火被打滅，遠遠看去，只見星星點點的稀疏光亮。這麼大的雨，曹軍將士都躲進了帳篷裡，使得軍營看上去顯得很沉寂，帶著一絲絲令人窒息的感受……

木乘谷，位於龍耆城外三十里。與其說它是一個峪谷，倒不如說是一個峽谷。由此向西，穿越峽谷，大路兩分，一朝寫谷，一朝臨羌。說起來，也是金城西部一處極為重要的關隘。

曹朋的兵馬，就駐紮於此。

轟隆隆的雷聲，不時有銀蛇撕裂蒼穹。慘白的光亮忽閃忽滅，令木乘谷平添幾分恐怖。一道閃電出現，光亮中，木乘谷外出現了一隊隊臉上抹著黑泥，看上去極為可怖的人影。人數越來越多，黑壓壓一片，難以數清。

這些人冒著大雨，悄然向木乘谷逼近。

雨聲，雷聲，掩去了腳步的聲息……

「給我殺！」

當這些人逼近木乘谷後，就聽有人猛然發出一聲吼叫。剎那間，數千人同時吶喊，朝著木乘谷曹營衝去。而曹營裡，卻沒有任何動靜！

如潮水般的偷襲者，衝進了曹營。

遠遠的便可以看到曹營中軍大帳中燈火通明，有人影晃動。一個首領模樣的人，拎著明晃晃的大刀衝進了帳中，也沒有看清楚狀況，手起刀落，將靠近門旁的一個曹軍砍翻在地。人頭骨碌碌落地，卻沒有任何聲息。他忙低頭觀看，才發現那竟然是一個草紮的稻草人。

不好，中計了！

他連忙上前，將幾個身披盔甲、依舊坐在大帳中的曹軍將領推倒。

全都是稻草人……

「中計了，快走。」他連忙衝出大帳，嘶聲吼叫。

啪嚓！隨著一聲驚雷炸響，淹沒了他的叫喊聲。

也就在這時候，隆隆戰鼓聲從四面八方響起。峽谷兩邊出現了無數的曹軍弓箭手，對準營中的不速之客就是一陣瘋狂的猛射。箭矢在雨聲中呼嘯而來，夾雜著雨水，沒入了那些人的身體……一聲聲淒厲的慘叫，在木乘谷上空迴盪。發現中計的不速之客們頓時慌了手腳，轉身就朝轅門外逃逸。

可有道是，進來容易，出去難。

一隊隊披掛重甲、手持長刀的白駝兵，出現在轅門外。為首一員大將，掌中一桿鐵蒺藜骨朵，口中發出一聲巨吼：「一個不留，全部殺了！」說話間，他胯下那匹白駝王便衝進了人群。

鐵蒺藜骨朵掛著悶響，橫掃而來。十幾個不速之客舉刀相迎，卻聽卡嚓卡嚓一連串兵器斷裂聲傳來，鐵蒺藜骨朵帶著一蓬蓬血霧，將那些人紛紛砸翻在地。

曹賊

章一

願為紅顏棄前程

披著重甲的白駝王就好像一輛坦克，在人群中橫衝直撞。

「跳梁小丑，也敢偷營？」那大將厲聲吼道：「我家公子早有準備，就等你們這些蟊賊前來送死……白駝，衝鋒！」

一匹匹白駱駝隨著那員武將衝入營中，但見刀光閃閃，鮮血橫流！

與此同時，龍耆城內，隨著一間間客棧的大門被打開，從客棧中走出了無數黑衣人。這些人相互點頭，而後立刻分散開來，朝著龍耆城兩座城門飛奔而去。

在途中，一隊黑衣人迎面和一群人相遇。那為首的是一個個頭不算太高，略顯纖細的黑衣人，臉上還蒙著黑紗。雙方見面後，也不開口，只點點頭，便錯身而過。黑紗蒙面的黑衣人則直奔官驛而去……

「姑娘，看樣子那狗賊並未防備。」

站在官驛外，遠遠可以看到兩盞被雨水打落在地上的氣死風燈籠。官驛大門緊閉，四周也沒有軍卒守衛。黑衣人停下腳步，觀察了一陣之後，便有人開口說道：「姑娘，咱們動手吧……估計破羌王蘇威，也已經行動了。」

「嗯，動手！」為首的黑衣人拔出寶劍，朝著官驛一指。

二百多人立刻從暗處竄出，朝著官驛撲去。只見他們動作靈活，來到官驛牆下，兩人一組。一個在牆角下做騎馬蹲襠時，雙手擺在身前。另一個人健步如飛，一腳踩在同伴的手上，身體借力騰空而起，跨坐在牆頭，而後把同伴拉上來，兩人同時跳進了院牆。

不一會兒的工夫，就見官驛大門打開，兩個黑衣人在門後，朝外面招手。

首領點點頭，執劍邁步上前，便衝進了官驛，問道：「狗賊住在何處？」

「就在後院……他的部從大都集中在後院，這麼大的雨，怕早就睡了。」

「衝進去，給我抓活的。」

「可是……」

「可是什麼？」

「蘇大王說了，死活不論。」

首領一雙美目瞪圓了，輕聲喝道：「是你做主，還是我做主？」

「自然是姑娘做主。」

「那你廢什麼話？趕快行動……」

話音未落，忽聽一聲慘叫傳來。

「怎麼了？」首領一怔，連忙快步向前跑去。沒跑幾步路，耳聽弓弦顫響。

錚……緊跟著伴隨利矢破空厲嘯，那首領連忙騰身閃躲，就聽身後啊的一聲慘叫，一個黑衣人翻身便倒在血泊之中，一枝利箭正中他的太陽穴，幾乎貫穿了整個腦袋。

隨著這枝利箭的出現，從官驛的暗處又接連射出十餘枝冷箭。這些冷箭，箭無虛發。而黑衣人集中在院子裡，就成了明顯的靶子，接連被射中。

「廂房！」首領驚呼一聲，連忙喊道。

二十餘名黑衣人立刻行動，朝著兩側廂房撲去。砰砰砰，一連串踹門的聲音傳來，房門被踹開。緊跟著就聽那些黑衣人喊道：「從後窗跑了，追！」

同伴連忙衝進房中，但是卻發出一連串的慘叫，然後聲息全無。

首領心頭一顫，忙大聲道：「點火！」

火光一閃，就見每一間廂房裡，倒著兩、三具屍體。地上倒插著一支支利刃，想來是他們衝進屋中的時候踩到了利刃，而後倒在地上，旋即被奪走了性命。後窗大開，雨點捲進了廂房，狂風呼嘯。

章一
願為紅顏棄前程

「上當了！」首領一驚，連忙大聲道：「撤！」

但沒等黑衣人做出反應，卻見官驛大門突然間轟隆關閉。

牆頭上、房頂上，出現了另一批黑衣人，個個手持連弩，照著院子裡的黑衣人就是一陣猛射。院子裡沒有任何可以藏身躲避的地方，如雨鋼矢襲來，黑衣人發出了一連串淒厲的慘叫聲。首領連忙閃身躲在一根廊柱後面，大聲的呼喊著：「快躲！找地方躲起來！」

可是，又談何容易？

黑衣人在天井裡好像沒頭蒼蠅一樣被射殺，有那幸運的跑到長廊裡，才算是保住了性命。

首領也不知道有多少同伴喪生，不過從院中傳來的哀號聲，讓她感覺格外緊張。

「狗賊，我和你拚了！」

院中的哀號聲，不斷刺激著黑衣人的神經。

而對方在做出了一輪的攻擊之後，便停止射箭，消失無蹤。濃濃的血腥味瀰漫在院子裡，一個黑衣人終於忍耐不住，從廊柱後跳出來，大吼著衝進了院子。

一道彎月似的冷芒出現，那黑衣人的身體還在奔跑，可是人頭卻已掉落地上。腔子裡噴著鮮血，身體還在向前撲，那詭異的模樣讓所有人都感到了莫名恐懼。

可是，卻沒有人看到敵蹤顯現……

偌大的官驛，變成了一個獵場。所有的黑衣人，成了對方的獵物！

想想可笑，殺人的卻變成被殺的？

首領靠著廊柱，緩緩坐下來，閉上了眼睛。半晌後，她突然深吸一口氣，一把將臉上的黑巾扯下。

「曹朋，有種便出來殺我，何必偷偷摸摸！」

她大步走出門廊，身後傳來同伴緊張的叫喊聲：「姑娘，小心……」

不過這一次，卻沒有任何動靜。

電閃雷鳴，風雨交加。雨，越來越大，院子裡卻寂靜無聲。

那首領站在屍體中間，露出了一張美豔動人的面容。雨水打濕了她的衣裳，勾勒出婀娜身段。可是她渾然不覺，手中仍緊握著利劍。

「趙娘子，果然是妳！」

片刻後，從一間廂房裡傳來了清冷的聲音。

緊跟著房門打開，孫紹和鄧艾兩人舉著火把走了出來。在他們身後，慢慢踱出一個青年，正是曹朋。他一身月白色大袍，腰間只掛著一個兜囊，手無寸鐵。

當曹朋出現的時候，藏在廊下的一個黑衣人突然間竄出來，舉著鋼刀，便朝曹朋撲去。

「小心！」首領大聲喊道。

但不等她話音落下，曹朋頓足旋身，一枚鐵流星呼嘯飛出，啪的正中黑衣人面門。巨大的力量，直接將那黑衣人的面門砸得凹陷進去……那黑衣人滿臉是血，眼珠子都被擠出來，直挺挺倒在了地上，氣絕身亡。

「我只想知道，子龍可參與此事？」曹朋沒有理睬那具屍體，而是盯著院中的首領。

這首領，赫然正是趙雲的妻子，那位來歷頗為可疑的趙娘子！

趙娘子的臉上閃過一抹愧疚之色，而後冷聲道：「曹朋，此乃我們私人恩怨，與夫君無關。」

「私人恩怨？」曹朋搔了搔頭，瞇起眼睛。

片刻後，他突然道：「王雙，動手吧。」

一聲尖利的口哨響起，卻見一名名闇士如同鬼魅一般從天而降。誰也不知道他們是怎麼進入長廊的，而且每個人手中都還拿著連弩和短劍。黑衣人嚇了一跳，忙起身相迎，但迎接他們的，卻是一枝枝離弦而出的鋼弩。

短刃吞吐，詭譎難測。而喊殺聲剛響起不久，便平靜下來。

「不要，不要……」

趙娘子大聲喊道，可是闇士又怎會聽從她的命令？這些闇士，是經過史阿調教，在滎陽進行了三年多的訓練，比之當初曹朋帶去荊州的闇士更加可怕。

黑衣人也都是勇毅健卒，可是面對這些如同鬼魅而且毫不講理的闇士，完全無法抵禦。眨眼間，近百名黑衣人便被闇士清理一空……

這些闇士緩緩從門廊下走出，朝著趙娘子逼近。

「放下兵器，立刻放下兵器。」

趙娘子咬緊朱脣，甚至流出了鮮血，可她也知道大勢去矣……雖然官驛外面還有同夥，但曹朋既然能在這裡設伏，那必然已有準備。她猶豫了一下，突然笑了，「曹朋，本姑娘就看你還能得意多久！」

曹朋笑了！

「我一直都很得意，過去如此，而今如此，以後還會如此。趙娘子如此篤定，想來是覺得木乘谷外那六千羌兵可以為依持，對嗎？」

「你……」

「趙娘子，妳太小覷了曹某的本事。區區破羌，果如其名，破敗不堪……當年我離開涼州，焉能沒有留下後手？妳以為我把徐庶、龐統、賈星他們留下來，只是為了幫助我父親穩定局面？我告訴妳，蘇威闞氏，便是我的人！你們也不想想，她老子的部落就在我治下，她怎敢不聽從我的命令？」

「呵呵，早在我來龍耆城之前，已密令河西關內四鎮抽調六千兵馬，在寫谷駐紮。蘇威那邊剛有行動，我就已經得到了消息……想必此時，蘇威的破羌已經成了一個歷史名詞，不復存在。接下來區區賨茂，妳以為能奈何我嗎？」

「河湟之地，我已調集十萬大軍。過了今晚後，我就會對竇茂發動總攻……我知道，他氐王治下，二十萬氐人。可我不信，那二十萬氐人都會陪他送死。我已經下令，凡有抵抗者，不論男女，不論老幼，格殺勿論。他二十萬氐人，能禁得住我幾次屠殺？死一個人、十個人、一百個人、一千個人，他們不害怕，可如果死一萬個、死十萬個……我看那剩下的十萬氐人，還敢再與我作對嗎？」

趙娘子呆呆的看著曹朋，突然間撲通一聲，頹然坐在地上。

曹朋冷笑一聲，「那麼接下來，還要趙娘子為我解惑……妳我，有何私人恩怨？」

趙娘子猛然抬起頭，看著曹朋，眼中如同噴火：「曹朋，你殺我爹爹，奪我家園，我與你有不共戴天之仇！」

「殺妳爹爹？奪妳家園？」

曹朋突然覺得面前這趙娘子似乎有些眼熟，如果褪去那一層少婦的嫵媚和成熟……他一拍額頭，指著趙娘子道：「馬、馬、馬……妳是馬騰的女兒！」他有些記不住對方的名字，但是姑臧城裡，那個如同小豹子一樣的少女，卻在他腦海中浮現，叫馬什麼來著？

「馬文鷺！」曹朋終於想起了對方的名字，「妳是馬騰的閨女！」

趙娘子卻紅著眼睛，怒視曹朋，一言不發。

「把她押下去吧。」

幾名鬮士上前，把馬文鷺抓起來。似乎已經絕望，馬文鷺並沒有反抗，任由鬮士把她繩捆索綁。

「慢！」曹朋突然道：「不用捆綁了，把她關進柴房裡，等子龍回來，再做處置。」

馬文鷺猛然抬頭，看著曹朋喊道：「此事和子龍無關……他根本不知道我的身分。曹朋，你要殺要剮，隨你處置。但子龍並不知道這件事。」

曹賊

章一

願為紅顏棄前程

「現在擔心他了？」曹朋冷冷一笑，「放心，用不得多久，妳便會與他見面。」

馬文鷺掙扎著想要衝上來，卻被闇士死死的壓住。

「子龍是無辜的……他根本不知道我是誰！他若真的參與，又怎會救出王買？那王買中了我的計，若非子龍，他必死無疑。」

曹朋本欲離開，聽到這句話，突然停下腳步，轉頭問道：「妳……是馬如風？」

「沒錯！」馬文鷺驕傲的昂著頭，大聲道：「我就是馬如風，差點殺了你結拜兄弟王買的馬如風。曹朋，你有本事就殺了我啊！為你兄弟報仇！」

馬文鷺，是馬如風？

這倒是一個出乎曹朋意料之外的結果。

他直勾勾的盯著馬文鷺，而馬文鷺卻昂著頭，毫不畏懼的和他對視。

半晌，他輕輕嘆了口氣，「馬姑娘，我與妳父為公仇，各為其主而已……我殺他，是因為他殺了虎頭的父親。妳殺我，也是在情理之中。可妳錯就錯在把子龍捲進這樁恩怨……妳以為死了，就可以了結此事？」說完，他頭也不回，逕自離去。

「曹朋，殺了我……」

「王雙，看好她！」曹朋冷幽的聲音傳來，「若她少一根毫毛，我唯你是問。」

「喏！」

一個粗壯的青年，從闇士中走出。他來到馬文鷺的面前，看著馬文鷺，冷聲道：「馬姑娘，妳都聽到了？我勸妳最好是別動什麼傻念頭……妳若死了，趙將軍才是渾身是嘴也說不清楚。」

馬文鷺的確是動了尋死的念頭，可是聽了王雙這一句話，突然間停止了掙扎。

沒錯，如果她死了，趙雲才是真的再也說不清了……

一夜風雨過後，朝陽升起。

狂風暴雨，洗去了龍耆城上空的炎熱，取而代之的，是一絲絲的涼爽。

居住在龍耆城的百姓，明顯的感受到了那瀰漫在龍耆城上空不同尋常的氣息。隨著一隊隊軍卒衝進城裡的客棧，將許多人繩捆索綁拉出來。這些人當中，有的是來龍耆城經商的羌氏，還有的是客棧掌櫃，當然了，更多的是陌生面孔……

有那相熟的，想要上去詢問軍官，卻見平日裡一團和氣的老熟人眼睛一瞪，殺氣畢露。

「打聽作甚？」

「啊……只是好奇。」

「太好奇了，會死人的……做好你的事情，休要多問。」

「是，是，是……」

那些人一個個冷汗淋淋。

這，是出大事了！

到正午時，城外出現了一隊隊曹軍兵馬，押解著數不盡的羌氏俘虜，直接駐紮城下。龐統帶著沙摩柯入城向曹朋回稟，同時更把那蘇威的人頭呈獻到了曹朋面前的書案之上。

「我不是說過，要活的嗎？」

沙摩柯苦著臉，「公子，黑漆抹烏的，又下那麼大的雨，我哪能知道誰是蘇威？反正有那想動手的，我就過去給他一下……這廝倒是有些印象，看上去挺壯實，卻接不住我一棒。結果砸下去之後，就成了這樣。」

錦盒裡的蘇威首級，血肉模糊，腦漿子都流乾了……

曹賊 章一

願為紅顏棄前程

曹朋皺著眉，直接把錦盒掃落書案，無奈道：「都砸成這樣子，你還送來作甚？」

「是公子交代，生要見人，死要見屍……我覺得帶著屍體太費事，就砍下了腦袋。」

曹朋不禁苦笑！「罷了，把這勞什子掛在城門上示眾吧……就是不知道，還能不能有人認出來他就是羌王蘇威。」

龐統忍不住也笑了，擺手示意衛士過來，把蘇威的人頭拿走。

「公子接下來，是不是要對竇茂下手了？」

曹朋用力的搓揉一下面頰，精神也隨之好轉不少。「竇茂自是要解決的，不過在此之前，還有一件事必須解決了才好……對了，昨夜抓來多少俘虜？」

「經過清點，斬殺約一千餘人，俘虜三千餘眾，餘者逃匿無蹤。」

「都殺了吧！」曹朋擺擺手，一副輕描淡寫的樣子。

「都殺了？」龐統頓時一怔。

曹朋嘆了口氣，沉聲道：「昔日我曾言明，羌漢一家。我自認對這些傢伙仁至義盡，給他們土地，給他們房子，讓他們過上好日子，甚至在觸犯刑律的時候，我也會給他們一些相應的寬容和優渥。我一番好心，卻被有些人以為我軟弱。」

「既然這好心好意不能讓他們老老實實臣服，那索性就用鐵和血，讓他們弄清楚狀況。這些傢伙都是冥頑不化之輩，和匈奴人一樣。狗改不了吃屎，今天予以仁厚，他們明日恢復一點元氣，就又要過來搗亂……我可沒有精神天天和他們玩這種遊戲。」

「傳告河湟，我要竇茂的人頭……順我者生，逆我者亡！十天之內我見不到竇茂首級，便是馬踏河湟之時。到時候，屍橫遍野，血流成河，休要怪我心狠手辣。」

「喏！」

龐統聽聞，立刻明白了曹朋的意思：前戲夠了，接下來……就是看誰更凶狠了！單純的寬仁，並不一定能感動這些羌氐，必須要軟硬兼施，才能達到目的。

曹朋嘆了口氣，「只可惜，這西部都尉的人選，怕是要重新考慮了！」

龐統沒有說話。

「對了，趙雲部，今在何處？」

「已在歸途……公威所部兵馬，在秘密監視。蘇則率領大軍，已攻下破羌大營……蘇閎氏遵公子之命，沒有為難，已送返西羌。趙將軍所部人馬，預計最遲會在明日正午時抵達龍耆城。」

「公子，趙雲將軍已至城外三十里處候命！」

陽光明媚的一天，日頭也沒有早先那樣毒辣。一場豪雨，給河湟帶來了無盡的清涼，雖仍處六月，卻已經嗅到了秋的氣息。河湟草原蒿草豐茂，牛羊成群。氐羌之亂，似乎並沒有給龍耆城帶來太大的影響，昨日一場慘烈的屠殺，也沒有使人感到恐慌，反而有一種莫名的寧靜。

昔日橫掃涼州的曹閻王，祭起了他手中的屠刀。

十日之內，不見竇茂首級，河湟二十萬氐人，將血流成河！

這一道命令發出，究竟會給氐羌叛軍帶來多大的影響？到目前為止，還沒有看出來。可是對龍耆城的百姓來說，當曹閻王祭起屠刀的時候，也就是龍耆城轉危為安之日。至少，他們將不必再去擔心羌氐之亂。

曹朋端坐在廳堂上，微微閉著眼睛。

龐統的通報，並沒有讓他生出半點波瀾，一如早先那般，恍若熟睡。

廳堂上，蔡迪、鄧艾、杜恕、孫紹四員小將列在曹朋身後。而在堂下，除了龐統和賈星之外，還站

章一 願為紅顏棄前程

立著一個青年。

準確說，是一名少年，大約在十七、八歲的模樣。體型修長，相貌也很秀氣。在稚嫩中，卻又透出一絲沉穩幹練。

他，就是馬謖。

下雋之戰，馬謖被俘。後經法正勸說，馬謖這才投降曹朋。

雖然並稱馬氏五常，但兄弟五人卻並非一體。大家各有各的想法，各有各的念頭。當初馬氏五常歸降劉備，是因為馬良做主。馬氏五常，白眉最良，馬良雖然不是長兄，可是在五兄弟之中，卻占據了主導的地位。

馬氏五兄弟歸降之後，命運卻各不相同。

馬良最受信賴，得以占據高位，而其餘兄弟或為謀士，或被外放。混得最慘的，莫過於馬謖，跟隨關羽在軍中做主簿。他年紀小，關羽又傲氣，自然不得重視。若說他沒有怨氣，那絕不可能。而且隨著劉備的失利，讓馬謖覺得前途渺茫，這個時候曹朋肯接受他，倒也是個選擇。

當然了，最初是不可能擔當重任的！

馬謖在軍中充當一個都伯，在前日夜戰中，率部堵住了破羌的退路，斬殺甲士十人，因而被記錄花名冊，呈到了龐統面前。說起來，龐統也認識馬謖，知道這傢伙聰明，只是缺乏歷練，於是便主動提出要馬謖過來做他的助手。龐統的建議，曹朋自然不可能拒絕；再說了，馬謖好歹也是個歷史名人，哪怕不是什麼好名聲，但至少留了名，曹朋也不好太委屈了對方。

就這樣，馬謖成為龐統的副手，並在將軍府中出任職務。

而唐方等一干龍耆城官吏卻是膽戰心驚、小心翼翼，連大氣都不敢出。鬧出這麼大的是非，他們絕對難逃干係。

更主要的是，曹朋是被唐方請來龍耆城，偏偏就發生了這樣的事情。雖然曹朋後來沒有責備他，可是當他親眼看到昨日龍耆城外、湟水之畔，千個人頭落地時的景象，也是嚇得徹夜未眠。那湟水，險些被染成了紅色。一顆顆人頭落入湟水，隨著滔滔河水起伏漂浮的樣子，足以讓所有觀禮的人心驚肉跳。

唐方一整夜都沒有睡好，總是夢到自己的人頭也在那一堆人頭裡，隨著河水起伏……晌午過來，眼圈還黑著呢。

半晌後，曹朋睜開了眼睛，下令：「讓他原地紮營，獨自入城。」

「喏！」

「慢著……」曹朋又想了想，一指馬謖，「幼常，去迎他一迎。」

馬謖聽聞愣了一下，但旋即便明白了曹朋心意。

這是因為馬謖和趙雲相識。兩人都曾在劉備帳下效力，也可以讓趙雲多一分親切感。當然了，曹朋讓馬謖迎接趙雲，恐怕更多的還是讓他透露一些消息給趙雲。

他心想：看來這位前將軍、司隸校尉，對趙雲很看重啊！

馬謖當下領命而去，而曹朋呢，再一次閉上了眼睛。

他相信，趙雲沒有背叛他。可有些事情，如果不經過試探，終究是心頭的一根刺。他做不到劉備那麼豁達，也沒有太多的心機。

我信你就用你，我不信你，就不用你……

這就是曹朋的準則！

問題在於曹朋內心裡即使相信趙雲，但發生這麼一樁事情，若說他心裡沒有疙瘩，肯定是假話。所以他思來想去，還是決定考驗一番。如果趙雲敢獨自前來，說明他心中無愧；可如果他不敢來……曹朋即便是再喜歡趙雲，也不會心慈手軟。

只看，子龍最終會是何種選擇。

廳堂上鴉雀無聲，靜得連根針掉在地上也能聽見。

時間在這個時候過得很慢，有一種煎熬人的感受。不僅僅是曹朋，還有唐方等人……他們也不清楚這究竟是怎麼回事。一眨眼，趙雲的妻子居然謀逆，要刺殺曹朋！這可是一樁大事，弄不好會連累所有的人！

就在眾人等得心焦時，忽聽堂外腳步聲傳來。

「罪將趙雲，拜見公子。」

隨著一個洪亮的聲音響起，曹朋猛然睜開了眼睛，只見趙雲繩捆索綁走進堂上，而後雙膝跪地。

曹朋一愣！

「此將軍自縛而來，非謖所為。」馬謖連忙解釋，露出一絲苦笑。

當馬謖把事情的經過告訴趙雲的時候，趙雲也是大吃一驚。

他忠直，卻不是傻子，一下子就明白過來為什麼此次出兵，沿途總覺得有些怪異。糧草並非一次性押送而來，而是按天配給，如果當時他稍有異動，糧草就會立刻斷絕，而手中數千兵馬也將會立刻潰散……他剛抵達目的地，就立刻得到通知，要他返回龍耆城。趙雲還在奇怪，這敵人的影子都還沒有見到，為什麼要收兵呢？而且，為什麼沿途總有曹軍蹤跡？

如今想明白了，那是監視他的兵馬！

趙雲心裡茫然，有些不知道該如何是好……妻子，一下子變成了刺客，他該如何選擇？當初他救下馬文鷺後，並沒有太多的念頭，但隨著後來的接觸，他愛上了馬文鷺，並且與之成親。

他是個木訥的人！或者說，他在感情上是一個非常木訥的人。他不會輕易愛上一個女人，可一旦愛上，那就是發自真心。可現在，真心所愛的女人，卻是懷著某種目的而來……她究竟是虛情假意，還是真的喜歡自己？趙雲不知道！不過他知道，自己真的愛著馬文鷺。

跪在堂上，趙雲心思依舊複雜。

而曹朋這時候，卻解開了心結。

他沉吟片刻，突然站起身來，走到趙雲身邊，從馬謖手裡接過趙雲那口驚鴻劍。只聽倉啷一聲繃簧響，曹朋拔出利劍，寒光逼人，冷氣森然。

「公子！」馬謖大吃一驚，本能的一下子也跪下來。「子龍將軍絕非那種居心叵測之人，他對這件事並不瞭解，否則也不會孤身入城。請公子開恩，饒子龍將軍一命！謖願以性命擔保，他與此事絕無關聯！」

「將軍，三思啊！」賈星也上前勸說。

只有龐統，雙手環抱著在一旁冷眼觀瞧。

曹朋挺劍，向趙雲刺來。而趙雲則一閉眼睛，準備束手就縛……不過等了半晌，卻不見動靜，他睜開眼低頭一看，卻見身上的繩索被曹朋割斷。

「子龍，你隨我來吧。」曹朋收劍還鞘，轉身往後堂走去。

趙雲愣然愣了一會兒，起身緊隨曹朋，一同離開了大堂。

馬謖剛要跟上，卻被龐統攔住，「幼常休要擔心，公子無意取子龍將軍性命，但有些事情，終須子龍做出抉擇。這件事，咱們誰也幫不上。」

說完，他坐下來看了一眼唐方等人，道：「唐縣尊。」

「下官在！」唐方連忙起身，恭恭敬敬回道。

「龍耆城經此一難，難免會有些動盪。還請縣尊與各位大人多多費心，儘早恢復龍耆城原貌。公子並非是要針對羌氏，只不過那些不知好歹的人激怒了公子，才發出了殺胡令。只要是本分為民，老老實實做人，服從律令者，公子還是會非常友善……這個意思，煩勞縣尊傳達出去。」

「我知道縣尊久居龍耆城，也算得上是勞苦功高，甚得百姓與河湟羌氏所信賴。在臨洮時，王都尉也曾稱讚過縣尊，所以還請縣尊不必擔心，只管盡心做事即可。公子是明白人，絕不會遷怒他人，請縣尊放心。」

曹朋對龐統有多信賴？即便不是言聽計從，那也是極為看重。

龐統說出這番話，想來也是代表了曹朋的意思。

唐方心裡頓時有一種輕鬆感受，暗地裡長出了一口氣……

不過，一旁的賈星卻陰惻惻道：「唐縣尊，龍耆城之事與你無干，卻不代表你沒有過錯。且不說竇茂之亂，你沒有得到一點消息，乃失察之罪。單就說那麼多奸細混入龍耆城，難道你龍耆城就沒有半點防範？」

「這個……」唐方的臉頓時白了。

賈星什麼來歷？那是新任涼州牧賈詡的養子，換句話說，是個衙內。更不要說他本身就身居高位，在涼州多年，鎮守武威縣，監控西羌，可謂頗有名望。

他的話，同樣代表了曹朋的意思。這讓唐方剛放下來的心，一下子又提起來。

賈星鎮守西羌，任職護羌中郎將，唐方當然清楚。

「此下官失職……」

「好了，曹將軍是個善人，好說話……但這不代表你們可以在下面怠忽職守。將軍傳出殺胡令，務必要讓河湟氐羌知曉。要讓他們知道，我天朝之威嚴，不可侵犯。想要在龍耆城討生活，就給我老老實實守規矩。如若不然，我大軍開動，到時候你也難逃其責。」

「下官明白、下官明白！」唐方冷汗淋淋，後背不知不覺間已經濕透……

在後院的一間柴房外，曹朋停下了腳步。他看著趙雲，半晌後後沉聲道：「尊夫人就在裡面，我並未為難她……此事，是你家事，我也不好插手。」

說話間，曹朋把驚鴻劍遞給了趙雲，「你自己解決吧。」然後他轉過身，負手而立。

趙雲手持驚鴻劍，卻覺得這口昔日愛惜的寶劍，此時有千斤重。他臉頰抽搐，猛然大步流星向柴房走去。王雙早已得了通知，撤走了看守的閹士。趙雲推開柴房的門，走進柴房，卻一下子呆滯在那裡。

馬文鷺靜靜的坐在柴房草垛上。陽光透過窗子照在她的身上，看上去是那麼的美麗。彷彿間，趙雲看到了那個當初被他救下，孤弱無助的小羌女。

「我爹娘都不在了，家裡只剩下我一人……」

「我以後也姓趙好不好？」

「子龍，以後我就只剩下你一個親人了……」

昔日的言語，在耳邊迴響。

趙雲緊握驚鴻劍的大手，慢慢的鬆開。眼角有些濕潤，他站在門口，癡癡的看著馬文鷺，一句話也說不出來。

馬文鷺抬起頭，看到了趙雲。她的笑容依舊那麼溫柔美麗，聲音依舊那麼甜美。

「夫君，你回來了！」

「為什麼？」

「妾身一直在等你回來……」馬文鷺的眼中，淚光閃爍，臉上卻依然笑靨動人，「有些事情，總要讓夫君知曉。與其讓別人說，不如妾身親口告之。」

「妾身，是半個羌人！我父名叫馬騰，原本是前將軍、武威太守。幾年前，他死在了曹朋的手裡，將我兄長馬超趕去了武都……妾身後來與兄長會合，一心想要為父親報仇。於是，假名馬如風，帶著人在河湟做馬賊，挑撥離間河湟氐羌與朝廷的關係，同時給龍耆城曹軍製造麻煩。」

「夫君救妾身時，妾身是遭了王都尉的伏擊。無奈之下，只得恢復女兒身，假託將軍之名，躲避王都尉的追捕……本來妾身無意留在龍耆城，不想回家後，卻得知竇茂向我兄求親的消息，於是便逃離武都，重回河湟。但河湟萬里，妾身卻無容身之處。那時候，妾身想到了夫君，於是便來到了龍耆城……王都尉被伏擊，是妾身所為。可惜，原本圓滿的計畫，卻因為夫君突然出現，令妾身功虧一簣。」

「妳……」趙雲對馬文鷺的那番解釋，一句都沒有聽進去。他咬著牙，半晌後問道：「妳……從頭到尾，都是想要利用我，對嗎？」

聲音有些發顫，顯示出趙雲此刻內心裡的不平靜。

馬文鷺抬起頭，直勾勾看著趙雲。

突然間，她笑了！

「是的，妾身一直都在利用將軍。」

「那妳嫁給我，也是為了利用我？」

「當然……將軍是小賊走狗，而小賊是我殺父仇人，我豈能真心與你。」

「妳！」

趙雲的心突然一陣抽搐。手中寶劍倉啷一聲出鞘，他踏步上前，舉起了寶劍，眼中充滿了憤怒。

而馬文鷺依舊顯得很平靜，慢慢閉上了眼睛。

對不起，夫君！其實妾身，是真心嫁與你……可是，妾身不能連累你！這世上最讓妾身愧疚的，便是你。能死在你的手中，也是妾身的心願。但願從此以後，你能飛黃騰達，莫要被妾身牽連。如此，妾身縱死，亦心滿意足。

可是，趙雲又如何能下得了了手?驚鴻劍在手中高高舉起，卻遲遲無法落下。

突然，趙雲大吼一聲，拎著寶劍，風一般的衝出了柴房。

他來到曹朋面前，撲通一聲跪在地上，雙手捧劍高舉過頭頂。

「公子，雲有負公子厚望。然則她是雲結髮之妻，雲實下不得手。雲深知，她罪無可恕，可是……雲願代她一死，請公子饒她則個。她只是一個女人，焉能害得公子性命?請公子寬恕，雲來世願為公子做牛做馬。」說著話，趙雲涕淚橫流。

而曹朋則目光複雜的看著他，良久之後，從趙雲手中接過了驚鴻劍。

「子龍，你讓我很失望！」他突然大聲喝道：「大丈夫何患無妻?你本有大好前程，為何要為這麼一個欺騙你的女人而喪命?你可知道，在你出征之時，我已經寫好了奏章，準備呈報大王，任你為西部都尉。可沒想到……你，怎地這般不爭氣！」

說話間，曹朋抬腳，將趙雲踹翻在地。這一腳踹得有些狠，讓趙雲的額頭都流出了血……

趙雲爬起來，再次跪在曹朋面前。他也不說話，只是一個勁兒的磕頭，一個勁兒的為馬文鷺求情。

站在柴房門口，馬文鷺同樣淚流滿面。和趙雲一起近一載，她怎能不知道夫君是一個何等高傲的男子?當初被逼無奈，歸降曹朋，可來到龍耆城的時候，卻是懷著一腔的希望。如今，他卻為了自己這樣一個女人，苦苦向曹朋哀求。

馬文鷺緊張得將自己的嘴唇咬破了，卻絲毫沒有覺察。

曹朋露出一抹狠色，緩緩舉起了驚鴻劍。「子龍，你可知道，我對你寄予了多大的期望?我知道，你一直壯志未酬，所以當你來龍耆城的時候，我專程寫信給虎頭，讓他好好關照你。可是你，卻讓我失望……讓我非常的失望!你看看你而今的模樣，我又怎能將龍耆城、將河湟交付與你！」

趙雲抬起頭，「雲亦知公子厚愛。可是，雲父母早亡，兄嫂死於黑山賊之手，一生飄零。三十六年，終遇一心愛女人，讓雲重又體會家之溫暖。今雲也知道，她是死罪，可雲還是願意一死換她活命……因為，因為……」趙雲哽咽道：「她是我的妻子。」

「夫君！」馬文鷺聽到這裡，終忍不住，一聲悲呼衝上前來。「此我馬文鷺一人所為，與我夫君無關。曹朋，你要殺我只管動手，莫要牽連夫君……他是好人，而且對你忠心耿耿，從未有過反意。你不能殺他……要殺要剮，我馬文鷺擔下了！」

曹朋目光陰冷，緊盯二人。

「怕只怕，妳擔不下來！」他聲音陡然冷厲：「子龍，你既然願意為了這個女人，放棄自己的前程，放棄性命……我只有一句話：你當真不反悔！」

「雲，絕不反悔！」

曹朋臉上怒色陡增，猛然高舉驚鴻劍。

「住手，住手！」當王雙帶著幾名闇士上前把馬文鷺拖開時，馬文鷺掙扎著，大聲呼喊：「妾身知道關中誰為內應！」

「嗯？」

「韋從！是韋從……還有弘農楊範！」馬文鷺真的急了，「韋從和楊範，與我大兄勾結，密謀關中……曹朋，你不要殺我夫君，我不報仇了，我再也不恨你了……你不要殺他！」

曹朋緩緩放下了手中寶劍。他目光複雜的看著趙雲和馬文鷺，片刻後輕輕嘆了口氣，擺手示意，王雙放開馬文鷺。

「夫君，對不起，對不起！」馬文鷺撲進趙雲懷中，放聲大哭。「妾身剛才都是騙你的……你是妾身的夫君，一輩子都是，妾身只是不想連累你……」

「文鷺！」趙雲一把，將馬文鷺緊緊摟抱。

曹朋看著二人，臉上浮現出一抹淡淡的笑容：「我雖不是什麼好人，卻也不願壞人姻緣。我中陽山老家有一句話，叫做寧破十城，不壞一姻緣。子龍，好好珍惜她吧……馬姑娘，望妳以後莫再欺瞞子龍。他這傢伙，不是個容易動感情的人，可一旦動了感情，就如同瘋魔一般……你們，走吧！」

曹朋說完，把驚鴻劍丟在了地上，轉身離去。

趙雲和馬文鷺兩人呆呆坐在那裡，片刻後，趙雲輕聲道：「文鷺，我不會離開公子。長阪坡，我曾起誓，效忠公子。而今……」

馬文鷺輕輕抹去他額頭上的血跡，柔聲道：「夫君抉擇，亦妾身之選。」

「那妳兄長……」

馬文鷺眼中，閃過一抹怒意，「他為了他的大業，已經將妾身許配給了竇茂。這是我幫他的最後一次……而今馬文鷺已死，只剩下趙娘子。」

趙雲一怔，旋即大喜。他拾起了驚鴻劍，拉著馬文鷺的手，大步追上了曹朋。

「公子，趙雲還望與公子效力。」

曹朋卻一回身，臉上笑容一閃，「子龍要留下來也可以，只是這前程……」

「雲不為前程，願為公子牽馬墜鐙。」

曹朋沒有說話，沉吟良久，轉身離去。

「公子！」

「明日到飛駝報到吧……至於你將來會有什麼前程，要靠你自己爭取！」曹朋沒有停步，只是舉起手揮了揮。

趙雲撲通跪在了地上，馬文鷺也隨著他一同俯伏在地。

「雲肝腦塗地，必不負公子厚恩！」

章二

小兵傳奇

賜支河首位於河湟的中心位置，也是氐人的聚居地。

說起氐人，其始祖很難解釋清楚，據說屬於羌人的一支，故而一直以來都是以氐羌而著稱。河湟苦寒，然則賜支河首土地肥沃，牛羊成群，成為氐人的福地。自西漢以來，氐人數次遷徙，散落於關中各地。酒泉、仇池有氐人，河西郡也有氐人部落，但大部分的氐人還是居住在湟中與河湟一帶，憑藉著河湟廣袤的土地，他們在這裡自由繁衍生息。但自東漢以來，數次造反，給漢帝國帶來了巨大的威脅。

河湟氐王竇茂，年過四旬，精力充沛。他身材不高，也就是一百六十公分左右，卻生得格外粗壯，孔武有力。竇茂貪財好女色，帳中已有近六十多個妾室，其中不乏從關中打穀草劫掠而來的漢家女子，同樣也有許多羌氐、鮮卑、羯胡以及匈奴女子。

憑藉著強大的武力，竇茂在河湟稱王稱霸。不過在此之前，竇茂並沒有觸犯曹氏的利益，故而曹朋也沒有太留意此人。

天氣漸漸轉涼，河湟已透出了濃濃的秋意。

天蒼蒼，野茫茫，河湟的景色一如漠北般壯闊而迷人。

金黃色的王帳裡，竇茂擁著一個美妾，正在與眾人議事。

曹朋發出的警告，已傳遍河湟。不少人感到了惶恐，所以戰戰兢兢詢問：「大王，那曹朋發出追殺大王之命令，而今時間日益臨近，當如何是好？」

「怕個甚！」竇茂咧嘴，大手用力的揉捏著美妾胸前的豐美。

那一對玉球幾乎被捏得變形，美妾雖然吃痛，卻又不敢開口，只能默默的忍受。

「我賜支河首，有雄兵十萬，可不是那破羌的蘇威可以相比。且不說曹朋想對付我，必須要深入河湟……只說這輜重糧草的供應，就是一個大麻煩。所以，諸位只管高枕無憂。就算那曹朋打來，也讓他來得走不得！至於那警告？誰若有本事，只管來試試！」

一雙環眼掃視帳中眾人，凶光閃閃。所有人都閉上了嘴巴，不敢和竇茂的目光正視。

說實話，曹朋發出血令，的確是讓許多人惶恐。可是聽竇茂這麼一說，好像也有道理。從龍耆城一路過來，可是千里荒原，他那輜重糧草怎麼運送？

賜支河首十萬氐人雄兵，也非等閒之輩。加之竇茂凶名昭著，一時間倒是讓不少人都安心下來……

時間一天天過去。曹朋所限定的十天期限，眨眼間已至。

河湟氐人悄然無聲，沒有任何動靜。而曹朋呢，也沒有揮軍西進，攻擊河湟的羌人。

原來，這傢伙只是虛張聲勢！

並州戰事在入秋後，漸漸進入尾聲。曹軍軍容鼎盛，咄咄逼人，在接連攻占了五原、雲中之後，更把觸角向漠北延伸。河西漠北八鎮，這時候起到了極為重要的作用，憑藉八鎮為依託，曹軍無須擔心戰線過長造成糧草不濟。於是，曹操下令跨過河套，繼續北進。七月中，曹彰攻占受降城，南匈奴滅亡。

只是，曹軍的咄咄逼人，也使得草原上的異族產生惶恐。

曹賊

章二 小兵傳奇

燕荔游戰死後，中部鮮卑和東部鮮卑合而為一。軻比能實力暴漲，對中原便生出了窺視之心，但由於之前去卑和檀柘作梗，讓軻比能頗為頭疼。如今，去卑遷離河套，定居中原，而檀柘獨木難撐，正是用兵的好時機……於是軻比能決定，向曹軍宣戰。

但未等軻比能動手，檀柘鮮卑突然發生暴亂。檀柘帳下部落大人洪都，在一個月黑風高的夜裡，召集部將，闖入王帳，將檀柘滿門斬殺……

旋即，洪都控制了鮮卑王，也就是檀石槐之子素利，宣布歸附曹操！

幾乎是在同一時間，曹操自鄴城傳出詔令：任黃忠為河西郡太守，並在河西郡加置三鎮；拜鄧稷為廣牧鄉侯，任並州牧；李典拜度遼將軍；張遼為鎮北將軍；曹彰為征北將軍；任洪都為護鮮卑中郎將，拜廣亭侯。隨即，曹操又下詔，以漢帝之名義，尊素利為鮮卑單于，撤銷鮮卑王之稱號。

也就是說，素利是漢室唯一承認的鮮卑之主。至於軻比能，不過是鮮卑的亂臣賊子而已……

隨後，素利以檀石槐之子的名義，聯合黃忠、洪都，迅速吞併了西部鮮卑。

軻比能得知消息，大驚失色。他有心與曹軍較量，可是在這種情況下，卻不得不暫時息兵。吞併了東部鮮卑，他需要一個消化的過程；同樣，無論是曹軍還是西部鮮卑的素利，都需要一段時間來消化自己取得的勝利果實。這將會是一段短暫的休整時間，也許一年，也許兩年……

不過，隨著曹軍跨過河套、占領受降城之後，對鮮卑的威脅則是日益增加！

初秋的陽光，格外溫暖。當許都還籠罩在秋老虎的肆虐中時，河湟已經變得極為涼爽。

順湟水，一支隊伍徐徐行進，來到了龍耆城外。

龍耆長唐方帶領官吏縉紳出城相迎，只見那為首的青年，大約在三十出頭，舉止儒雅，體型單薄；面頰稜角分明，若刀削斧砍，五官端正，目光炯炯。一身月白色長衫，身披一件青裘大氅，胯下大宛良駒，別有一番氣質。

「龍耆長唐方，恭迎曹都尉。」唐方認清楚了旗號，忙走上前來，與那男子行禮。男子甩蹬下馬，把唐方攙扶起來。目光一掃，露出詫異之色，他輕聲道：「何以不見前將軍？」

「這個……」唐方猶豫了一下，壓低聲音道：「請曹都尉入城說話。」

這青年名叫曹休，表字文烈。

和曹朋一樣，曹休也是曹操的族子，且同樣甚得曹操寵愛。曹朋被曹操稱之為『恨不得為親子』，表明了曹操對曹朋的溺愛和信任；而曹休則被曹操稱之為『吾家千里駒』，同樣受曹操的寵信和看重。

論年紀，曹休比曹朋大。可是由於曹朋的存在，或多或少掩蓋住了曹休的光芒。

事實上，曹休的能力極為卓絕！

人言虎豹騎是曹純一手建立起來。可實際上，日常的訓練和管理，卻都是曹休負責。

幽州之戰結束，曹休因感染風寒，留居鄴城休養。待其身體康復後，曹操已經返還許都。

年初，馬超作亂。曹操除了派遣曹朋進入西北之外，還密令曹休為騎都尉，協助曹洪抵禦馬超。曹洪能堅持到現在，曹休絕對是起了巨大作用。

王買遇伏，身受重傷。曹朋本有意讓趙雲接西部都尉，可由於馬文鷺的事情，他不得不改變主意。

賞罰須分明！

趙雲被一降到底，成了飛駝兵的一個小兵。

如此一來，西部都尉人選出空，曹朋在三思之後，決意請曹操來任命。

黃忠順利登上河西郡太守之職，那麼投桃報李，曹朋決定讓出西部都尉，以免讓人覺得他把持涼州，圖謀不軌。事實上，他在涼州的力量，已經被削弱不少。鄧範、潘璋被調任荊州，趙衢出任西域都護，而步鸞如今也跑去了鄴城。如此一來，金城、武威，包括安定和北地四郡的控制權，就全部還給了曹操。

小兵傳奇

曹朋而今實際上能夠控制的，只剩下漢陽與河西兩地。

張掖郡雖然是在孟公威之手，可是力量並不強橫。孟建出任張掖太守，更多的是為了保證曹朋在河西走廊的商業利益，而非政治利益。

既然已經如此，何不再大方一點？

曹朋上書曹操沒多久，曹操便下令，任曹休為西部都尉。

曹休此人，人如其名。其人好讀書，是個風雅之人；但同時形如烈火，手段強硬。治理河湟，須剛柔並濟，曹朋在奏摺中專門提到了這一點，於是便有了曹休赴任。

而曹朋如此痛快的舉動，也讓曹操萬分開懷。在任命了曹休為西部都尉之後，曹操旋即下令，以徐庶為隴西郡太守，並任郝昭為南部都尉。南部都尉和西部都尉的性質相同，主要是為了監控湟中，略低於隴西郡太守，卻不隸屬於隴西郡所轄，權力甚大。

曹朋讓出了西部都尉，卻獲得了隴西太守和南部都尉的職務。

至少在外人看來，這絕對屬於一段君臣相知、相互信任理解的佳話……

曹休並不是一個死守禮法的人。聽唐方一說，他立刻便醒悟過來，曹朋一定是別有安排。

「如此，入城說話。」

曹休上馬，唐方連忙上前牽馬墜鐙，說道：「而今河湟傳言，曹將軍感染風寒，臥病不起。」

「哦？」曹休一怔，露出了凝重之色。

「不過，曹將軍而今並不在龍耆城。」

曹休看似不著痕跡的點了點頭，突然問道：「蘇則、孟建所部，今在何處？」

「蘇太守在十天前，秘密渡過賜支河曲，向西傾山逼近。孟太守則留駐鹽池，佯裝整備兵馬。」

曹休突然笑了，「定是友學又耐不得寂寞，往賜支河首探路？」

「正是。」

兩人一邊走，一邊低聲交談，很快就入了龍耆城，來到了西部都尉府。

這西部都尉府的守衛，依舊森嚴。曹朋並沒有因為曹休到來，而忽視了對府邸的看護。

「友學是個有心人……」

曹休走進了都尉府，突然問道：「想必外界傳言，曹將軍於都尉府休養。」

唐方頓時笑了！他取出一封書信，遞給了曹休。

曹休接過來，看到上書：吾兄文烈親啟。

字跡蒼勁，鐵筆銀鉤。曹休頓感一股殺氣撲面而來，忍不住讚了一句：「好字！」

曹朋的字不好看，在當初也是極有名的。不過倒是沒人在意此事，因為誰都知道曹朋是在中陽山長大，沒有受過太多教育。而後成就，全都是他自己拚出來的……但是曹朋還是很不高興，特別是在娶了黃月英之後，苦練書法，漸漸有了自己的風格。

一開始，他的奏摺是黃月英代為書寫。曹操說：「友學過於文秀！」

到後來，曹朋書法大成，曹操則稱讚說：「友學可以獨當一面了！」

這字，是門面。寫得一手好字，絕對是一件有面子的事情。

曹休打開了書信，瞇著眼仔細看完，忍不住搖頭苦笑道：「友學而今已官拜司隸校尉，僅在衛將軍下，與四征相齊。怎地還如早先一般，喜歡衝鋒陷陣？他帶了多少人前往賜支河首？」

「回都尉，曹將軍除了本部白駝兵和飛駝兵共一千五百人之外，還有河西五鎮抽調來的四千精兵，共五千五百人。清一色騎軍，一人雙乘。」

「嗯？」曹休一驚，連忙問道：「那帶有多少輜重？」

「只十日軍糧。」

「嘶！」曹休頓時倒吸一口涼氣。

五千五百人，十日軍糧……友學，你瘋了不成？你難道不知道那竇茂手裡尚有十萬精兵，憑你這點人馬，如何能對付得了？

萬一曹朋有個閃失，那絕對是一件大事。別的不說，單只是曹操的雷霆之怒，不曉得會讓多少人人頭落地……

不過，曹休旋即明白了曹朋的意思。

「友學這是要把討逆之功，讓給我啊！」

他身為西部都尉，但是在涼州卻毫無威望和根基。單憑曹操族子的身分，恐怕也難以服眾。當初曹朋初至河西的經歷，曹休也聽說過。連一群蠻夷都敢無視朝堂，若非後來曹朋以武力震懾，橫掃涼州，也就沒有而今的威望。

曹休要儘快建立功勳，才可以站穩腳跟。

如果依照著曹休的性子，他會穩紮穩打……而那個時候，曹朋也就不好再催促曹休，否則就有可能造成誤會。大家都是曹操的族子，同樣甚得曹操喜愛，沒必要為了這些事情鬧得太尷尬，到最後和仇人一樣。

所以，曹朋出擊了！但功勞，仍記在曹休身上。

這不僅僅是給曹休功勞，同時也是催促曹休下定決心。

「鹽池孟建，兵馬幾何？」

「回都尉，鹽池而今有兵馬八千。」

「傳我命令，在金城徵召兵馬，我要在三天之內見到兩萬兵卒，若做不到，就讓金城太守自己去鄴城向大王請罪。還有，傳令北地、安定兩郡，十日之後，大軍行動。我要見到五萬兵馬，否則軍法從事。」

理論上，曹休管不到這些太守，但他卻有另一個身分，那就是曹操的族子。

曹休知道，晚一日出兵，曹朋在河湟就會多一分威脅。

眼看著天氣轉涼，若不能在隆冬結束戰事，恐怕就要出現巨大的變數。所以，曹休也顧不得許多，立刻下令，整備兵馬。而他自己，甚至沒有在龍耆城繼續停留，卻是直奔鹽池，與孟建會合。

但願，還來得及！

夜幕，籠罩河湟。

河湟草原上，一片死寂，令人心驚肉跳。

遠處有燈火閃爍，是氐人部落的營地。曹朋跨坐獅虎獸，身披黑色魚鱗甲，頭戴三叉紫金束髮金冠。掌中方天畫戟，閃爍著一抹暗紅色的冷芒。

他瞇起眼睛，眺望那部落。半晌後，回身問道：「何人願意為我，攻破營地？」

「學生願往！」

「父親，孩兒願往。」

「舅舅，甥兒願往。」

不等曹朋話音落下，就見三騎上前。蔡迪、鄧艾、孫紹紛紛請命，躍躍欲試。

沙摩柯和文武、王雙，也是興致勃勃，想要上前相爭。杜恕也想過來請命，只是他有自知之明，書寫文書、出謀劃策，為曹朋拾遺補缺可以，但要說上馬爭先，恐怕沒那麼容易。

飛駝兵裡，兩個飛駝兵相視一眼，也不說話，突然催馬就衝了出去。

「是誰？」曹朋一怔，連忙問道。

杜恕忙上前回答：「好像是趙伯父夫婦。」

曹朋把趙雲貶為兵卒，可是軍中皆知此人的武藝，就連孫紹也時常向趙雲請教槍法，可見他的地位頗有些超然。

本來趙雲在飛駝兵裡，只要循序漸進，很快就能被提拔起來。可是，在夏侯蘭抵達龍耆城之後，趙雲那平靜的心境隨之告破。

看著昔日好友，而今意氣風發。

曹朋對夏侯蘭的信任，絲毫不遜色於龐統等人。四千府兵抵達之後，曹朋全部交給夏侯蘭統帥……那模樣，讓趙雲久久無法平靜。

想當初，夏侯蘭寫信邀請他，投奔曹朋。那時候的曹朋，只是個無名小子，而公孫瓚也好，劉備也罷，全都是名揚天下的英雄人物，趙雲自然不可能投奔曹朋，還勸說夏侯蘭棄暗投明。

可現在，孰暗孰明？

劉備一如當年，四處逃竄，連個容身之地都沒有，只能寄人籬下，仰人鼻息。

公孫瓚，早已經化為一塚枯骨，恐怕連渣子都不剩下。

而當年的無名小卒，如今卻名揚天下，身居高位，風光無限。昔年被老師拒絕，最後礙於趙雲苦苦哀求才收下為記名弟子的夏侯蘭，已經做上了中郎將，獨領一軍，和匈奴鏖戰多年，功勞卓著，聲名響亮。

友誼，無關榮華富貴。但是當身分差異漸趨凸顯，再牢靠的友誼也會變得有些疏遠……畢竟不在同一個層次上，也很難再如當年那般親熱。夏侯蘭倒是向曹朋懇求，希望讓趙雲到他麾下，至少也能做個都尉，可以統領一府兵馬。

但趙雲拒絕了！

他明白夏侯蘭是出於好意，但是他卻不能接受施捨。

曹朋當初說了：「你今後的前程，只能靠你雙手爭取，我不會再給你任何關照。」

靠自己的雙手？

那就是要不斷建立功勳……

本來曹朋此次出征，並沒打算讓馬文鷺加入。可馬文鷺卻在他府外跪了一整夜，希望能隨同趙雲一起出征。她不求什麼功勳，只願為趙雲分擔憂愁。曹朋於是便戲言一句：若妳能勝文武，便讓妳加入。

在曹朋眼裡，馬文鷺就算再厲害，也不是文武的對手。

那文武家傳武藝，其養父文聘也是一員上將，準超一流的武將。而文武呢，雖然還達不到文聘的水準，卻已經是一流武將，又怎可能被馬文鷺打敗？

可他忘了，如果馬文鷺沒有真才實學，如何能統帥那八百悍匪？

在後世的遊戲裡，馬文鷺的武力值可高達九十一，已經跨入了準超一流武將的行列。今世的馬文鷺，經歷了更多的磨難，數載搏殺，武藝出眾，槍法高絕。就連趙雲在私下裡也不得不承認，馬文鷺的槍法不遜色於他。

如果馬文鷺是個男人，至少能和趙雲打個二、三百回合。

於是乎，文武悲催了！他在馬文鷺手裡甚至沒能撐過二十個回合，就被馬文鷺一槍刺落馬下。也幸虧沒有槍頭，否則文武非死在馬文鷺手裡不可。

曹朋發現，馬文鷺槍馬極快，甚至比趙雲還要快上一分。只是她力量稍遜，所以難以發揮出最大威力。可是那桿大槍舞起來，端地是驚人，猶如萬朵梨花綻放，令人眼花繚亂。

曹朋為之取名：暴雨梨花槍！

說出來的話，就不能後悔……

就這樣，馬文鷺跟隨著趙雲，成為飛駝兵一員。她一直都在關注著趙雲，見趙雲縱馬衝出，她哪裡還能不明白，二話不說便跟著趙雲出擊。

「父親！」、「老師！」、「舅舅！」、「公子！」

亂七八糟的呼喚立刻響起來。

曹朋卻笑了，「今日乃我出征河湟第一戰，不用如此著急。孫紹，蔡迪！」

「喏！」

「你二人各領本部兵馬，掩護子龍夫妻。沙摩柯、鄧艾！」

「在！」

「率白駝兵緩緩推進，包圍營地，不可放過一人。」

「喏！」

「務伯。」

「學生在。」

「通知子幽將軍，使他督帥本部，在周邊封鎖，但凡非我兵馬，皆可殺之。既然這些氐夷不知好歹，那我就讓河湟，血流成河。」

「遵命！」

剎那間，精騎出動，蹄聲如雷。曹朋則率領親隨，緩緩行進。

而遠處那氐人的營地裡，被蹄聲驚醒的氐人迷迷糊糊走出營帳，打著哈欠，舉目觀看。

就見兩騎如風，如黑夜中的幽靈，眨眼間就來到了營地入口……

趙雲一手持槍，拔出驚鴻劍，朝著那營地門口的大纛旗狠狠砍去。碗口粗細的大纛，被一下子砍倒在地，而馬文鷺已挺槍躍馬，闖入營地。一個氐人迎上前來，剛要開口問話，卻見馬文鷺大槍一抖，梨花閃動，噗嗤就洞穿了那氐人胸口。

直到此時，氐人才明白過來發生了什麼事情。一時間，營地中大亂……

「敵襲，漢軍來了！」

《三國演義》中的趙雲，讓人有一種溫文儒雅、無欲無求的感覺。

似乎在長阪坡七進七出之後，也只有米倉山一戰，表現出他隱藏在儒雅背後的狂暴本性。單人獨騎，在米倉山三進三出，又是面對數十萬曹軍，卻無所畏懼，營救出黃忠等多名戰將，並最終將曹操一舉擊退。除此之外，趙雲少有發威。

基本上，趙雲屬於我是革命一塊磚，哪裡需要哪裡搬的類型。終其一生，未獨領一軍。然則每戰必勝，方有常勝將軍的名號。為什麼趙雲能如此耐得住寂寞？沒有人瞭解。不過如今，趙雲的心態，明顯發生了巨大的變化。

被迫背叛劉備，感到前途渺茫；娶了一個深愛的妻子，雖然也愛著他，卻另有目的……如果說趙雲心裡沒有芥蒂，那肯定是假的。只是對馬文鷺，愛多過了恨，也就讓趙雲忘記了過去。

但是一直不如他，從小一起長大、一起拜師學藝的好友夏侯蘭的成就，著實刺激了趙雲。歷史上，夏侯蘭一直比不得趙雲威風，無論是武藝還是地位，始終都被趙雲壓制了一頭。可現在……

趙雲雖然在飛駝兵裡地位很高，但夏侯蘭已經官拜撫軍中郎將，比兩千石俸祿，其地位之高，已經達到了普通武將的極限。當然，夏侯蘭不是普通武將，他背後還有曹朋，堂堂前將軍、司隸校尉，未來會是什麼樣子，誰也無法說清楚。可以預見，夏侯蘭將來絕少不了一個將軍頭銜。

在這樣的刺激下，趙雲又怎可能繼續淡定？

地位相差太過於懸殊，如果不能奮起直追，建立功勳，如何能出人頭地？

自己這輩子，就是因為出身不高，所以才屢遭輕視。哪怕是投奔劉備之後，始終比不得關羽、張飛那種信任無間，只能做一個打手親軍似的角色。所以，無論如何，趙雲都要搏出一個功名！不為別的，就算是為妻子、為兒女，他都必須拚命，又怎可能繼續儒雅？

早在進入河湟之前，曹朋已經言明，重開軍功爵制度。

也就是說，每殺一個敵人，那就是一份功勞。

而且，曹朋還說過：「我予氐人十日，然氐人冥頑不化，至今未有音訊。非我族類，其心必異。入河湟之後，凡所見之人，皆為我敵，皆可殺之……此次出擊，未有糧草輜重供應，故殺敵一人，奪敵一粟，皆歸於己有。諸將入河湟後，不可有婦人之仁，唯有奮勇殺敵。待戰事結束，我當論功行賞……」

不殺人，就被人殺！

曹朋對氐人，同樣沒有好感。

五胡亂華，究竟是哪五胡？鮮卑、羯、羌、匈奴，還有就是氐人。

而今，匈奴已亡，鮮卑正值動盪，羌人多已歸化，羯胡自有鄧稷在處理。所以，五胡之中，只剩下一個氐人。不管他們在五胡亂華時究竟有沒有造過殺孽，曹朋都不會介意將他們提前消滅。他骨子裡，終究還是有一些大漢族主義的思想存在……曹朋對那些野心勃勃的異族，絕不會心慈手軟。

有這麼一個主帥，其麾下將領也就可想而知。

在這樣的環境刺激下，再加上己身原因，趙雲在河湟，徹底狂化了……

馬文鷺首開殺戒，趙雲緊隨而上，龍膽槍猶如一抹閃電，割裂了一個氐將的喉嚨。

夜色中，趙雲大吼一聲，大槍翻飛，劃出一道道、一條條、一溜溜凶狠的冷芒。槍影重重，翻飛若蛟龍出海。胯下白龍馬長嘶，迴盪在夜空之中。

「只有兩人，就敢闖我近千人的營地？」

氐人部落首領得知消息，也是大吃一驚，忙帶著人衝出了營帳。

正逢馬文鷺殺來，銀槍挑起一個火盆，朝著那首領狠狠砸來。火星四濺，火油淌了一地。剎那間，火光騰起，將一頂帳篷引燃！那首領嚇了一跳，連忙閃躲，可即便如此，還是被火星子濺到了身上，點燃了他素引以為傲的美髯。

「殺了他，給我殺了他……」

氐人首領嘶聲大吼，氐兵立刻蜂擁而上。

「文鷺，靠過來！」

趙雲大槍撲稜稜一抖，把一個氐將挑落馬下。拔出驚鴻劍，左手劍，右手槍，槍中劍，劍中槍，如同一頭瘋虎般，左劈右砍，只殺得氐兵血流成河。而馬文鷺趁機靠過來，和趙雲一前一後，相互呼應。這夫婦二人，槍法純熟，殺法驍勇。偌大的氐人營地，竟被他們殺了一個對穿。當二人撥轉馬頭，準備往回再殺的時候，孫紹和蔡迪各領一隊兵馬，已經衝進了營地。

漢軍，真的是漢軍殺來了！

氐人營地變成了一片火海，飛駝兵清一色長刀大盾，在衝鋒的一剎那，迅速組成一個個小型錐騎陣型，相互配合，相互掩護，相互穿插……近五年的辛苦磨練，飛駝兵騎陣已經訓練純熟，更經歷過無數次大戰的考驗。雖然兵力不多，不過二百人，卻個個猶如猛虎出閘。

何曾見過如此凶悍漢軍的氐人，在稍作抵抗之後，便潰散而走。

才跑出營地，卻見鄧艾、文武兩人指揮騎軍迎上來。只是這些騎軍並沒有衝殺，而是以短弓利矢應戰。專門打造而成的曹公矢，配合一石短弓，殺傷力驚人。一百五十步內，可以貫穿劄甲，氐人又如何能抵擋？

「投降，我等投降！」氐人嘶聲悲呼。

按照他們的想法，只要投降了，漢軍就會停止攻擊。

然而，他們卻沒有想到，曹朋在出擊之前已經發出絕殺令，不放過一人。俘虜不算戰功，腦袋才算功勳。

飛駝兵哪裡會理睬他們的求饒，縱馬環旋，箭矢如雨……

好不容易躲過了飛駝兵的攻擊，迎面就遇到了白駝兵。八百白駝，在沙摩柯的帶領下，更加凶殘！那沙摩柯舞動鐵蒺藜骨朵，見人就殺，逢人便砸。白駝王前，無一合之將，只殺得氐人悲呼逃竄，不敢與之交鋒。

再往外，夏侯蘭指揮五府兵馬，把個營地包圍的風雨不透。

曹朋策馬於高崗之上，鳥瞰戰場，目光澄淨……

「傳我命令，一個不留！」

「喏！」拜將軍掾屬、參軍事的馬謖立刻縱馬離去。

曹朋抬頭看了看天色，突然對龐統笑道：「士元，此一幕，可似曾相識？」

龐統聽聞一笑，「當年河西牧原，也是友學你真正展露崢嶸之地。」

「一晃，好多年了！」

「是啊，有五年了……」

曹朋收起笑容，「天亮前結束戰鬥，各軍休整一個時辰，清理戰場……然後再找下一個目標。晡時之前，以此三百里內，我不欲再見他人。」

龐統神情一肅，旋即拱手領命！

當天亮時，戰事已經結束。

氐人部落中血流成河，橫七豎八倒著一具具無頭死屍。有軍需官帶著兵卒清理戰場，看著那一具具屍體，也不禁感到了幾分心驚膽寒。

說起來，已經不是第一次清理戰場了，可是今天的戰場，卻顯得格外詭異。

整個部落大概有一千三百多人，無一人倖免，不分男女老幼，皆被斬殺……而死在營地之中的，大約有四百多人，其中有絕大部分是被趙雲夫婦所殺。

死在趙雲夫婦手裡的敵人，特徵極為明顯，全部都是一槍斃命，根本沒有第二擊跟上。而孫紹雖然也使槍，卻明顯不如趙雲夫婦的乾淨利索。至於蔡迪，則是以刀為兵器，和飛駝兵基本相似。

至於死於驚鴻劍下的氐人，也不同於死在其他人手中的氐人。

趙雲的驚鴻劍過於鋒利，而且極有技巧，往往都是一劍抹過去，便身首異處。不似用大刀劈砍，看上去那麼慘烈。如此粗略統計，趙雲夫婦兩人斬殺百餘氐人，同時己身毫髮無損。不僅是軍需官感到震驚，就連孫紹等人也一個個都面露古怪表情。這夫妻二人，果真凶殘！

當晡時休整，曹軍連續出擊，共剿滅三個部落，斬殺氐人三千餘眾。其中死在趙雲夫婦二人手裡的，就多達三百餘人。

這夫妻檔，簡直就是殺神再世。

龐統忍不住感嘆：「公子這是從何處找來的人？竟如此凶猛……殺敵如此多，卻己身毫髮無損。恐興霸、令明也非對手！此等勇將，端地少見。」

而曹朋看著趙雲的戰功，同樣感到有趣。

子龍，看樣子是發狠了！

「傳我命，加趙雲屯將，所得戰利品，皆歸其所有。」

從小卒越過伍長、什長、都伯，一舉成為屯將，統帥百人，可謂一日間連升四級。這其中固然有趙雲功勳顯赫，但同樣也參雜著曹朋對趙雲的喜愛。

馬文鷺，自然不可能給予升遷。她是個女人，而且從一開始就說好，所立戰功皆歸於趙雲。且讓她繼續跟著趙雲吧……

晚飯時，夏侯蘭帶著一套衣甲，來到了趙雲的營帳。

趙雲正在吃飯，而馬文鷺則幫著他縫補衣裳。因為是小兵，所以趙雲的衣甲裝束幾乎都是自己配備，而他又沒有什麼積蓄，自然非常簡樸。夏侯蘭倒是想要給予資助，卻被趙雲拒絕。除了戰馬、兵器，趙雲和馬文鷺的裝備一如其他小兵，沒有任何優渥。

「子龍，恭喜！」夏侯蘭一進大帳，便開口道賀。

趙雲夫婦連忙起身見禮……

哪怕夏侯蘭說過很多次自家兄弟不必這樣，可這是在軍中，規矩卻不能廢掉。所以，趙雲見到夏侯蘭，還是謹遵尊卑之別，連帶著馬文鷺也上前行禮。

夏侯蘭也知道趙雲是個執拗的性子，勸說不動，只好聽之由之。

「子幽，喜從何來？」待落坐以後，趙雲疑惑問道。

夏侯蘭這才開口道：「今日子龍戰功顯赫，故公子予以嘉獎，連升四級，任子龍為屯將。一日連升四級，軍中少有之。公子對子龍之厚愛，連我都有些吃味了！」

說話間，夏侯蘭讓牙兵把獎賞趙雲的衣甲放下。

亮銀魚鱗甲，扭頭獅子亮銀盔，雪白繡花緞子戰袍，兩條獅蠻玉帶。如此獎賞，已不是一個屯將應該擁有的物品。

夏侯蘭正色道：「公子讓我告訴子龍，他將靜觀子龍之勇，盼子龍你，再立功勳。」

曹朋不可能單獨召見趙雲，是為了體現一視同仁。可是這些獎賞，已經超出了屯將的範疇。

趙雲看著榻上的衣甲，不禁淚流滿面，連忙道：「請告知公子，雲必不負公子所盼，請公子靜觀。」

夏侯蘭笑而不語。

當晚，曹軍再次出擊。趙雲和馬文鷺依舊一馬當先，殺入敵陣。槍挑劍斬，夫婦二人斬殺氐將五十二人。曹軍趁勢，將一個近三千人的氐人部落屠戮一空。

第二天，曹軍再戰！趙雲槍挑部落首領，斬殺有賜支之虎之稱的氐人勇將楊方。而後與馬文鷺斬殺十二名氐人悍將，一個八千人的氐人部落在當天煙消雲散，不復存在。

第三天……

連續四天血戰，曹軍在河湟共消滅大小部落八個。所過之處，如曹朋之前血令所言，雞犬不留，屠戮一空。河湟草原血流成河，粗略統計，近兩萬人死於曹軍鐵蹄之下，令氐人震動。

而趙雲夫婦也伴隨著屍山血海，開始為氐人部落中流傳。一對身著白衣、跨騎白馬的夫婦，追隨曹閻王縱橫河湟。這夫婦二人，男的俊朗，女的秀美，卻又凶悍驍勇，殺人如麻，被稱之為白衣殺神。

四天血戰之後，趙雲由一個小兵，迅速崛起，憑藉手中近千條性命，一躍成為果毅都尉，得曹朋所重，統帥飛駝兵。在軍中，號飛駝王，與沙摩柯齊名。

這是一個小兵的神話和傳奇，更是曹朋不拘一格用人才的典範……

伴隨著趙雲的崛起，曹軍每戰必奮勇爭先。

他趙雲不過一介小兵，卻在一日間連升四級，四天之後，統帥飛駝！我們也可以……或許我們比不得趙雲的勇武，但是我們可以憑藉我們手中的兵器，建立屬於我們的功勳！

一時間，河湟掀起血雨腥風。

而伴隨著曹軍不斷深入，一個小兵的神話在軍中傳開，廣為人知……

章二

定風波

建安十四年七月，關中發生了一件大事。素有關中豪強之稱的京兆韋氏，集結三千部曲，於甘亭起事，攻占上林；在韋氏起兵之後的第二天，弘農楊範於弘農起兵，糾集部曲四千餘人，占領了弘農縣。旋即，楊範回應韋從，出兵湖縣，占領了華陰。

京兆韋氏，弘農楊氏！這都是有百年歷史的關中豪強，有著極其強大的影響力。

特別是弘農楊氏，也是個四世三公的家族。太尉楊震、太尉楊彪，兩世太尉，門生故吏無數。董卓之亂時，楊彪有護駕之功，不過後來曹操遷都許縣，架空了楊彪，最終楊彪不得不離開許都，灰溜溜返回老家。

韋氏，與曹朋有深仇大恨。昔年曹朋誅殺韋端、韋康父子，使得韋氏實力大損。特別是斷去了韋氏和湟中羌人的貿易，幾乎折損了韋氏的五成收益。隨後，曹朋開啟西域商路，韋氏雖然也涉足其中，但所得到的利益卻遠不如其他世家。

不說別的，在曹朋開啟西域商路之前，平陵竇氏根本無法和韋氏相提並論，但由於曹朋的支持，竇氏這個有著二百年歷史的老牌豪強，重又煥發新生。數年來，竇氏的收益暴漲，而且不斷壯大。

建安九年，從河西歸來的竇蘭，得曹洪所辟，任京兆丞，此後更一發不可收拾。竇蘭之子竇虎，而今在武威郡擔當統兵校尉，前程遠大。隨著竇蘭一脈的崛起，竇氏漸漸轉變了策略，開始扶植以竇蘭一脈為主體的平陵竇氏家族。

相比之下，韋氏卻接連遭受打壓。

韋端、韋康死後，韋氏再無掌舵人出現。而曹汲執掌涼州，更是千方百計打壓韋氏。不管怎麼說，曹汲和王猛的交情，遠非曹朋和王猛相比。

幾十年的老友，因韋氏而死，自己的兒子更因為韋氏而遭難……

曹汲不是個大度的人，這種情況下若不打壓韋氏，才真就奇怪了。就這樣，韋氏在涼州的生意幾乎斷絕。而參與西域商路的生意，也時常遭到涼州關卡的刁難。曹汲不能明目張膽的報復韋氏，可是卻能透過手中的權力，不斷削弱韋氏的力量。如此一來，韋氏的實力嚴重縮水。

新任韋氏族長韋從，也曾向其他關中豪強求援。

但是大家和曹氏合作的不錯，大獲其利……所謂的關中豪強聯盟，早就成為一紙空談。表面上，這些豪強世家表示願意幫助韋氏，可回過頭來，卻聯合曹汲共同打壓韋氏。畢竟韋氏立足關中百年，占有了大量資源，而今韋氏明顯羸弱，如果不能趁機撈取好處，那才是愚蠢至極。

至於曹汲？

本事不大，運氣超好！

這是關中世族給予曹汲的評價。

這廝有一個超悍的兒子，足以讓曹氏百年之內不會被削弱力量。既然如此，何不與之交好？韋氏和曹氏恩怨糾葛甚深，正好藉曹氏之手幹掉韋氏。什麼聯盟，什麼友誼，在利益面前，都變得無比脆弱。

面對這種情況，韋氏焉能束手待斃？

曹朋出任司隸校尉，就等於把韋氏送到曹朋的刀口下。別看曹朋現在沒有表示，那是因為他無暇理睬，如果等到曹朋平定了河湟之亂，返回關中……韋氏定首當其衝，成為曹朋的刀下之鬼。

話說回來，不做虧心事，不怕鬼叫門。韋氏這些年秘密和武都馬超、漢中張魯聯繫，更透過自家的管道，將大量軍械物資送到了馬超、張魯手中。

如果被查出來，曹朋絕不可能放過他們！到時候，那些狗屎的盟友非但不會出手相助，一定會樂呵呵的上來，接受韋氏的力量。

至於弘農楊氏，則是因為楊修之死，令楊氏憤怒。

楊氏本身就屬於堅定的帝黨一系。在戊子之亂的時候，也遭受了牽連。

弘農楊氏在關中的根基，幾乎被連根拔起。而楊修之死，更是觸動楊家最後一道底線……楊彪得知愛子被殺，吐血而亡。曹氏對楊家的打壓，也讓楊家沒有其他退路，只能硬著頭皮上。

從這一點而言，楊、韋兩家情況相似。

面對曹魏咄咄逼人的架式，唯有奮起反抗……

只是由於之前曹朋坐鎮西北，才使得兩家不敢輕舉妄動。而今曹朋臥床不起，身患重病，曹休也在調集人馬，準備向河湟用兵。關中兵馬，幾乎全被抽調至回城、番須口和陽城一線。同時，隨著並州戰事開啟，曹軍精銳盡數開拔，河東兵力空虛，根本難以對關中造成太大威脅。

兩家在商議之後，決定起兵，配合馬超行動，攻克關中……

關中一破，則中原大亂。而楊、韋兩家在多年的經營中，與鮮卑有著極為密切的聯繫。只要中原一亂，兩家可以聯合西川劉璋、江東孫權，以及鮮卑軻比能之三方力量，共同舉事，謀取利益，維護自家的權利。

東漢時，尚無國家概念。許多朝中大臣，都和鮮卑、匈奴這些胡人有密切聯絡。

這也是有漢以來，雖然無數次征伐漠北，甚至取得了無數次輝煌戰果，可胡人始終能夠威脅中原的一個原因。君不見，每逢戰亂，就有大批中原豪強士人投奔胡人。包括東漢末年的劉虞、劉焉以及袁紹等人，或多或少與胡人都有勾結。唯一一個沒有勾結的公孫瓚，最終死於袁紹之手。

這，也許是中原的一個悲哀。

自古以來，漢奸從來不會缺少。漢如是，唐如是，宋如是，明亦如是……

楊、韋兩家聯手起兵，對關中造成了巨大的威脅。曹洪得知消息，急忙回兵救援。

七月初八，馬超集結兩萬人馬，突然發動猛攻。而人心惶惶的關中曹軍在猝不及防之下，迅速被馬超擊潰。馬超旋即攻克回城，占領番須口。曹洪急忙率部出擊，要奪回番須口，卻遭遇馬超伏擊，曹軍大敗。

馬超用兵，最講一個快字。

攻克了番須口之後，他命令馬休駐守番須口，而後以馬岱為先鋒，自己親自督帥兵馬，追擊曹洪。曹洪連戰連敗，領殘兵敗將逃亡陳倉。

一時間，關中風聲鶴唳，草木皆兵。

而楊、韋兩家在會合之後，集結三萬人，圍攻長安。留守長安的涼州牧賈詡，沉著應戰……

七月十五日，當馬超挾連勝之威直撲陳倉的時候，途經吳嶽山，卻遭受曹軍伏擊。曹軍大將張郃、徐晃二人，早就奉命潛伏吳嶽山。當馬超大軍經過之後，曹洪在陳倉集結一萬曹軍，做出與馬超決戰的態勢。

就在雙方鏖戰之時，張郃、徐晃突然自吳嶽山殺出，猛攻馬超後軍。馬超大軍頓時亂作了一團，在曹軍前後夾擊之下，最終慘敗而走……軍師中郎將胡遵，在亂軍中被張郃斬殺；馬岱在吳嶽山下，為掩護馬超，力戰而亡。馬超突出重圍後，不敢滯留，急忙向番須口逃奔。

哪知道，就在馬超接連獲得勝利的時候，漢陽太守石韜得徐庶之命突然出擊，偷襲隴關，而後將番須口復奪。馬休雖拚死抵抗，奈何徐庶和石韜集結三萬兵卒強行攻擊，雖死傷慘重，但最終還是奪回番須口。

馬休在番須口血戰一天一夜，在內無糧草、外無援兵的情況下，縱火焚燒回城，而後自盡身亡。

馬超聽聞消息，大驚失色。番須口被占領，等於是斷了他的歸路。而此時，曹洪、徐晃兩人已經合兵一處，自吳嶽山追擊而來。馬超邊戰邊退，最終只能退守陽城，死守以待援兵。

馬超的援兵在哪兒？

便是那楊、韋兩家兵馬。

只是馬超沒有想到，這一場鬧劇從頭到尾都是賈詡一手策劃。

從許都秘密調來了張郃、徐晃兩人，而後讓出番須口，使馬超進兵關中——說穿了，就是誘敵深入，關門打狗！

此前，賈詡得到曹朋密報，嚴密監視楊範、韋從兩家。而在此之前，他也早有提防，對京兆韋氏和弘農楊氏有所懷疑，可惜苦於沒有證據，無從下手。如果強行鎮壓，還要擔心關中豪強的想法。畢竟，韋氏也好，楊氏也罷……他們鬥，是他們自家的事情。若有人要把兩家連根拔起，不免會生出脣亡齒寒之感。所以細想之下，唯有讓兩家主動出手……

於是賈詡和曹洪商議，並做出兵力空虛之態勢。

韋從和楊範果然上當，於是興兵作亂。

就在馬超死守陽城，苦苦等候援兵的時候，秘密屯紮於河洛的許儀，突然發動了攻擊。許儀突破函谷關，攻克弘農，把楊氏滿門，無論奴僕、男女，八百餘人全部俘獲。緊跟著，許儀長驅直入，復奪湖陽、華陰。

而平陵竇氏，也在得到了賈詡反攻的命令之後，糾集數千人，出兵救援。

馬超慘敗吳嶽山，令韋從、楊範兩人猝不及防。等他二人反應過來時，張郃率部已抵達灞橋……

與此同時，許儀兵臨塚領山，將叛軍團團包圍。韋從兩家的部曲多是烏合之眾，臨時召集來的兵馬，當曹軍包圍他們之後，頓時亂作一團。

韋從還想頑抗，並號召關中豪強響應。

七月二十日，河東衛氏、裴氏兩家糾集部曲五千人，進駐關中，揚言平叛。

二十一日，朝那皇甫堅壽令長子皇甫奇率部出擊，進駐關中。各家豪強反應如一，和兩家劃清了界線。

二十三日，叛軍出現了潰敗跡象。

賈詡下令長安各門打開，發動總攻擊。張郃、許儀以及關中豪強聯軍同時行動，韋從大敗而逃，楊範被當場活捉。賈詡發出千金懸賞，誅殺韋從。

二十四日，楊範連同滿門八百七十四人，被斬殺於長安菜市口。

二十五日，韋從被僕從所殺，首級送往長安。

一場轟轟烈烈、看似波瀾壯闊的起事，只持續了十八天的時間，便徹底結束。京兆韋氏、弘農楊氏，從此從關中豪強的名單中被抹去，消亡於歷史的長河之中。

賈詡旋即整頓兵馬，並報備鄴城。而曹洪、徐晃則把陽城團團包圍，馬超此時已成甕中之鱉。

至於何時發動總攻？

不急！且磨一磨馬超的性子再說……

建安十四年四月末，隴西太守命南部都尉郝昭率部反攻。

白馬羌和參狼羌不敢繼續糾纏，狼狽逃回湟中。而郝昭，則趁勢率部攻入武都郡，奪取武都道、下辨、羌道與上祿四縣，漢中門戶由此被打開。

張魯此時正焦頭爛額，因西川兵馬頻繁調動，在白水關出沒，似有出兵跡象。

對於劉璋，張魯是切齒痛恨，但又奈何不得，顧慮極深。聽聞西川兵馬有異動，張魯不敢掉以輕心，立刻使功曹閻圃率部駐守沔陽，防止劉璋偷襲。

閻圃，是益州巴西人，素有謀略。

他建議說：「主公而今無須擔心西川，反倒是當提防曹操。」

「何以見得？」

「西川而今正混亂，劉璋自顧不暇，甚至不惜請來劉備幫忙，駐守南中。我聽人說，成都現在物價暴漲，頗有些混亂。劉璋正全力處理此事，哪有精力出兵漢中？反倒是曹操族姪，那新任司隸校尉曹朋，狡詐多謀，用兵如神。西北之亂，困不住他多久，馬兒早晚被他所敗。到時候，他又豈能坐視武都為主公所有？一俟武都告破，他勢必要攻取漢中。曹操野心勃勃，早就窺視西川，而漢中又是往西川的要地，曹朋必然也清楚這一點，不會放過漢中……」

「子農所言極是！」

張魯這個人，還是能聽得進意見。但西川兵馬的調動是事實，卻讓他不敢掉以輕心。

「這樣吧，我讓仲祺駐守陽平關，如此一來，漢中高枕無憂。」

「主公，若單憑死守，絕難阻攔曹軍。今武都兵力空虛，正是主公謀取之時。只要占領了武都，可西聯湟中羌氐，進可攻漢陽隴西，退可以堅守。憑藉漢中之地理，與曹軍周旋……圃願領兵，為主公奪取武都。」

這，原本是一個極好的計策。如果張魯聽進去了，曹朋想要打進漢中，少不得要費手腳。

可張魯而今哪能聽得進去？

在思忖良久之後，他還是決意讓閻圃鎮守沔陽。

閻圃雖然不同意，卻也無法改變張魯的決意。在離開南鄭的途中，閻圃仰天長嘆：「漢中，亡不久矣。」

漢中滅亡的日子，不會太遠了……

只是這些話，他卻不能和任何人說，否則定然會惹來殺身之禍。

閻圃離開南鄭、駐守沔陽不久，張魯就得到了馬超敗亡的消息！

不等他做出反應，郝昭率部進駐武都，勢如破竹般，就攻占了下辨。

直到此時，張魯才慌了！他連忙命他的兄弟張衛張仲祺率三萬大軍駐守陽平關，以抵禦曹軍攻擊。

但他卻不知道，就在他派出兩支兵馬的同時，一支曹軍已悄然行進在子午谷內，正朝著漢中，艱難的行進。

「鍾存郭就，何以按兵不動？」

河湟，血流成河！

曹朋以風捲殘雲之勢，如狼群出動，殺得氐人聞風喪膽。

入河湟二十餘日，曹軍四處出擊，忽而分散攻襲那些小部落，忽而又集中兵力剿滅大部落。短短二十餘日，曹軍出擊三十餘次，消滅氐人大小部落三十七個，斬殺氐人三萬以上，令整個河湟為之惶恐。

竇茂一開始並未留意，可是等到他發現不妙的時候，那恐怖的氣息已經席捲整個河湟。

不僅僅是那些大小部落在驚恐，甚至生活在賜支河首王帳周圍的氐人也提心吊膽。

曹朋——這個名字已變成了河湟草原牧人的夢魘！

提起曹朋的名字，幾乎已經到了夜兒止啼的地步。

「別哭了，再哭曹閻王就來了！」

許多人用這樣的方式來恐嚇孩子。而正在哭鬧的孩童，聽到曹閻王三個字，頓時就止住了哭聲。

傳說，曹閻王一頓飯，要吃掉十個人。

傳說，曹閻王每天要喝掉一百個人的血。

傳說，曹閻王喜歡用人心下酒，一頓酒宴過去，至少要一千顆人心……

諸如此類的傳說，越來越多。

曹朋自己都不知道這些傳說從何而來。不過，他卻用實實在在的行動告訴了河湟氐人：我說過要血洗河湟，絕不是恐嚇之語。

許多氐人開始後悔，早知道如此，就算殺不得竇茂，表現出一個姿態也好啊。可是現在，曹軍已經殺進來了……那曹閻王根本不給你後悔的機會，直接滅族。三十七個部落，林林總總加起來三萬多人，幾乎就是整個河湟氐人總人口的六分之一！問題是，誰也不知道曹朋會殺到什麼時候。從目前的情況來看，這支曹軍顯然已經殺紅了眼，殺瘋了！

竇茂急忙命令河湟牧原上的氐人立刻收縮，集中於賜支河首一帶。

他也得到了消息，殺入河湟的有兩支兵馬。

一支是曹朋統帥，人數雖然不多，可是個個嗜血如命，殺法極為瘋狂。這支人馬，來無影，去無蹤，沒有攜帶任何輜重，完全是憑藉著殺戮掠奪來補充輜重糧草……

想要舉大軍圍困？人家根本不與應戰。

你只要敢分散開來，哪怕是幾千人的部落，他們也敢攻擊，而且每戰必勝。

三十餘戰的威名，可不是隨隨便便能夠消除。

三十七個部落，三萬兩千多條性命……以至於許多人聽到曹朋的名字，都能感受到那瀰漫在空氣中濃濃的血腥氣。漢軍，何時變得如此凶殘？

另一支曹軍，據說是由曹朋的族兄，新任西部都尉曹休統帥。約兵馬三萬，已開拔入河湟草原，而今正在向賜支河首迅速逼近……

兩支人馬，竇茂相比之下更願意和曹休交戰。至少曹休在進入河湟之後，表現的還算溫和，沒有大規模的殺戮。

和曹朋相比，這個曹休簡直就如同聖人一樣仁慈。

連竇茂都感到了恐懼，更何況河湟其他人？

竇茂一邊在集結兵馬，一邊打探曹軍動向。

鍾存，位於西傾山附近，也屬於氐人一支。鍾存氐人的首領，名叫郭就，隸屬竇茂。早在曹朋大開殺戒之後，竇茂就下令，使郭就出兵救援。可一直到現在，鍾存援兵，遲遲不見。

「大王，非是郭就不肯出兵，恐怕他現在也是自身難保。」

「怎麼了？」

「剛得到消息，武威太守蘇則，自大允谷秘密出兵，抵達賜支河曲。此人與燒當老羌聯手，正在向西傾山逼近。郭就已經和他們打了兩場，卻是連戰連敗……郭就而今正集結兵馬，在西傾山死守。他還派人向大王懇請援兵，甚至聽說已向參狼羌求援。」

「柯最該死！」竇茂怒不可遏，在王帳裡振臂咆哮。

柯最，就是燒當老羌羌王，而今柯最之子柯吾，為曹氏父子效力，已官拜統兵校尉之職。據說，曹汲對柯吾頗為看重，雖然即將離任，卻把柯吾託付給了曹朋。不過曹朋此次沒有率柯吾進入河湟，而是讓他留守隴西，協助徐庶。也就是說，曹朋這一戰只要獲勝，柯吾必將大用。

曹家在涼州的趨勢，已無可改變。

柯最不傻，否則也不可能帶著燒當老羌，和馬騰周旋多年。那是一頭老狐狸，孰強孰弱，看得是清清楚楚。在這種態勢下，他不幫著曹朋，還能幫誰？

其實這王帳裡在座的部落大人中，恐怕也有許多人心裡想要投奔曹朋。只是到目前為止，曹朋不願和他們接觸。

「那派去向曹休請和的人，回來了沒有？」

「已經回來了！」

「曹休怎麼說？」

一個部落大人一臉苦澀，「曹都尉說，河湟一戰，他聽命於那個曹閻王。雖是曹閻王的族兄，可他的官位卻不如曹閻王高，這件事情他做不得主。」

說者無意，聽者有心。

許多部落大人聽到這裡，心裡一動，立刻發現了曹休這句話裡的含意。

曹休是願意和談的！只不過，曹朋不肯答應。

只要曹朋能息怒，那一切都好說……可曹朋為什麼遲遲不肯息怒？殺了這麼多人，也不願意罷手？說穿了，就是氐人之前對曹朋太過無視。

老子發出了血令，你們這些傢伙居然一點表示都沒有，我顏面何存？

也就是說，只要殺了竇茂……

幾個部落大人相視一眼，不約而同的偷偷向竇茂打量。

竇茂此時正怒極攻心，並沒有覺察到這話語中的內涵。

「他漢蠻既然要趕盡殺絕，那老子就和他們拚了！」

不是趕盡殺絕，是要你的人頭……

部落大人們眼中閃過了一抹冷芒，但旋即恢復正常顏色。這裡是竇茂的地盤，最好還是小心一點。此事當回頭再議，商量個妥善的主意。

就在這時，王帳外突然有人喊道：「大王，漢蠻有使者前來……是曹闍王的使者。」

剎那間，王帳之中鴉雀無聲！

馬謖心裡忐忑不安，不過臉上卻做出平靜之色。

「這是一個機會，如果幼常做得出眾，日後在將軍府地位將大大提升。記住，你是代表武鄉侯，武鄉侯背後是魏王，而魏王的背後是整個中原……所以，不能丟了武鄉侯的臉，同時還要達到此行目的，責任巨大。」

出發前，龐統反覆叮囑。

馬謖自幼聰明，有過目不忘、舉一反三的本事，但說到底，始終沒有經歷過什麼大場面。包括在下雋，馬謖表現更多的是一種局部的才幹，用小聰明來形容也不算過分。可是真正的大場面，他卻從未經歷過。

事實上，歷史上馬謖的才幹不差，否則諸葛亮也不至於那麼看重馬謖，讓他獨領一軍。然則在街亭之前，馬謖幾乎沒有任何表現的機會。所謂馬氏五常歸附劉備，實際上真正出彩的，怕也只是馬良一人。

馬謖，可以說一直是在諸葛亮、馬良的羽翼下成長，別說獨當一面，連戰事都未曾真正經歷。他熟讀兵法，精通策略，在諸葛亮身邊一直充當著參謀的角色。眼界或許可以，但沒有經歷過真正的考驗，心智還不算成熟。

說穿了，馬謖和趙括的性質很相似。說他們沒有才學？那是睜著眼睛說瞎話。即便是囑託諸葛亮『馬謖不可重用』的劉備，有時候也會聽取馬謖的建議。

可問題是，馬謖從來沒有真真正正的做出過一個決定。唯一一次做出了決定，卻是街亭慘敗。那本來可以作為馬謖成熟的標誌，但可惜，諸葛亮為平息軍中怨言、維護軍紀，揮淚將他斬殺。於是乎，街亭一戰就成為馬謖的絕唱。一個本來很可能成為蜀漢名將的胚子，就這樣湮沒在了歷史的長河，並成為後世反面教材。

如果說街亭一戰之後，蜀漢最大的收穫是什麼？恐怕就是王平脫穎而出。

可是在曹朋心中，王平或許是一員大將，卻不是帥才。

為一大將，而痛失一帥才，並非明智之選。諸葛亮的缺陷，在揮淚斬馬謖一事中，也顯露無疑。他需要的是聽話的傀儡，而不是真正的人才。

蜀漢後期，人才匱乏，與諸葛亮有著極為密切的關係。

事必躬親是優秀的品德，可如果反過來說，也是諸葛亮極度自信和極度不信任他人的標誌。五丈原，將星隕落！從此蜀漢再也無人能支撐大局。即便是在後世極有名望的姜維，同樣難以支撐。

曹朋每每讀到這裡，總會為蜀漢感到可惜。所以，他斷然不會再犯諸葛亮的錯誤。他要給馬謖足夠的成長空間，而河湟一戰，也是最好的機會。

曹朋的重視，龐統的叮囑，都讓馬謖感到了從未有過的壓力。不過，當馬謖邁步走進王帳的時候，所有顧慮已然消失。

「下面，何人？」竇茂面帶猙獰之色。

「武鄉侯帳下，一介無名小卒，不足掛齒。」馬謖不卑不亢，面對著大帳裡那些手持鋼刀、張牙舞爪的氐兵，恍若無人。

越如此，就越是說明這些人內心的恐慌。

君侯血戰河湟，已經讓所有人的心裡感到了恐懼。而今所表露出來的強硬和高傲，說穿了就是虛張聲勢。君侯說的不錯，一群紙紮的老虎而已。

竇茂冷笑：「莫非中原無人，竟使兩個小娃娃前來？」

兩個小娃娃，一個是馬謖，另一個便是指曹朋。

曹朋而今不過二十七，在已經年近五旬的竇茂眼中，的確算不得太大。

馬謖心中一怒，卻不露聲色，微微一笑：「君侯雖不比氐王年長，卻已名震天下。西北之地，談及君侯，又有誰敢小覷？至於在下，自然無法與君侯相比。君侯在我這年紀已斬將殺敵，面對百萬大軍也絲毫不懼。每每思及，在下常感羞愧。故而此次君侯差遣，在下自告奮勇前來，也正合了這個身分。」

我家君侯年紀比你小，卻威震西北。你呢？年紀雖長，卻只能龜縮在這小小的河湟，又算得什麼？至於我，在我家君侯的帳下，也不是什麼大人物，但前來和你說話，卻是足夠了……

言下之意，你竇茂連見我家君侯的資格都沒有。

一番話，只說得竇茂面紅耳赤，長身而起。

「漢蠻只會狡辯，安敢如此無禮？」

「是嗎？」馬謖面容一冷，「既然如此，河湟血流千里，又為何？」

你說我們只會耍嘴皮子？那死在河湟的幾萬氐人，又算什麼！

「大膽！」竇茂鏘的拔出腰刀，衝上前用刀指著馬謖。「漢兒，焉不畏死乎？」

「若有十萬氐蠻相伴，某亦何惜此身？」

就算我死了，有你二十萬氐蠻相伴，也是一樁快事。

竇茂氣得揮刀就要斬殺馬謖，卻被幾位部落大人死死抱住。

「大王息怒！有道是兩國交兵不斬來使，何必與小兒計較？」

他們嘴上這麼勸說，心裡面卻無比恐懼。馬謖那一番話，正說中了他們心裡的要害。他們要面對的，是曹閻王，一個殺人不眨眼的主兒。惹怒了曹朋，只怕賜支河首都要變成紅色。

「那漢蠻使者，何必呈口舌之利？武鄉侯既派你前來，想必有事情要說……不如把事情說明白，以免自誤。」

就在這一瞬間，馬謖已經看出了端倪。

什麼人臣服竇茂，什麼人另有打算，他看得清清楚楚。當下不再贅言，從懷中取出一封書信。

「在下來之前，君侯曾有交代……人敬三分，我還一丈。非在下要逞口舌之利，乃氐王無理在先。某為君侯使者，何以入帳多時，卻無座位？」

這句話的要點，就是八個字：人敬三分，我還一丈。

馬謖把書信遞給了那群阻攔竇茂之中的一位老者。看他年紀，大約六旬靠上，鬚髮灰白，但臉膛紅潤，聲音洪亮，氣度也極為不凡。

那老者接過書信的時候，微微一怔，再看馬謖的目光，就變得有些不太一樣了……

「確是我等失禮……大王，遠來是客，何不看座？」

這禮數，卻不能丟了！

竇茂心裡雖然不情願，可是又無可奈何，便點了點頭。從老者手裡接過書信打開，他看了一眼，旋即又還給老者，「寫的什麼？」

竇茂不識得字，自然看不明白。而那老者則接過書信，大聲誦讀起來。

內容非常簡單：我奉魏王之名，持節都督西北。我和你們氐羌從無矛盾，一直以來也給予了諸多照拂。在我治下，漢胡平等，大家歡聚一處，過著極為美好的生活。可是你竇茂，不知感激也就罷了，竟然聯合反賊，亂我邊界。我曾給過你們機會，但是你們卻不肯接受，冥頑不化。我無奈之下，只得出兵河湟。

而今，我已兵臨賜支河首，欲和你竇茂決一死戰。我勝了，則河湟平靖，從此大家安居樂業；我輸了，你河湟同樣可以得到安寧……如果你不願意，咱們就繼續交戰。我不介意殺得你賜支河首變成紅土牧原，只要你受得了；若不然，就接受我的挑戰，十日之後扎陵湖畔，咱們一決勝負。不知道你竇茂敢不敢？

這是一封戰書！

語氣極為強硬，甚至從老者口中讀出的時候，帳中所有人都能感受到隱藏其中的血腥之氣。

敢不敢打？

一雙雙眼睛，刷的向竇茂看去。

人家要和你單挑，你敢不敢應戰？

氐人，也是一個極其凶悍的種族。他們崇尚武力，尊敬勇士……竇茂能成為氐王，也與他凶悍殘忍有著極大的關係。

而今，曹朋以一支孤軍，殺到你門口，要和你決戰！現在就看你竇茂，敢不敢答應挑戰。

竇茂的臉青一陣，紅一陣。他向馬謖看去，卻見馬謖悠然自得。

打，還是不打？

竇茂心裡也沒底兒……他很清楚，曹朋這支兵馬與他印象中的漢軍截然不同——更勇猛，更凶殘，更好戰！從這支兵馬進入河湟後的戰績來看，單憑自己，怕難以對付。

可如果不打……

竇茂眼珠子一轉，長身而起，「漢蠻，回去告訴你家那什麼君侯，大王就和你們打這一仗。十日之後，咱們決戰扎陵湖。」

馬謖眉毛一挑，嘴角一翹，「如此，請大王備好後事吧。」

「你……」

馬謖甩袖，大步走出王帳。而竇茂幾次握緊了腰刀，卻遲遲不敢發作。

老者在一旁看得清楚，心裡不由得暗自嘆息一聲：竇茂老了，已經無法繼續統帥氐人。如果再讓他擔當氐王，只怕賜支河首的氐人將面臨亡族之厄。

且不說他貿然挑起和漢人衝突是對是錯……如果早幾年，他還有些銳氣的時候，說不定已經衝過去砍了馬謖，而後把馬謖人頭奉上。但是現在，他連發作的勇氣都沒有，如何再統帥氐人？

馬謖揚長而去，大帳裡卻鴉雀無聲。

半晌後，竇茂突然仰天大笑，「此胡天賜予我等消滅漢蠻的機會。」

胡天，是氐人的天神。

竇茂振臂大聲道：「曹朋所部，不過數千人。而漢軍主力，距離賜支河首尚遠，十天之內絕無法抵達。到時候，咱們集中兵力在扎陵湖畔，幹掉曹朋，漢軍主力自然會畏戰不前。再過些時日，河湟天氣轉寒，漢軍受不了河湟嚴寒，必然退走……到那時候，自然可以轉危為安。」

理論上，竇茂說的沒錯。

可問題是，曹朋約戰的是你竇茂，為何要連累我們？

沒錯，曹朋的兵馬不多，而你竇茂手裡卻有五萬部族。這樣子你都不敢獨自面對曹朋，還有臉讓我們參戰？

竇茂本想藉此機會來振奮士氣，可他卻選擇了一個錯誤的時間，令許多部落大人心生不滿。一雙雙目光，在有意無意中，向竇茂身旁的老者看去。

而老者則雙目微微閉著，好像睡著了似的，一言不發……

河湟的天氣，變幻莫測。

清晨時，尚陽光明媚，可到了正午，卻變得淫雨靡靡。秋雨冰寒，落在身上，令人感到徹骨的寒意。雖才初秋，可是寒冬氣息卻已經逼近。

扎陵湖，位於賜支河首西南。千里牧原，天地廣闊。

這裡原本是一個部落的宿營地，然則在十數日前，營地被曹軍攻克，一千八百餘族人無一倖免，遭遇曹軍血腥屠戮。美麗的扎陵湖裡，還漂浮著幾十具屍體；而在那荒原上，被野狼啃噬過的屍首若隱若現，平添了幾分恐怖之氣。

兩支人馬，列陣扎陵湖畔。

竇茂親自率部，召集賜支河首三十餘家大部落，集結兵馬超過三萬，陳兵扎陵湖一側。遠處，半人高的蒿草在風中搖曳，一隊身著黑甲、沉肅列陣的曹軍，早已等候多時。

四千曹軍，列於陣前。清一色的弓箭手，半蹲在地上。一面黑色大纛，掐金邊，走銀線，上書『新武鄉侯曹』，五個白色古拙的篆字，格外分明。

曹朋跨坐獅虎獸，馬鞍橋上橫置方天畫戟。

他手搭涼棚，猛然露出不屑笑容：「子幽，今日一戰，就由你指揮。」

夏侯蘭聽聞一愣，詫異的看著曹朋道：「君侯在此，末將焉敢專擅？」

「若那竇茂獨自前來，我且敬他幾分。而今，卻是傾巢出動，實不屑與之對陣……老子是和他約戰，他卻七大姑子八大姨的全家出動。別看他人數雖眾，近咱十倍，卻是一群土雞瓦狗，不堪一戰。我聽士元說，你在河西打得不錯，今天正好見識一番，莫使我失望。」

夏侯蘭留駐河西數載，並非虛度光陰。

他知道自己底子的深淺。論武藝，他不算太高……如今不過剛剛邁入準超一流武將的行列，以後恐怕也難以再獲進步。因為，他已經過了最好的年紀。

曹朋帳下，超一流武將不少。遠的，就如甘寧、龐德，哪個不是驍勇善戰？

接替他的黃忠，是個不遜色於當年虓虎呂布的角色，至於趙雲、沙摩柯，更不用說，都是一等一的高手。拋開這些人，能勝過他的還有不少。

王買、鄧範，皆為準超一流武將；潘璋，一隻腳已經邁入了超一流武將的行列；就連馬文鷺，夏侯蘭自認也不是對手。而例如孫紹和蔡迪，都正處於成長……

所以在河西的幾年裡，夏侯蘭苦讀兵書。

他早年間隨曹朋，結識了不少名士，所以識字不少。在河西時，身邊更有幾個好老師。龐統不用說了，雖說是河西太守，可只要夏侯蘭去請教，他就一定會給予回答。就連那廉長賈逵，同樣是一個熟讀兵書、有著家學傳承的人。與這些人朝夕相處，夏侯蘭的學識在飛速提升。

我比不過你們勇猛，可為將者，不一定非要勇猛，懂得謀略同樣重要。

有好態度，又有好老師，同時還有一個不可多得的演練之所——漠北戰場。

夏侯蘭學以致用，指揮調動兵馬，沉著幹練。

此次來到曹朋身邊，龐德就不斷誇讚夏侯蘭。而曹朋呢？也想藉此機會，看看夏侯蘭的真才實學。

「蘭，必不負將軍所重！」

夏侯蘭也不推辭，在馬上一拱手，縱馬便登上高崗。

遠處，氐人軍陣黑壓壓一片，猶如天邊烏雲。人喊馬嘶，顯得極為凌亂。

「差不多了！」曹朋微微一笑，示意夏侯蘭可以開始。

夏侯蘭深吸一口氣，心裡有些緊張。

此時，他就像一個即將登上考場的學生，要面對家長老師的考校。這一戰指揮得好，夏侯蘭在曹朋心目中的地位就會再上一個臺階，與甘寧、龐統這些人持平。

所以對夏侯蘭而言，這一戰必須要打好！不但要勝利，更要打得漂亮！

曹朋已經為他謀劃出來各種便利條件，如果連這些烏合之眾都勝不得，還談什麼遠大前程？

夏侯蘭和趙雲的情況不一樣。趙雲憑藉超強的武藝，可以從一個小兵，在不足十天的時間裡，成長為飛駝王。可夏侯蘭而今的地位，卻不是憑單純的武藝便能再得高升，以他的層次和資歷，也不是能跟趙雲相提並論的。要想得到更大的發展，他必須要展現出不一樣的能力！

「擂鼓！」

伴隨著夏侯蘭一聲令下，戰鼓轟鳴。

二百張牛皮大鼓，隆隆響起，淹沒了遠處氐兵的叫喊聲。

「殺！」

「殺！」

「殺！」

四千人齊聲吶喊，聽天地變色。

遠處，竇茂在中軍看到這一幕，也不由得臉色發白。

曹軍人數不多，和氐兵的數量相比，簡直有天壤之別……可是不知為什麼，這四千曹軍所產生出來的威壓，卻是三萬多氐兵也無法相比。

聽到曹軍戰鼓聲響起，竇茂忍不住嚥了口唾沫，猛然瞪大眼睛，厲聲吼道：「前軍，出擊！」

「殺！」

氐兵縱馬飛馳而出，向著曹軍陣營撲來。

四千名曹軍府兵，全都是身經百戰的悍卒。追隨夏侯蘭，在漠北戰場建立過無數功勳。而今又經歷了河湟一場場血火洗禮，所展現出來的氣勢自然不同。

萬騎出動，大地震動。

曹朋立足於高崗之上，卻露出一抹冷酷的笑容：「烏合之眾，不堪一擊！」

他彷彿自言自語，同時又像是對龐統等人講述。

而第一次面對千軍萬馬奔騰場面的孫紹等人，卻臉色蒼白。似蔡迪和鄧艾好一些。蔡迪就是在草原上長大，這種場面司空見慣。而鄧艾呢？曾參與過舞陰之戰的他，表現極為鎮靜。

但杜恕和孫紹，卻是頭一次領教這樣的景象。那萬馬奔騰，猶如烏雲蓋頂，瘋狂撲來，令兩人膽戰心驚。胯下坐騎似乎感受到主人內心裡的不安，也有些騷動。可是，獅虎獸打了一個響鼻，好像是表達不滿之意，那兩匹馬旋即安靜下來，靜靜而立。

看著曹朋等人冷靜的模樣，孫紹和杜恕都感到羞愧。特別是蔡迪和鄧艾兩人的表現，更令兩人無地自容。孫紹是四人當中武藝最高的一個，常引以為傲，但是此刻卻不由得暗自敬佩蔡迪和鄧艾的冷靜。

他深吸一口氣，暗自責備自己的慌張，而後平心靜氣，在陣中觀戰。

氐人的衝鋒，毫無章法可言，混亂不堪。夏侯蘭的臉上，頓時露出冷笑。

這種水準，也敢犯公子之威？

「弓箭手，準備！」

令旗招展，曹軍安忍不動，陣型絲毫不亂。

八排箭陣，在瞬間上線，伴隨著夏侯蘭大槍高舉，「放箭！」

兩排箭陣的利箭離弦而出，一千枝曹公矢呼嘯飛出。衝在最前面的氐人騎兵，連人帶馬在瞬息間被射成了刺蝟一樣，撲通就栽倒在地上。

「放箭！」氐人騎軍高聲呼喊。

只是，氐人騎軍多以短弓為主，有效射程在八十步以內。

而曹軍的弓箭，全都是一石以上的強弓，有效射程為一百五十步。第一輪箭矢離弦，軍卒立刻蹲下，不等氐人騎兵反應過來，第二輪箭矢隨即射出。曹軍弓箭手有條不紊、不慌不忙的彎弓搭箭，等待著命令發出，並且向前緩緩推進。四輪箭矢過後，四千枝曹公矢射出，造成了數百人的死傷。

一排排曹公矢沖天而起，帶著刺耳的破空銳嘯聲飛出。

箭矢如雨，遮天蔽日！而且箭雨相連，猶如瀑布般紛落而下。

氐軍面對如此密集的箭雨，死傷極為慘重。竇茂在中軍見此狀況，也不由得慌亂起來……

「出擊，給我衝！」

我人多，不信衝不垮你們！

而在另一邊，夏侯蘭卻冷笑連連，似這種毫無技術性的衝鋒，連匈奴人都很少使用。這竇茂真是坐井觀天得久了，自以為厲害，殊不知天下英雄多了去。

你人多？老子箭更多！

「十輪連射，逼近五十步！」

夏侯蘭沉著下令，曹軍令旗旋即翻飛舞動。

「這幫子氐蠻，還以為有多厲害……」馬謖忍不住低聲嘀咕，「看那竇茂聲勢浩大的樣子，卻是一個無能之輩。」

「他沒有選擇。」一旁的龐統聽到，突然低聲說：「幼常，從一開始，他就進入了公子的圈套。」

「嗯？」

「你真的認為，公子是個嗜殺之人？」

「這……」馬謖不知道該如何回答。

他對曹朋的認識不算太深，瞭解也不多。不過自他歸附以來，所聽到的、所見到的，無不是曹朋那血淋淋的殺戮。特別是許都戍子暴動，曹朋血洗白蘆灣；而龍耆城外，數千破羌俘虜，被曹朋殺得一乾二淨……

入河湟以來，所聽到的命令無一不是『雞犬不留』、『不收俘虜』之類的說法。

若說曹朋不是個嗜殺之人？馬謖還真不太相信！

龐統輕聲道：「不要被表面上看到的東西所欺騙，公子如果不下那樣的命令，只怕河湟也無法速戰速決。二十萬氐人，如果讓他們凝聚一起，勢必造成巨大的破壞。所以，公子唯有下令屠殺，為的就是震懾氐人。今日之戰，早在公子出征之前便已經確定。唯有慘烈的殺戮，才能讓氐人害怕，逼得竇茂不得不戰……」

「選擇扎陵湖，是因為這裡的地形。你有沒有發現，我們所處的位置極為有利？竇茂兵馬雖眾，卻唯有正面突擊。我們一側是扎陵湖，另一側則處在高陵之上。如此一來，逼迫竇茂死戰，而我們可以靜待時機。」龐統手持摺扇，指點地形。

不僅是馬謖聽得入神，鄧艾等人也不由得連連點頭。

與此同時，伴隨著戰事的推移，氐軍的攻擊雖然猛烈，卻始終無法靠近八十步的範疇。零星箭矢射去，卻被曹軍的重甲所阻。

曹軍以凶狠的箭陣，壓制住氐人的攻擊，更給氐人造成可怖的傷亡。

一輪攻擊失利，近千人馬倒在血泊。兩輪攻擊失利，逾千人戰死……

夏侯蘭一邊沉著指揮，一邊默默的觀察著氐軍的陣腳。漸漸的，他露出一抹古怪的笑容，自言自語道：「差不多了，可以攻擊了！」

說完，他大槍一橫，身後的戰鼓聲突然變換了節奏。

一排鳴鏑直沖九霄，那尖銳的嘶嘯聲，迴盪在扎陵湖上空。

「子幽要反擊了！」曹朋咧嘴，露出雪白的牙齒。他扭頭，看了一眼已急不可耐、躍躍欲試的孫紹和鄧艾兩人，說道：「小艾、小紹，準備隨我出擊！」

「公子也要出擊嗎？」

曹朋哈哈大笑，「此時不出手，更待何時？」

話音未落，卻聽遠處戰馬嘶吟。兩隊兵馬，從氐人左右兩邊突然殺出。

一隊白駱駝，身披重甲，奔走如飛。為首大將正是沙摩柯，手舞鐵蒺藜骨朵，一駝當先，眨眼間便殺入敵陣。

與此同時，趙雲、馬文鷺夫婦則率領飛駝兵，從氐軍另一側出線。

趙雲頭頂銀盔，身披銀甲，胯下白龍馬，掌中龍膽槍。大槍在他手中猶如有了生命一樣，帶著一條條、一道道的槍影銀芒掠空而出，只殺得氐軍連連敗退。他全然不顧身後，大槍翻飛，所到之處人仰馬翻。有氐將上前阻攔，卻被他輕而易舉斬殺陣中。

馬文鷺緊隨其後，兩人恍若離弦利箭般，直奔氐軍中軍撲去……

曹朋不由得仰天大笑，「孩兒們，建功立業，就在此時，與我殺人去！」

獅虎獸仰天一聲咆哮，騰空躍起。曹朋舞動畫桿戟，一馬當先。在他身後，文武、孫紹、蔡迪、鄧艾緊緊跟隨！

夏侯蘭也在此時將大槍高高舉起，而後遙指氐軍陣營：「兒郎們，上馬！出擊！」

章四

兵臨城下

不得不說，夏侯蘭選擇的出擊時機恰到好處，正好處在氐兵傷亡慘重、士氣低落，已無心繼續衝鋒，準備收兵的一個關鍵點上。

河西郡府兵常年在大漠作戰，騎術絲毫不遜色於河湟氐人，平日裡裝備的武器，也是以弓矢和特製的大橫刀為主。自曹朋發明出覆土燒刃的辦法後，河一工坊的效率獲得極大提高。曹朋呢，雖不在河西郡，可是對河西郡推行的府兵制卻極為上心。故而弓矢、大刀，就成為河西府兵的制式武器。

夏侯蘭一聲令下，三千府兵立刻上馬，棄弓執刀，齊聲吶喊，朝著氐人的軍陣發起決死衝鋒。

三千鐵騎，呼嘯馳騁。大地為之震顫，更令得氐人心驚膽寒。

「攔住他！」竇茂臉色蒼白，嘶聲吼叫。

不過，他並不是針對府兵衝鋒，而是朝著那個在亂軍中如劈波斬浪般，不斷靠近的白馬將軍咆哮……

這傢伙太猛了！千軍萬馬之中，恍如入無人之境。一桿亮銀槍，一口驚鴻劍，只殺得氐兵血流成河，無人可擋。

「給我攔住那個漢蠻！」

隨著竇茂的吼叫，卻見一人從他身後縱馬衝出。此人叫楊千萬，原本是百頃氐王，世居仇池。說起來，楊千萬在仇池，三世而居，根基牢固，可不想曹朋開闢西域商路，聯合當時的酒泉太守蘇則，對當地不服歸化的羌氐進行打擊，以保證西域商路的暢通。

千萬素來不服歸化，不肯聽從命令。仇池百頃氐，是酒泉地區頗有實力的一支力量。後來越吉逃離休屠澤，投奔千萬，更使得千萬實力大增。此等情況下，千萬怎可能向漢室低頭。

原本以為，蘇則他們會如以前那些官員一樣，和自己進行商議。千萬也做好了準備，要狠狠撈一筆好處再說。哪知道，蘇則在後來曹汲的暗中支持下，與張掖郡、武威郡三郡聯手，徵召大軍五萬，橫掃仇池。越吉被當時的征羌校尉潘璋斬殺，千萬帶著殘部，逃進了河湟。

對於曹氏，千萬是萬分敵視。眼見那白馬將軍殺來，他大吼一聲，縱馬飛馳而去。

千萬也頗有武力，甚至尤勝當年西羌越吉幾分，可惜投奔竇茂以來，卻始終沒有機會展示。現在，正是大好的機會，若殺得那白馬將軍，日後自己的地位必然提升。懷中一腔憤怒，還有滿腹的野心，千萬縱馬向趙雲衝去。

趙雲正殺得興起，驚鴻劍劍芒一閃，一個氐將被斬落馬下。剛收回寶劍，就見千萬撲來。

對於氐人，他也沒什麼話要說，縱馬便衝上去，龍膽槍一顫，撲稜稜幻化出數十道槍影。千萬手持大刀，也是嚇了一跳，正要閃躲，趙雲槍疾馬快，就到了跟前。

「盤蛇一探！」大槍猛然一抖，數十道槍影頓時無蹤。那桿龍膽槍在趙雲的手裡，好像變成了一條巨蟒，呼的騰起撲向千萬。沒等千萬反應過來，龍膽槍已經穿透了他的胸口。

「你……」千萬大叫一聲，便跌落馬下。從頭到尾，他甚至沒有看清楚趙雲是如何出招。

「父親！」

千萬有兩個兒子，名飛龍、飛虎。兩人都在雙十年紀，生得體格魁梧，力大無窮。眼見千萬被趙雲所殺，飛龍和飛虎齊聲悲呼，二話不說縱馬衝出，一左一右向趙雲撲來。

這兩人人高馬大，氣勢洶洶……不過趙雲卻絲毫不懼，擰槍便刺。

與此同時，馬文鷺正好將一名氐將斬殺，眼見飛龍、飛虎雙戰趙雲，立刻將大槍橫置身前，探手取出弓箭，彎弓搭箭，照準飛虎，刷的就是一箭。

那飛虎眼中此時只有趙雲，哪裡留意到馬文鷺？等他發現冷箭襲來時，已經無法躲避，就聽噗的一聲，一枝曹公矢正中飛虎面門。

「兄弟……」飛龍大叫。

可這時候，趙雲已經到了跟前。

龍膽槍吞吐，一抹寒芒掠過，飛龍不敢分心，舉刀相迎。只聽鐺的一聲響，大刀迸開了龍膽槍，卻也震得飛龍腦袋發懵。二馬錯蹬，趙雲反手拽出驚鴻劍，一抹寒光飛過，只聽飛龍慘叫一聲，被驚鴻劍一下子斜劈成兩半。

說時遲，那時快！

竇茂沒想到趙雲會如此凶猛，連千萬父子三人的阻擋，都無法讓趙雲停留半步。等到他明白過來時，趙雲已經到了中軍陣前。只見趙雲槍挑劍劈，連斬十二名氐將之後，一劍斬斷那桿碗口粗細的大纛。伴隨著大纛轟隆倒塌，趙雲大吼一聲：「竇茂，還不受死！」

雪白的繡花緞子戰袍，已經變成了血紅色。那龍膽槍上，更滴著濃稠鮮血。趙雲威風凜凜，猶如殺神一般。

氐人雖多，卻無人敢靠近半步……

竇茂又怎敢去招惹趙雲？二話不說，撥馬就走。

而此時，曹朋率部也殺到了中軍陣前。那桿方天畫戟，如雷神斧鉞，沾染鮮血。昔年虓虎神兵，終又大展神威。曹朋一路殺過來，也算不清楚究竟有多少人死於戟下，反正只殺得氐兵一路鬼哭狼嚎，抱頭鼠竄。

「竇茂，哪裡走！」

曹朋見竇茂要跑，怎可能容他逃走？

獅虎獸希聿聿長嘶咆哮，騰空而起，從一名氐兵的頭上越過。曹朋虎目圓睜，畫桿戟舞動，戟雲翻滾。兩名氐將衝上來阻攔，卻被曹朋瞬間斬殺。

「阿貴？阿貴兵馬何在？」

這阿貴，也算是個氐王，更是竇茂的心腹。他負責壓陣，保護竇茂身後。哪知道，打到了現在，阿貴的兵馬蹤跡皆無。

「大王，阿貴大王反了！」

「什麼？」

「他、他、他……剛才正撤離戰場。」

竇茂雖然凶殘，卻不是傻子。什麼撤離戰場，肯定是和漢蠻勾結，臨陣倒戈！

阿貴反了，那其他人呢？

「李滕？李滕何在？」

「李滕大王，也已經撤出扎陵湖！」

「啊呀呀……」竇茂不由得氣急攻心，怒吼道：「待我回去之後，必將他二人千刀萬剮！」

回去？現在想回去，可沒有那麼簡單了！

氐人大軍已經完全潰敗，三萬多人，撤離的撤離，潰逃的潰逃……

扎陵湖畔，五千曹軍追著近十倍於己的氐人瘋狂砍殺。竇茂心知大勢已去，他怎敢繼續留在這裡？

他帶著殘兵敗將，就往賜支河首方向逃竄。

曹朋和趙雲，在亂軍中會合。兩人同樣是血染征袍，但戰意卻絲毫不減。

「子龍，尚可戰否？」

趙雲回道：「公子說笑，此等烏合之眾，又怎可能消磨俺家力氣？」

「既然如此，咱們繼續追殺……子龍，咱們比一比，看誰殺的氐將多。若子龍勝了，便是我飛駝軍之王。」

趙雲聽聞大喜，「公子既然開口，趙雲焉敢不從？」

兩人說罷，折身復又殺入亂軍之中。

這一次，無論是孫紹、文武，還是馬文鸞，都悄然落後三十步距離，不再緊隨兩人。

曹朋和趙雲，猶如兩頭猛虎衝入羊群之中，一槍一戟，掀起了漫天血雨……

竇茂如今已是心驚膽寒，根本不敢回頭看。眼見著就要脫離戰場，忽聽前方駝鈴陣陣，他抬頭看去，就見一個彪形大漢，跨坐一頭白駱駝，正朝他飛馳而來。那大漢身披重甲，掌中一根沉甸甸、黑漆漆，足有嬰兒拳頭粗細的鐵蒺藜骨朵，怕分量在百斤靠上。

「氐酋哪裡走？可問過你家沙摩柯大爺？」

聲如巨雷，震得人耳膜發麻。

不等話音落下，那白駝已經到了跟前。

沙摩柯本是奉命從右側突擊，不想卻遇到一幫子竇茂的死忠。一群不怕死的氐人拖住了沙摩柯的腳步，雖然最終被誅殺殆盡，可是沙摩柯卻錯過了衝擊中軍的最佳時機。

等到沙摩柯從亂軍中殺出的時候，竇茂中軍已經潰敗。

憋了一肚子火氣的沙摩柯，正不知該如何發洩。就見一個矮粗的氐人，衣著華麗，在一群氐人簇擁下逃跑。沙摩柯不認得竇茂，但看衣著，至少也是個氐酋的角色。沒能撈到大便宜的沙摩柯，怎可能放過對方？

他來到竇茂跟前，二話不說，鐵蒺藜骨朵掛著風聲呼的就砸落下來。

竇茂匆忙間擺刀相應，卻聽卡嚓一聲，那口百鍊鋼刀被沙摩柯一棍砸斷。鐵蒺藜骨朵夾帶萬鈞之力，猶如泰山壓頂，其勢絲毫不減。竇茂想要閃躲，卻已經來不及了，啊的一聲慘叫，被沙摩柯一棍子連人帶馬，砸得血肉模糊，不成人形。

「忒不經打！」沙摩柯殺了竇茂，胸中怒氣稍減。

可這時候，那些竇茂的親隨卻傻了眼……

「大王死了……大王被漢蠻殺死了！」

有人發出了驚呼之聲，沙摩柯一怔，朝著地上那一灘模糊血肉看去。

「這矮貨，就是竇茂？」

「正是！」氐人膽戰心驚的回答。

剎那間，沙摩柯抑鬱的心情完全緩解，取而代之的，是一片燦爛的陽光。

「哈，竇茂被我打死了……公子，沙沙這次可算得上首功……我要升官了！」

建安十四年七月中，伴隨著北疆戰事告一段落，河湟之戰也隨之平靖。

竇茂戰死，令氐人大亂。

諸多氐王齊聚賜支河首，與德高望重的李滕商議對策。

李滕，便是當日馬謖把書信託付的那位氐人老者。說起來，李滕在氐人當中的聲望不低，而且年紀又長，本應該是氐王候選人。但由於李滕仰慕中原文化，提倡與漢人和平相處等懷柔政策，令不少氐人反感。

時漢室朝綱不振，董卓方死，諸侯林立。許多氐人認為，應該趁此機會打擊漢蠻，掠奪人口，其中尤以竇茂最為強硬。在這種情況下，李滕決定退讓，才有了竇茂接掌氐王。

但是，隨著曹魏崛起，西北大治。許多親漢的氐人，漸漸的在李滕身邊凝聚成一股力量。

扎陵湖一戰，曹軍以少勝多，斬殺竇茂，也使得那些強硬派分子的力量大大減弱。李滕趁勢而起，在賜支河首召集各部落氐王，商議對策。

「我絕不同意，投降漢蠻！」大帳之中，一個魁梧的氐王怒聲咆哮。「河湟是胡天賜予我們的土地，我不反對與漢蠻議和，但絕不屈膝投降。」

李滕撚著白鬚，看著那氐王，卻不言語。

「治多元，現在不是漢蠻與我們議和，而是我們輸了……那曹閻王提出了要求，要我們與曹休請降，如果不投降的話，他不介意繼續大開殺戒。漢蠻有句俗話：大丈夫能屈能伸。我們今日投降，並不是永世臣服……如果不投降，我們就要面臨滅亡的厄運，與其如此，倒不如暫時低頭，積蓄力量，將來也可以捲土重來。三十年河東，三十年河西。我就不信，漢蠻能一直強盛下去……」

說話的，名叫阿貴，原本也是個強硬派。可不知為什麼，在扎陵湖之戰的時候，他坐鎮後軍，卻突然撤離戰場。故而其部曲保存完整，手裡尚有近萬兵馬。

李滕看了阿貴一眼，依舊沒有說話。

「阿貴，若非你臨陣退縮，何以有扎陵湖之敗？」治多元大怒，手指阿貴破口大罵。

阿貴的臉，頓時變得通紅，目光也隨之變得陰鷙起來，冷冷道：「若我當時也折在扎陵湖，只怕漢蠻的兵馬已經血洗了賜支河首。我那不是退縮，我那是保留元氣。」

「你就是貪生怕死！枉費大王對你信任！」

「治多元，我們現在是討論未來，你要是不服，等漢蠻走了，咱們不妨再來討論。」

「我絕不投降，你們要投降只管投降好了，我誓死也要守護胡天賜予我們的榮耀。」治多元說完，扭頭就走。

阿貴臉色鐵青，下意識握緊了拳頭。

「阿貴王，治多元如此，恐怕會進一步激怒曹閻王，為我們帶來更大的災難。他是一位勇士，可惜卻不曉天時，枉費了阿貴王的苦心。」

「滕王，有何見教？」

「我老了，談什麼見教？這賜支河首的未來，屬於你阿貴王和治多元。只是他現在這態度……對了，漢軍距離賜支河首，不過百里之遙。我想請阿貴王你辛苦一趟，去見那位曹都尉，儘快平息了戰事，如何？」

誰先和曹軍接觸，誰就能取得先機。如果得到了曹軍的支持，就能成為新一任的氐王。

阿貴內心裡，對這氐王的位子也是垂涎三尺，不過礙於李滕的威望，他不好站出來爭奪。但李滕現在表明了自己不會擔任氐王的職務，豈不是說……

阿貴心花怒放，「那我立刻去準備。」

「阿貴王，你和曹都尉商議，我認為並無太多的難處。只是，治多元那邊……始終是一個隱患。若不能說服他，這賜支河首就不得寧靜。依我看，你最好能勸勸他，畢竟治多元的威望也不差。」

阿貴眼中殺機一閃，冷道：「我自會勸說治多元改變主意。」

他起身告辭，各部落氐王也紛紛離去。

「阿爹，為何又要相讓？」

李滕的兒子名叫李駒，年逾四旬。等阿貴那些人走了，他立刻上前抱怨道：「以前竇茂凶殘勢大，阿爹相讓氐王，兒子可以理解。可現在，竇茂死了……賜支河首諸王之中，阿爹實力最強，是最合適的氐王人選。但為何又要讓那阿貴接手？」

李滕聽聞，頓時笑了：「放心，阿貴他當不上氐王。」

「他若是得了曹都尉的支持，怎就當不上氐王？」

李滕冷冷一笑，「曹都尉的支持，無關緊要，緊要的是曹閻王支持誰。別看曹都尉日後主持河湟事務，更是曹閻王的兄長，可你還記得，上次竇茂派人和曹都尉接觸時，曹都尉是怎麼回覆？」

「他雖然是曹閻王的兄長，卻奈何不得曹閻王的行動。真正在河湟能夠做主的人，是曹閻王。說穿了，這河湟之戰打到現在，曹閻王遲遲不肯和咱們接觸，就是為了給曹都尉一個面子。所以曹閻王的建議才最關鍵。得不到曹閻王點頭，他阿貴能當上氐王？哈，笑話！」

「而且依我看，他這次去和曹都尉接觸，也是有去無回。趁這個機會，你要想盡辦法和曹閻王接觸，取得他的支持……阿爹年紀大了，對這氐王也沒什麼興趣。倒是你，如果得了曹閻王點頭，就算當不上氐王，也能和燒當老羌的柯吾一般，飛黃騰達，成就無限。」

李駒若有所思的點了點頭……

南鄭，因鄭人南奔而得名。

西元前七七〇年，居住在華陰地區的鄭人為躲避犬戎迫害，而逃往漢中，從此定居下來。因與秦人有鄉黨之誼，於是取名南鄭。秦武公十一年，也就是西元前六八七年，置縣。

南鄭，是漢中郡的郡治所在，自張魯在此建立政教合一的政權之後，一直極為平穩。

漢中地勢險要，易守難攻，故而張魯只需要盯住西川的劉璋，便可以穩定發展。而且漢中又是西川通往八百里秦川的必經之路，因此貿易往來也頗為繁榮。

前幾年，隨著曹魏加大與西川的經濟往來，漢中也大獲其利。然則從去年開始，西北局勢突然緊張，而西川經濟糜爛，物價飛漲，極大程度的影響到了漢中的發展。張魯對此也無可奈何，只能堅守漢中一地，保護他五斗米教的政權。

天已經晚了，靡靡細雨落下，為南鄭平添幾分惆悵。

西川兵馬一直在調動，但是卻始終未對漢中發動攻擊。

就見川軍在白水關進進出出，漸漸的也讓張魯放鬆了警戒。不過，他並沒有讓閻圃撤兵，依舊使他駐守沔陽。同時，他又命張衛加強對武都的監視，時刻留意曹軍動向。

曹軍自占領武都之後，源源不斷的從關中調遣兵馬，進駐武都郡。先是張郃所部進駐河池，隨後有許儀所部出散關攻取故道……緊跟著，南部都尉郝昭命新任戎丘都尉竇虎，也就是京兆郡郡丞竇蘭之子，偷襲沮縣得手，徹底將武都控制在手中。

張衛憑藉陽平關地理位置，堅守不出，但是面對曹軍頻繁的調動他也頗為緊張，不斷向張魯求援。

問題在於，漢中可以調動的兵馬就那麼多。閻圃帶走兩萬駐守沔陽，張衛則帶走了三萬兵馬……如今南鄭已經兵力空虛，甚至不足八千守軍，張魯即便是有心增援，也無兵可派。

他只好不斷勸慰張衛：陽平關地勢險要，易守難攻，你不必急於收復武都，只要死守陽平關即可……

同時，張魯又派人向湟中求取援兵。可惜，隨著河湟戰事拉開序幕，湟中羌人噤若寒蟬。

滕子京的白馬羌，在朱圄山被郝昭打得丟盔卸甲，不敢再輕舉妄動；而參狼羌則派兵往西傾山支援郭就，手中兵馬所剩不多；郭就在蘇則和燒當老羌聯手攻擊下，雖有參狼羌的幫助，卻也是岌岌可危。

參狼羌部落豪帥，如今也是非常後悔！

在朱圄山已經吃了虧，知道了曹軍的厲害。馬超現在被困陽城，眼看著早晚一死，滕子京聰明得很，集中兵力，守住自己的地盤，死活不肯再出頭。偏偏參狼羌不受教訓，反而要支援郭就。那郭就的閨女，

曹賊

章四 兵臨城下

就是滕子京的老婆。滕子京連自己老丈人都不管，這參狼羌卻要冒頭出來，結果卻是……

一旦郭就戰敗，參狼羌必將遭受曹軍最為酷戾的報復！

曹朋在河湟幹的事情，早已在湟中傳開。

湟中援兵已經無望，唯有靠自己堅守。張魯此時也頗為猶豫，不知道該如何是好。

繼續堅守漢中？抑或……

這念頭一生出來，就再也無法息止。這幾日來，張魯就一直在考慮這麼一件事情……

心情很煩躁，張魯已無心繼續誦讀《黃庭》，便走出靜室，想要回房歇息。忽然間，聽得外面一陣喧譁騷亂。

聲音是從府外傳來，張魯一蹙眉，忙向前院走去，疑惑問道：「發生了什麼事？城裡何故騷亂？」

「主公，大事不好，大事不好了……」

「怎麼了？」

「楊主簿、楊主簿反了……他開啟城門，縱曹軍入城，正朝府衙而來！」

「胡說！」張魯聽聞，勃然大怒。

楊主簿，名叫楊松，是他極為信賴的謀士。

「曹軍怎會出現在這裡？你定是看錯了……」

「沒有，主公，我沒有看錯，真的是楊主簿反了！剛才，他讓人打開城門，曹軍蜂擁入城。匆忙之中，也不清楚究竟有多少曹軍，反正城門已被控制住了！」

「不可能！」張魯大怒，「曹軍怎可能無聲無息來到漢中？莫非他們有神仙相助，從天而降不成？」

是啊，曹軍怎會出現在南鄭？

張魯當然不肯相信，拔出寶劍，將那人一劍砍翻，怒道：「亂我軍心，動搖士氣，殺無赦！」

就在這時候，張松的老管家跌跌撞撞跑到了跟前，「主公，大事不好……楊松帶著一群曹軍，已經抵達門外，正要發動攻擊！」

「我不信！我不信！」

張魯的腦袋，此時已亂成了一鍋粥……

南鄭城裡的騷亂並沒有持續太久，很快就平息下來。

曹軍蜂擁而入，加上有楊松為內應，故而並沒有遭遇太多波折。駐守在城裡的漢中軍，甚至沒來得及做出反應，就變成了階下之囚。

典滿拿著一份楊松提供的名單，捉拿扣押張魯的親信，以及一些權貴要人。當然了，這份名單裡不可避免的夾雜一些楊松的仇人。典滿心知肚明，自有他的打算。

曹軍圍困了太守府之後，卻沒有發動攻擊。

城中漸趨平靜下來，張魯閉上眼睛，臉上透出一抹無奈的苦澀。

「開門！」

「主公……」

張魯此時已經完全冷靜下來，又恢復到往日平靜的容顏。

他伸手拍了拍站在他身邊一臉警戒之色的青年，恍若自言自語道：「若天命所定，誰也無法阻攔。曹軍沒有攻擊，並不是他們不能攻擊，而是為我存一分顏面。別怕，沒事兒的！大不了把漢中給他們就是。回去照顧好你娘和你妹妹，別讓她們太擔心了……」

「父親！」

「去吧……」張魯說罷，整理衣冠。

曹賊

章四 兵臨城下

青年，是他的獨子，名叫張富。

張魯有一子一女，女兒也已經十三歲，平日裡端莊賢慧，頗有大家風範。

張富點點頭，雖不情願，卻還是遵令而去。

張魯深吸一口氣，邁步走出廳堂，沉聲喝道：「全都放下兵器，打開府門。」

「主公，咱們尚可一戰！」突然，一個少年搶身站出，大聲道：「曹軍雖已入城，但城外尚有申耽、申儀兩位將軍在，手中更有數千兵馬。更何況，沔陽距離南鄭不過一晝夜路程，閻圃將軍得知消息，一定會迅速救援，咱們尚有些勝算。」

張魯一蹙眉，看了一眼那少年。「你，叫什麼名字？」

「末將王平，巴西人氏。外祖父何永，乃南鄭功曹。末將自幼隨祖父在南鄭長大，祖父故去後，便在府中聽命。」

卻是自己的家將！

張魯看了一眼王平，淡定一笑，「你以為閻圃真的能夠兵臨南鄭嗎？曹軍人馬有多少？何人為帥？他們可以神不知鬼不覺進入南鄭，又豈能沒有防範？我倒是希望閻圃別來，否則必中曹軍埋伏。」

「此大勢也！曹操以族姪曹朋都督西北，其目的並非單純為了河湟與馬兒之亂。西北局勢，不足以讓他放出曹朋這頭猛虎。曹朋出現在西北，而今想來，真正的目的恐怕還是在漢中。否則，並州戰事如此激烈，曹操何不讓曹朋督戰北疆？這其中的機巧，你還小，看不明白……就算今次擊退了曹軍，他日曹朋復入漢中，必有慘烈報復。那曹閻王，非漢中可敵。」

「好了，休要贅言，退下吧。」張魯說罷，撩衣邁步走下臺階。

王平心有不甘，猶豫片刻後，緊隨張魯而行。

太守府府門大開，張魯走出府門。他站在門階上，看著門外半蹲休息，卻仍舊保持警戒之色的曹軍，心裡面忽有一種荒謬的感受。幾曾何時，他會想到有今日之局？

深吸了一口氣，努力平定心中的煩躁和慌亂，張魯道：「某乃漢中太守張魯，敢問哪位將軍在此主持？」

「主公啊！」

話音未落，從人群中跑出一人。張魯一眼認出，來人便是他一直信任、以為心腹的謀士，楊松。

「卑職非是要背叛主公，實為主公謀劃。今魏王主持朝堂，有大興之象。主公何必為要偏安一隅，卻抵抗朝廷大軍？」

張魯一笑，「伯年，我卻是小覷了你！」

「啊？」

「我未想到你臉皮如此厚，如此情形，還敢來見我？」

「我……」

「背主小人，還敢在這裡呱噪！」

站在張魯身後的王平，看到楊松，眼睛都要噴出火來。張魯話音剛落，他噌的一下就竄出來，拔劍刺向楊松。楊松嚇了一跳，忙轉身就跑。

「孝直，救我！」

在他想來，只要他這麼一喊，曹軍就會蜂擁而上，把他救下來。

可沒想到，任他如何叫喊，那些曹軍卻沒有動靜，只是靜靜的看著他，好像在看一個沒有生命的木偶。楊松激靈靈打了個寒顫，頓時明白了！

這是要過河拆橋……

「法孝直！」

兵臨城下

他大叫一聲，不想王平已經到了身後，手起劍落，把楊松砍翻在地。

與此同時，法正緩緩從人群中走出，一臉和煦笑容。

如果曹朋在這裡，一定不敢相認。法正的模樣變化太大了……比之數月前，明顯清瘦了許多。雖然整個人黑瘦，不過精神看上去很好。

法正來到人前，根本不看那楊松的屍體，從懷中取出一份名單，朝王平招了招手：「把這個，交給魯公。」

「啊？」王平頓時愣住了，有些迷茫的看著法正。

法正朝他一笑，「確是個忠直好漢……莫怕，只管拿給魯公，我不怪罪。」

王平的臉頓時紅了！

他回頭看了一眼張魯，而張魯此時也從震驚中清醒過來。

說實話，剛才王平衝出去的時候，把張魯嚇得不輕。等到楊松死在王平手裡，他猶自感到迷惑，但很快的就明白了其中的緣由。曹軍並不想為難他，或者說，曹軍還需要他張魯活著，為他們穩定局勢。

張魯點了點頭，示意王平接過書信。王平把那書信拿過來，警戒的退到張魯身邊，將書信呈上。

這是一份名單，其中不乏是張魯的心腹，還有一些南鄭的縉紳豪族。當然了，也有很多無辜的人在裡面，顯然是被楊松構陷，列入了名單。

「魯公，在下法正，忝為前將軍府郎中。」

「法正？」張魯把書信收起，盯著法正，突然冷笑兩聲道：「而今某不過階下之囚，魯公二字，愧不敢當。卻不知法郎中有何指教？可要張魯獻出項上人頭？」

王平聽聞，下意識握緊了寶劍。

法正卻笑了，他負手而立，連連搖頭，「魯公時至而今，尚不明形勢嗎？」

「嗯？」

「正要殺魯公，不費吹灰力之力。魯公這太守府，在正眼裡，更算不得什麼。若想要殺魯公，早已破府而入，何必等到現在？也許魯公會以為，正不敢殺魯公，乃是為了要魯公協助。」

「難道不是？」

「魯公，我大軍兵臨南鄭，而你卻毫無所知。你以為，區區漢中，真可以阻撓我家將軍腳步？取漢中，易如反掌，但將軍心念舊情，不願大開殺戒。昔日我家將軍以微弱兵力，如無根飄萍，卻輕取涼州，威震西北；而今將軍手握西北三十萬大軍，更有輜重無數，隨時可以突入漢中，令這南鄭血流成河……然將軍不為之！實為昔日之情分。」

舊情？

張魯這一下可真的是糊塗了。他思來想去，也想不出和曹朋究竟有什麼舊情。

曹朋才多大一點，又怎可能和張魯拉上關係？曹朋出生的時候，張魯便已經入仕。等曹朋成名的時候，張魯更坐穩了漢中王的位子，怎可能與曹朋有舊？

莫非，我認得曹朋的父母？不可能啊……聽說那曹朋從小在南陽長大，他父母更與漢中沒有半點關係。這舊情，又從何說起？

張魯一臉疑惑，怔怔看著法正。

「魯公，尚記得巴州米熊乎？」

「甘茂？」張魯聽到巴州米熊這名字，忍不住喚出聲來。

巴州米熊，那可是五斗米教的元老級人物。論輩分，張魯見到甘茂，也要尊一聲師叔。不過後來劉焉父子打壓五斗米教，張魯與之反目成仇，五斗米教旋即從益州撤出。甘茂當時和張魯產生了分歧，不肯離開益州……後來，甘茂遭受劉焉父子迫害，最終不得不背井離鄉，遠赴中原。

每每思及此，張魯就感到可惜。那甘茂是五斗米教的護法，也是一個人才，可惜從那以後，張魯就再也沒有聽說過甘茂的消息。

「茂公，今安在否？」張魯有些激動，忍不住上前一步，看著法正。

法正輕輕嘆了口氣，低聲道：「茂公四年前，已病故於滎陽，而今葬於天陵山中。」

「啊？」張魯不禁露出失落之色。

法正道：「我家將軍，少時曾受茂公之助，有活命全家之恩。發跡之後，茂公便留居於滎陽，將軍私宅之中。將軍當初因怒殺韋端父子，而被大王責罰，幽居滎陽兩載。時心情極為抑鬱，是茂公每日為他講解《黃庭》，才得以寬心。茂公曾有意託付將軍，請他代為照拂五斗米……將軍應之。後茂公臨終前，執將軍手，言：『若有一日見得天師，請為五斗米護法。』將軍亦應之！」

張魯不知為何，突然間在心中湧起一陣狂喜之情。

也就是說，那曹朋曹閻王，是我教中之人？若是得了曹朋支援，五斗米教必然可以走出西川，立足中原。而這，不也正是他父子的夢想嗎？

張魯說穿了，是宗教人士。包括他治理漢中，都是按照宗教的模式進行。

如果追究起來，他算是歷史上政教合一的第一人。只是後來五斗米教遭受打擊，張魯失去了漢中根基之後，發展也隨之變得緩慢起來。慢慢的，道派林立，昔日五斗米教也隨之改換門庭，成為道教的一分支。

此時，尚無道教之說。

張魯在得知曹朋就是甘茂之後五斗米教的護法時，立刻想到了這五斗米教未來的發展方向——立足漢中，走出西川，進入關中，向中原發展！

他的臉上也旋即露出了一抹微笑。如此一來，這五斗米教必然能在他手中發揚光大。

張魯是個對宗教癡迷遠超出政治的理想派人物。這一點，從他以五斗米教教規來治理漢中，就能看出端倪。

而法正心裡，也暗自慶幸。

甘茂的確已病逝了，就在曹朋出任南陽太守之前。當時，甘茂在滎陽，而曹朋則在許都，負責操辦迎接呂氏漢國使團的事情。所以這托孤之事，肯定沒有發生。

但甘茂的確有意讓曹朋照拂五斗米教，這是曹朋在法正出發之前，告訴他的事情。一路而來，法正就在不斷完善這麼一個故事。他發現，若要張魯死心塌地，最好的辦法還是和五斗米教扯上關係。既然曹朋認識甘茂，更與甘茂有這麼一段交情，而且甘茂的姪子甘寧，也是出自曹朋門下，如此一個故事，若不能好生的加以利用，他也就不是法正了。

「孝直，請入府說話。」

張魯的態度發生了巨大變化，側身禮讓。

而王平則是一臉迷茫，怎麼這一下子，就變得好像一家人？

法正一拱手，「如此，正卻之不恭！不過，還請魯公儘快把那名單理清楚……此次統兵，乃我家將軍結義兄長典滿典中郎。他乃高陽亭侯長子，正在負責清理名單上的人……萬一發生了誤會，豈不是不好？所以，魯公最好先把名單整理一下，我立刻通知典中郎，請他手下留情。」

「這個……」張魯心念一轉，立刻道：「不如，我與孝直同去見少君侯？」

法正臉上的笑容更盛！

不知不覺，已入八月。漫山桂花綻放，十里飄香……

曹朋策馬而行，走在往隴關的路上。身旁，一行馬車徐徐行駛，更有家僕奴婢隨行，一個個都顯得小心翼翼。

河湟戰事，已經結束。

正如李滕所猜想那樣，阿貴在途中伏擊治多元，將其斬殺，而後迅速和曹休接觸……哪知道，當阿貴到了曹軍大營之後，便被曹休扣下，說是送他前往鄴城拜見曹操，只有得了曹操親口承認，他才可以成為氐王。

可是，阿貴一去鄴城，就再也沒能返回河湟。數年後，他因『飲酒縱欲』身亡，被葬在了鄴城城外。而他的部落，很快就被李滕所吞併。

曹朋和曹休會合之後，也沒有和曹休太多交流。他知道，曹休心裡已經有了妥善的安排。此次他出征河湟，目的已經達到，不需要再去費那口舌，否則反而會得罪曹休。

建安十四年末，曹休下令，河湟氐人遷入涼州。同時，又從中原遷徙了大批流民，往河湟定居……從此，河湟不復羌氐之河湟，漢胡混居，逐漸繁榮起來。

李滕雖然沒有達成願望，更沒有使李駒做到氐王的位子。可是李駒卻成了曹休的部曲，並且甚得曹休所重。而李滕部落，遷至隴西郡，並隨著時代的發展，不斷漢化……在百年之後，李滕部落脫去了氐人之身分，並且與關中豪族李氏合併，成為李氏分支，並建立了隴西堂號。

不過，這和曹朋已經沒有太大的關係。

經過數月調養，曹汲的病情已經好轉許多，人也變得精神不少。而王買，傷勢也逐漸康復。在曹朋出河湟返回隴西的時候，曹操的任命也隨之抵達。

任曹汲為大司農，官至九卿序列，留守許都。

任王買為城門校尉，秩兩千石，拜河亭侯。這河亭，位於河湟西海之畔，也就是當年破羌的駐地。破羌被曹朋消滅之後，曹操下令設立河亭。於是乎，王買這個昔日的西部都尉，也得到了河亭侯的爵位，可謂是風光無限。

城門校尉，同樣是一個極為重要的職務。王買出任這個官職，除了是曹操嘉獎他過往數年來鎮守河湟勞苦功高，還有要他監視許都漢帝的意思。畢竟，曹操設王都於鄴城，自然要加強對許都的控制。王買說起來，也是他曹操的人……更因為和曹朋這一層關係，被曹操視為心腹。還有什麼人，能比王買更合適呢？

以二十九歲，出任城門校尉，不算特別，卻也少見。

曹朋一系的力量，更因此再上一個臺階。曹真當上了章陵太守，鄧範成為武陵太守，典滿、許儀已經官拜中郎將，而曹朋，更是司隸校尉。

當年的小八義，除了已經死去多年的朱贊之外，基本上都走上了高位。

曹遵的官職最小，卻執掌丞相府十三曹之一的東曹。這東曹，主兩千石長吏遷除，包括軍吏在內。其性質就類似於曹操秘書處的秘書長，朝廷一切官吏的任免升降全都要經過這裡，權力巨大。

曹汲和王買接到任命已有些日子，不過由於曹朋吩咐，他不回來，兩人都不可以走，所以一直等到曹朋返回隴西，曹汲王買這才算是啟程。

一路上，曹朋小心的關照曹汲，並時常拉著王買說話。其實王買對馬文鷺最初也存著懷疑，只是趙雲在中間，他不好過多盤問。而今趙雲、馬文鷺夫婦歸心，王買也就釋然，表示對馬文鷺伏擊他的事情不會放在心裡……同時，他還大加讚賞馬文鷺槍馬純熟，射術驚人。

王買也是一員大將，雖說是中了伏擊，但卻是實實在在敗於馬文鷺之手，因此對於馬文鷺的武藝，他也極為敬佩。

「好吧，我知道我要子龍夫婦過來幫忙，你肯定不同意。」王買拉著曹朋，笑呵呵的說道：「阿福，我沒你的眼光，所以也招攬不來什麼人。可你也看到了，我孤身一個出任城門校尉，若沒幾個貼心的，恐怕也不好做事。給我幾個幫手吧?子龍夫婦你不會放，而且讓他們去許都，也卻是可惜了他們一身好武藝。那沙沙，能不能借給我?」

「不行!」曹朋二話不說，便拒絕了王買的要求。「不是我不肯放沙沙，實在是他那性子太過於暴烈，去許都反而給你招惹是非。」

「那我不管，你得給我幾個人。」

王買和曹朋之間自然不會客套，說話也非常隨意。但這可讓曹朋有些為難了……

「姐夫找我要人，你也找我要人……我離開河湟的時候，文烈也找我要人。我身邊的人都被你們要光了，哪裡還有什麼人選?」

他目光在身邊眾人身上掠過，沙摩柯立刻開口:「公子，我阿爹讓我跟著你，你去哪兒，我去哪兒……你若是不去許都，那我也不去許都。」

趙雲也要開口，卻被曹朋攔住:「子龍放心，你們就算要去，我也不同意。」

他想了想，招手示意蔡迪和杜恕過來。

「小迪隨我多年，在軍中做過，也曾就讀書院，他年紀雖然還小，但是遇事沉穩，且騎射超群……務伯呢，思路敏捷，也是可堪造就的人才。許都那邊，經我之前屠殺，估計已不會有太多事情。該老實的，都會很老實，不老實的，也差不多被我殺得乾淨。」

「小迪和務伯，一文一武，當足以幫襯於你。我只能給你他們兩個……虎頭，你莫癟嘴，你若不要，我最高興。我還想著留他二人在身邊，多磨練一二。要，就是他二人;不然，一個都沒有。」

王買當然不滿意!但也無可奈何……誰讓他沒有那麼大的名氣?也沒有曹朋那麼毒辣的眼光?

而蔡迪和杜恕兩個人，也都是一臉的不情願。

對於這二人，王買倒也放心。算起來，蔡迪是曹朋的兒子，是他姪兒。杜恕呢?他老子杜畿，出自曹朋門下，在滎陽也生活多年，絕對屬於曹朋嫡系。

罷了罷了，有他二人，總勝於無。

王買心不甘情不願的點頭，卻讓蔡迪和杜恕露出失望之色。

曹朋忍不住笑了，按著兩人的腦袋瓜子，輕聲道：「你們兩個休要不滿，到了許都，好好幫你虎頭叔做事。記住，沒有不能做事、不能學習的地方，只有不會做事、不願學習的人……許都，那可是一個複雜之地。你二人切不可掉以輕心。」

蔡迪、杜恕兩人，在馬上躬身領命……

曹朋一行繼續前行，隊伍來到了隴關，徐晃和漢陽太守石韜都前來迎接。

「陽城，還沒有攻克嗎？」

徐晃和石韜不由得露出了慚愧之色，點點頭道：「馬超極為堅韌，死守陽城月餘，卻猶自強橫。他城中已無糧草，甚至靠食人以裹腹……我倒是沒想到，馬超竟然如此厲害。」

曹朋沒有說話。沉吟片刻，他低聲道：「馬超，已山窮水盡，不過是靠一股氣而支撐到現在，早晚必敗。與他總是有那麼一段交情，不如這樣，讓我去看一看。廣元，你立刻下令，兵退十里。公明大哥也莫再繼續攻擊，徒增傷亡而已……明日，我到陽城下，與馬超見一面。總是好男兒，可惜了他一身本領。」

章五

是非善惡，誰人知曉？

「別吃我，不要吃我！」

陽城陰暗角落裡，一個少年羌兵縮在角落中瑟瑟發抖，不時呢喃自語。他兩眼無神，骨瘦如柴，整個人好像瘋了似的，只要看到有人向他走來，就下意識的抓起身邊的兵器，歇斯底里的吼叫。

這，只是陽城的一個縮影。

馬超清瘦許多，再無當初錦馬超風采。兩眼凹陷，顴骨凸出。不過精神看上去倒是很不錯，只是眉宇緊蹙……

「一點糧食都沒了嗎？」

「沒了！」

在他身旁的，是跟隨他多年的部將。

隨著馬休、馬岱和胡遵戰死，那些被他招募而來的將領也紛紛逃離。幾萬大軍，如今只剩下這城中數千人。除此之外，便是一直忠心耿耿跟隨馬超出生入死的親隨，名叫馬忠。這馬忠是張掖人，自幼失去雙親，孤苦伶仃，父母死於仇池氐人之手，後來被馬超收留，帶在了身邊。

對於馬騰，馬忠沒有太多的忠誠；但是對馬超，馬忠卻是由衷的感激和敬佩……如今馬超山窮水盡，身邊部曲死的死、走的走，只剩下馬忠一人跟隨。

「主公，突圍吧。」馬忠輕聲道：「末將願為主公掩護，請主公儘快突圍。」

「突圍？」馬超苦笑一聲，「我能往何處去？」

武威沒了，金城沒了，武都也沒了……偌大西北，恐怕已經沒有他馬超立足之地。再說了，曹軍將陽城圍得水泄不通，徐晃、曹洪、張郃，單獨一人，馬超絕不會畏懼，可是三人聯手……更不要說，還有十倍於己的曹軍兵馬。

這形勢變化的實在是太快，快得讓馬超有些無法接受。原本他占據了上風，可一眨眼，卻落得個如此慘敗！這一次，他不僅僅是輸了戰事，甚至連起家的根本也都輸掉。可以想像，那些羌氏再也不會聽從他的調遣，因為在他們面前，有一個更加強勢、更加狠辣的曹朋。

一晃，六年！

曹朋已經成為一代名將，可他仍在苦苦掙扎。

「往哪裡去？」

「去漠北……我聽說鮮卑人不正在和曹操交鋒嗎？」

「住口！」馬超一聲低喝，「我乃伏波將軍之後，怎可能與那鮮卑人同流合汙，俯首稱臣？我馬超一世，頂天立地，什麼事都可以做，卻絕不做那背祖求榮之事！」

馬忠登時無語。

縱觀馬超一生，無論他野心如何巨大，可是對異族，始終保持著警戒。他威震西羌，令胡氏為之恐懼，只可惜……

馬忠嘆了口氣，也沒有再繼續勸說。

曹賊

章五 是非善惡，誰人知曉？

陽城，已經守不住了！這本就是個小城鎮，屬於普通的要塞，人口不多，存糧也沒多少。幾千兵馬困居陽城，城裡的糧食早就被吃光了。私底下，很多人開始以人肉為食。最初是死人肉，到此時，有不少人開始屠殺袍澤將之吃掉……士氣已經跌落到了谷地，根本沒有戰鬥的意志。

馬超雖然反感那種食人舉動，可是面對這樣的困境，也只能睜一隻眼，閉一隻眼！

「主公，快看！」

就在馬超沉思不語的時候，忽聽馬忠大聲叫嚷。馬超抬起頭，順著馬忠手指的方向看去，不由得一怔，清瘦的面容上浮現出一抹詫異之色。

曹軍正向後撤退？

「主公，此時突圍，正是時候。」

哪知道，馬超癡癡的看著遠處正撤退的曹軍，卻一言不發。

「主公！」

「他終於來了……」

馬超沒頭沒腦的一句話，令馬忠一愣。

忙舉目觀瞧，卻見遠處曹軍陣營中，一面大纛與曹軍撤退的方向相反，正緩緩向城下靠近。那大纛黑底白字，掐金邊走銀線，上書『司隸校尉，都督西北』，正中央，一個斗大的『曹』字，在陽光下格外醒目。

旌旗飄揚，獵獵作響。從曹軍大營中，行出一隊兵馬，鐵騎在前，白駝在後。

一員大將頭戴三叉紫金束髮金冠，身披亮銀鎖子甲，繡花緞子戰袍在身，腰繫獅蠻玉帶。胯下獅虎獸，掌中方天畫戟。只見他縱馬從旗門下衝出，直奔陽城城下停住，將方天畫戟橫置身前，手搭涼棚，舉目觀瞧。

馬超猛然一挺胸，大步走到城牆邊上，手扶女牆，凝神與那人對視。
「曹友學，可來送死乎？」聲音洪亮，依舊帶著一絲倨傲。
城下，曹朋卻笑了！
「孟起，卻清瘦了……」
「想來西北，已經平靖。」
「拜孟起之福，河湟平靖，竇茂、蘇威授首，白馬羌滕子京送來降書順表，已著手從湟中遷至武都居住。郭就於西傾山下，為我大軍所敗，和參狼羌殘兵敗將逃匿山中，早晚必死。參狼羌覆沒，八萬羌眾盡歸附朝廷所治……對了，來年開春，會有大批移民進入河湟與湟中，想來用不了多久，那裡就會成為第二個河西。」
雖然早已經有了準備，可是親耳從曹朋口中聽到結果，馬超仍舊感到震驚。
也就是說，從今以後，羌氐之亂再難興起。
漢室用數百年未能平息的羌氐之亂，竟然被曹朋用短短幾個月時間解決！
內心裡，生出一絲敬佩。馬超一拱手，「如此，要恭喜你了！」
「孟起，何不歸降？」
馬超凜然而笑，「曹朋，休言投降二字。馬超雖不肖，卻也不屑於為人所治。大丈夫生於天地間，當持三尺青鋒，闖出功名。今馬超輸了，無話可說。既生馬超，何生曹朋……曹友學，可敢與某家大戰三百合？」
曹朋沉默了！他早就猜到這樣一個結果，卻無可奈何。
馬超，不是一個甘為人下的主兒。即便是後來歸附了劉備，也是被劉備死死壓制。哪怕做了五虎上將，可是論戰績、論功勞，遠遠無法與其他人相比。

張飛，可以出鎮南充。關羽，為劉備鎮守荊襄。趙雲雖沒有獨領一軍，可是卻有長阪坡、米倉山之輝煌戰果。至於黃忠，在劉備奪取漢中一戰裡，同樣也立下了不朽功勳。唯有馬超，歸降劉備之後，彷彿銷聲匿跡般，再也沒有任何成就，唯一的成就就是震懾了羌氐，不敢窺視西川，但除此之外，他還有什麼成就？

劉備對馬超，絕對是小心提防。以至於最終，馬超抑鬱而終……

劉備制不住馬超，曹操就可以制住馬超嗎？那曹朋呢？

肯定壓制不住馬超，這廝的野心太大！

可是如果馬超真就這麼死了，曹朋又覺得可惜，畢竟馬超是曹朋前世兒時心目中的英雄。渭水河畔，殺得曹操割鬚棄袍，這恐怕也是馬超一輩子最為輝煌的成就吧……

曹朋抬起頭，凝視馬超良久。突然回身，衝著本陣招了招手，兩騎飛馳而出，來到曹朋身邊。

馬文鷺跳下馬來，朝著城頭悲呼一聲：「大哥！」

「文鷺？」馬超一怔，平靜的面容上頓時閃過一抹激動之色，「妳還活著嗎？我聽人說，妳跑去了河湟，再也沒有消息。一直以來都在擔心，今見小妹妳還在，實為開懷……文鷺，為兄對不起妳！」

馬超一聲對不起，讓馬文鷺頓時淚流滿面。

他是在抱歉早先竇茂逼迫他要迎娶馬文鷺時，他動搖了，低頭了！哪怕只是虛與委蛇，但終究是拿著妹妹一生的幸福，來實現自己野心。後來聽說馬文鷺跑了，馬超後悔萬分。本想要返回武都，尋找馬文鷺，不成想韋氏和楊氏與他聯絡。馬超也知道，機不可失、失不再來的道理，於是思忖良久之後，還是決意先對關中開戰，而後再尋找馬文鷺。可沒想到……

「大哥，我成親了！」

「啊？」

馬文鷺伸手，拉著已經下馬，站在她身後的趙雲，雙雙跪在了城下。

「子龍是公子親隨，如今已經是果毅都尉。他待我極好，而且武藝也很高強，與大哥不相伯仲……大哥，投降吧，你還沒有祝福我呢。」

按照羌人的規矩，女孩子成親，要有家人的祝福。

馬騰已死，長兄為父……沒有得到馬超的祝福，是馬文鷺心中永遠的痛。

馬超在驚愕片刻之後，卻笑了！

「小妹，妳終於贏了。」

腦海中，浮現出兒時的一幕場景。那時候馬超已經二十多了，並闖出了錦馬超之名。而馬文鷺還是個小女孩兒，豎著雙鴉髻，活潑可愛，最喜歡纏著馬超。

「將來我一定要嫁給一個比大哥還要厲害的人。」

兄妹二人練槍，馬文鷺在失敗之後，噘著嘴，信誓旦旦的說：「到時候，大哥再欺負我，就讓他打你。」

而那時候的馬超志得意滿，更是狂傲不羈，於是大笑道：「小妹，妳想要找比大哥還厲害的男人，恐怕這一輩子都嫁不出去。」

一晃，許多年過去。馬文鷺已經長大，更找到了一個可以依靠的男人。

趙雲形容俊朗，歷經長阪坡和河湟兩次大戰之後，身上散發出強烈殺氣。那種將殺伐與沉穩融為一體的獨特氣質，令馬超非常歡喜。

「小妹，大哥祝福妳！」

他話鋒突然一轉，衝著趙雲道：「你要好好照拂我小妹，若敢有半點對不起她，我必不饒你。」

趙雲握著馬文鷺的手，朝著城頭上的馬超，用力點點頭！

章五
是非善惡，誰人知曉？

馬超復又看向曹朋，「曹朋，可敢與我一戰！」

曹朋策馬上前，凝視馬超半晌，輕輕嘆了口氣，「孟起，你久居陽城，已精疲力竭。我此時若勝你，也是勝之不武。我命人準備了糧草和酒菜，請孟起飽食，好好歇息一晚。明日午時，你我再痛快一戰，如何？」

說話間，曹朋一揮手，就見一隊軍卒推著十幾車糧草來到了城下。而後曹朋撥轉馬頭，緩緩向營地行去。

「大哥……」馬文鷺萬分不捨，朝著城頭哭喊道。

馬超則向她揮了揮手，然後轉身離去。

「文鷺，走吧。」趙雲勸道。

「可是……」

「於孟起而言，此方為最好的歸宿。其實，公子也希望他能投降，但孟起投降之後，恐怕此生再難有機會施展才華。與其抑鬱而終，不如痛快戰死。若我是他，也絕不會投降。」趙雲心裡面不由得有些酸楚。都是當世俊彥，只不過他的運氣好一些，更沒有馬超那麼大的野心……

趙雲能理解馬超的心思！

馬超已不見了人影，只留下馬文鷺悲戚哭泣，趙雲好不容易才把馬文鷺勸回去。

就在他們離去的一剎那，馬超重又出現在旗門下，默默看著兩人的背影，眼中也充滿了淚水。

「馬忠，去把糧草拉進來吧。」

「主公，小心有詐！」

馬超微微一笑，「曹朋雖然狡詐，卻是個磊落好漢。這種時候，他斷然不會有什麼詭計。只管把糧草拉進城內，也好讓兒郎們飽食一餐。」

「喏！」

馬忠帶著人匆匆走下城樓。城門打開，他帶著一隊兵馬衝出城來，將停在外面的糧車拉進了城裡。剎那間，陽城中傳來一陣陣歡呼聲。

馬超的臉上，則閃過一抹詭異笑容，「曹朋，你這不戰而屈人之兵，果然高明！」

可以想像，吃飽了肚子的馬家軍肯定會對曹朋感恩戴德，之前的士氣也隨之被瓦解……馬超明知道這是一計，卻也不能眼睜睜看著兒郎們自相殘殺，食人裹腹。

他仰天長嘆一聲，自言自語道：「也罷，卻全了你曹朋的威名吧。」

當晚，曹朋正要歇息，忽聽外面一陣大亂。

難道是馬超偷營？他連忙衝出大帳，卻看到所有軍卒都聚在營門口，朝著陽城方向眺望。陽城城內，火光沖天！曹朋心裡一驚，連忙跑過去觀看。

「怎麼回事？」

剛得到消息，匆匆趕來的趙雲夫婦站在轅門口，也是一臉的驚訝之色。

「將軍快看……好像有人從陽城出來。」

曹朋連忙順著那軍卒手指的方向看去，就見陽城城頭點燃了一支支火把，城門大開，一隊隊軍卒從城中緩緩行出。為首一人，身穿重孝，牽著一匹金頂白龍馬，慢慢向曹營走來。

「馬忠？」馬文鷺一眼認出那人正是馬忠。她連忙跑上前去，大聲詢問。

趙雲則立刻跟上，手持驚鴻劍，警戒的看著對方。

馬忠在距離馬文鷺還有十幾步的地方停下，突然撲通一下子跪在地上。「姑娘，大公子他……」

「我哥哥怎麼了？」

曹賊

章五

是非善惡，誰人知曉？

「大公子，自盡了！」

恍如一個驚雷，在馬文鷺耳邊炸響。她最後一個親人，就這麼沒了嗎？

「不可能！大哥不是說，明日還要和公子交鋒嗎？」

「大公子說，他殺不得曹公子，同樣也不願曹公子殺了他，所以不論勝負……其實在六年前，他就已經輸了。大公子有一封書信，給曹將軍。而後便縱火焚燒了府衙。我等衝進去時，大公子已經……已經自盡了！」

馬超若殺了曹朋，曹操必然會為曹朋報仇，殺了馬文鷺和趙雲洩憤。

而他更知道，曹朋並非等閒之輩。六年前，他勝不得曹朋；六年之後，他已步入壯年，開始走下坡路。而曹朋呢？方二十七歲，正是最為巔峰的時候。馬超自認未必能勝得曹朋，但是他性情孤傲，又不願意死在曹朋之手。天底下能殺死他馬超的，只有他自己。

最終，馬超選擇了自盡……

馬超的信中，託付曹朋照顧好馬文鷺，並轉告趙雲，絕不可做對不起馬文鷺的事情……他心愛的坐騎，還有他的兵器鎧甲，一併送給趙雲夫婦。並讓馬文鷺，一定好好安置馬忠。

這，是他馬氏一族，最後一個家臣。

馬文鷺當場就昏迷過去，嚇得趙雲抱著她連聲呼喚。

而曹朋呢，則是唏噓不止。

正如馬超信中所言，這也許是他最好的歸宿。

大丈夫生當轟轟烈烈，死亦要死得雄壯！

歷史上，他抑鬱而終。而今……

對於馬超這個人，曹朋真不知道是怎樣一種感情。前世從兒時崇拜，到後來的不屑，認為馬超冷酷無情，凶殘可憎。可仔細想來，馬超的結局，從馬騰另娶新婦之後就定下了基調。如果馬超的老子不是馬騰，或者馬騰能夠一如既往的對待馬超，也許就不會有後來的不幸！

所以說，馬超的冷酷和凶殘，有一半是馬騰的原因……

馬超一死，陽城告破。城中三千名馬家軍，旋即投降。

天亮之後，曹朋、徐晃、石韜三人，並肩走進了陽城。看著殘破的城市，三人都生出了無限感慨。

「公子，接下來準備如何？」

石韜突然發問，讓曹朋一怔。

「接下來？」曹朋搔搔頭，輕聲道：「孝直率部兵進子午道，奇襲漢中，不知結果如何。想來很快就會有結果了！若拿下漢中，恐怕會有一段時間的休整。這兩年大王連番用兵，於國力也頗為吃緊，所以未必會同意我們繼續用兵。休整一下也好，我這個司隸校尉自赴任以來，還沒有好好的做過事情。西北平靖，賈涼州不日將離開長安。他已經催促我多次，我也準備回長安，好好休息一番。」

「韜欲隨公子前往長安，不知可否？」

「這又是為何？」曹朋一怔，詫異的看著石韜。

石韜如今是漢陽太守，前程無量。突然要隨自己去長安，豈不是要放棄如今大好基業？

「涼州，有元直足矣。韜於涼州多年，實有些倦了。而今公子為司隸校尉，亦希望能追隨左右。」

是時候放棄涼州了！

涼州發展到這一步，若曹朋始終把持著，終究不是長久之計。有徐庶和黃忠兩人，再加上孟建，足以保證曹朋在涼州的利益。漢陽，是非之地。如果始終在曹朋手裡，恐怕曹操心裡也會有些猜忌……

放棄漢陽，才是保留河西的最佳方法。畢竟河西的面積越來越大，曹操在建安十四年初，下令在石嘴山設立武關。如此一來，關內五鎮，關外十一鎮，共十六縣，規模甚至超出隴西郡。

章五
是非善惡，誰人知曉？

曹朋明白了石韜的意思，沉吟片刻後，輕聲道：「廣元你的才華在於治理地方，若隨我去長安，不免有些可惜……這樣吧，你既然累了，就和我去長安休息一段時間。如果孝直拿下了漢中，你就去漢中赴任吧。雖然在短時間內漢中不會發生戰事，不過未雨綢繆，大王早晚會向西川用兵，到時候漢中將成為重要樞紐。你去把漢中治理好，一旦開戰，你責任重大。」

石韜想了想，點頭應下。

兩人的對話並沒有背著徐晃，所以徐晃聽得清清楚楚。曹朋事無不可言，也沒有瞞著徐晃。但是在徐晃心裡，卻覺得曹朋把他當成了朋友。

他和曹朋的交集不少，特別是在荊州時，兩人數次合作，關係非常密切。心裡不由得感慨萬千，主公能有曹朋這麼一個萬事為他著想的姪子，何愁大事不成？而曹朋的麾下，有石韜這麼一個凡事為他考慮的謀臣，又何愁家業不興旺發達？

最重要的是，曹朋事事搶先一步。當所有人的目光還盯在西北的時候，他的目光已轉向了西南……法正和典滿秘密出兵漢中？

徐晃並不知道此事。此時聽聞，更是萬分驚訝……

石韜帶著人去處理城中的事務。徐晃和曹朋並肩走下城樓，正準備上馬的時候，徐晃突然擺手，示意周圍軍卒讓開，然後與曹朋道：「友學，我有一事相求。」

「公明但說無妨。」

徐晃深吸一口氣，低聲道：「我有一子，名蓋，年已十六。說來慚愧，那孩子不好讀書，整日裡惹是生非，實為頭痛。我思來想去，與其讓他待在家裡，倒不如讓他隨友學你學點本事，將來有一技之長。只是……此事提得冒昧，還請友學勿怪。」

曹朋當然知道，徐晃有這麼一個兒子，名叫徐蓋。而且也聽說過，那小子是個好惹是生非的主兒，整天帶著一幫人要麼找人角抵（注：相撲，角力遊戲），要麼就是賭博。為此，徐晃時常要為他向苦主道歉。

只是，滿朝文武，為何選中了自己？

曹朋心裡疑惑，但也不會拒絕。他知道，這是徐晃向他釋放出來的一種善意。日後大名鼎鼎的五子良將，曹朋當然願意結交一番。雖然兩人曾多次接觸，不過並沒有太深的交情。一來呢，是徐晃自己小心謹慎，從不拉幫結派；二來呢，兩人的關係也沒到那一步。如今他既然主動提出來，曹朋自然不可能拒絕。

「只怕是耽誤了小公子。」

徐晃卻笑了，「若能耽誤成你家小迪那般模樣，自家也是非常願意看到。」

蔡迪娶了曹節。雖然還沒有完婚，可是已板上釘釘。還沒有完婚，就已經是騎都尉了！天曉得等他完婚，會是什麼樣的前程？

許都城裡，不曉得有多少人羨慕。

甚至夏侯惇在私下裡抱怨：「早知這樣，我就搶先與主公說……我家五個孩兒，難道還找不出一個能配上節姑娘的人嗎？小子真真個狡猾。」

曹朋忍不住笑了！

說實話，他也很頭疼這件事。他是曹操的姪兒，偏偏隨著蔡文姬下嫁給他，蔡迪成了他的兒子……如此一來，他和曹操的輩分可就有點亂了！以至於事到如今，出現了他從曹二代向曹一代過渡的尷尬狀況。

就連夏侯淵都來信罵他：你娶了蔡琰也就罷了，為何又為你那兒子找大王求親？那我這個丈人，究竟是稱呼你做兄弟，還是稱呼你為女婿？

對於這個問題，曹朋也不知道該如何回答。

章五
是非善惡，誰人知曉？

曹朋命人收攏了馬超的屍體。同時，又讓趙雲陪著馬文鷺，為馬超安葬……

馬騰死了，馬超也死了……父子間兩代恩怨，彷彿在一夕化為煙雲。馬超的信中，希望能夠把他的屍體和馬騰一併埋葬，還有馬岱、馬休，和那早已經化為枯骨的馬鐵。

作為馬氏唯一倖存的人，馬文鷺自然擔當起這個重任。曹朋拜託徐晃，把馬岱、馬休的屍體一併找來，同時又派人前往狄道，告訴徐庶，把馬騰的屍體起出。等到會合一處之後，馬文鷺將所有靈柩運往武威安葬。趙雲作為馬家的女婿，自然要隨行。

曹朋索性放了趙雲的大假，讓他陪著馬文鷺，安安生生的辦理此事。

旋即，曹朋和徐晃分手，帶著石韜，趕赴長安。

至於漢陽方面，石韜也已經安排妥當，推薦賈星接替他，成為漢陽太守。

建安十四年九月，深秋。

曹朋一行人，長途跋涉，返回長安。

在曹朋抵達長安的頭一天，賈詡已帶著班底前往隴西赴任，接掌涼州。

而夏侯蘭呢，則經由賈詡和曹朋商議，暫領武都郡太守之職。等到曹操的正式任命發出以後，夏侯蘭是繼續留任武都，還是另有重用？曹朋也不得而知。反正有一點可以肯定，夏侯蘭的職務不會低於秩兩千石。

抵達長安後，曹朋休整了兩日。

兩天後，曹汲和王買啟程，趕赴許都就任。曹朋送兩人直到灞橋，才不捨道別。

剛回到府中，就見龐統興沖沖的迎上來，一把拉住了曹朋的胳膊，「阿福，大喜，大喜啊！」

曹朋先愣了一下，旋即反應過來：「漢中？」

龐統連連點頭，「沒錯，漢中捷報，孝直真的已經拿下南鄭，張魯歸降……」

才入九月，漠北已透出嚴冬蕭瑟。枯黃的牧草凋零，再也沒有那風吹草低見牛羊的景象，取而代之的是一種莫名肅殺之氣。

受降城，曹軍大營裡，曹彰小心翼翼添了兩塊木炭在火盆裡，以保持衙堂裡的溫度。

而在大堂中央，曹操穿著厚厚的錦袍，滿面春風的閱讀一封書信，不時發出呵呵的笑聲。郭嘉、荀攸、董昭三人端坐一旁，在他們對面則是典韋、許褚、李典等武將。見曹操情緒大好，眾人的心情也頓時輕鬆下來。

此次曹操親率兵馬，督戰受降城，就是為了要和軻比能掰掰腕子。

本來，大家都不贊成他率部出征。主要原因還是因為西北未定，而曹操的身體自荊州返回之後，雖然已經康復，但較之從前明顯虛弱很多。

北疆苦寒，萬一再染上風寒可不是好事。但曹操卻一意孤行，非要出征不可！

在他的心裡，始終存有一個夢想，能開疆擴土，似先輩那般笑談渴飲匈奴血。

比較遙遠的，蒙恬開疆擴土，為大秦打下河南地；而後衛青、霍去病建立功勳，霍去病更殺得匈奴聞風喪膽；陳湯的『明犯我強漢者雖遠必誅』；竇憲橫掃漠北，令匈奴不敢正視中原……先輩的一樁樁豐功偉績，曾經是幼年時的曹操最為嚮往的事情。可惜，鮮卑百年世出的一代雄主檀石槐雄霸漠北的時候，曹操年紀小，無法親身面對。

如今，檀石槐死了，又來了一個軻比能。

也許比之檀石槐，這軻比能有所不如，可是在曹操看來，也是一個好對手。因此無論如何，他都不能放棄這次機會。

章五 是非善惡，誰人知曉？

「西北自有新武鄉侯，何須孤費心勞神？」

對於大家所說的『西北未定』，曹操不屑一顧，似乎根本沒有放在心上。

我已經把我手下最好的人選放在了西北！如果阿福不能搞定那些羌氐，日後又如何託付大事？

所以，自從曹朋去了西北之後，曹操就沒有再留意那邊的事情。他所有的精力，都集中在了北疆。伴隨著天氣轉寒，隆冬將至，鮮卑打穀草的季節也將來到，曹操決意在這個時候好好的教訓一下鮮卑，教訓一下軻比能。就算不能消滅軻比能，他也要設法將方向朝北推進千里。

為此，從初秋開始，曹操就緊鑼密鼓開始操持此事……這一戰，關係重大。打得好，中原在未來五十年裡，無須再擔心北疆的鮮卑胡禍。

只是，他萬萬沒有想到，這北疆戰事還未展開，西北大捷已經傳來。

「阿福，果然好手段。」曹操把書信放下，一臉笑容。「漢中，定了！」

「啊？」董昭大吃一驚，「漢中何時平定？」

「河湟之戰初，阿福已密令圓德率部兵進子午道，越過千里蠻荒，悄然抵達南鄭。而後他們收買了楊松，奪取南鄭，將張魯俘獲。圓德之後又在中途設伏，大敗張魯部將閻圃，占領了沔陽。雖然陽平關張衛還未投降，然則已經不成氣候，想來用不了多久，阿福就會送來捷報。」

聽罷，董昭笑咪咪的看著典韋，「君明，恭喜你啊！」

典韋也是興奮不已，甚至忘了還禮，只咧著大嘴，嘿嘿直笑。

這世上又有什麼事情，能比自己孩兒有出息更能讓人開懷？典韋一直擔心，典滿將來無法擔起這個家族。可現在看來，典家百年之內，已無須擔憂了！

倒是許褚，頗不高興。

「阿福忒不公平。」

「仲康，何出此言？」

「圓德是他兄長，我家老虎便不是他兄長？為何只關照圓德，卻不關照我家老虎？好歹也是他二哥，不免厚此薄彼。」

原來，許褚吃醋了。

這些年來，他和典韋之間的爭鬥已經沒有早年間那麼白熱化。大家年紀都大了，而且身處高位，沒必要斤斤計較。再說了，兩家孩兒是結拜兄弟，老人也不好爭得太狠。

典韋呢，本身就不是一個很好爭權奪利的人。虎賁軍在解散之後，他一直擔當曹操的親軍牙門將，雖然官祿甚高，也沒有太大權力。

反倒是許褚，掌控虎衛軍，比之典韋要得意很多。可是除此之外，他似乎再也沒有超過典韋。

論曹操的信任，典韋和他已經拉開了距離，形成鴻溝；論生兒子，典韋膝下四子，而他只有一個兒子；拚後輩，典滿和許儀相差無幾，奈何有個牛剛，與曹彰關係甚好，如今也已經做到了中郎將。

典家一門，兩中郎。相比下，許氏一家就顯得弱了不少。

現在典滿又得了攻取漢中的功勞，將來必有封賞。許褚這心裡面就不舒服了。

「你這虎癡，怎說的話？我家圓德最早與阿福相識，你家小老虎卻是後來才認識。凡事總有先來後到，阿福自然該先關照圓德，再關照你家小老虎。依我看，阿福這事做得極有道理，公平，非常公平！」

聽許褚埋怨，典韋立刻不爽了。

兩人也是爭吵慣了，一句話旋即就爭執不休。

李典直接一扭頭，故意不去理睬。而郭嘉和荀攸低聲交談，董昭則老神在在，閉目養神。曹彰身為晚輩，自然不好說什麼，只是見二人吵得面紅耳赤，也是一陣陣苦笑。

「好了，休要爭執！」曹操一拍桌子，怒道：「看你二人成何體統？這裡正商議大事，你們卻……

若再爭執，就給我滾出去！」

曹操一怒，典韋和許褚立刻閉上了嘴巴。

郭嘉這才開口道：「大王，漢中既然平定，不知接下來，如何打算？」

曹操閉上眼睛，沉吟不語。片刻後，他才回答道：「自建安十一年開始，連年征戰。雖說這些年河北豐收，國庫充盈，卻也禁不住如此巨大的消耗……來年並州治理，必然花費甚巨。此種情況下，若馬上攻取西川，恐傷根本。」

「孫仲謀今夏，治於建康，其野心昭然，不得不防。孤以為，當著手以『治』為主，兩年之內，盡量減少戰事，恢復元氣，積蓄力量。友學已經將漢陽太守之職拱手讓出，想來是要孤加大對西域西北的開發力度。既然如此，罷賈星假漢陽太守事，為武都太守，由典農中郎將棗祗接掌漢陽，出任漢陽太守一職，配合文和主持大局。」

「另外，友學於河西郡初嘗府兵制，兵農合一，兵牧合一，效果斐然。孤決意，於幽州、並州、涼州三地，同時推行府兵。任張遼為幽州大都督、叔孫為並州大都督、文和出任涼州大都督……諸君，以為如何？」

曹操目光灼灼，環視眾人。

郭嘉幾人已明白了曹操的心意，大王的意思，分明是要消除軍中的漢室烙印，並打上曹氏烙印。可以想像，三州推行府兵，將會帶來何等影響？漢軍軍制自高祖確立以來，已有近四百年。而今，四百年烙印被一舉消除……曹操的野心也隨之暴露出來，取代漢室，時不遠矣。

「府兵之法，確合時宜。臣贊同三州推行府兵……不過，如何推行，最好還是與友學多加討論。畢竟，這是他提出的構想，而且在河西郡已推廣六載，積累無數經驗。最好能專設一司，由阿福負責，提點此事。府兵適於邊塞，而涼州有河西經驗，且徐庶、孟建都是早期推行府兵的參與者，可以給予文和極大幫助。所以這府兵的重心，當在並州和幽州兩地。」

「臣以為，於涿郡開設車騎將軍府，令友學專門負責此事，必能加速推行。叔孫、文遠，與友學關係密切，若換一個人，未必能插手軍務，唯有友學，可不使兩人心生怨念……」

曹操在郭嘉提出專設一司、負責府兵推行的時候，立刻就想到了曹朋。可是，他卻沒想到郭嘉居然讓曹朋在涿郡開府。

車騎大將軍？

地位有點高啊……不過倒也算不得什麼大事。曹朋平定西北，功勞擺放在那裡，就算是有人反對，也足以說服。他原本就是前將軍，再往上就是衛將軍、車騎大將軍。衛將軍護佑帝都，曹操可不想曹朋再捲入其中。但是車騎大將軍……

把車騎大將軍遷出許都，豈不是降低了權威？

再說了，在涿郡開府，似乎有些古怪。郭嘉的話是沒錯，但仔細想想，又含有深意。

曹操沉吟良久，突然抬起頭來：「准！」

郭嘉暗自鬆了口氣，不再言語，閉目養神，心想：阿福，為了能讓你走出漩渦，我可是費了不少心思，你至少要再給我加百分之五的股份，否則下次，我就不再幫你了。

建安十四年十月，隆冬已至。長安小雪，方晴。

曹朋抵達長安以來，忙碌不停。

韋從楊範之亂，雖然早已平息，然則餘波尚存。長安在經歷了叛軍圍城之後，也出現了些許混亂。曹朋身為司隸校尉，監察司隸官員，協助京兆尹曹洪穩定長安局勢，可謂是忙得一塌糊塗，根本不得空閒。幸好有龐統、石韜兩人相助，緩解了他巨大的壓力。

章五

是非善惡，誰人知曉？

龐統精通律法，在河西六載，對關中瞭若指掌；石韜歷任兩郡太守，更出任過涼州從事，也非常清楚關中的現狀。可即便如此，曹朋仍感覺頭大，每天瑣事不斷，單只是清查韋、楊兩家的事務，就讓他頭疼不已。

韋氏、楊氏，立足關中百年，和關中豪強有著千絲萬縷的關係。從兩家住所中，找到了他們與各家豪強往來的書信。

依照著曹洪的意思，是一查到底，徹底將關中的不穩定因素連根拔掉。可是，卻被曹朋阻止。

「子廉叔父，不能再查了！」

長安京兆郡廨裡，曹朋苦笑搖頭。

「為什麼？」

「撥出蘿蔔連著泥，這東西查不清楚……如果真要查下去，非但是關中，恐怕河東、河洛、河內都要被捲進來。韋氏和楊家，畢竟是百年豪強，怎可能和其他世族沒有聯繫？如果說，只一點聯繫就要追查，怕是會讓天下世族為之惶恐。弄不好，非但無法徹查，還會引出大亂。」

「難道，就這麼放過他們？」

「不然怎樣？」曹朋道：「查下去，越查越麻煩……我相信，只要咱們保持住強盛，那些世家自然知道該如何做。至於那些漏網之魚，失去韋氏和楊家的支持，難成氣候。那些豪強世族，也清楚該如何選擇，不會鬧出事端。當下局勢，多一事不如少一事。儘快解決韋氏楊家帶來的負面影響，穩定關中局勢，大力開發西北，保持西域商路暢通，才是關鍵。日子好了，誰又願意跑出來惹是生非？」

曹洪貪財，性情也有些暴烈，但不代表他愚蠢，相反他很聰明。

貪財的習慣，隨著他和曹朋的合作，而今日進斗金，那些小錢根本算不得什麼。他很快便明白了曹朋的意思，雖然心有不甘，但最終還是點頭答應。

見曹洪不再瞎搞了，曹朋總算是放下心來。

司隸校尉的事務，曹朋一併交給了龐統和石韜兩人負責，而他則把所有的精力投注於漢中。或者說，是他和張魯之間的交流。

張魯雖然歸附，但還沒有決定要馬上離開漢中。特別是張衛在陽平關，和楊昂依舊阻擋著曹軍的步伐。好在，法正在占領了南鄭之後，就立刻使典滿設伏。

沔陽太守閻圃得到消息，回軍救援，不料於中途遭遇曹軍伏擊，一萬漢中軍潰敗而逃。典滿更身先士卒，率部殺入中軍，生擒閻圃。而沔陽守軍得知消息，旋即開城獻降。

張魯在南鄭發出命令，讓大家放棄抵抗。

各縣紛紛響應，唯有張衛、楊昂頑固抵抗。但大勢已去，隨著曹軍不斷進駐武都郡，近六萬兵馬，虎視眈眈。郝昭、張郃、許儀皆善戰猛將，更兼之夏侯蘭身經百戰。可以說，西北悍將盡集中於武都郡，而曹朋坐鎮長安，隨時可能出手。張衛和楊昂所承受的壓力，著實巨大……更不要說，張魯已經投降了，他二人若繼續頑抗，其下場必然淒慘。

也就是說，陽平關告破，不過早晚！

曹朋從法正的書信裡，得知了自己莫名其妙的成了五斗米教的護法。

張魯非常熱情，和他以書信方式，討論五斗米教的發展趨勢。

在經過反覆思考之後，曹朋決意和張魯探討一下這宗教上的問題。他結合後世佛教，以及天主教、基督教的教義，再糅合他一知半解的道教內容，與張魯進行了全方位的探討。

「……今浮屠興起，教義蠱惑，行遍大江南北。而五斗米教，拘泥西川，實非善事。魯公教義，源於黃老之術，為我中原之根本教義。奈何聲名不顯，難以服眾，若不加以整治，早晚必被浮屠取而代之。浮屠之教義，重來生，而輕今世。為縹緲之來世，而罔顧現實之根本，是我中原之大患。其宣揚行善，

是非善惡，誰人知曉？

本意雖好，卻終不合我中土之態勢。天竺，蠻夷之國，愚蠢而無知……」

「魯公當登高而呼，引黃老高士，與我根本。則其一，五斗米之稱謂，甚俗，不足以登大雅之堂。余聞黃老根本，於道德之文。何不以『道』而代之？我行大道，可為天下人所共知！」

曹朋認為，五斗米教這個名字太俗氣，局限性太大，也不足以體現出本來教義。故而，這五斗米教無法與浮屠教，也就是後世的佛教相比。

取『道教』之名，令天下人尊崇大道，才是最響亮的名稱。

旋即，張魯來信，表示贊同曹朋的意思。

「世人皆好神明，天子受命於天……我曾聞，極西之地，有神明耶和華者，令世人崇拜。然東西不同，道教起於道，當遵奉神明，以令天下人所信仰。上古，有盤古開天，女媧造人，則太上出。今魯公當，尊盤古，敬女媧，奉太上，方為大道之本。」

曹朋的這個建議，與後世西方的三聖合一頗為相似。

盤古為聖父，女媧為聖母，太上便是聖子。至於這其中該如何進行編造，就是張魯的事情，等他召集來一幫子神棍之後，想來也不成問題。

隨後，曹朋再次建議，神權服務於君權。只有這樣，才可以令道教壓制浮屠教，成為中原國教。至於具體如何操作，曹朋也不是太清楚，他只能提出一個建議，供張魯參考。

兩人就這樣書信往來，不知不覺，已近了十一月。

北疆，曹操和軻比能在經過連番的試探之後，終於爆發了一場極為慘烈的大戰。雙方共調集兵馬二十餘萬，決戰於匈奴河畔，祁連山下。

雙方血戰十餘日，最終曹操憑藉著充足的糧草以及優良的裝備，大敗軻比能。經此一戰，軻比能實力大損，東部鮮卑再次自軻比能部下分裂而出，越大鮮卑山，遁往扶餘國。隨後，曹操任張遼為幽州大都督，坐鎮遼東，追擊東部鮮卑；而西部鮮卑在檀石槐之子素利的帶領下，向軻比能發起了挑戰。

軻比能知道再打下去也難有結果，於是派人與曹操議和，並提出以安侯河為界河，分而治之。

曹操也不想繼續糾纏下去，於是與軻比能進行一番磋商之後，最終達成議和條件。

以安侯河為界河，以北地區為鮮卑所治，以南則為曹魏領地。曹魏和鮮卑，永為兄弟，曹魏為兄，鮮卑為弟。鮮卑每年向曹魏交納供奉牛三萬頭、良馬八千匹、珍稀皮毛一千五百車等等。從此曹魏和鮮卑，永不開戰。

由於這次議和，是在鮮卑王帳龍城簽訂，所以史書裡又將其稱之為龍城之盟。不過，從此以後，龍城不復鮮卑治下，而成為曹魏領地。

曹操下詔，置東起大鮮卑山、西至匈奴河、南至受降城、北到安侯河廣袤之地為曹州。其含意，就是這個州，是我曹操打下來的。而後，曹操在曹州分置六郡，並一一命名，其中兩郡分別是彰郡和朋郡——這其中的意思雖不言明，但已經顯而易見。

曹操對曹朋的喜愛，可以說達到了極致，竟然以朋郡為治所，令無數人都為之羨慕……可羨慕歸羨慕，曹朋所享有的榮耀，還真不是一般人能得來。幾乎曹魏帳下的將領都知道，曹操最大的遺憾便是恨曹朋不為親子，時常感嘆。

一個被曹操視若親生，而且戰功卓著、聲名響亮、生財有道的傢伙，只能羨慕，你嫉妒不得……你要嫉妒，也可以！去嫉妒曹汲，有這麼一個好兒子。

匈奴河一戰，也徹底確立了曹操的威名。

自高祖以來，雖屢有大勝，卻從無如此輝煌戰果。即便是那些看曹操不順眼的人也不得不承認，匈奴河一戰是有漢以來最為輝煌的戰果，甚至遠勝於霍去病和衛青擊胡三千里的戰績。

是非善惡，誰人知曉？

漢帝劉協，心裡再不情願，也只得給予嘉獎，並宣布曹州為漢室治下……

許都日報連篇累牘，報導了匈奴河之戰的輝煌戰果。一時間，曹操風頭無兩。哪怕是江東孫權，還有西川劉璋，也不得不派人前來道賀，稱讚曹操豐功偉績。

在這種輿論之下，曹朋在河湟大開殺戒，也就沒有引起太多關注。

建安十四年十一月末，曹操下令班師還都，任海西都尉梁習為曹州刺史，同時又下詔，調前假武都太守夏侯蘭出任曹州大都督，駐紮彰郡，也就是早先的受降城，並著手推行府兵建設。

「大王何以令我還都？」

長安城裡，曹朋瞪著曹洪，疑惑的問著。

曹洪搔搔頭，苦笑道：「我怎知道？想來大王必是要給你嘉獎，所以才讓你前往鄴城覲見。這不馬上就要年關了嗎？我也要和你一同返回。」

曹朋接過詔令，一頭霧水的離開郡廨。

回到府中，他招來了龐統和法正。

在十一月初，張衛在曹軍凶猛的攻擊下，最終抵擋不住，獻出了陽平關。由此，漢中郡徹底告破，曹軍順利奪取漢中。

曹操旋即命石韜出任漢中郡太守之職，並使典滿、許儀二人屯紮米倉山和沔陽兩地，著手穩定局勢。隨後，召張魯前往鄴城覲見，拜縣侯，不再返回漢中。

張魯此時已經把心思都投注於宗教事業上面，接到詔令後，二話不說便離開了漢中。途徑長安時，張魯還專程拜訪了曹朋，並與曹朋進行了一次商議。此去鄴城，他準備在稟報曹操之後，全力發展道教事業，並且他已派人尋找高人隱士協助。

法正在石韜接手漢中以後，便返回了長安。與龐統得知曹操的詔令內容，兩人相視一笑，拱手齊聲道：「恭喜公子，賀喜公子！」

「喜從何來？」曹朋一臉茫然，看著法正和龐統，有些不太明白二人的意思。

事實上，在這種揣摩人的心思上，曹朋遠遠比不得法正、龐統。他想不明白，曹操讓他回鄴城覲見，又有什麼可喜可賀。關中的事情還處理不完，這時候回去，豈不是耽擱大事？石韜方至漢中，正需要他大力支持呢。

龐統笑道：「公子，而今關中，非久留之地。」

章六 有錢大家賺

「此話怎講？」

這關中，怎麼又成了『是非之地』呢？

龐統和法正落坐，喝了一口茶水。茶是益州的蒙頂茶，由漢中送至長安。

其實，飲茶的習慣，早在秦漢時期便已經存在，只是由於種種原因，並沒有普及推廣。蒙頂茶，主要是集中在西川地區，而且沒有經過烘焙和炒製，飲用的方法也和曹朋前世耳熟能詳的方式不同。東漢末年，以煎茶為主，還會加以各種作料。有點類似於後世英國人飲用茶水的方法，只不過所添加的作料，有很大區別。

曹朋不知道如何烘焙和炒製，但並不妨礙他讓人用泉水烹煮。不入任何作料，單純品嘗這茶水的甘甜，故而他飲茶的習慣讓很多人無法接受。不過法正和龐統倒是很喜歡，還從曹朋手裡討要了不少。

「公子以為，韋從、楊範死了，這關中的風波就此平定了？」

「怎麼？」

「京兆韋氏，弘農楊氏，乃關中百年豪強。他們的死，雖說是自取滅亡，但對於關中世族而言，必然產生劇烈震盪。此事，表面上和公子無關，乃賈涼州一手所辦。可別忘了，賈詡就出身於涼州，算起來和關中有千絲萬縷的關係。關中豪強未必會追究他的問題，但他們心裡一定會對公子產生一些莫名的抵觸。」

「這與我何干？」

龐統笑了，「韋端、韋康，死於何人之手？那楊氏，雖與公子沒有交集，可楊修卻死於大王之手。這筆帳，還得記在公子的頭上。西北平靖，河湟穩定，必然會迎來一個繁榮階段……然公子留駐長安，對那些豪強而言，終究是一個威脅。他們會想方設法來驅趕公子，以免重蹈覆轍……公子此時抽身離去，正是好時候。」

你走了，可以讓關中、讓西北更加穩定！

這算是什麼道理？西北氐亂，我來平定。這剛平定下來，我就要離開？

曹朋一開始也覺得有些想不通，但仔細琢磨一下，卻覺得有些道理……

回想從重生以來，他如同災星，每走到一地，就必然發生戰亂。從最初的海西，到後來的雒陽，再到官渡、河西、南陽、武陵，以及這一次重回西北，曹朋從一個對軍事並無太多瞭解的人，演變至今為戰無不勝的名將，的確是有些古怪……

龐統說得不錯，他繼續留在關中，恐怕並不是一樁好事。

他太強勢，以至於讓所有人產生了忌憚。

關中豪強擔心他會掠奪西北的利益，從而奮起反抗。既然自己已決意交出涼州利益，又何必眷戀於長安呢？只要能保證他在河西郡的利益，其他事並不重要。只是他這一走，漢中方面又將是什麼狀況？

似乎覺察到了曹朋內心的想法，法正道：「公子不必擔心西川事務……這西川事務，最終一定是由你接手。大王令廣元駐守漢中，已經明白無誤的表達了他的意思。只不過，我以為大王在一年之內，絕不會發動對西川的戰事。」

「這些年，戰事太過頻繁。幽州之戰、荊州之戰，以及剛發生的匈奴河之戰……數年裡，大王調動兵馬不下百萬人，耗費輜重糧草無數。雖然這幾年來，各地風調雨順，府庫充盈，但面對如此巨大的消耗，恐怕也有些吃緊。」

「特別是大王攻下並州，驅走匈奴，復奪朔方，擴土千里！雖說北疆荒涼，人口稀少，但幾十萬民眾也需要大量物資進行安撫。同樣，並州穩定，也需要一個漫長的過程。這其中需要投入的精力和物資，必然驚人，恐怕傾冀州、青州兩州府庫，也未必能令北疆穩固。更不要說還有江東孫權，虎視眈眈。」

「如此情勢下，大王一年之內，斷然不會開啟戰端……甚至，需要更長時間的休養生息。只有待北疆徹底穩固，大王才有可能開啟對西南戰事。調公子離開關中，怕也是大王的計策！」

曹朋眉頭一蹙，沉吟不語，手指急促的敲擊桌案，半晌後道：「孝直的意思，是大王要劉璋和劉備，鬥起來嗎？」

龐統和法正相視一眼，微笑點頭。

劉備，不是那種可以久居人下之輩。他野心勃勃，手段高明，懂得拉攏人心。荊州一戰，劉備損兵折將，更痛失關羽。不過，在他身邊尚有張飛、陳到之流，更有諸葛亮輔佐，一旦恢復元氣，必不會甘心臣服。

而劉璋呢？之前由於民生崩壞，又有南中豪強作亂，有些難以招架，於是才請了劉備入川，令他坐鎮南中。據李儒從成都傳來的消息，劉璋已經命劉巴著手恢復民生，並徹查罪魁禍首。李儒而今已暫時停止繼續發放劣幣，等待時機，做最後一擊。劉璋想要恢復民生，非短時間可以奏效。

如今漢中失守，曹朋坐鎮關中，會給劉璋帶來巨大壓力。

因此，劉璋將與劉備更緊密的合作一處。西川名將不少，如果兩人長久合作，憑藉劉備的手段，還真不好說出個結果。但如果曹朋撤離關中，則會給劉璋造成一個假象，那就是曹操無意對西川立刻用兵……如此一來，視益州為己有的劉璋，絕不會坐視劉備壯大；而劉備呢，也會努力擴大自己的生存空間。兩人之間，必然會發生矛盾，最終演變為衝突。

曹朋雖然不在西川，但有李儒坐鎮，就猶如他親自坐鎮成都。

既然曹操不準備立刻對西川用兵，他留在長安的意義也確實不太大。此時離開關中，倒也正好。只是心中難免有些不甘，他搖頭自嘲道：「我便是大王的一支槍，哪裡需要哪裡鑽。罷了，離開也好，我也可以少費些心思。只是不知道我離開之後，何人會接手關中？莫要破壞了我漢中布局。」

龐統聽聞，笑了！

「公子不必擔心，這司隸校尉人選，以我看來，無非兩方面。一是從關中選拔，張既、楊阜二人最有可能……二就是大王指派，若是如此，接替公子的人選，必然是能知曉公子心意，甚至與公子有極為密切的關係。我剛才仔細想了一下，如果是大王指派，最可能接替公子的人選恐怕就是陳群陳長文了……若真是他，廣元那邊倒也無虞。」

石韜，是潁川人。

陳群，也是潁川人。如今他為丞相府西曹，雖官位不高，但是卻頗得曹操所信。

如果真是陳群，那曹朋也可以放心了！

拋開他和陳群的關係不說，陳群在關中毫無根基，更沒有統兵的經驗，若是來到長安，他必然會尋找幫手。此種情況下，與他有同鄉之誼的漢中太守石韜、隴西太守徐庶，會成為拉攏的重點。而河西太守黃忠、南部都尉郝昭，也因曹朋的關係，會被陳群所重視。

如此一來，西北之地，勢力將獲得一個平衡局面。

關中豪強、涼州世族、以及中原豪門……再加上武都太守棗祗、西部都尉曹休、以及屯紮於武都的張郃等人，能夠形成一個有效制衡。

曹朋想明白了這其中的關鍵，立刻輕鬆許多。

「既然如此，那收拾一下，十日之後，前往鄴城。」

「此行，都帶何人前往？」

「你二人，還有幼常。子龍夫婦已經返回，自然隨我同行，還有沙沙、孫紹和小艾。文武我打算讓他前去漢中，輔佐石韜，擔任個統兵校尉。嗯，差不多就是這樣了，你們還有什麼推薦嗎？」

龐統道：「公子此次返回鄴城，必然會有升遷。若只是前將軍，這些人選倒也足夠。不過公子這次升遷，恐怕不比從前。此前公子曾為廷尉，乃九卿之一，而今又出任司隸校尉，也是中兩千石俸祿。如此再升遷，只怕會在九卿之上。多一些班底，非常必要。我倒是有一個人選，不知公子可還記得，當年你送來河西的向寵嗎？」

向寵？

曹朋露出恍然之色，指著龐統笑道：「你可是說那頭倔牛，向寵向伯龍嗎？」

「正是！」

向寵是在曹朋復奪宛城時的俘虜，同時也是歷史上頗有名氣的一員蜀漢名將。他是向朗胞弟的獨子，在同輩之中，年紀最長，故而表字伯龍。

據說，他『伯龍』的表字，源自於《毛詩．小雅》中『既見君子，為龍為光』。龍，又與寵同音，故而表字『伯龍』。

當時向寵被俘虜的時候，是一千個不服，一萬個不忿。

曹朋呢，也捨不得殺他，於是把他和麋芳一起送到了涼州，讓他二人服刑。麋芳很快在武威郡站穩了腳跟，並且得到步騭的重用，後出任日勒長，如今在孟建手下做事。

而向寵呢？則屬於那種冥頑不化的頑固分子，被送至河西。龐統和向寵有同鄉之誼，故而對他也挺照顧。龐統畢竟是龐門子弟，向寵對他極為尊敬。在河西四載，向寵倒漸漸改變了觀點，對曹朋也開始敬重起來。

他在夏侯蘭麾下效力，後出任廉堡軍鎮果毅都尉，在對異族征戰中，立下不小功勞。龐統離開河西的時候，向寵曾提出，想要隨龐統一起離開。只是當時龐統未得曹朋的主意，也不好答應，便讓他安心做事，等待機會。

曹朋要去鄴城了，龐統必然隨行。於是，他便向曹朋舉薦了向寵，希望能解除向寵身上的傜役。

曹朋笑道：「那倔牛，可低頭了？」

「低頭倒沒有，不過確實是一把練兵的好手。」

「既然如此，問他願不願意為我做事。但先說好，來我這裡，他最初也就是個掾屬，可比不得在河西風光。如果願意，我就書信忠伯，請他放人。」

「他自然願意。」

曹朋有開府之權，手下可以置掾屬二十九人，原先就一直沒有滿員。如今文武派出，更出缺一人，實際上只有鄧艾和孫紹兩個，這向寵來了，倒也是一個有力的補充。別將來出去，自己卻是個光桿司令，才叫丟人。

見龐統說完，法正連忙起身，說道：「公子，正此行漢中，倒也遇到兩個可用之人。」

「哦？」

「漢中司馬閻圃，沉穩幹練，足智多謀，而且此人性情忠直，是個能直諫的人。可惜張魯不會用他，明明是一等一的謀士，卻要他統兵打仗，結果……正此行返回，閻圃也一同前來。只是一直未能找到機會與公子舉薦，正好趁此機會，願請公子重用。」

閻圃？

曹朋還真不太清楚這個人。或許也是一位名人？可惜印象不深！不過既然法正這麼鄭重其事的舉薦，想來是有真才實學。

曹朋覺得，自己的班底是不斷的組建，又不斷被老曹搶走。弄到現在，就變成了老曹的人才培訓基地，人人都盯著他的班底看，也讓曹朋感到頭疼。

「那孝直以為，當以何職任用？」

「從事中郎即可！」

「善！」

曹朋如今有長史龐統、司馬法正，這兩個是他主要副手，已經足夠。兩人之下，又有從事中郎，目前馬謖擔當其一。閻圃來了，正好可以填補另一個空缺。

只是，這樣的班底，還遠遠不夠。趙雲、沙摩柯、王雙，都是統兵的人，不能算作其中。所以，二十九個掾屬、三十一個令史御屬，目前只有兩人，還遠遠不夠。

「還有一個是誰？」

法正道：「另一個，名叫王平，表字子均。是巴西人，原本是張魯家臣。我見此人忠義，果毅剛烈，故而從張魯手中討要過來。若公子同意，可使此人為掾屬，日後當可以大用。」

王平？

曹朋愣了一下，旋即將目光投注於一旁的馬謖身上。

而馬謖呢，也是一愣。他有點不明白，法正舉薦王平，曹朋幹嘛用那麼一種古怪的目光看他。

王平，街亭之戰的受益者，也算是蜀漢中後期的一員名將……他居然在張魯的手下？而且還是一個家臣？

這確實是出乎曹朋的意料之外！漢中，看樣子也是人才濟濟，只不過還未被開發出來。得提醒一下石韜，讓他多多留意，莫放跑了那些小牛才是。

「善！」曹朋旋即點頭答應。

商議完畢之後，曹朋應邀，要去參加徐晃的酒宴。他從曹洪那裡得知，曹洪此去鄴城，怕也是要另有安排。而接下來繼任京兆尹的人，就是徐晃。

馬謖則滿腹心事，走出衙堂。

公子剛才那目光，總是有些古怪……莫不是這王平有什麼特殊？可他特殊，與我何干？難道說，公子是暗示我，多照拂王平嗎？嗯，很有可能……王平初來，必然有許多不明白。他此前只是一個家將，也沒有太多的見識。

閻圃那邊，自有龐長史和法司馬兩人照拂，不用自己費心。只有王平，初來乍到，肯定有很多事情不太懂。公子的意思，一定是要我照拂他。

想到這裡，馬謖有一種豁然開朗的感覺。

抬頭，看天色尚早，他猶豫了一下，突然拐個彎，朝著一處跨院走去。

「王子均，可在嗎？」

不知不覺，一天過去。

曹朋昨夜和徐晃、曹洪，在長安的老許都涮鍋裡，喝得酩酊大醉。

老許都涮鍋如今在許都、雒陽、下邳、濮陽、宛城、潁川還有長安，已經開設了七家店鋪，主營各種菜肴，同時還有各種應季食品。比如這個季節，老許都涮鍋的銅火鍋，生意最為興隆。特別是隨著漠北的開發，每年都會有大量的牛羊肉源源不斷輸送過來，更成為無數人所喜歡的食物。

有錢大家賺

西域商路開啟，胡商越來越多。長安城面臨大規模擴建，徐晃也頗為費心。

曹朋在酒席宴上，為他規劃了一個坊市結構的城市，依照後世大唐長安的格局而建造。不過工程浩大，徐晃也只能記下，呈報於曹操決斷。但這個構想，卻是讓徐晃讚嘆不已。

和曹洪不一樣……曹洪好貨，對政務並不太關心；但徐晃呢，則是真心希望能做一些事業，不僅局限於軍事。

為平息曹洪心裡的不平，曹朋又為曹洪想出了一條財路。

「子廉叔父，而今關中大量人口湧入，更有無數胡人進駐中原。土地就那麼多，總不可能面面俱到。如此一來，必然會出現大量剩餘人口。這，可都是錢啊！」

「誒，我可不做那販賣人口的事情。」曹洪義正詞嚴，表示了對曹朋的鄙視。

曹朋苦笑連連，「叔父，我何曾要你販賣人口？我是說，何不將這些人口聚集起來，為你做事？」

曹洪嚇得臉發白，「阿福，你可不要害我。私蓄兵馬，這是要抄家的大罪。雖說大王待我甚厚，可這種事也不會縱容。」

「哪裡要你私蓄兵馬？」曹朋連連搖頭，「是把這些人聚集起來，讓他們做工。」

「做工？」

「叔父你想，關中接下來必然會有大發展，出現大量的建設工程。比如我方才與公明所言，擴建長安，改造城市。你算算，朝廷會有何等投入？還有，關中道路建設、邊塞的修築、涼州城市的開發，還有河道的疏通，這都是有專門的費用投入，確是我等最好的機會。」

「叔父將那些流民聚集起來，供他們三餐飽食、一個可以遮擋風雨之所，而後呢，與朝廷將這些工程攬下來。如此，叔父憑少量花費，便可以賺取大量利潤。同時透過這種方式，還能解決流民的問題，大王想必也會非常高興。不知叔父可有興趣？若是同意，咱們便聯手來做這事情。關中、曹州、涼州、並州……有大量工程可以做，不但可以為朝廷減少痲煩，還能為咱們增添財富。」

什麼工程啊、規劃啊……曹洪不懂。

「雖然聽不太明白，但感覺很厲害啊！」

徐晃在一旁，也來了興致，「子廉，怎樣?做不做?我也插一手，若大王同意擴建長安，我就把這事情交給你來做。到時候咱們分帳，如何?」

「阿福，你這主意……忒他娘的好！」

這可是既有錢賺，又能得名聲的好事。

流民，自古以來便是一個大問題。如果能解決了，豈不是讓曹操開心?

「就這麼說定了，咱們三個人，聯手搓這圓子湯。」

曹朋舉杯慶賀，三人開懷暢飲。不過到後來，曹朋就什麼都不記得了，喝得酩酊大醉，連怎麼回家都忘了。

清晨醒來，他只覺得頭痛欲裂，起身走出房間，洗漱了一番之後，才算是緩過來一些。

「公子，大事不好了！」

「怎麼了?」

「徐公子，和孫公子打起來了。」

「哪個徐公子?」曹朋一臉迷茫。

「便是您昨夜帶回來的那位徐公子啊。」

不知為何，曹朋突然激靈靈打了個寒顫，渾身汗毛都乍立起來。

我帶回來的『徐公子』?尼瑪，我喝多了酒，居然帶了個男人回來?不是吧！

曹朋嚇得臉都變了顏色。他連忙跑回自己的房間查看，床榻上並沒有留下什麼異樣。

曹賊

章六 有錢大家賺

「我昨日，帶了個徐公子回來？」

「是啊，您還交代要好生安排……所以小人就安排徐公子在跨院住下。」

嚇死我了！

曹朋拍了拍胸口，總算是鬆了口氣。

他連忙往演武場跑去，遠遠就看到一群人圍成一團，場地中間傳來一陣陣兵器交擊聲響。

趙雲、馬文鷺、沙摩柯還有鄧艾、馬謖，以及一個粗壯的少年，都在一旁觀看。看到曹朋趕來，眾人連忙上前見禮。

「怎麼回事？誰打起來了？」

「徐蓋，還有小紹……」

鄧艾連忙上前回答，讓曹朋又是一怔。

徐蓋？啊，想起來了……

昨晚赴宴時，徐晃可帶著他兒子一同赴宴。酒席宴上，徐晃好像說，讓徐蓋拜曹朋為師。當時曹朋也喝得高了，迷迷糊糊便答應下來，還把徐蓋領回家。

徐公子，那就是徐蓋了！

只不過，徐蓋怎麼會和孫紹打起來了？

鄧艾久居許都，自然也認得徐蓋，而且似乎對徐蓋有些不滿……

「本來好好的，那傢伙竟要小紹伺候，給他打水洗面。小紹的脾氣暴躁，立刻就惱怒起來。兩人剛開始是言語爭執，後來就動起手。這不，那徐蓋拉著小紹比武，說誰若是輸了，就要聽另一人吩咐。」

「舅舅，你怎麼把他帶來了？這廝在許都，就是個惹是生非的傢伙。以前蔡迪哥哥和小昶，可是沒少和他衝突。每次打輸了，就找一幫子人來生事，後來是被打怕了，才老實有些……他就是看小紹好欺負，才尋事挑釁。不過我看他勝不得小紹！」
這小孩子，也是有圈子的！
鄧艾和孫紹，一來師出同門，二來在河湟並肩作戰，所以感情很好。
徐蓋剛來，便尋事挑釁。不過這傢伙倒也聰明，沒去挑釁鄧艾，而是找孫紹麻煩。
但他恐怕是找錯了人！孫紹的武藝在蔡迪四人當中，是最好的……他天生神力，槍法純熟，可遠不是徐蓋這等紈褲子弟可以相提並論。
曹朋走到了場邊，也不說話，只靜靜觀看。
就見孫紹手裡執一白蠟桿子，撲稜稜抖出十數朵槍花，槍槍不離徐蓋要害。
那徐蓋，雖說紈褲，但看得出也曾下過苦功，同樣一根白蠟桿子，上下翻飛，使得風雨不透……但明顯，徐蓋處於下風。雖然他年紀比孫紹大，可是力氣卻比不得孫紹。而且，他以前惹是生非不過是在市井之中，怎比得孫紹這種從河湟千軍萬馬殺出來的勇烈。
不多時，徐蓋便汗流浹背，有些招架不住。
曹朋突然扭頭，對馬文鷺笑道：「小紹使的，可是妳馬家的梨花槍？」
馬文鷺嘴一撇，淡然道：「這等功夫，焉能稱之為梨花槍？」
還是趙雲厚道，笑呵呵說：「娘子，休要太過嚴厲。小紹隨妳學槍，也不過一、兩個月而已，能使出這等水準，確是不差。他底子厚，所以學得也快，只是槍法還略顯生澀，自然達不到娘子那種暴雨梨花的水準。」
馬文鷺頓時笑了！
就在幾人交談的工夫，場中已分出勝負。
只見孫紹大喝一聲，踏步一槍刺出，正中徐蓋胸口。徐蓋蹬蹬蹬連退十餘步，一屁股坐在地上，臉色變得煞白。孫紹這一槍，力道極大，也虧得徐蓋身強力壯，否則就要被打得吐血不可……

「我贏了，以後你要聽我的才是。」

徐蓋惱羞成怒，站起來厲聲喝罵：「你敢如此對我？我要我爹，滅了你全家！」

話音未落，眼前人影一閃。不等徐蓋看清楚是誰，就覺得有人抓起他的衣服領子，呼的一下子把他甩飛出去。這一下，可把徐蓋摔得不輕，渾身的骨頭架子好像散了一樣，躺在地上，動彈不得。

他抬頭看去，卻見曹朋臉色陰沉。

「輸不起嗎？」

「啊……」

曹朋厲聲罵道：「學了點三腳貓的功夫，就整日裡惹是生非！就你這點本事，若不是你爹，早就被人打死。怎麼，打不贏，要拚老子不成？小紹乃我學生，我倒要看看，你怎麼滅了他全家。」

「小紹，過來！」曹朋招手，示意孫紹上前。「以後，他若是再敢出言不遜，就給我狠狠打。他敢找他老子，你就來找我……」

「徐蓋，大丈夫生於世上，當頂天立地。似你這種本事，莫說上戰場，就連我麾下任何一個部將，都能勝你。若非你爹用性命為你拚取前程，你焉能囂張如斯？你爹把你交給我，那我就告訴你……我這裡，有我的規矩。打輸了，不怕，打回來就是。可如果仗勢欺人，那我告訴你，我就是他們的後臺。」

說罷，曹朋轉身離去。

孫紹的眼睛一下子紅了。看著曹朋的背影，他努力控制自己，不要流出眼淚。

曾幾何時，父親孫策也是這樣子維護著他，可是自從父親過世後，就再也無人這麼關懷他。哪怕是他那姨父，對他也不冷不熱，一年到頭難得見幾次面，更說不上關懷。但在此刻，他重又感受到那父親一般的關愛。

「小紹，走吧。」鄧艾上前，拍了拍孫紹。
孫紹則用力點點頭，和鄧艾並肩離去，再也沒有看徐蓋一眼。
徐蓋好不容易站起來，臉紅一陣、白一陣……
片刻之後，他突然大聲喊道：「我才不會服輸！孫紹，早晚我定要贏你！」
這孩子，終究是個有骨氣的。雖然有些紈褲，但也沒有跑回家去找徐晃告狀。
事實上，他就算告狀了，也沒有用。徐晃把他從許都招過來，拜師之前就曾經告訴過徐蓋：「什麼時候曹將軍說你可以出師了，你才可以回家。如果曹將軍沒有說你出師，你就算死，也不能回來……就算回來，也別想進家門！」
看得出來，徐晃確實是希望徐蓋能夠改掉這紈褲的習性。這次隨曹朋來，甚至連家丁都沒有配備。
在經過了短暫的羞怒之後，徐蓋暗自下定決心：不管怎樣，也不能被人看輕了！

孩子們的事情，自有他們去解決。曹朋並沒有把太多精力投注於這上面。
數日後，陳群秘密抵達長安，並帶來了曹操的詔令：罷曹朋司隸校尉，另有任用，即日返回鄴城。陳群將接手司隸校尉之職。
正如龐統和法正猜測的那樣，陳群向曹朋提出了求助。
曹朋把徐庶還有郝昭，以及孟建、黃忠和漢中郡的石韜，悄悄介紹給了陳群。有這麼一個臂助，憑陳群的能力，相信他可以很快站穩腳跟。
又過數日，向寵自廉堡趕來，出任掾屬一職。
曹朋看時間已經差不多了，便啟程動身，趕赴鄴城。在龍門山登船之時，曹朋負手船頭，眺望壯麗山河。

章六 有錢大家賺

天，陰沉沉的！

曹朋突感臉上一涼，忙抬起頭來，卻見片片雪花，紛紛揚揚自空中飄落。

冬天來了，春天還會遠嗎？

狂風呼號，暴雪滿天。

雪花紛紛揚揚，把天地染成白色。蒼茫山川，銀裝素裹，在迷濛風雪中，若隱若現。

原本就有些難行的道路，因這一場暴雪，變得更加艱難。

曹朋和曹洪會合一處，緩緩向鄴城前進。隨行者，除了各自的扈從親隨之外，尚有即將前往曹州彰郡出任曹州大都督的夏侯蘭。

這大都督，是曹操新置的官職，專門用來推行府兵而設立。其品秩，高於中郎將，類似於一個雜號將軍，但比那雜號將軍更有權力……因為這大都督執掌軍政，推行兵農合一、兵牧合一的政策，權力自然極大。

不過，在曹朋和曹洪面前，夏侯蘭表現得很低調。

在渡過黃河後，一行人馬日夜兼程。然則道路難行，使得速度難以提升。

曹朋和曹洪並不著急，兩人現在已經卸任，所謂無官一身輕，自然不必著急趕路。反正在年關前抵達鄴城即可，去得太早了，意義不大，不如慢慢趕路。

「我總覺得，老師和曹侯更似生意人。」

夜宿隆慮山時，徐蓋悄悄與鄧艾幾人說話。

經過這一路長途跋涉，徐蓋那紈褲之氣倒是消減了許多。幾人的年紀都不算太大，也沒什麼隔夜仇。

徐蓋如果不去擺那紈褲架子，眾人倒也能接受。

畢竟徐晃和曹朋同朝為官，也是個兩千石大員，若因為一點小事惹得兩人生了間隙，無論是鄧艾還是徐蓋，都不情願。

而曹朋呢，也沒有刻意的去調解他們的關係。

一切都顯得那麼自然，不知不覺彼此便化解了恩怨。徐蓋的性子裡，有幾分徐晃的豪氣，而鄧艾和孫紹也都不是小肚雞腸。王平和向寵二人，年紀比他們大一些，經歷也比他們豐富，所以並不插手其中的糾葛。如此一來，大家倒也算和睦。

坐在隆慮山下的營地小帳中，徐蓋扔了兩塊木炭，把盆火又調旺了些，令帳中溫度提升不少。王平和向寵正在煮水，而鄧艾則在檢查孫紹課業。

孫紹好武，在眾人當中堪稱翹楚。然則論讀書、談兵法謀略，卻是鄧艾稱雄。

相比之下，向寵經驗豐富，不遜色於鄧艾，只是不及鄧艾的淵博和系統。

王平的底子最差，幾乎認不得多少字，但他有一個非常好的習慣，那就是好學……

孫紹雖然不喜歡讀書，卻被曹朋逼著，曹朋每天都會布置功課給他。當然了，曹朋不可能時時考校，於是就把這監察的責任交給了鄧艾負責。

聽到徐蓋的話，孫紹有些不快道：「這好端端的，怎說起了老師的不是？」

「不是不是！」徐蓋連忙擺手，解釋道：「我可不是說老師是非，只是剛才去大帳送交課業的時候，就聽老師和曹侯兩人在那裡嘀嘀咕咕，說什麼日進斗金如何如何。只是奇怪，老師怎想得這許多古怪主意？我阿爹素來不好財貨，這次不知是怎麼了，居然也摻合進來，想要大賺一筆……」

「這個……」鄧艾搔搔頭，實在不知如何解說。

他這個舅舅的鬼點子的確是很多，多到讓鄧艾也感到糊塗。

比如那老許都涮鍋，如今第八家店鋪即將在鄴城開設，據說第九家和第十家也已經開始謀劃。關鍵就在於舅舅總能賺到錢，而且是利潤驚人。

就連曹楠私下裡都嘀咕：「如果曹朋去經商，一定能成為天底下最有錢的商人。」

「對了，舅舅究竟要做什麼事情？我看這些日子，他和曹侯動輒就聚在一起嘀嘀咕咕，每次說完，曹侯都顯得非常興奮。」

徐蓋搔搔頭，「我也不是很清楚。只記得上次在長安時，老師和我阿爹說什麼召集流民、做工什麼的……還說了好多稀奇古怪的名詞。我後來問過我阿爹，老師究竟說的是什麼意思。我阿爹說，他也不清楚！只是聽老師說的，非常誘人，他就忍不住摻和了一手。」

「不過我聽說，這次曹侯和老師要做的事情很大。不僅僅是他們三人，還準備拉攏其他人參與！但具體是什麼，我真的不清楚……反正老師就算說了，我也聽不明白，什麼股份啊、什麼包工包料啊、什麼資本啊……哦，還說要搓圓子湯。圓子湯是什麼？」

小帳裡，五個將軍府小掾屬都露出了迷茫之色……

「你看，咱們先在漳水西的荒地動工，如果完全修建起來，須五十萬工時。如果是按照以前的習慣，徵發傜役，耗時可能更多……朝廷須支付大量錢帛，用以傜役，同時還要兼顧農時等種種限制，把西城修建起來，非三五年不可。」

「但咱們把這事情接過來，徵召五千流民，每天兼顧溫飽，一個人日耗百錢即可……五千人，日耗百錢就是五十萬錢。這是咱們的成本！但整個工程下來，你說朝廷要投入多少錢糧？我粗略估算一下，須萬萬千之巨。可咱們呢，八千萬錢拿下，可以為大王省了兩千萬錢。整個工程下來，百日便可以完成。百日……叔父，一百天咱們便有至少三千萬利潤，何樂而不為？」

曹洪的眼珠子，已經變成了一枚枚建安重寶。

曹朋的這個計算方法很粗略，也很簡單，就是集中大量的流民動工，可以在很大的程度上節省勞力和工時。東漢時期的城牆，大都是以夯土築成，所需的材料也不麻煩，木材可以從西北獲取，石料更隨處可見。如此一來，一座全新的長安城就可以破土動工……

只不過，這流民招攬以及監管工作，需要有人專門打理。

可即便如此，也是一大筆利潤！

最重要的是，透過這種方式可以給以流民一個妥善安置。隨著西北的開發，一個更大、更有規模的長安城，必不可少。在修建新城的時候，順便也解決了流民的住所，並加以控制。而隨著西北商路暢通，大量胡商湧入，長安不可避免的要迎來一個發展的大高潮，自然有大量的工作機會出現。看似只是五千流民，但實際上帶來的效益，難以估量。

「子龍，可有興趣？」曹朋見曹洪沉思，也不催促，扭頭突然對身後的趙雲問道。

「啊？」趙雲一怔，有些懵了。

「這錢來得光明正大，也沒什麼不好意思。說實話，好財貨不是壞事，如果能光明正大的獲取，令家人安居樂業，我看也不是不行。怎樣？有興趣的話，算你一手！也不需要你付出什麼，到時候只管收錢就是。」

趙雲已經成家了，雖然還沒有孩子，可是生活的壓力卻不可避免。

馬文鷺生於西北，當然希望能夠在長安置業，但如今長安的生活條件很高，頗有些居大不易。馬文鷺倒是有些家底，可趙雲是正經的一窮二白，雖說每月都有俸祿，但想要在長安置業，終究有一些困難。因此，聽曹朋這麼一說，趙雲也心動了！

「這事，就這麼定了！」曹洪下定了決心，一拍大腿。「只是這件事，單憑咱們幾個還不成……我再與子孝、子和商量，你也再去找找你那丈人，請他出面。咱們聯手把這個圓子湯搓大，你看如何？」

章六
有錢大家賺

「我自無異議！」曹朋笑道。

風雪，終於停了。隊伍再次啟程，向鄴城進發。

建安十四年年關，曹朋一行人終於抵達鄴城。

此時，鄴城已是張燈結綵，充斥著一種新年即將到來的喜慶氣氛。

龍城之盟簽訂，令曹操聲望一時無兩。隨著他班師返還，也預示著在未來的一段時間，鄴城將成為曹操的根基。大戰是不可能再發生了，應該是以休養生息為主，這一點曹操在返回鄴城後就已經表明。百姓們自然歡欣鼓舞。而曹操的對手，也一個個鬆了口氣。

說實話，曹操一連串的行動，讓孫權、劉璋，包括劉備在內，都感受到了沉重的壓力。現在曹操打算休養生息，對大家而言，也獲得喘息之機。

特別是隨著曹朋被免去司隸校尉一職的消息傳出後，西川頓時鬆了一口氣。

漢中被曹操占據，但西川尚有葭萌關為門戶，無須擔心。

蜀道難，難於上青天。

劉璋加緊布置防禦，同時開始了對西川民生的整頓。

破壞容易，建設卻困難。整個西川的經濟體系，幾乎被曹朋破壞殆盡，想要恢復過來，絕不是一、兩年可以奏效。這將是一個漫長的過程，劉璋感到身上的壓力格外巨大。

好在，隨著劉備駐紮南中，使得劉璋不再為南蠻而操心。短短一年時間，劉備軟硬兼施，在南中已穩住了腳跟。劉璋在三思之後，決定還是給劉備一些甜頭。他下令，放鬆對南中的封鎖，允許劉備在南中招兵買馬。

要知道，南蠻雖然敗了幾次，可是雍闓和孟獲仍在。只要這些人還在南中，遲早都是一個禍害！

劉備在來信中也說明，以他現在的力量，自保有餘，而進取不足……

也就是說，他可以守住南中，保證西川平穩，但想要徹底剿滅南蠻，難度不小。劉璋一方面需要劉備壯大實力，另一方面也不希望他發展太快。

我可以放寬對南中的封鎖，但是你劉備想要發展，還得要看我的臉色！

這就是劉璋對劉備的基本態度。

在這種情況下，劉備也非常老實，認認真真的治理南中，對劉璋也格外尊敬……

至於孫權，在年中時著手修建建康，準備將治所遷離吳郡。其原因也非常簡單：曹操的東陵島水軍在逐漸壯大。

魯肅擔任丹陽太守之後就發現，東陵島水軍的編制是一大十小，也就是一艘大型五牙戰艦，配上十艘中小型艨艟。這樣不但可以保證在長江水道的戰鬥力，還能不斷發展外海的戰鬥模式。

龐德出任廣陵太守之後，加大了對周倉的支持力度。而周倉也不斷出擊，在江水之上打擊水賊，在外海攻擊海賊，所俘虜的水賊海賊全部編入水軍。如此一來，曹操水軍的戰鬥力便不斷的提升。

同時，魯肅還打探到曹軍開始在郁洲山修建船塢，花費重金從荊州請來工匠，打造五牙戰艦。一旦曹軍可以在外海作戰，那麼必然對江東沿海地區造成巨大威脅。這也是孫權最為恐懼之處！一旦曹軍能從沿海登陸，一天一夜就能兵臨吳縣。那豈不是說，吳縣就在曹操的嘴邊？

孫權在思忖良久後，下定決心，遷離吳郡。加之又有那江湖術士斷定，建康有龍興之氣。於是孫權決定，治於建康……

總體而言，無論是曹操還是孫權，抑或劉璋和劉備，接下來的要務便是休養生息。

在這個時候，誰也不敢輕啟戰端，以免破壞大計。可誰都清楚，這不過是短暫的和平……只看誰先積蓄足夠的力量，那麼大戰就將要開啟。

有錢大家賺

不過，對老百姓來說，這樣就能迎來和平的一年。

「這是我的府邸？」

在一座豪華的府邸前，曹朋停下腳步，疑惑的看著曹遵：「六哥，你不是弄錯了吧？」

曹遵身著黑袍，笑咪咪道：「怎會弄錯？這是大王專門賞賜與你的宅院。」

那府邸大門，高大沉厚，給人一種雄渾氣息。門匾黑底金字，上書『新武鄉侯』四個大字。

就在曹朋有些糊塗的時候，府門打開。只見曹楠抱著一個嬰兒，在她身後還有蔡琰、黃月英和夏侯真，以及步鸞、郭寰等人。

一家人，竟然都來了！

「爹爹！」

從門後跑出一個女童，看個頭大概有十歲靠上。

她跑出來，立刻就撲向曹朋，讓曹朋驚喜萬分……

曹綰，年僅九歲，但也許是身材原因，讓人感覺她已經有十歲靠上。

「乖女，可是越來越重了！」

曹朋笑著，抱起了曹綰轉了一圈，才把她輕輕放下。

這許多兒女中，曹綰對曹朋最親。長子曹陽，相對靦腆一些，站在黃月英身後，有點露怯。至於其他孩子，則顯得有些害怕，想要過來親近，又有些畏懼。也難怪，曹朋而今四女六子十個孩子，卻從未有人能和他常在一起，以至於兒女們見到曹朋，總感覺著有一點陌生和畏懼。

至於那幾個小娃娃，就不用提了。

「大王說，你長途跋涉，不必急於覲見，好好休息……今天是年關，陪家人好生團聚。大王明日再召見你……對了，最好準備一下。大王這次有重任委派，不久之後就會加以任命。」

重任？

曹朋一聽這兩個字，就頭疼了！

重任，往往代表著麻煩。

看樣子他這次在鄴城，也住不得太久……

「六哥，待我多謝大王。」

曹遵笑了笑，告辭離去。心中同時感嘆，當年自己和曹朋結義，只是礙於曹真的面子，可曾想到，他會有今日之成就？

曹朋目送曹遵離去之後，拉著曹綰的手，走上了臺階。

「阿姐，你們怎麼來了？」

曹楠一笑，「不只是我們，爹娘也都來了……虎頭本也要跟來，可不想臨時有事，無法隨行。走吧，爹娘已經等了很久，還是先過去拜見。」

爹和娘也來了？曹朋顧不得和蔡琰等人寒暄，忙往府中走去。

老曹的確是不錯，知道我要來，把我家人也接過來，正好一起過年團聚。

曹朋內心裡，不由得又多了幾分感激之情。

來到了廳堂，就見曹汲和老夫人正坐在堂上。曹朋快步上前，大禮參拜。曹汲和張氏也立刻把他攙扶起來……

比之在長安分別時，曹汲胖了，臉色也紅潤了不少。看起來，他這大司農的職務著實清閒。據曹汲說，曹操委派了幾個得力助手，他基本上不需要去費心公務，在許都休養了一個月之後，便趕來與曹朋團聚。

「不過，過了十五，我就要返回許都。」

「為什麼？」

曹汲笑道：「我好歹是大司農……十五之後，就要著手準備春耕事務，少不得要每天盯著，以免被人說閒話。你也知道我這大司農……呵呵，朝中不少人心裡不服得很。若連人都不見，必有人不滿。」

「誰若不滿，讓他找我！」

曹朋頓時不高興了，好不容易能和老爹團聚，沒想到十幾天後，就又要分離。

曹汲抬手拍了曹朋腦袋一下，笑罵道：「休要胡言亂語，你而今好歹也是朝廷重臣，更是武鄉侯，怎動輒如此？我知道你曹閻王厲害，但是……阿福，這兩年，你殺性重了不少。有空的話，多讀些經書……你娘那裡有《四十二章經》，也可為你消災避禍。」

《四十二章經》，是佛經！

曹朋對佛教倒也不算抵觸，但也不願輕信。眉頭微微一蹙，他不好反駁曹汲，於是便點點頭，答應下來……

陪著父母說了一會兒話，曹朋這才退下。

才一出大廳，就見蔡琰站在長廊盡頭，朝他招了招手。

「夫人，這麼冷，怎一個人在這裡？何不回屋等我？」

蔡琰臉上，露出一抹憂色。

「阿福，有件事我要告訴你。」

「什麼事？」

蔡琰猶豫了一下，輕聲道：「這次我們過來，大王還專門告之，讓喬夫人和尚香一同前來。」

「啊？」曹朋激靈靈一個寒顫，露出震驚之色。「她們現在何處？」

「就在府中……過來之後，大王倒也沒有再詢問，可我這心裡，總覺不安。」

何止妳不安，我現在也有點不安了！

曹朋搔了搔頭，心中雖有些忐忑，但臉上仍保持平靜。

「既然來了，就只管住下。」

章七

何不深閨鎖大喬？

晚飯很簡單，也很豐盛。曹府難得一家團聚，除了鄧稷，其他人都來了！雖說還是有些缺憾，不過一家人能團聚一起，共度年關，也足以讓人高興。

曹朋同樣也感到開懷！自出任南陽郡太守，至今已有三年。三年來，每逢新年他都是獨自度過，哪怕是去年出任廷尉的時候，也因為種種原因而離開許都，未能和家人團聚。似今日這麼整齊，恐怕也是六、七年來的頭一次。

曹汲準備了一口大銅火鍋，更有從並州送來剛宰殺的小羔羊肉。那切得很薄的肥瘦相間的肉片，在沸騰的水中涮一下，蘸著醬料便可以食用，正是這天地嚴寒之時的上等佳餚。

張夫人還準備了江東黃酒，用來飲用。把酒燙了，暖暖的極為舒適。

曹朋、曹汲坐在一桌，女人們則在後廂入席。不過，曹府男丁著實稀少！二代弟子，除了鄧艾之外，幾乎都還是小孩子，根本無法入席。以至於偌大的食案上，竟只有孤零零幾人。

除了曹汲父子之外，還有鄧艾、孫紹以及徐蓋。

蔡迪留守許都，未能返回。而姜維、傅僉則年紀尚小。姜維如今不過七歲，從小在滎陽居住，已經和曹家融為一體；傅僉更如此，不過四歲，甚至還不太懂事。這也讓曹家主席上顯得有些冷清。

曹朋見太冷清，便跑去把龐統、法正、馬謖，以及趙雲、沙摩柯、王雙都叫過來。至於他們的女眷，自入後廂用飯。

龐統已經成親，娶荊州蒯氏之女為妻，並生下一子，名為龐宏，方兩歲。他沒法回荊州過年，自然就留在曹朋身邊。此前，龐統從河西太守卸任之後，便把妻兒送往滎陽，打算讓孩子長大了，入浮戲山書院就學。不過這一次，龐統的妻兒也隨同來到鄴城，對龐統而言，自然是一樁喜事。

法正在幾個月前成親，娶的是郿縣當地一個大戶人家的女兒。長得不甚漂亮，但勝在端莊，氣質極佳，性情也非常溫婉，是個持家的好女子。

至於沙摩柯……估計一時半會兒很難成親。他相貌醜陋，比龐統猶勝三分，又是蠻人，需要機緣。

這幫人都住在曹府，被曹朋招呼過來，氣氛頓時變得熱烈。

大家一起推杯換盞，直近子時，才算是盡興而歸。

曹朋倒沒喝太多，只是小酌而已。曹汲卻是喝得大醉，早早便被送進臥房休息。女人們還不睏，於是聚在一處竊竊私語。孩子們則早已經累了，似曹陽、曹允、曹叡幾個年長的，因為還要早起練功，故而也睡下了。

曹朋披衣，漫步於侯府之中。

明月皎潔，遍灑銀光，令侯府如同覆蓋一層薄薄的白霜。

一晃眼，已經過去十三年了……自己重生於三國，從未想到有一日，竟能做到如此高位！

一陣風襲來，酒意上湧。曹朋熏熏然，沿著花間小徑而行，不知不覺中便來到了後花園裡。只見園中的人工湖，湖面結冰。這湖水是活水，與漳水相連。待到春暖花開時，定又是另一番景色。

湖面上一座小榭，面積不大，卻極為精緻。廊橋曲折，構成一幅動人圖畫。不過時值深夜，園中本

曹賊

章七
何不深閨鎖大喬？

應冷清，不見人跡，可是那水榭裡卻又燈火閃動，隱隱約約有琴聲傳來，曲調淒冷。

曹朋不禁好奇，朝著水榭走去。卻見一張竹簾後，有一個窈窕婀娜的身影。

「誰在裡面？」曹朋沉聲喝問。

匡噹！

小榭裡傳來一個水杯落地的聲音，緊跟著一個帶著吳儂軟語口音的嬌柔女聲響起，「誰在外面？」

「喬夫人？」

曹朋一怔，挑起竹簾，走進小榭。

還真是大喬夫人在裡面！

整個曹府，帶吳儂軟語口音的人不多。黃月英倒是會說，可多年來她更多是用北方官話，甚至已經成了習慣。孫尚香倒是經常說些江東話，但她此時正陪著老夫人在花廳說話，所以也不可能。思來想去，也只有一個大喬夫人……只是這麼晚，她孤零零一人在這小榭裡做什麼？

曹朋邁步走進小榭，眼中透著疑惑。

燈光下，大喬夫人卻是一襲不應季的白裙著身。披著一件雪白的裘皮大氅，卻襯托出她身形嬌小玲瓏，楚楚動人。

小榭裡不算太冷，燃著兩個火盆。

大喬夫人神色略顯慌張，站在那裡，有些不知所措。那張風華絕代的面容上，帶著一抹酒紅，顯然是喝了酒所致。見到曹朋，她似乎鬆了口氣，上前盈盈一拜，嬌聲道：「妾身見過武鄉侯。」

「誒，嫂嫂何必多禮？」曹朋連忙伸手攙扶，可是當他觸及大喬的身子，不由得一蹙眉：「這麼冷的天，嫂嫂怎穿得這麼少？我去叫人送來衣裳，免得受涼……小紹路上還說，要好好陪伴嫂嫂，怎地讓嫂嫂一人在這裡？」

「不用，不用！」大喬夫人連忙伸手，扯住了曹朋的衣袖。

肌膚相親，大喬夫人的手冰涼，沒有絲毫暖意。雖則如羊脂玉般滑嫩，可是那冷意，卻讓人生不出半點綺念。

「嫂嫂，都這般冷了，還說不當事。」

「武鄉侯……」

「誒，妳我而今也算一家人，香兒嫁於我，小紹又拜我為師，嫂嫂何故如此生分？」

大喬夫人臉一紅，燈光下頓增幾分俏麗。

「卻是妾身口誤，叔叔勿怪。」

「先坐下來吧。」

曹朋看得出大喬夫人有心事。於是他請大喬夫人坐下，又把兩個火盆拉近了些，加了些木炭，令火更旺。抬頭看了看桌案，上面擺著一張琴，還有一副酒具。他想了想，從小榭角落裡找來一個鐵架子，套在火盆上，然後又放上一盆水，把那酒壺放入水中加溫。

「嫂嫂好雅興，今夜月圓，來撫琴賞月嗎？」

「啊？」喬夫人愣了一下，搖搖頭，「只是心情燥鬱，何來雅興？叔叔來，莫不是要勸說妾身嗎？」

「勸說？」曹朋一怔，「勸說什麼？我今日剛進家門，還不知道發生了什麼事。嫂嫂若是心裡積鬱，不妨與我說說。」

哪知道，大喬夫人卻沒有回答。

她側身而坐，伸出那潔白如玉的柔荑，纖纖玉指拂過琴弦，發出悠揚好聽的音符。小榭外，寒風呼嘯……和著音符，透出一絲淒涼無奈之氣。

曹朋也沒有催促，見酒水差不多了，便取出來，滿上一杯。

章七

何不深閨鎖大喬？

「啊！」大喬夫人看到曹朋拿起酒杯一飲而盡，想要阻攔，卻有些遲了。不由得發出一聲輕呼，想要開口，但又不知如何說。那張俏麗粉靨，透出一抹緋紅。

「怎麼了？」

「沒，沒什麼。」大喬夫人紅著臉，忙轉過了身子。

燈火搖曳，曹朋這才留意到手中那杯口上殘留有一點胭脂紅，登時恍然大悟。他連忙站起來，透著尷尬之色，把酒杯放下，不知如何說才好。

這杯子，是大喬夫人剛才自己用……

桌上兩個杯子，有一個是倒著的。曹朋還以為那是大喬夫人用的杯子，卻沒想到……

好半晌，大喬夫人似冷靜下來，回過身，突然微微一笑，「叔叔可願聽妾身撫琴一曲？」

「久聞嫂嫂琴技高超，卻未曾聽聞過。」

大喬夫人笑了笑，「若說琴技，這天底下琴技最好的，卻在叔叔家中，並非妾身。」

是啊，天底下琴技最好的，莫過於蔡琰。這一點曹朋也很清楚，頓時露出了笑容。

大喬夫人沒有再說，而是拂動琴弦。

琴聲悠揚，如泣如訴！

曹朋並不是個有雅骨的人，不過被黃月英、蔡琰這些年來薰陶，就算沒有幾分雅骨，也能隨風附雅，聽出這琴聲的好壞。大喬夫人的琴技很出色，但若說出類拔萃，卻遠遠不如。有蔡琰當先，很難說她琴技高超，只能說她的琴技已經登堂入室。

「從明後以嬉遊兮，登層臺以娛清。見太府之廣開兮，觀聖德之所營。建高門之嵯峨兮，浮雙闕乎太清。立中天之華觀兮，連飛閣乎西城……」

大喬夫人突然展開了曼妙歌喉，輕聲吟唱起來。

曹朋先是一怔，旋即就聽出這是在建安十二年時，曹操拜相。適逢銅雀臺建城，他召集文武，在鄴城歡聚。時曹植也參加了聚會，更登臺作賦，也就是後世極有名的《銅雀臺賦》，令得曹操心中大悅，並為之讚賞。

不過，大喬夫人何故吟唱這首《銅雀臺賦》？

「臨漳水之長流兮，望園果之滋榮。立雙臺於左右兮，有玉龍與金鳳。攬二喬於東南兮，樂朝夕之與共。俯皇都之宏麗兮，瞰雲霞之浮動……」

大喬夫人唱到這裡突然止住歌喉，看著曹朋，神色淒然道：「叔叔，莫不是要勸妾身相從嗎？」

慢著慢著……

曹朋好像明白了！大喬夫人是擔心老曹對她居心叵測，故而心中憂慮。

老曹好色，乃天下人皆知。大喬夫人有如此擔心，似乎也在情理之中……不過，似乎有點不對吧？

「嫂嫂，這《銅雀臺賦》，妳聽何人所傳？」

「嗯？」大喬夫人一怔，想了想，「卻是前年，魏王攻取荊州時，在江東所流傳開來。」

前年？

那其實就是去年。就時間而言，此時將至子時，倒也算不得錯。

曹朋疑惑道：「嫂嫂方才唱的《銅雀臺賦》，我也知曉。子建文章華美，詞藻甚動人，故而我也有印象。只是我印象裡，嫂嫂剛才好像唱錯了一句。嫂嫂唱『攬二喬於東南兮』，可我記得，當時子建作賦之後，大王還讓人抄錄一遍，派人送到我手裡。上面寫的，卻是『連二橋於東西兮』。是橋梁的橋，而非是嫂嫂所姓的『喬』。」

「子建所說的二橋，乃是從銅雀臺連接金虎臺和玉龍臺的兩座橋，怎到了江東，卻變成了『攬二喬於東南兮』？這裡面，只怕是有些古怪吧。」

章七

何不深閨鎖大喬？

老曹，你造得好大的孽！你看你，好色之名天下人皆知，把個美嬌娘愁成了這副模樣，實在過分。

其實，曹朋隱隱能猜出這裡面的緣故。

攬二喬於東南兮，應該是出自諸葛亮之口。東漢末年，橋和喬相通……記得《三國演義》當中，諸葛亮就是用這麼一首《銅雀臺賦》，勸說周瑜動兵。

只是前世曹朋後曾查看漢魏詩詞時，才發現了其中的錯誤。

曹植，從未作過『攬二喬於東南兮』的詞句，原本就是『連二橋於東西兮』。但由於《三國演義》的影響實在巨大，以至於後世很多人以為『攬二喬於東南兮』是曹植所做，其中更透露出曹操對二喬的野心勃勃。

這可真是冤枉了曹操，更冤枉了曹植。

如果從整篇賦文來看，『攬二喬於東南兮』明顯和《銅雀臺賦》的主題不符，而且內容也不甚連貫。正在描述銅雀臺的景色，怎突然間就變成了江東二喬？

而今世，曹朋更看了原篇。

且不說曹植曾因為甄宓之事惹怒曹朋，有前車之鑒，就說當時他所處的環境，也不可能讓他作出『攬二喬於東南兮』的詞句。這樣一想，那麼這詞句明顯就是諸葛亮為激怒周瑜而專門改編，並且在江東迅速流傳。

諸葛亮啊諸葛亮，你勸說周瑜就勸說周瑜，何故又拿女子的名節作文章？

不知為何，曹朋對諸葛亮突然又增添了一分厭惡之情。

「這不是原文？」

「妳若不信，明日讓昭姬和月英，帶妳去銅雀臺遊玩，妳可以親眼看看那兩座橋梁。大王當時尚有荊州劉表、並州高幹和幽州袁熙未滅，怎可能容許子建作出這樣的詞句，不是明顯要激怒江東嗎？再者說了，嫂嫂也是冰雪聰明之人，文采甚至遠勝於我，難道看不出來這『攬二喬於東南兮』明顯與整篇文章格調不符？」

「子建這人，我不甚喜歡……但若說他的文采，卻極是讚賞。他若真是透露這『攬二喬於東南兮』的意思，也絕不可能在《銅雀臺賦》中表現。此必是有小人在暗中作祟。」

大喬夫人的臉色頓時變了！

也難怪，就因為這麼一句話，讓她承受了無比巨大的壓力。

雖說『攬二喬於東南兮』還包括了她的妹妹，但相比之下，小喬有周瑜為她遮風擋雨，可大喬……她卻要獨自承受這份壓力，實在過於辛苦。

「該死！這是哪個沒道德的，編造出如此謊言？」大喬夫人羞紅了臉，抬頭向曹朋看去。

「不是我！」曹朋連忙搖頭。

「妾身省得……」大喬夫人連忙低下頭，輕聲回答。

片刻後，她突然又抬起頭，看著曹朋問道：「可既然如此，魏王何故要我與香兒前來鄴城？」

曹朋搔搔頭，旋即又搖了搖頭：「我不知道！」

隨即，他站起身來，大聲道：「不過請嫂嫂放心，我既然應下了子義所託，斷然不會讓任何人傷害你們。了不起，我辭官不做，回滎陽或者中陽山種田去。小紹喚我一聲『老師』，這一世，我都會護你們一個周全。」

大喬夫人的眼圈紅了，淚光閃閃。自孫策過世之後，一直是她在強撐著這個家。為了孫紹，也是為了她和兩個女兒……可這其中的辛苦，誰又能知曉？

當聽到曹朋這一句話時，大喬夫人突然間感受到了一種從未有過的平靜。甚至孫策在世時，她也沒有這樣一種安全感。燈光下，曹朋身材挺拔，透著一股豪氣，卻讓大喬夫人心中陡然有一絲悸動，臉騰

曹賊

章七

何不深閨鎖大喬？

地紅了！

「嫂嫂，這小榭裡冷，莫待在這裡。回房去吧，今天是年關，小紹方才喝多了，也要有人照顧。妳若是病了，豈不是讓小紹擔心？萬事有我在，嫂嫂不必太操心，只管放心就好。」

大喬夫人猶豫了一下，起身道：「多謝叔叔。」

兩人走出小榭，沿著那迴廊慢慢行走。

剛才還皎潔的明月，不知何時不見了蹤影。天上飄起了片片雪花，想來也將是鄴城最後一場冬雪。當走下長廊時，大喬夫人腳下一滑，啊的一聲驚叫，便朝地上倒去。曹朋眼明手快，上前一把將夫人攙扶住。只是姿勢顯得很曖昧，大喬夫人正好倒在了曹朋的臂彎，下意識抓緊了曹朋的衣襟，依偎在曹朋的懷裡……

真是，強有力的臂膀啊！

大喬夫人心中剛生出感嘆，卻又頓時羞紅了臉。她慌忙站起來，頗有些不知所措的低聲道了句：「多謝叔叔，妾身先回去了。」說完，沿著小徑，匆匆離去。

那溫香軟玉的感覺猶自在懷中，伊人卻已經離去。

曹朋呆怔怔站在原地，半晌後搖了搖頭，苦笑一聲，轉身朝大廳走去。

咕隆隆！

鄴城上空，迴響街鼓聲。舉城傳來歡呼，卻是新年已經到來……

曹朋睡得很晚，所以起床時已經日上三竿。

甄宓伺候著他洗漱完畢，孫尚香便跑進來，拉著曹朋的袖子，興高采烈道：「阿福，嫂嫂要去銅雀臺玩耍，不如我們也一起去，好不好？」

雖然已成人婦，但孫尚香的性子裡卻依舊帶著些少女的影子。

曹朋伸手，掐了一下她的俏麗臉蛋，輕聲道：「妳自去玩耍，過一會兒大王可能要召見我，我還要在家裡等著。路上照顧好嫂嫂，她似乎有些心事，多開導她，總之萬事不必擔心，沒有什麼過不去的檻！」

孫尚香疑惑的看著曹朋，不明白曹朋這麼說的意思。不過，她還是順從的點點頭，答應下來。

已經二十多了，卻還是個小孩子脾氣。以前在江東時，她就好耍槍弄棒，還操練了一幫子女兵。到了滎陽之後，這毛病也沒有改變多少……買了許多健壯的女子，其中不乏胡人女子，隨著孫尚香，每日練武。

孫尚香的武藝，一瓶子不滿，半瓶子晃蕩。而兵法韜略，更是不成。

好在，她如今身邊有一幫小參謀。曹綰與孫尚香極親，又是個好動的性子，於是把姜維、曹陽召集過來，為孫尚香出謀劃策。別看姜維這幫人年紀小，可一身武藝確是不俗。特別是姜維，更早早展露出兵法大家的風範，幫著孫尚香出謀劃策，倒是讓一幫子烏合之眾練得頗有模樣。

送蔡琰等人出門之後，曹朋正要去找龐統，卻不想曹遵前來，告訴曹朋，曹操要召見他……

「朝會剛結束，大王就讓我來找你，你可是大王今年第一個要親自召見的人。」

曹遵的話語中，帶著羨慕之氣。

可是曹朋卻絲毫不見高興，反而憂心忡忡：越是如此，就越說明曹操的重視。但願不是大喬夫人他們的問題，否則可是有麻煩的。

曹朋隨著曹遵，直奔王城而去。

曹操現在是魏王了，鄴城作為王都，自然要設有王城。不過，看王城格局，恐怕不見得比許都的皇城小。這也說明，曹操已經不把漢帝放在眼中，他的野心也在一點點的展露出來。

曹賊

章七

何不深閨鎖大喬？

曹朋並未受到任何阻攔，進王城之後，直奔紫宸閣而去。紫宸閣，是曹操處理事務、召見大臣，以及休息的地方。一路過來，只見王城中守衛森嚴。

「典叔父，別來無恙。」

紫宸閣外，曹朋看到了典韋。典韋如今已四十多了，但依舊顯得雄壯威武。

看到曹朋，典韋也很高興，「阿福，你來了……快進去吧，大王正等著你呢。」

「叔父，大王今日，心情如何？」

典韋一怔，笑道：「當然很好，難不成你還想大王生氣？」

「不是不是……」曹朋連忙擺手，心裡卻暗自道：心情好就成，說明老爺子沒有太上心。如果心情不好，那才遭殃，少不得要被一頓責罵。

多少安心了些，曹朋和典韋拱手道別，直奔紫宸閣而去。

曹遵呢？則自回東曹……就在紫宸閣旁邊，隨時聽候曹操差遣。但沒有曹操的命令，他也進不得紫宸閣內。

紫宸閣分為兩層，下層議事，上層是曹操看書和小憩之地。

曹操坐在大殿上，正捧著一卷書，津津有味的看著。曹朋進來，他卻不理，故作沒有看到曹朋的模樣，臉上也沒有任何表情。

「叔父，新年好、新年好！」

曹朋一副嬉皮笑臉的樣子，走進紫宸閣大殿，又是拱手，又是作揖。一旁有內侍，看到這一幕不由得嚇了一跳。這紫宸閣何等莊嚴之地，誰進來不都是一副戰戰兢兢的模樣？就連曹操的幾個兒子，曹彰、曹植和曹沖，也是小心翼翼，不敢有半點逾矩。可這位倒好，卻似來串門？

不過，曹操的反應卻更讓人吃驚。

只見他拿著書，站起來就向曹朋砸去……

「你這廝，如何不懂規矩？」

曹朋連忙閃躲，還從地上把書撿起來，看了一眼——《孟德新書》，福紙樓刊印。

我就說嘛，老曹肯定是裝模作樣，那有人拿著自己的書，看得津津有味？

但他臉上，還是流露出誠惶誠恐。

「叔父，這新年頭一天，你怎能贈我『輸』呢？」

「你……」曹操氣得卻笑了。

他搖著頭，指著曹朋道：「你這阿福，去西北歷練一載，惹得好大禍事不說，卻不見長進。既然來了，站在那裡作甚？來人，給他個座位，省得他出門，又說孤待他不好。」

說來也真是奇怪，曹操看到曹朋，心裡歡喜得緊，是一點脾氣都發不出來。本來打算好好教訓他一下，結果被他那嬉皮笑臉的模樣一鬧，卻煙消雲散。

內侍心裡，暗自吃驚。

人常言，大王視武鄉侯若親子。今日一見，這哪裡是親子，分明比親子還親！

若不是知道，還以為曹朋是曹操的親兒子。至少在面對曹彰等人的時候，可從未見過曹操這副表情。還賜坐？那是什麼待遇！滿朝文武當中，能得這種待遇的人恐怕不超過十個。沒想到武鄉侯竟受寵若斯？回頭要警告一下那些小子們，莫得罪了這武鄉侯，否則的話，死都不曉得怎麼死。

內侍極為惶恐的搬來了一張錦凳。

哪知道，曹朋看了一眼錦凳，卻苦著臉說：「大王，你要罵我的話，先罵了再說。省得一會兒我坐下，大王你一發火，我還要站起來領罪。」

曹操被氣得樂了！

章七
何不深閨鎖大喬？

這混帳東西，簡直是得寸進尺！而今誰見了孤王不是戰戰兢兢？偏他還是那痞賴模樣，實在是、實在是……

人在高處不勝寒！

曹操如今稱孤道寡，卻是覺得寂寞許多。

荀彧雖然沒有如同歷史上那般的抵觸他，但自他封王之後，也變得疏遠許多，甚至不願來鄴城，依舊留守許都；而郭嘉呢？也表現得拘束不少，再也沒有當初那嬉笑怒罵的瀟灑……

曹朋越如此，曹操就越是親切。

曹朋算是號準了曹操的脈，人說曹操喜怒無常，其實他真是個性情中人。

「你曹阿福、曹閻王這麼厲害，孤怎敢罵你？」

「大王，阿福永遠是阿福，曹閻王三字，於我如浮雲，不過謬讚而已。」

「謬讚？」曹操哭笑不得，「你這渾小子在河湟大開殺戒，可是讓許多人指責……不少人在許都日報上，罵你殺人如麻、嗜殺成性，你居然還說謬讚？」

「蝨子多了不怕癢。他們要罵，臣又能如何？」

曹操聽聞，也不由得搖頭苦笑。

話粗理不粗，說得倒是有理……不對，孤這是要責難他，怎地好像是為他叫屈？

曹操立刻收起笑容，冷哼一聲：「阿福，你好大的膽子！」

「是啊是啊，臣為了大王，膽子是極大的。」

「你……」曹操仍是哭笑不得，手指著曹朋，半晌後怒道：「那你且與孤說道說道，你收養孫策孤兒寡母，迎娶孫尚香，又如何是為了孤王？說得好，孤饒你一回。說不好，孤就讓你滾回滎陽，做一輩子苦役，你聽明白沒有？」

苦役嗎？

聽到曹操這句話，曹朋心裡面頓時鬆了一口氣。

去滎陽做苦役？豈不是和度假的性質差不多嗎？

他搔搔頭，偷偷看了曹操一眼，按著昨晚想好的對策，躬身回答道：「大王，這件事，說起來的確話長。非是臣不肯稟報大王知，實在是喬夫人叮嚀，她對大王可是頗有顧慮。」

「嗯？」

曹朋正色道：「前年子建作《銅雀臺賦》，大王可知？」

「孤當然記得。」

「可大王是否知道，有小人暗中作祟，將《銅雀臺賦》的內容加以改動，弄得江東上上下下人盡皆知，言大王對喬夫人姐妹二人心懷不軌！本來荊州之戰，大王可輕取荊南，何故江東一反常態，與大王交鋒？這裡面固然有孫權貪婪成性之緣故，但同時也是江東上下對大王不滿所致。特別是太史慈等一干孫策舊部，對大王是極其憤怒。臣為大王考慮，故而才隱瞞這件事情……」

曹操聽聞，不由得一怔，問：「江東流傳什麼？」

曹朋深吸一口氣，沉聲道：「子建作《銅雀臺賦》，曾有『連二橋於東西兮』之詞句，大王可記得？」

曹操想了想，點頭表示記得。

「可是在江東，這一詞句卻變成了『攬二喬於東南兮』。」

「啊？」

「喬夫人在孫伯符死後，母子四人受孫仲謀迫害，日子過得極為艱苦。許多江東舊故對此也心懷不滿，卻又礙於孫仲謀暴虐，不敢勸說。有那開明之士，就是會稽太守賀齊，便透過陸遜找到臣。」

章七

何不深閨鎖大喬？

「大王可還記得？當年荀衍先生出使江東，臣為書僮隨行前往，並在那時候與江東華亭陸氏有所接觸，還幫了一個小忙。陸遜後來便聯繫到臣，希望臣能夠照顧喬夫人母子四人。只是沒想到，小香也跟來。」

「臣就想，大王早晚要對江東一戰。若孫紹在，將來大王也可以有一個藉口，就說為孫紹奪回家業，征伐江東。如此一來，江東內部必然會出現分裂……如賀齊等一干孫策舊部，說不定會傾向孫紹。如此一來，大王征伐江東，便可以事半功倍。叔父，你說我是不是為你考慮？」

曹操聽聞，不由得陷入了沉思……

若真的如此，倒也是一個方法。只是為孫氏討伐孫氏？曹操心裡終究有些彆扭。

但不可否認，若孫紹在，的確可以促使江東分裂。只是這個度要把握好，既要控制好孫紹，又不能養虎為患……

曹操考慮的，顯然要比曹朋更加周詳，也更加長遠。他手指輕輕敲擊書案，目光灼灼，凝視曹朋。

而曹朋，則坦然而立。

「孫紹，而今是你學生？」

「正是！」

「老師為學生出頭，倒也能說得過去。只是這個關係，還是有些疏遠。阿福，你既然娶了孫尚香，何不與孫氏再親近一些？這樣子將來為孫紹出頭時，想必江表上下更容易接受。」

更親近？曹朋愕然不解。

「呵呵，孤也知道，那二喬姿容甚美。人言孤欲攬二喬，若真這麼做了，反而稱了某些人的心思。不過，孤雖不能攬得二喬，阿福你為何不深閨鎖大喬？豈不是能更加親近一些？」

「啊？」曹朋張大了嘴巴，有些懵了！「大王的意思是……」

「嗯！」

曹操雙目微合，沉吟一聲，便站起身來。也不理猶自發呆的曹朋，他逕自往樓上去。

他在荊州一場大病後，身子骨確實比不得從前。似在前年，商議一整日也未見疲乏，可現在，只一個早議，便讓他感覺勞累。今日事情還有很多，且先上樓歇息一下再說。

「武鄉侯，請回吧。」內侍上前，恭敬說道。

曹朋這才反應過來，見曹操已經不見，不免心生詫異。

這老傢伙把我一大早找來，莫非就是讓我去泡大喬夫人嗎？若真如此，他也未免太清閒了。

「敢問，高姓大名？」

「啊……武鄉侯客氣，奴婢越般，賤名何足掛齒。」

「哦，越常侍……有件事想打聽一下，大王最近睡眠如何，飲食可好？」

越般送曹朋走出紫宸閣，在路上，曹朋低聲詢問。接著，一枚金餅子悄然落入那越般手中，喜得越般眉開眼笑。

曹操對閹宦的提防很重，有早年十常侍為前車之鑒，也使得他對閹宦有莫名警覺。可身為魏王，卻又少不得這些人，於是曹操對他們的管理非常嚴格。而那些朝中文武前來，對這些閹宦也從沒有過好臉色。倒是曹朋，表現得極為親切。

越般想了想，輕聲道：「大王而今睡得警醒，往往一、兩個時辰就會醒來，再也無法入睡。這段時間，大王多在紫宸閣歇息，飲食倒也正常，只是飯量極小。一餐不過一小碗飯食便夠了，奴婢們也非常的上心。」

曹朋不由得微微一蹙眉頭。

曹操這樣子，可不是一個好現象……

何不深閨鎖大喬？

「煩勞常侍多費心，飲食一定要照顧好，更要讓大王睡好，養足精神。」

「那是，這是奴婢的本分。」

走出王都，已經正午。曹朋既憂慮重重，又有些茫然。

曹操的身體狀況，看樣子很不好……從他的睡眠和飲食，大致能看出端倪。記得《三國演義》當中，有這麼一段情節：司馬懿詢問了諸葛亮的日常生活習慣之後，便斷定諸葛亮命不久矣……事實上，諸葛亮最後也確實如司馬懿所預料的那樣，操勞而亡。當時諸葛亮的日常生活，和如今的曹操，何其相似。

曹朋思忖良久，突然轉道，去了一趟張仲景的住所。

如今張仲景雖無官職，但地位極為超脫。朝中本有三個名醫，張機、華佗和脂習。不過脂習已經故去，也就使得張機、華佗二人顯得越發重要，不少朝中大臣都會找他二人診治。張機雖然沒有官職，可是這府上，卻依舊是車水馬龍。

曹朋和張仲景也算舊識，突然登門拜訪，也讓張仲景非常激動。

兩人在書房裡說了很長時間的話，話題主要是集中在曹操的身體狀況上。

張仲景是曹操的專職醫生，有個頭疼腦熱的，曹操都會找他。

據張仲景說，曹操的身體狀況不太樂觀，主要是荊南一場大病，使得他身體虛弱。本來，若是好生調養也就罷了。偏偏曹操身為魏王，事務繁多，加之去年又主持匈奴河之戰，更掏空了身子，頗有些讓人擔憂。

「先生若閒暇時，多走動一下，定期為大王檢查身體，以免發生意外。」

「這個我省得！」

曹朋和張仲景聊了一會兒，便告辭離去。

本來，張仲景想要挽留曹朋吃飯，但曹朋心裡有事，所以便推辭過去。

離開了張府後，曹朋心事重重的往家走。不過他突然想到，這次覲見曹操，似乎都是家長里短的，也沒說什麼其他事情。按道理說，曹操至少會告訴他，接下來對他會做怎樣的安排。可細想起來，在今天這次會談中，似乎沒有牽扯到這方面的事情……

難道說，曹操對他有了忌憚和提防？

不應該啊！如果曹操真的對他有提防，也不會和他扯什麼銅雀深閨鎖二喬的事情。

抑或說，曹操還沒有想好要如何安排？

嗯，這倒是很有可能。

要不然，去找郭嘉問問？

身為曹操謀主、軍師中郎將，郭嘉想必能知道一些內幕。曹朋想到這裡，剛準備下令改道，卻見長街盡頭，一騎飛馳而來，眨眼間就到了跟前。

「君侯，出事了！」

「嗯？」

曹朋低頭看，認出來人正是府中管家。

武鄉侯府如今不同當年，一個鄧巨業便可以管理過來。整個侯府上上下下加起來近千人，還不說城外的田莊、滎陽的別院，以及許都的家產。林林總總算過來，曹朋在不知不覺中已積蓄了驚人的財富。這麼多的財富，確實需要不少人來打理。比如鄴城的武鄉侯府就有總管兩人、大小管家數十人。

來人名叫曹亮，也是曹汲從滎陽帶過來的一個親信。

「曹亮，出了什麼事，竟如此驚慌？」

章七
何不深閨鎖大喬？

「大夫人……大夫人她們在銅雀臺遊耍，卻不知哪裡來的輕浮子，攔住了夫人們的去路。小夫人出手教訓了他們一頓，結果那些輕浮子卻招來了一群潑皮……大夫人見情況不妙，就讓小人前來通知君侯，請君侯做主。」

曹朋一聽，頓時就怒了！

他二話不說，一提韁繩，探手從一名家人手中搶過一根白蠟桿子。

「給我帶路。」

「喏！」

曹亮連忙上馬，在前面領路。曹朋則領著飛駝牙兵三十餘人，一行人縱馬疾馳，眨眼間便衝出鄴城城門。

銅雀臺，位於鄴城十七里外。一如《銅雀臺賦》那般形容，瑰麗而壯觀。

銅雀臺、金虎臺和玉龍臺三臺相連，成為鄴城一處極為醒目的景觀。

出鄴城十里，曹朋就看到兩隊人馬對峙於官道上。

一邊，正是自己的妻兒家眷，孫尚香領著百名婢女組成的護隊，手持刀槍，嚴陣以待。而在她們對面，則是一群莊丁打扮的人，約二、三百之眾，同樣是手持棍棒，正大聲的叫喊，口出各種汙言穢語，頗為張狂。

曹朋一馬當先，也不說話，眨眼間便到了近前。

手中那兒臂粗細的白蠟桿子撲棱棱一抖，掄起一朵棍花，啪的就戳在一個莊丁的胸口。巨大的力量，把那莊丁戳得一下子飛起來，撲通摔在地上，口吐鮮血。那白蠟桿子在曹朋手裡，幻化出棍影重重，就聽啪啪啪聲響不斷，待曹朋來到蔡琰等人身前上，身後已有數十人倒在地上哀號，一個個骨斷筋折，再也無法站起來。

「夫君！」

「怎麼回事！」曹朋厲聲喝問。

卻見孫尚香指著那些莊丁，大聲道：「我和姐姐們正準備回去，卻不知哪裡來的輕浮子，攔住了我們去路。本來姐姐們不想惹事，我也只小小的教訓了他們一下。可不想，他們竟召集一幫人，要把我們帶走。」

曹朋的臉色騰地陰沉下來。他撥轉馬頭，向那些莊丁看去……

冷森森的目光，只讓人感到心驚肉跳。

「我們是環中郎的人，妳們打了我家公子，還想走不成？」一個領頭人打扮的家臣跳出來，手裡拎著一口刀，大聲叫囂，「可知道我家環中郎是誰？乃世子舅父，拜左中郎將。識相的，就立刻下馬就縛，到我家老爺面前請罪。否則的話，必讓爾等家破人亡，死無葬身之地！」

環中郎？

曹朋立刻想起來，這環中郎名叫環郎，據說是環夫人的族兄。此前曾在海西效力，後來調回許都。去年曹操拜魏王之後，封這環郎為左中郎將，雖說只是虛職，但也是兩千石俸祿，地位頗有些不低。

眉頭微微一蹙，曹朋的眼睛瞇起來。他朝著外面的飛駝兵看了一眼，突然厲聲道：「爾等站在那裡作甚？還不給我把這群狗東西趕走，難道要本君侯親自動手不成？」

話音未落，飛駝牙兵齊聲吶喊，縱馬便衝過來。只不過，他們手裡拿的可不只是白蠟桿子，大多是橫刀出鞘。一時間，刀光閃閃，血肉橫飛。

這幫子飛駝牙兵，非但是訓練有素，而且經歷過河湟血戰，也算得上是從屍山血海之中走出來的狠角色。他們這一出動手，那裡還有個好？那些莊丁不過是一群烏合之眾，人數雖多，怎抵得住這幫飛駝

章七 何不深閨鎖大喬？

牙兵？眨眼間便被殺得抱頭鼠竄，一個個連聲叫喊饒命。
孫尚香躍躍欲試，想要過去參戰，卻被大喬夫人伸手扯住了衣袖，朝她搖了搖頭。
就在這時，遠處一隊鐵騎疾馳而來。
「母親，發生了何事？」
卻是孫紹帶著人，趕了過來。
曹朋一見孫紹，勃然大怒。待孫紹到跟前，手中白蠟桿子撲稜一個巨蟒翻身，啪的一下子把孫紹從馬上打下來。孫紹武藝雖高，更得了馬家槍真傳，可是在曹朋跟前，卻沒有半點還手之力，只摔得頭昏腦脹。
「老師……」
「混帳東西，讓你陪著你母親前來散心，你卻去了何處？」
「我……」
「若不是你姑姑帶人保護，你娘親就要被人搶走了！若真如此，你這混帳東西還有何面目站在這裡？真真個朽木不可雕，學了一身本事，卻連你母親都保護不得，還敢稱要建功立業？那些人就在那裡，我給你三十息，若還有一個人站著，你就自刎謝罪吧。」
孫紹被罵得面紅耳赤，順著曹朋手指的方向看去，二話不說，抄起一根棍子就衝上去。
說實話，這種事真的怪不得孫紹。少年心性，讓他陪著一群女人也不太習慣，所以到了銅雀臺後，大喬夫人看他拘束，便讓他帶著人去玩耍。可是卻沒想到，他這一走，卻出了這檔子事。
孫紹羞怒無比，衝進人群，手裡的棍子掄圓了，一陣猛打。
曹朋陰沉著臉，一言不發。
孫尚香這時候也有些害怕了，站在一旁不敢出聲。

「君侯，此事怪不得小紹。」蔡琰輕聲道：「是我們……」

「蔡姐姐，妳休要插嘴。我這是在教這孩子，什麼是責任。出門之前，我特地告訴他，要保護好妳們。不管是不是妳們要他走，他都忘記了他身上的責任……而今在家裡還好，他日若是在軍中，他罔顧軍紀，到頭來必是一個死罪。」

不知為何，曹朋對孫紹的態度出現了一些變化。

如果是在昨日，他最多教訓兩句，卻絕不會出手。可今天，特別是曹操那一番話之後，曹朋在不知不覺中對孫紹變得更加嚴格起來。

不到三十息，孫紹加上那些飛駝牙兵，把那二百多個莊丁打得缺胳膊斷腿，一個個哀號不止。

曹朋看了一眼那領頭人，突然道：「回去告訴環郎，不須他讓我家破人亡，明日正午前，若不把他兒子交出來登門道歉，老子就打到他府上，打得他從此見不得人……就說，這話是我曹朋說的，有本事放馬過來。」

說完，他看了孫紹一眼，厲聲喝道：「還不上馬，隨我回去！」

孫紹膽戰心驚，卻又不敢有半點反抗，連忙翻身上馬。

「回家！」曹朋沉聲喝道，撥馬就走。

這時候，卻見從鄴城方向急行來一隊差役。為首的是一個四旬左右的中年男子，身材高大，體格健壯，劍眉朗目，頷下一部美髯，形容頗有威儀。

見到曹朋，男子先一怔，連忙下馬，「鄴城令程延，拜見武鄉侯。」

這程延，是程昱的少子，而今擔任鄴城令。

未等曹朋還禮，就又聽到一陣馬蹄聲響，一隊人馬從遠處趕來，卻是魏郡太守，鄴城校尉步騭。這鄴城校尉，原本只是個統兵校尉的銜，職務不高。但隨著鄴城變成了鄴都，鄴城校尉也隨之水漲船高起來，就類似於許都的城門校尉，同樣是兩千石俸祿，執掌鄴城防務和治安。

程延一看步騭也來了，頓時暗自叫苦。

他是聽人說，有人在城外鬥毆，而且其中一方還牽扯到了左中郎將環郎。

程延和環郎沒什麼交情，但也算是同僚，故而趕來探查。哪知道，另一方的來頭更大，竟然是曹操身邊第一寵臣，武鄉侯曹朋。

程延和曹朋沒有過交集，但是他老爹對曹朋卻極為讚賞。特別是這些年來曹朋聲名鵲起，更使得程延不得不小心對付。而步騭不但是曹朋的門下，更是曹朋的大舅子，他這一過來，事情就更加複雜。

要知道，鄴城校尉負責治安。這等事情，應該是由步騭負責處置。如果步騭沒有來，程延會盡量把這事情大事化小；但步騭來了，恐怕事情也就複雜了。

曹朋並沒有對步騭客氣，劈頭蓋臉一頓臭罵：「子山，這就是你所轄的鄴城嗎？竟然有這等輕浮子，可以橫行霸道，強搶民女？不過是一個狗屁大的左中郎將，就如此張狂？你這鄴城校尉還要不要當？如果不要，我這就去面見大王，罷了你鄴城校尉之職，你給我老老實實滾回滎陽種田！」

步騭的臉，騰地一下子紅了！

他怒聲喝道：「來人，還不把這些狗東西全部帶走！給我好生招呼！」

而後，步騭也不贅言，朝曹朋躬身一禮，「公子但請放心，此事子山必與公子一個交代。」

程延心中暗自叫苦，知道這事情怕無法善了。

曹朋看了他一眼，突然道：「程鄴城，莫說我不給你面子……請你將此事稟報大王，若大王讓我不管，則某必放手；但若大王不開口，奉勸程鄴城莫插手此事。我知道你難做，如果那環郎找你，就讓他來找我。」

說罷，曹朋催馬，逕自從程延身邊過去。

他一句話，堵死了程延求情的路子。

看起來，這位曹閻王真的是惱了……也是，你環郎平日裡橫行霸道也就算了，好死不死卻來招惹這殺人王？這可是連國丈都敢抄家滅族的人，你一個小小左中郎將，又能如何？罷了，此事我管不了，也不敢管。惹怒了這曹閻王，弄不好連我也要搭進去……算了，眼不見心不煩！

想到這裡，程延忙拱手道：「此事已非下官所轄，皆由步校尉所治。既然步校尉來了，也就沒有下官的事情。君侯請放心，這鄴城乃王都，絕不是沒有律法之地，此事斷不會再發生。」

沒看到這曹閻王，罵步騭好像罵孫子一樣嗎？自己雖說是鄴城令，最好還是低調一點為好……

曹朋扭頭看了程延一眼，一拱手，「待我向老大人問好，他日必登門拜訪。」

說罷，曹朋便領著人走了！

曹朋走了，可是程延和步騭卻不能走。

看著那些哀號不止的莊丁，程延一擺手，示意差役過去幫忙，協助步騭緝拿眾人。

「步校尉……」

「程鄴城若是求情，請免開尊口。子山自歸附公子以來，從未受如此責備。今日若不把此事辦好，步子山也就沒臉再去見公子面。我也知你難做，那環郎若問，只管推到我這裡便是。自大王定都鄴城以來，這環郎忒張狂，正要好生整治。」

這句話出口，也就代表著此事絕無轉圜餘地。

不管環郎背後是什麼人，曹朋都不可能善罷甘休……鄴城，要起風波了！

程延微微一笑，「步校尉莫誤會，下官也有意整頓鄴城。雖說這鄴城治安是步校尉的責任，但下官忝為鄴城令，又豈能袖手旁觀？」

章八　師徒？父子？

正月初一，平靜異常。除了廣陵方面發生了一點小衝突。

蔣琬臨時設立關卡，在一個往江東的商隊中，意外發現了一架八牛弩，旋即引起蔣琬的關注。商隊是丹陽的行商所有，在被發現了八牛弩之後，立刻反抗，十餘人當場被殺。

八牛弩，是曹軍的一大殺器。雖然已經開始裝配，但極為稀缺，看管也非常嚴密。水軍之中，只有大型樓船才可以裝備。而在步軍當中，更屬於保護極為嚴密的軍用物資。

據說，曹軍已經開始裝配車弩，不過目前尚在調配。

八牛弩的威力極為驚人，在經過無數次改良和調整之後，一箭射出，在八十步內能把一艘艨艟攔腰斬斷。如此威力巨大的武器，自然要妥善保管。莫說是商人，就算是在軍中，也是有專人看護，每日清點方可。

蔣琬立刻報知滿寵！

這可不是一件小事……江東方面居然能弄出來一具完整的八牛弩，究竟是哪裡出錯？

滿寵也極為重視，在得到消息之後，連夜趕赴廣陵。

經過兩天刑訊，那行商終於交代，這八牛弩是他費盡心思，從琅琊郡的一個人手中得到。可究竟是什麼人？他又說不清！不過他交代，那人在當地似乎頗有能量，當時他提出要求之後，那人也只是猶豫了一下就立刻應承下來，隨後不過一個月的時間便搞來了這具八牛弩。

琅琊郡？

滿寵有些吃驚。他在反覆斟酌之後，決定把這件事上報與曹操知曉。畢竟，對方能弄出這具八牛弩來，想必也不會是等閒之輩，不能不慎重對待。

也就是在當天，蔣琬一封密函，悄然送往鄴城……

曹朋回到家之後，猶自感覺心裡不太舒服。

左中郎將何等重要的職務，竟然交給了那麼一個默默無聞之輩？未免也太過兒戲！

沒錯，環郎是曹操的近臣，更是環夫人的親族。可他沒有任何功勞，更不要說有什麼威望，怎可以擔當如此重要的職務？哪怕是一個虛名，也是名不正言不順！曹朋想不明白，曹操何故犯下這樣的錯誤？

這在以前，是斷然不可能出現的事情，偏偏現在……

晚飯時，他雖強作笑顏，與眾人寒暄，可是家中的氣氛，還是顯得有些壓抑。

曹汲私下裡問曹朋：「那環郎是個不講理的人，你這般對他，豈不是開罪此人？」

曹朋聽聞，則冷笑一聲，「父親，怕他作甚？這天下姓曹不姓環，輪不到他在咱爺們面前耀武揚威。他明日正午若不道歉，老子就砸了他的田莊、毀了他的住所。我在前方浴血奮戰，由不得這等人物在後面給我搗亂。惹怒了我，我不怕讓他知道，這曹閻王三個字是怎麼寫。」

曹朋強硬的態度，倒是讓曹汲放了心。

「對了，小紹那孩子今天回來，好像有些不高興，晚飯也沒怎麼吃……你是不是說他了？」

章八
師徒？父子？

「只教訓了幾句。」

「小孩子，難免會犯錯，你也莫太過嚴苛。該說的時候要說，該哄的時候要哄……那小紹不是等閒人出身，心氣高傲得緊。你要好生疏導，莫讓他鑽牛角尖，平白毀了一個孩子。」

「這……」

曹朋想了想，便應下了。

對於孫紹，他挺喜歡。這孩子有乃父之風，豪邁而剛烈。

說起來，今天的事情並怪不得孫紹，連他老娘都讓他去玩耍……誰又能想到在這鄴城的地界，居然會發生此等事情？曹朋當時也是怒極了才會責罵孫紹。但是在小孩子心裡，未嘗不會覺得有一些委屈？

曹汲跑去和孩子們戲耍，蔡琰等人則聚在一起，或是說著悄悄話，或是玩投壺的遊戲。

曹朋想了想，起身走出偏廳。

「小紹呢？」他找到今夜當值的馬謖，輕聲問道。

馬謖說：「孫公子今天似乎有些抑鬱，所以剛才鄧公子和子均、還有徐公子拉著他去校場，說是操演武藝……公子，發生了什麼事情？要不我去找他？」

「算了，我自己去就是。」曹朋擺擺手，直奔校場而去。

遠遠的，就聽到一陣喊喝聲，以及白蠟桿子撞擊發出篤篤篤的聲響。於是，曹朋在場邊停下腳步，駐足觀看。

一輪明月高懸，場中正鬥得熱火朝天。

王平和徐蓋兩人雙戰孫紹，兩根白蠟桿子使得風雨不透，將孫紹逼得節節敗退。

一旁鄧艾觀戰，身邊還站著幾人。曹綰也在，正興致勃勃的為孫紹加油。而曹陽、姜維兩人則指指點點，不時低聲交談。

若是單打獨鬥，不論是王平還是徐蓋，都不是孫紹的對手。但兩人聯手，孫紹不免有些吃力，哪怕他天生神力，又得了馬家槍真傳，但年紀擺在那裡。王平和徐蓋都不是弱手，單打獨鬥，也只比孫紹差一籌，而兩人這一聯手，孫紹漸漸抵擋不住。

十幾個回合過後，卻見徐蓋瞅了個空子，一桿子將孫紹打倒。

「不公平，不公平……」曹綰大聲喊叫起來，「你們兩人聯手，勝得不英雄。小紹哥哥，再與他們打過……小維、九斤，你們兩個過去幫忙，一定能打贏他們二人。」

姜維和曹陽，頓時躍躍欲試。

姜維今年九歲，比曹陽略大一點。

不過呢，曹陽底子好，又有華佗用藥水浸泡，再加上從小勤練五禽戲和白虎七變術，這根基打得很結實，才八歲，可尋常十三、四的孩子已不是他的對手。個頭承曹朋的基因，看上去有十來歲的模樣。一手白猿通背拳以及天罡槍法，使得出神入化。更重要的是，他還得到了龐德、甘寧、典韋和黃忠的傳說，可謂集百家之長，身手不同凡響。只是性子有些內斂，看上去有點靦腆。

曹陽最聽曹綰的話，當下走到兵器架旁邊，探手就拿起一根一丈二尺長的白蠟桿子。

姜維也上前拿起一根來，和曹陽並肩而立。

徐蓋一看，頓蹙眉頭。這兩個小子，可不比孫紹容易對付，雖然武藝不如孫紹，但勝在兩人從小一起長大，配合默契。更重要的是，兩人的武藝都不弱，真要打起來，再加上一個孫紹，還真有些麻煩。徐蓋以前見過姜維和曹陽在外面動手，這兩人都不是招搖的人，可是那曹綰卻好打不平……

就在這時，忽聽一聲咳嗽。

曹朋從暗處走出來，緩緩走到場中。

「大過年，不好好玩耍，卻在這裡比什麼武藝？士載，帶大家下去吧……綰兒趕快回去，妳娘剛才

師徒？父子？

找妳，莫讓她心急。」

曹朋這一出現，令孩子們頓時老實下來。

別看他平日裡很溫和，但久居上位，一聲令下可使萬個人頭落地、血漂櫓櫓，那種氣度，不是一幫子小孩子可以抗拒。即便是曹綰，也連忙答應一聲，拉著曹陽和姜維跑了。

「小紹留下，士載你們都回去吧。」

「喏！」鄧艾等人不敢拒絕，連忙插手應命離去。

孫紹站在一旁，抿著嘴，低著頭，透出一股倔強之氣。

曹朋走上前，伸手想要幫他把衣服上的灰塵撣去，卻見孫紹本能的一側身，躲了過去。

「心裡委屈？」

「沒有！」

「那梗著脖子作甚？」

「……」

孫紹用無聲做出了抗議。曹朋笑了，拍了拍孫紹的肩膀。

「陪我坐下來說說話吧……我記得從你來到我這裡後，我們就沒有好好談過。」

曹朋說完，逕自來到場邊一條長椅上坐下。

這長椅，是他找人專門打製而成，後面還豎著一支大傘。孫紹猶豫了一下，走過來在曹朋身邊坐下。

兩人肩並肩，看著空蕩蕩的校場，沉默無語。

好半天，曹朋突然道：「若我記得不錯，你和士載同年。」

「嗯！」

「那到現在，可有表字？」

「呃……」

「你要是願意，我贈你一個。你是孫家的長子，不若叫做伯文，你以為如何？」

孫家長子？這個稱號，不免有些遙遠。

在江東，可能已經沒有多少人還記得他這麼一個長子吧。人言孫家長子，必然想起去年才出生的孫登，而不會是他孫紹。伯，是嫡出才能有的表字。而在江東，人們說起嫡出，第一個想起的便是孫權。

孫紹眼睛一紅，忙起身道：「謝老師賜字。」

「坐吧！」

曹朋拍了拍長椅，突然長嘆一聲：「伯文，你對你父親，有印象嗎？」

「嗯？」孫紹一怔，猶豫了一下之後，搖了搖頭。

他出生的時候，孫策忙於征戰，幾乎不著家。母親生他時，難產而死，可孫策卻不在身邊。後來，孫策寵愛大喬，也不曾太多關注他。等孫紹開始真正記事，孫策卻已經故去，只有一個極為模糊的記憶，以及從他人口中得知的消息。至於孫紹自己，說實話，對孫策印象不深。

「我第一次見到你父親的時候，那時你方周歲。他是一個很英武、很豪邁的人……當時我覺得，做人當如小霸王一般。可是後來，我改變了這個想法。特別是聽到你父親死訊，更是如此。伯文，你知我如何看你父親？」

孫紹一怔，詫異向曹朋看去。

曹朋則笑了笑，輕聲道：「伯符勇武過人，有霸王之風。然則，這世上只有一個霸王，伯符永遠都只能做一個小霸王，而無法成為真正的霸王。伯文可知道，要為霸王，最重要的一點是什麼？不是你有多麼強大的武力，也不是你有多麼厲害的智謀，而是責任……你父親，是一個沒有責任感的莽夫而已。」

「你胡說！」孫紹聽聞，長身而起，滿面怒容。「我父親，乃當世英雄，絕不是你說的那般。」

「英雄？何為英雄？」

曹朋聽聞，哈哈大笑，「殺幾個人，奪幾座城池，為一方諸侯，便是英雄嗎？若真如此，這世上英雄未免太多。為霸王也好，為英雄也罷，只在一個責任。今魏王，乃至劉備，都可以稱之為英雄，甚至包括袁紹、劉表，也算得英雄。唯獨你父親，不是個真英雄，因為他沒有責任感。」

「我說這些，你可能覺得不高興，不順耳。但我說的，是事實……為英雄，當胸懷天下。伯符當時為江東之主，身繫江東安危。可他卻自以為勇冠三軍，隻身前往柴桑，才遭遇許貢家臣伏擊，以至於身死。他這是不自重……一個不自重的人，如何算得英雄？大丈夫生於世上，持三尺青鋒，搏不世功業，本事正常。可問題是，你父親當時已不僅僅是一個人，而是身繫整個江東的命運。」

「從大處說，正是因為他這種不自重、莽撞，令江東上下陷入了危機；而從小處來講，他上有老母，下有妻兒。明明是一方諸侯，卻要逞那匹夫之勇……你可以說他是自信，但我卻以為他是不自重。他是江東之主，更是你的父親，你母親的丈夫，你祖母的兒子，可是卻不自愛。這就是沒有責任感，絕非一個真英雄所為。」

孫紹沉默了！

他對孫策的瞭解，的確不多。所聽到的，也無非是孫策當年如何豪勇、如何勇冠三軍……可是曹朋這個論調，他從未聽過。從小，他以父親作為偶像，可在這一刻，他發現自己的偶像，似乎破滅了。

「我今天為何要打你，知道嗎？」

「我……」

「你沒有做到你的承諾！我也知道，是你母親讓你離開……可是你出門時，是怎樣答應我呢？我要你照顧好你母親、你姑姑……你若是沒有應下，我什麼都不說；可你應下了，這就是你的責任！不管那過程有多枯燥、你多不喜歡，但你應下的事情，你卻沒有做到！」

「就如當初，你父親信誓旦旦，要光復孫氏門楣。可結果呢？他不自重，不自愛，身死魂滅，卻留下你孤兒寡母，淒涼過活。你二叔執掌江東，對你忌憚提防，百般壓制。到最後，你不得不背井離鄉，不正是因為當初你父親沒有盡到他的責任所致？你可曾想過這些嗎？」

孫紹低下了頭，沒有再開口。

曹朋嘆了口氣，站起身來，「伯文，你可有理想？」

「我……我想有朝一日，奪回我父基業。」

「你父親的基業是什麼？」

「江東！」

「可我問你，十年了，這江東還多少人記得你父親？」曹朋輕聲道：「連你姨丈都不肯幫你，為你解除煩惱，你以為將來有多少人能聽從你的命令？伯文，你和我一樣，都不是為一方雄主之人，與其為了你無法完成的目標，倒不如想一想更實際的事情……比如，如何讓自己更強大，如何讓你的母親還有妹妹過上更好的日子。」

「而今江東是孫權的孫，而非孫策的孫。你還是好好去考慮，怎樣才能盡到一個好兒子的責任，讓你母親快活。」

曹朋說罷，便不再贅言。他拍了拍孫策的肩膀，轉身離去。

卻不知，在校場的一隅，大喬夫人和孫尚香怔怔的站立。

看了看曹朋的背影，又瞅了瞅在那裡發呆的孫紹，大喬夫人的眼睛紅紅的，貝齒輕輕咬著紅唇。好半天，她嘆了口氣，拉著孫尚香轉身走了。

正月初一，註定是一個不平靜的夜晚。

曹賊

章八
師徒？父子？

環郎帶著人，來到郡廨要人，卻被步騭直接打了出去。

「這步子山，忒無禮了！」環丘忍不住破口大罵，對他老子環郎說：「父親，步子山如此無禮，分明就是不把你放在眼裡。他這樣做，咱們日後又如何在鄴城立足？」

哪知道，環郎反手就是一巴掌。

「都是你這畜生招來禍事！沒事去惹那曹閻王作甚？」

環丘長這麼大，還沒有被這麼打過，一下子就發作了……

「還不是你沒本事！怕了那曹朋，卻來找我出氣。若有膽子，去尋那曹朋的事，何必拿我來出氣？再說了，我又不知道是曹朋的家眷，就算言語間有些冒犯，何至於如此？曹朋如此跋扈，你卻不敢出頭，只敢在家裡作威作福……我不管，我不會去向他道歉。你若是怕他，我去找姑母做主！我就不信沒人能治得了曹朋！」

環丘說著，就衝出了家門。

環郎張了張嘴，想要阻攔，但話到嘴邊，還是嚥了回去。

環丘話說得無禮，但也並非沒有道理。

沒錯，你曹朋是厲害，是牛逼，可是你也太霸道了些……打了我的人也就算了，還把人抓起來。我好歹也是左中郎將，是環夫人的族兄，你卻仗著你曹氏族人的身分，絲毫不把我放在眼裡，實在是欺人太甚。還要我帶著兒子，去登門道歉？你想都別想……

不行，我若是不能出了這口氣，日後又如何在鄴城立足？

不過考慮到曹朋那赫赫凶名，環郎還是有些心悸。他轉念一想：你不是張狂嗎？那就讓小丘尋夫人說話，看你能奈我何。我就不信，連夫人也治不得你嗎？

說實話，環夫人是不想插手這件事。

當初她為環郎謀了這麼一個左中郎將的職務，已經是費了不少心思。若不是感覺勢單力孤，而荊襄世族相繼倒戈，讓環夫人感受到了莫名的壓力，她也不會把環郎提到這麼一個職位上。也是曹操身子衰弱，比之當年要好說話一些。可即便如此，環夫人依然感受到了巨大壓力。

一切，都是為了倉舒的未來！

曹沖如今已經從潁川書院出師，拜東鄉侯，假平虜將軍，南中郎將，被曹操所重視。匈奴河之戰，曹沖參軍事，隨同作戰，斬殺十人，戰績不俗。

可是，曹彰卻已拜五官中郎將、鎮北將軍、譙侯，在軍中威望甚高。如此一來，曹沖能否爭得過曹彰，讓環夫人極為憂慮。更重要的是，隨著曹彰資歷越來越深，身邊已經聚集了不少親信。昔日袁紹降將，如張郃等人，與曹彰走得很近，牽招、蔣義渠以及管承，也都臣服曹彰。

去年，曹彰還請出了早已歸隱的許攸為謀士，更拜得荀悅為師，得到了荀氏之助。曹彰的班底，也在不斷的擴張，遠非曹沖可以相提並論。

同時，曹植也逐漸嶄露頭角，憑藉其超凡脫俗的文采，而得到曹操看重。

曹沖的對手越來越強大，讓環夫人堅定了為曹沖招攬幫手的決心。若非如此，她斷然不會讓環郎出任左中郎將。只是沒想到這正月初一，環郎就惹上了曹朋。環夫人早已得到了消息，心中也極為不滿。

她覺得，曹朋實在是太張狂了！

沒錯，大王寵信你。你的功勞高，聲名響亮，可是卻不能這樣目中無人。

環丘找到環夫人一鬧，讓環夫人也是心中煩悶。

「倉舒，你以為此事，當如何是好？」

曹沖喝了一口酒，沉吟良久之後，輕聲道：「環丘少不更事，母親最好不要插手其中。曹朋而今，氣焰正熾，他環丘招惹了曹朋，活該倒楣。母親莫忘記了，那曹朋最是看重家人。當初伏均前車之鑒，他曹朋連伏完都敢殺，又怎會懼怕環郎？這件事，咱們不能出面。只要出面，且不說被掃了面子，更可能會惹來麻煩。」

曹沖而今，業已十五。

環夫人聽聞，不由得輕聲道：「倉舒，可那畢竟是你舅父啊。」

「成事不足，敗事有餘，留之何用？」

曹沖淡然一句，卻使得環夫人心裡沒來由一顫。

曹操曾說過曹沖涼薄。她以前倒不覺得什麼，可今日一看，果然如此。

不過，若沒有這份心狠手辣，焉能做得大事？

環夫人想到這裡，旋即釋然。

「只是，這件事也不能讓曹朋得逞。」

「此話怎講？」

「不管怎麼說，那環郎也是母親族人。如果真插手不管，恐怕冷了族人的心。而且於他人看來，母親連自家人都顧不得，如何能安心效力？所以，母親要管，卻不能插手。」

孩子的確是大了！就這番話，可以看出曹沖的心智已經成熟。

只是，這要管，卻不能插手，又是什麼意思呢？

環夫人疑惑的看著曹沖，卻見曹沖一笑，來到她身邊，在她耳邊低聲言語。

「這件事，母親絕不能露面。明日一早，孩兒會去武鄉侯府拜會……不管怎麼說，曹朋總是與孩兒有師生之誼。出了這種事，孩兒也該出面寬慰先生，母親以為孩兒說的可對？」

環夫人的臉上，頓時閃過一抹笑容：「我兒，言之有理！」

銅雀臺距離鄴城，不過十八里。

日間發生了那麼大的事情，上百人被關進了鄴城大牢，曹操雖身在王都，也不可能不知道這件事。可問題在於，曹操至今沒有做出任何表示！

這本身就說明了一些問題：他對環郎，也不是很滿意……

也許在曹操內心裡，未嘗不存著要藉曹朋之手，教訓環郎的之意。誰都知道，曹朋是曹操手裡一把鋒利的屠刀，而且屬於那種永不生鏽磨損的屠刀。

陽光明媚，普照大地。

王都御花園中，卞夫人笑盈盈的坐下，環視眾人。周遭盡是曹操的那群夫人，林林總總算下來有十幾人之多，全都七嘴八舌的向卞夫人傾訴。不過卞夫人始終是一副笑臉，不停的點頭稱是。

「姐姐，此事大王再不管管那曹朋，他這氣焰，只怕會更加囂張……」

「是啊，他不過是大王一個族姪，仗著立下些許功勞，就如此橫行跋扈。莫不是這鄴城是他曹朋的？打了人也就算了，還把人抓起來，究竟要做何打算？還有，那城門校尉是他大舅子，更是張狂，實在令人心憂。」

「……」

一幫子女人，嘰嘰喳喳的說著曹朋的壞話。

卞夫人始終保持微笑，只是點頭。

待眾人說完，她才開口道：「大家的憂慮，我已經清楚。武鄉侯也許是張狂了些，但若說囂張跋扈，未免有些過了……尹家妹子，妳剛才說的那些話，可不要傳出去。武鄉侯不是靠著些許功勞起家，而是有天大功勞。大王視他若親子，妳剛才那些話若是傳到了大王耳中，少不得會惹來禍事，以後要慎言方好。不過這件事，我會與大王知曉。想必大王會有決斷，妹妹們也不必擔心武鄉侯會來找麻煩。」

章八

師徒？父子？

「但有件事，卻要與妹妹們知曉。莫去招惹武鄉侯，武鄉侯便是個謙謙君子……有些時候，遇事最好三思，莫聽人說了幾句，便亂了分寸。而今大王已不是當年，大王為天下人所矚目，我等做事就更要小心，莫壞了大王名聲。」

卞夫人的話很溫和，卻又帶著些許警告。女人們連忙答應，又聊了一會兒，這才告辭離去。

她們走了，但卞夫人猶自坐在原處。她的臉上依舊帶著淡淡笑容，片刻後拍了拍手，輕聲道：「都出來吧。」

從花廳屏風後，轉出了三個女子。年長的約近四十，年輕的尚不滿三旬。其中一人，正是曹節之母，王昭儀。

三人朝著卞夫人一禮，便坐了下來。

「剛才她們的話，可都聽到了？」

王昭儀繼續做悶葫蘆，閉口不言。

倒是一個嫵媚至極、眉眼中帶著無盡風情的女子，柔聲道：「不過一群蠢貨，姐姐何必理睬？」

這女子，是鄒夫人。就是張繡的嬸嬸，那個曾還害曹操在宛城大敗的鄒夫人。

曹操兵敗之後，鄒夫人隨著曹操一同到了許都。轉眼間，已經過去十餘年，卻依舊是風韻猶存，嫵媚動人。年過三旬，好似一顆熟透了的水蜜桃，令人垂涎三尺。雖然膝下無子，但是卻最為曹操所喜愛的女子。

另一個女子，姓杜。本名杜元，不過大家都習慣稱呼她為杜夫人。她年紀最小，方二十八，生得同樣嫵媚，但在嫵媚中卻另有冷豔氣質。她本是呂布部將秦宜祿的妻子，後來被曹操看重，納入房中。

後世野史裡有這麼一個說法。關羽後來千里走單騎，正是因為這杜氏女子。本來關羽看上了杜氏，曾向曹操請求，說破了呂布之後要娶杜氏為妻，曹操也答應了。哪知道，曹操雖然答應，卻也好奇這杜氏有何本事，令鐵石心腸的關羽心動？於是在俘虜了杜氏之後，便前去探望。不看還好，這一看，曹操立刻也動了心，把杜氏納入房中。最終，關曹反目……

杜氏有一子，名叫秦朗，年十二歲。雖非曹操親生骨肉，但曹操對秦朗卻是無比喜愛。這秦朗，也是個文武雙全的人才，練得一身好武藝，騎射嫻熟。杜氏在歸了曹操之後，很低調，雖不似鄒氏那般讓曹操喜愛，卻也同樣得曹操看重。

這幾個女人，都是沒根基的！

卞夫人統領內宅，總是要有些幫手。

杜夫人冷靜，鄒夫人潑辣，王昭儀呢，則是因為曹節的關係，和卞夫人走得很近。一個好漢三個幫，卞夫人對這三個女人也是頗為拉攏。

「只怕，是有人在背地挑唆。」杜夫人突然開口，「若非如此，怎地突然間都跑過來，讓姐姐出頭呢？」

「妹妹的意思是……」

「無非一石二鳥。」

「此話怎講？」

杜夫人抬起頭，那張清冷俏麗的臉上露出一抹冷笑。

「姐姐難道真的看不出嗎？有人想要和姐姐爭這後宮之權，同時離間姐姐與武鄉侯之間的關係。誰人不知世子與武鄉侯有師生之誼？若是姐姐出頭，恐怕會讓世子和武鄉侯之間產生一些裂痕。到時候，得益者何人？若小妹猜得不錯，只怕此刻，那武鄉侯府上已有了客人。」

卞夫人聽聞，不禁笑了！

「阿元說得不錯……那妳說，我該如何應對？」

「姐姐這件事，出頭得罪武鄉侯，不出頭就得罪那些蠢貨，總是不得好。所以小妹覺得，姐姐不妨去武鄉侯府上，名為興師問罪，實則拉攏武鄉侯，擺出一個姿態給那些蠢貨看便是了，卻當不得真。」

「那妳說，我該用什麼藉口前去？」

杜夫人沉默了！

倒是鄒夫人有些沉不住氣，瞪了杜夫人一眼，扭頭對卞夫人道：「姐姐，不瞞妳說，阿元有些私心，還想要姐姐成全則個……姐姐也知道，元明已經十三了！再過些年歲就要及冠，離開王府自立門戶了……大王雖喜愛元明，可元明身無寸功，也沒個可以幫襯的。」

「前些日子，阿元與我說起此事，我倒是覺得，不如到武鄉侯門下歷練些日子，一來可以增長閱歷，這二來嘛，武鄉侯與世子私交甚篤，將來世子身邊總要有幾個幫襯的人手。而這三嘛……武鄉侯才學過人，乃當世兵法大家，元明若能在武鄉侯門下求學，也是個機緣。阿元也同意，可是卻苦於沒有門路，想姐姐成全。」

元明，也就是秦朗。這表字『元明』，還是曹操所贈，可見曹操對他的喜愛。

卞夫人聽聞，頓時笑了：「阿元，都是自家姐妹，有什麼不好開口？不如這樣，明日我使武鄉侯前來，也正好把這件事與他說了……想來武鄉侯，總要給我幾分薄面，應該問題不大。但有件事，我卻要與阿元妳知道。元明到武鄉侯門下不難，只是據我所知，大王對武鄉侯怕是有重用，所以到時候，武鄉侯未必會留在鄴城，那元明很可能會……」

杜氏對秦朗的寵愛，自是不必贅言。聽聞卞夫人如此說，杜氏喜出望外，連忙起身拜謝。

歷史上，秦朗是跟隨曹丕，後來成為曹魏棟梁。如今曹丕死了，秦朗也已經長大，需要有一個可以依靠扶持的人引他上路。

曹朋，是一個靠山，同樣也是一塊跳板。透過曹朋，秦朗可以和曹彰緊密聯繫在一起。而杜夫人和卞夫人之間的聯盟，也會變得更加穩固。

這是一個雙贏的局面，卞夫人又怎會拒絕？

她不是一個才學多麼高深的女子，也不是那種出身高貴的豪門千金……生於草根，長於草根，卞夫人甚至比環夫人更知道如何去拉攏人心。以前，卞夫人是因為曹朋成了曹沖老師，對曹丕產生了威脅，所以對曹朋有些許敵意。可是，隨著曹丕身亡，而曹彰崛起，也使得卞夫人重新去看待曹朋。她很清楚，若沒有個強有力的支持，曹彰會面臨許多困難。

細想之下，滿朝文武之中，曹朋無疑是最合適的人選！

小環，妳雖然手段非凡，可這世上，並非人人都是傻子……妳聰明，卻錯在妳太過聰明。正如阿福所言，機關算盡太聰明，反誤了卿卿性命……妳以為，我就看不出是妳在後面搗鬼嗎？本不想和妳爭執，但既然妳出招了，我也不能示弱！

卞夫人臉上，閃過一抹古怪笑容……

轉眼，就要正午。環郎卻依舊沒有任何行動，似乎已下定決心不來登門道歉。

曹朋則在家中，默默的等候。

王平和向寵，已經召集八百白駝兵，隨時準備出發。

老子說過了：你不來道歉，老子就打上門，毀了你的宅子！我曹阿福，不管什麼時候，都是說到做到……就算天王老子來，也攔不得我。

武鄉侯府內，氣氛顯得有些緊張。

曹汲看著曹朋那一臉沉靜之色，有心阻攔，但話到嘴邊還是嚥了回去。

「勸勸你兄弟吧。」張夫人也很擔心，便想讓曹楠出面。

章八 師徒？父子？

可曹楠卻一笑，輕聲道：「母親，妳莫擔心，阿福大了，他做事自有分寸。」

「但……」

「母親忘了，當年我被伏均撞斷了腿，阿福是怎生模樣？他那性子，看上去很柔和，但內裡暴烈剛強。決定了的事情，誰也攔不住。這件事，咱們別插手，這是武鄉侯府的面子問題，斷然退讓不得。阿福是朝中重臣，建立功勳無數，若是就這樣被一個無賴子騎到脖子上卻沒有反應，日後咱曹府的人出去，都要矮人三分。至於王叔那邊，妳更不用擔心。如果王叔真要插手，昨晚就會派人過來，但王叔到現在遲遲沒有行動，已經說明了問題。」

當了幾年太守夫人，曹楠的眼界早已不是當年那個在棘陽鄧村縮手縮腳的受氣小媳婦。她老公，她兄弟，都已經出人頭地。隨鄧稷在河東多年，曹楠見過的世面遠非老夫人可以相比，自有一番見識。

女兒都這麼說了，老夫人也只好閉嘴。她拉著曹汲，跑到了自家建造的佛堂裡祈禱，希望別惹出太大的禍事來……

連帶著，蔡琰、黃月英、夏侯真、步鸞、郭寰、甄宓和孫尚香，也都被召集過來。還有曹綰、曹陽、曹允、曹叡等一干孩兒，都被叫進了佛堂。小小佛堂，一下子變得擁擠起來。後來，連大喬夫人也帶著孫紹和兩個女兒過來，隨著老夫人一同誦佛祈禱。

「公子，快正午了！」

曹朋在堂上，呼的站起來：「既然環郎給臉不要臉，那就別怪我不客氣。」

就在他準備出發的時候，忽聽門外傳來一聲呼喊，「東鄉侯求見！」

東鄉侯，曹沖？

曹朋愣了一下，眉頭頓時緊蹙。

他和曹沖，曾有那麼一段頗為美好的時光。可是隨著曹沖長大，特別是在周不疑一事發生後，曹朋和曹沖之間便產生了無法彌補的裂痕。

再後來，曹朋征戰在外，與曹沖漸漸少了聯繫，偶有書信往來，卻都是表面上的應付，那種生疏感漸趨明顯，再也無往日親密無間的感覺。甚至從某種程度上來說，兩人間隙越來越大。

此時曹沖突然前來……

曹朋眼睛一瞇，閃過一抹森然。

來的，還真是時候。

「有請！」他沉聲說道。

「公子，那伯龍和子均……」

「你立刻去通知二人，讓他們照常行動便是。」

馬謖答應一聲，立刻退下。

而曹朋則大步流星，走出了客廳。

倉舒，多年不見，你還是這麼喜歡耍弄小聰明嗎？

他內心中幽幽一嘆，有一抹悵然失落……從這一刻起，他和曹沖的師生之誼，將蕩然無存！

曹沖的來意，曹朋又怎可能想不明白？

他來到府門前，就見曹沖已上了門階。多年不見，曹沖已有了小大人模樣，再不復當年那稚嫩之氣。一襲青衫，襯托出他卓爾不群的氣質，個頭雖然不是很高，但別有一分儒雅韻味。

見到曹朋，曹沖也是一臉喜色。他快步上前，拱手道：「曹家哥哥，別來無恙？聽說哥哥前來，倉舒早有意拜會，只是身邊事務太多，以至於耽擱了，還請哥哥勿怪。」

曹彰如今見到曹朋，依舊是執師生之禮。哪怕當初他只是湊數，可是在禮節上，卻始終保持著對曹朋的尊敬，先行師生之禮，而後才是兄弟之情。

曹賊

章八
師徒？父子？

可是曹沖……當年確實是在曹操面前，實實在在行過拜師禮的人，如今卻全無師生之誼。

曹朋心裡不免一陣悲哀，但臉上還是露出笑容，「倉舒，近來可好？」

兩人寒暄過後，便來到大廳落坐。

「聽說昨日嫂嫂們受了驚嚇，故而倉舒前來探望。」

「賢弟有心了……不過些許蛇鼠之輩，驚嚇談不上，只是壞了些興致。已無甚大礙，而今正在佛堂誦經，我就不讓她們來拜見了。」

你真的是來探望嗎？

抑或，你是要代環郎道歉？如果你真的是這樣打算，自當早早前來，卻不是在這個時候登門……

你不是來探望我，你是來堵我！難道，你真以為我看不出來你的心思嗎？你這分明就是來打我的臉啊……

如果曹沖早早前來，說不定曹朋會放過環郎父子。偏偏，他好這小聰明，踩著點登門。說好聽了，他是來拜會，說難聽了，他就是在堵曹朋。

曹朋已經發出狠話，要教訓環郎，若做不到，必然會被人笑話。曹沖登門，不但阻攔住了曹朋，還能向人們展現出他的能力。但是在曹朋眼裡，曹沖所為不過是些小聰明，根本上不得檯面。

你以為你坐在這裡，我就動不得手？倉舒，你忘了當初我是怎麼對付伏完父子？我當初敢砍了伏完的手，我今天就敢燒了他環郎的莊子。好吧，既然你要做戲，那我就陪你做戲！

曹朋心中，不由得暗地裡一聲嘆息。

只是這一場戲做完了，咱們之間，就再也沒有緩和餘地……

曹沖談古論今，引經據典，顯示出非凡才學。

說實話，曹家父子的文青基因，都非常發達。曹操自不必說了，作為建安文風的開創者，周公吐哺，天下歸心，可謂是氣勢磅礡；曹植的《雒神賦》、《銅雀臺賦》，以及後來流傳千古的《七步詩》，煮豆燃豆萁，豆在釜中泣，堪稱風華絕代。就連曹丕，也是文采風流，為這個時代翹楚。

歷史上，曹沖死得早，故而沒什麼名著。可從他現在的談吐來看，的確是繼承了老曹的基因，非同一般……

曹朋看著他，臉上帶著微笑，可是心裡卻極為惆悵。

不管怎樣，終究是有那麼一段師生情誼。曾幾何時，曹沖寄託了曹朋的希望。讓他讀《洪範》，讓他讀《食貨志》，甚至作詩，皆是曹朋所寄託的理想。

然而，這關係卻如此的脆弱，不過短短時間便已經破滅，蕩然無存。

只不知道，當他知曉自己燒了環郎的田莊之後，又會是什麼表情呢？

想來，很快就可以看到！

曹朋不介意和曹沖東拉西扯，隨著時間慢慢的流逝，忽見有一人進來，在曹沖耳邊低聲細語幾句，曹沖的臉色頓時變了。談性似乎一下子消失殆盡，他扭頭向曹朋看去，臉上的表情更是極為古怪。

「倉舒，不早了，回家吧。」曹朋站起來，溫言道：「想來你現在也累了，回去好好歇息，莫太操勞。你隨我三載，當知道我的脾氣。我這個人，做事從來不計較後果，了不起回家種田。但是，得罪我的人，我絕不會饒過。我說出來的話，也絕對不會更改……回去吧，代我向夫人道個不是。若夫人不肯見諒，他日我會登門親自向夫人道歉。」

曹朋的聲音，聽上去很柔和，但是在曹沖聽來，卻是格外刺耳！

他突然覺得自己好像一個小丑，使了這許多花招，可人家根本不接。

沒有實力，什麼小聰明都是假的。

曹沖看著曹朋臉上的笑容，卻突然起身，躬身一禮，「多謝老師教誨。」

這，恐怕也是曹朋給曹沖的最後一課——真正意義上的，最後一課。

隨著曹沖這一禮，曹朋心中輕嘆，搖了搖頭，沒有說話。

曹沖旋即告辭離去。

卻見馬謖從外面進來，曹朋突然間無心去詢問那環郎的情況如何。

「幼常，陪我騎馬去。」

他心情有些抑鬱，大步走出了侯府。

早有人牽來了獅虎獸，曹朋翻身上馬，向城外行去。

馬謖連忙跟著曹朋，臨行前，更使人通知沙摩柯和趙雲。不管怎麼說，讓曹朋獨自離開，還是有些危險。身為曹朋的親衛牙將，趙雲和沙摩柯必須有一人跟隨。

紫宸閣二層，曹操翻身從床上坐起，伸了一個懶腰。

「阿福，真的燒了環郎的田莊嗎？」

越般連忙回答：「是……奴婢聽說之後，還專門去看了。不過也不似說得那麼嚴重，只是燒了幾間房子，打傷了幾個人，也沒有鬧出人命。」

曹操不禁笑了，「這混帳小子，卻改不了他那暴躁的毛病。」

沉吟片刻，他問道：「那外面人，又怎麼說？」

「各種說法都有，有的說是環郎咎由自取，有的則是說，武鄉侯忒霸道了些。」

「嗯，是有些霸道了！」

曹操嘴角微微一翹，「如此霸道，卻不能不罰。這樣吧，你去武鄉侯府一趟，告訴阿福，就說孤罰他一年俸祿，作為賠償。畢竟是人家的財產，他怎可以說燒了就燒了？還有，警告他最近老實一點，否則孤使雋石立刻回許都，讓他過不得一個團圓年。」

「喏！」越般心中不由得笑了。

這算是哪門子的懲罰？一年俸祿？

也許對普通官員而言，是比較嚴重的懲罰，可是對武鄉侯而言，又算得什麼？誰不知道這位武鄉侯是點金聖手，日進斗金，根本不在乎那些許俸祿。聽說，曹洪回來這兩天，到處找人，說是要做一樁大事，而幕後推手便是武鄉侯！朝中已有不少人表示願意參與其中……

越般是沒那個資格，也沒有那個財力，否則說什麼也要摻和進去。跟著武鄉侯，有肉吃啊！

不過由此也能看出，大王對武鄉侯的信賴和寵愛，已到了無以復加的地步。

越般心裡已經拿定了主意，定要和武鄉侯好生交道。就算成不得朋友，也別似那環郎父子一般得罪了曹朋……

殊不知，在越般離去之後，曹操來到書桌旁坐下。他鋪開一張冷金箋，在上面寫下了曹彰、曹植和曹沖三人的名字。良久後，他突然拿起一枝筆，蘸飽了墨汁，用力在曹沖的名字上劃過，只留下一道粗粗墨痕！

「小聰明，終當不得大事……」

曹操起身，走到窗邊，打開了窗子。看著外面的鳥語花香，他卻忍不住輕輕嘆了口氣……

章九　上魏王荊南策

環郎的田莊，被白駝兵幾乎摧毀殆盡。房舍被燒了一大半，還有近百人被打傷。環郎氣急敗壞，第二天便在朝堂上彈劾曹朋，哪知道這滿朝文武，竟然沒有一個人站出來回應。

反倒是有人站出來，指責環郎在鄴城橫行霸道。

一樁樁、一件件證據擺放在環郎面前，曹洪陰森森道：「若不看名字，還以為是董卓復生。令郎好大的威風，莫非把這鄴都當作自家後院嗎？」

這話若出自他人之口，也算不得什麼。但曹洪不同，他可是老曹的心腹近臣。這話說得誅心至極，令環郎冷汗淋漓。

當天，曹操下詔，罷環郎左中郎將，令其幽居許都，不得在鄴城逗留。等於是把環郎趕出了權力中心，日後再想返回鄴城，難度頗大。

隨著環郎罷官，事情也就告一段落。

當日，曹朋入王都拜見卞夫人，並在卞夫人的引介之下，辟秦朗為將軍府令史御屬之職。曹朋的班底目前尚有很多空缺，所以安置一個秦朗算不得什麼大事。同樣，對卞夫人而言，也覺得頗有面子……

時間，一天天過去，不知不覺就過了十五。

曹汲將返回許都，曹楠也要前往並州，與鄧稷會合。

臨行時，曹楠把幼子鄧望託付給了蔡琰等人，請她們好生照拂。這朔北苦寒，鄧望還小，恐不太適合。不過，郭昱卻沒有隨行，而是留在鄴城，因為她又懷了身子，此次返回正是為了分娩。不管怎麼說，郭昱是郭寰的親姐姐，留在鄴都也方便照應，蔡琰等人自然不會反對。

正月二十一，老夫人決定回還滎陽，隨行有夏侯真、步鸞、甄宓三人……

老夫人掛念滎陽的田莊，而且也不喜歡鄴都那種氣氛。說繁華，鄴都方興，比不得許都，也不如長安和雒陽；但氣氛有些壓抑，每日都會發生許多事情，令人感到緊張。老夫人可是聽說過，當年鄴都城破時，曹操曾下令屠城，血洗鄴都，足足有四萬多人死於非命。

這麼一座城池，老夫人當然覺得不舒服。於是經過她再三要求之後，曹朋只能答應下來……

好在滎陽距離鄴都不遠，距離許都也很近，不管是曹朋還是曹汲，都方便往來。

只是母親離去，讓曹朋還是感覺有些失落。他向曹操懇請之後，一直將老夫人送過了黃河，登陸延津之後，才返回鄴都。臨別時，他叮囑夏侯真三人，定要好生照拂老夫人。

「君侯，自卸下司隸校尉以來，大王何故一直沒有安排？難道說要留守鄴城嗎？」在曹朋登船的時候，夏侯真突然輕聲詢問。

「只怕不是！」

曹朋想了想，回答道：「我曾向奉孝詢問，但是並未有答案。不過從他話語中，似乎大王有重要使命於我。估計過些時候，便會下詔任命。我倒是想留守鄴城，可大王未必同意。至於究竟會派往何處，目前尚不好說……我倒是聽到一些風聲，說大王準備在涼州、並州、幽州和曹州四地推行府兵制。若真如此的話，只怕這任命和此事有關。且再看看，想來不會太久便能有準確消息。」

章九
上魏王荊南策

「君侯……」

「嗯？」

「有件事想與你商量。」

「夫人只管說。」

夏侯真臉一紅，猶豫了一下之後，輕聲道：「我大兄不想留在鄴都，希望能往邊塞，建立功業。若君侯出缺，能否讓我大兄同去？不過若為難，便算了……妾身只是見大兄整日裡顯得抑鬱，所以才想幫幫他。」

夏侯真父母早亡，只有一個哥哥，便是夏侯尚。

如今夏侯尚為魏郡司馬，配合步騭拱衛鄴都。但在內心裡，夏侯尚還是渴望建立功業，卻一直沒有機會。夏侯真和夏侯尚兄妹感情甚好，於是便向曹朋懇請。

曹朋想了想，便點頭道：「此事妳只管放心，若大兄願隨行，我自無異議。」

夏侯真這才放下了心。

又過了十日，轉眼已到了二月。

天氣轉暖，萬物復甦。曹操於鄴都親耕籍田，鼓勵百姓墾荒農耕，而後在二月初八，第三次發出了唯才是舉令。

從建安十二年至建安十五年，三年間三次發出唯才是舉令，使得天下為之震動。無數寒門士子不由得為之心動，紛紛響應。但是，唯才是舉令不問德行，只問才能，也造成了一些麻煩。

這一日，曹朋在後花園裡正與蔡琰等人以青梅煮酒，欣賞院中春色時，忽聞家臣來報：軍師中郎將郭嘉，前來拜訪。

曹朋連忙迎了出去，卻見郭嘉、劉曄、董昭等人都來了。

迎進了書房之後，曹朋命人擺上了酒水，而後疑惑問道：「諸公何故今日一起登門拜訪？」

郭嘉面露憂慮之色，輕聲道：「大王三次發唯才是舉令，友學可知曉？」

「當然！」

「大王求才若渴，我等心下自然明白。只是，這唯才是舉令背後，卻終究是有些問題存在。自第一次發唯才是舉令，大王的確是招攬到不少人才，可是，這其中也出現了不少麻煩。」郭嘉說著，取出一摞信函，遞給了曹朋。

曹朋接過來，打開一看，全都是關於各地官員的報告。其中有不少報告是說一些官員貪贓枉法，聚斂錢財，勾結當地豪強，為非作歹。

董昭沉聲道：「友學，唯才是舉固然好，然則這良莠不齊，難免有人作亂。才能，固然重要。可若是沒有德行嚴加約束，才能越大，造成的害處也就越大……這些是陳矯送來的奏表，言當地官員枉法作為，而那人正是首次唯才是舉令發放後，前來投效之人。此人才具是有，但德行有虧。若為輔官也就罷了，還能有所約束，可而今為一方縣令，卻真真個令民不聊生。」

看得出，董昭對唯才是舉令頗有抵觸。

而郭嘉等人，也對這件事感到擔憂。

沉吟片刻，曹朋道：「諸公之意……」

「友學，我們準備聯名上奏，與大王說明此事。這才具固然重要，可是卻不能一味只看才具，而無視德行。殊不知，有德無才固然有害，有才無德同樣害處甚大。此事，不可以不小心。」

曹操剛發出第三次唯才是舉令，郭嘉等人便要上書反駁，有點打臉的意思。

曹朋眉頭緊蹙，半晌後問道：「荀尚書可有主意？」

「文若也覺得此事不可以不加以防範，否則危害甚巨。」

「那你們，可有了方案？」

「這個……」郭嘉苦笑著搖搖頭，「若是有了方案，何至於如此為難？」唯才是舉！這聽上去很簡單，但著實也是個麻煩。有才無德和有德無才，究竟孰優孰劣，恐怕也難以說個清楚。

曹朋知道除了這方面之外，還有一件事，便是那些豪門世族的擔憂。大量啟用寒門，勢必會造成豪門世族的利益流失。曹操和世族間的關係很微妙，既需要相互利用，也要相互提防，所以糾纏在一起，麻煩很多。

曹朋道：「此事，最好還是慎重為妙。大王方發唯才是舉令，便要上奏令大王取消，豈不是朝令夕改，更使人不服？於大王顏面同樣無光。此事最好是能等些時日，同時想出妥善辦法解決，否則不要貿然上書，弄不好反而適得其反，徒增不快。」

郭嘉一蹙眉，「那這些個官員，如何是好？」

「在沒有妥善解決之道前，我以為對事不對人乃上上策。加強監管，若遇到為害鄉里、貪贓枉法、荼毒百姓之流，當以酷刑處置。雖未必能完全杜絕，也能使其有所收斂……諸公，以為這樣如何？」

郭嘉等人找曹朋，也是出於無奈。他們同樣知道貿然上書的話，未必能取得理想效果。特別是曹操登上魏王之位，更會維護自家顏面。這前腳唯才是舉，後腳就上書取締，豈不是赤裸裸的打臉行為？曹朋的主意，確實是一個老成謀國之法。郭嘉和董昭幾人相視之後，點了點頭，算是同意了意見。

「另外，在監察官員方面，當儘快設立律法，以便行動。至於如何操作，還請諸公費心。朋對此並不熟悉，也就不參與此事了。」

「嗯，如此，也只能這樣。」

其實，曹朋的腦海中此時浮現出了五個字：九品中正制！

這個完全以維護世族利益的制度，在推行初期，倒是在一定程度上解決了唯才是舉之後所出現的良莠不齊現象，同時也在很大程度上，維護了世族的利益。但是在後期，九品中正制便成為世族的玩物……所謂上品無寒士、下品無世族，在很大程度上，也是源自於這個制度。

設立九品中正制的人，是陳群。

而陳群本身就是高門大閥出身，所要考慮的，自然是門閥世族利益。

不過如今，距離陳群提出九品中正制尚有十年光景。

而參與制定的人，更包括了世族與寒門的精英分子，想來能在很大的程度上解決這個問題。郭嘉、賈詡，這些都是寒門士子的代表，而荀彧、董昭，則屬於高門大閥的傑出人物。如今寒門和高門之間的衝突還不算特別嚴重，比如郭嘉和荀彧是極好的朋友，便能夠說明一些情況……

雙方合作，共同來制定一個制度，維護雙方利益，同時又能達到目的，並非不可能的事情。

曹朋倒是有心想參與其中，但再一想，他雖然知道這九品中正制的概念，卻說不明白其中的內容。再者，他又不懂漢代律法，倒不如讓那些專業人士來做，他最好還是袖手旁觀。

寒士和高門之間的矛盾，還有一個解決之道，便是科舉！

但曹朋卻很清楚，此時的社會形態，科舉的條件並不成熟……讀書人，始終只是一小部分，完全無法達到科舉的條件。最好的辦法，便是增加書院的建設，培養出更多的人才，潛移默化，慢慢培養條件成熟。

不過，這需要一個過程，非一時可竟全功。

浮戲山書院，是曹朋的一個嘗試。接下來，他還會在河西、南陽、徐州逐一推行，慢慢的創造科舉環境。也許十年，也許二十年、三十年，乃至更久，但只要持續下去，總有一日可以達到最終的目的。

郭嘉等人和曹朋又說了很久，直至天將夜時，方才告辭離去。

臨行時，郭嘉故意落後了幾步，拉著曹朋的手，低聲道：「阿福，我有一事相求。」

「什麼？」

「小奕學業已成，自浮戲山書院而出，如今在家中，尚無安排。文若說，可以讓他去尚書府做事，大王也說，可以至十三曹歷練。只是我覺得太早接觸中樞，於小奕並無好處。他沒有半點閱歷，貿然加入中樞，反而會適得其反。所以，我想讓他到你門下歷練，不知可否？」

郭嘉說的是他那寶貝兒子郭奕！

歷史上，郭嘉只有一個兒子，便是郭奕。

不過現在，隨著他身體的好轉，又有了兩個孩子，一男一女。男的名叫郭召，女兒名叫郭襄。至於郭襄這個名字，還是曹朋的主意。

女兒出生時，郭嘉不在夫人身邊，他正趕赴襄陽，準備勸說曹操停止東征江東。他得到喜訊時，正好曹朋也在一旁，於是便笑著說：「不如叫郭襄吧！」

本是一句玩笑話，卻被郭嘉當了真，更逼著曹朋做了郭襄的義父……當然這義父，是有代價的！郭嘉硬生生又從曹朋手裡搶來百分之五的福紙樓股份，說是曹朋給乾女兒的禮物。

曹朋也無奈，同時暗自慶幸，幸好當時他沒有說郭芙這個名字，否則不曉得又會是什麼狀況……

「小奕若是願意來，我自然歡迎。不過，奉孝大哥是不是有什麼消息？莫非大王有意要派我出去？」

「嘿嘿，過幾日，過幾日自知！」

郭嘉一副欠扁的笑容，登上馬車走了。

曹朋則拍了拍額頭，目送郭嘉的車輛不見蹤影之後，才轉身走進府中。

「士元，你們在討論什麼事情？」

遠遠的，曹朋就看見龐統、法正、王平等人在一起，正激烈的討論著，於是便走上前去，卻發現在涼亭裡擺放著一個巨型沙盤，盡是西川地形地貌。

西川之戰，早晚爆發。

身為曹朋的謀主，龐統和法正也極為重視此事。雖然曹朋已離開關中，但是他們對西川戰事的推演卻始終沒有停止下來。

見曹朋過來，兩人連忙拱手行禮。

龐統笑道：「我們正在談論，如何在西川用兵。」

「哦？」曹朋饒有興趣，在一旁站立。

「西川多山，大軍難行……其地勢，與荊南頗為相似，不可以不小心。子均和伯龍都認為，若要攻取西川，須有一支精幹兵馬。這支兵馬，要擅長在山中作戰……此前公子在荊南，使魏延所操練山地兵，最為合適。不過攻取西川，最好還是再訓練出一支山地精兵。」

山地兵，又是山地兵！

隨著北方戰事結束，戰事將會向南傾斜。之前可以叱吒縱橫的北方步兵和騎兵，威力隨之減弱，作用也會慢慢降低。取而代之的，必然是水軍、刀盾兵以及山地兵三個兵種大放異彩。

如今水軍，有大都督甘寧以及杜畿操練，更有東陵島周倉和闞澤負責，問題應該不會太大。

至於刀盾兵，曹操也開始著手演練。

從去年開始，河一工坊停止槍矛打造，而專注於橫刀和大盾的製作。曹汲出任大司農，並留守許都，一方面是因為春耕將要開始，二來也有曹操將諸冶監劃撥到了大司農府，由曹汲執掌。曹汲本身就是治煉大家，而且身邊又有鑄兵大師蒲元（曹汲的同門師姪）相助。同時，將作大匠鄭渾、大司農給事中馬鈞，也都精通這方面事務。

河一工坊可算得上是曹家一手扶植起來的工坊，諸冶監監令郭永更是曹府門下。曹操秘密打造刀盾、訓練刀盾兵，也正是為了未來的江東之戰。

而山地兵方面，魏延的山地兵更類似於刀盾兵的雛形，在山地作戰方面還有些欠缺。

所以，曹魏目前最缺乏的，還是山地兵，一支真正意義上的山地兵。

這山地兵不好組建，要求很高。身體健壯，體格魁梧，這是基本要求；要熟悉在山地間的環境，瞭解在山地裡的作戰方式，身手要靈活，不能夠太過笨重，也是其中一個要求。

總之，想要練成山地兵，並不容易。天時、地利、人和，三者缺一不可，故而到目前為止，一直都只是一個構想。

「公子，其實兵員並不難尋。」

「此話怎講？」

王平猶豫了一下，沉聲道：「早年間，益州馬相作亂，自稱天子，聚眾十餘萬人，攻破巴郡。後有州從事賈龍將軍，令兵數百人於犍為，打破馬相，而後才有劉焉入西川之事。當時賈龍將軍所用者皆為南中蠻人，便是公子所說的山地兵。平曾聞祖父言及此事，而且祖父當年便是賈龍將軍部下，故而也知其作戰方法，後盡數教授於平知曉……」

「子均，竟知山地戰法？」

「略知一二。」

曹朋頓時驚喜異常。

對於王平這人，曹朋一開始並未有太多重視。或者說，他對王平的重視，遠不如對馬謖和向寵的重視。在他看來，王平不過是運氣好些，才具不過中上，算不得大將。卻不想，這傢伙竟然知道山地作戰模式。

賈龍是誰？曹朋並不清楚。不過聽王平的介紹，似乎也是個牛人。可惜早在初平二年時，便死於劉焉之手……

「那兵員，如何尋找？」

王平笑道：「公子，當年賈龍將軍的兵馬，便是從南中蠻族手中招攬過來。今公子有沙摩柯將軍，何不派人至五溪蠻徵召兵馬？五溪蠻雖不在西川，但也是生活在山嶺之中，對於山間環境自然也不會陌生。」

「著啊！」曹朋聽聞大喜，連連點頭，表示稱讚。

他忙擺手，讓孫紹過來，「伯文，去把沙沙找來，就說我有重要事情吩咐他。」

「喏！」

孫紹急忙轉身而去，不一會兒的工夫，就見沙摩柯鼻青臉腫的跑過來。

「沙沙，你這是怎麼了？」

「嘿嘿，沒事……方才與子龍切磋，不小心被他打中……不過公子放心，他也沒討得便宜。咱狠狠的給了他幾拳，估計這會兒正在吃痛呢。」

曹朋清楚的看到孫紹在一旁撇了撇嘴！很明顯，沙摩柯話中的水分不少，恐怕是趙雲在收拾他。

不過，曹朋沒有往心裡去，他把沙摩柯找來，並不是問他和趙雲的戰果。

「沙沙，你五溪蠻族人，可有擅長在山地間作戰之人？」

沙摩柯一怔，旋即咧嘴笑道：「公子莫說笑，我五溪蠻人，從小在大山裡長大，個個都能在山地中搏殺。莫說男人，便是女人，也不可小覷。」

「我要三千精卒，你可否為我招攬？」

「啊？」沙摩柯先愣了一下，但立刻連連點頭，「莫說三千，就是五、六千，一萬人都成。」

「我不要一萬，也不要五、六千，只三千人足矣。不過，我此次挑選會極為嚴格……挑選出來之後，就由你來出任校尉，統帥兵馬。我會讓子均陪你一同返回五溪蠻，招攬過來之後，由子均負責操練，你可願意？」

「我為校尉？」沙摩柯驚喜異常，連連點頭。

「那你就馬上準備，最遲明日一早啟程。到了武陵之後，你們便和鄧太守與潘將軍兩人聯絡。人馬召集整齊之後，於當地訓練。什麼時候能訓練出來，什麼時候再向我報到，明白嗎？」

「末將明白！」

曹朋素來都是快刀斬亂麻，說做就做。

既然要訓練山地步兵，那麼最好的環境，便是在武陵。漢中雖然也不錯，但此時卻不適宜繼續派駐兵馬，以免令劉璋緊張起來。武陵，有鄧範和潘璋在，而沙摩柯統帥兵馬，可以讓王平減少許多不必要的麻煩，更能全力訓練兵馬。

「公子，既然組軍，不知當以何名稱呼？」

曹朋想了想，突然笑道：「無當，就叫無當飛軍，大家以為如何？」

無當飛軍，是歷史上諸葛亮平定南中以後，組建而成的一支兵馬，與劉備的白毦兵齊名，甚為勇烈。這支完全以蠻人組成的兵馬，有著非凡的戰鬥力。其形象便是身披鐵甲，使弓弩毒箭，配備紮馬丁與團牌（注：短矛與盾牌），奔走山林，猶如鬼魅……在後來與曹魏的戰爭中，曾建立下巨大功勳。

曹朋對無當飛軍的印象很深！

不過，在歷史上，劉備不僅僅徵召過南中蠻族，更在坐鎮荊南時，僱用過當時的武陵蠻人。甘寧便是死於武陵蠻之手，而當時武陵蠻主將，便是沙摩柯。

劉備可以僱傭武陵蠻，諸葛亮能徵召南中蠻，那麼他為何不能組建無當飛軍？

無當飛軍的意思，便是所當無前。

曹朋既然決定組建一支山地兵團，那麼無當之名，又豈能棄之不用？

不過，組建無當飛軍，並非一件易事，尚需要各方面的調解，還需要有專門的設計。曹朋匆匆決定組建無當飛軍，看似容易，實際上還要做許多後續的工作。當晚，他和龐統、法正，以及馬謖、向寵、鄧艾、孫紹四人，在書房裡討論這無當飛軍的細節問題。

貿然組建一軍，可不是小事！

隨著曹操權勢越來越大，對軍中控制，也越發嚴密起來。

這件事，肯定要告之曹操。但如何能讓曹操對這支人馬重視起來？也是一件麻煩的事情。想當初，曹朋建議曹操組建水軍，結果曹操在三年後才真正認識到水軍的重要性，並且下大力進行組建，不惜耗費重金。

這是曹操吃過水軍的虧，所以才能下定決心。但山地步兵呢？

曹操既然已經著手準備刀盾兵，那麼還會有多少精力投注於山地兵的建設中呢？所以，曹朋必須要有一個能夠說服曹操的理由。

法正道：「自古以來，農耕使人缺乏果毅，而漁獵則使人好勇鬥狠……荊南武陵蠻之所以一直尾大不去，也正是因為這兩者間的區別所致。五溪蠻尚好一些，然則似飛頭蠻這樣的部落，卻始終是一個問題……」

「而今荊南正逐漸恢復民生，百姓渴望大治。所以，大規模戰事在短時間裡，不太可能發生。如此一來，勢必造成那些好勇鬥狠的山蠻無用武之地，於是開始尋釁生事。一開始，不會有太大問題，但時間久了，一次次小衝突，必然醞釀成巨大的矛盾，到最後演變成一場衝突。」

「治荊南，先治蠻……蠻若不定，則荊南必難和平。公子欲建無當飛軍，最好還是從這方面著手，來說服大王，如此方能顯示出公子高屋建瓴的目光來。這樣，大王那邊，也一定會給予方便。」

龐統也連連點頭，「孝直所言極是。頭痛醫頭，腳痛醫腳，終究不是好事。公子若只是組建飛軍，大王就算同意，也未必給予太多重視。可如果是為治荊南平定，則大王必然贊同。」

做什麼事，你不能只從眼前的事情考慮。應該站得高一些，看得遠一些，才能取得最好的效果……

曹朋思忖良久，認為龐統、法正所言極是。

「既然如此，請你二人儘快做出治荊南策，我當呈報大王，以獲取支持。」

「公子……」

「嗯？」曹朋一轉頭，「幼常何事？」

「讓子均主持無當，是否有些倉促？」

「此話怎講？」

馬謖猶豫了一下，沉聲道：「我不是說子均不行，而是說，他年紀不過二九年華，又是方才投效，也無甚功勳。子均識字不多，剛猛有餘，可是……既然公子如此重視無當，還須謹慎從事！」

馬謖這番話，是出於好心。

曹朋如此重視無當飛軍，若失敗了，只怕王平難有復起之日。

歷史上，王平也的確是無當飛軍的首任無當監。可那是在他三、四十歲才做到的事情。而今王平不過十八歲，就去訓練無當飛軍，必然有許多困難。

法正笑了！

「幼常好意，我代子均謝過。公子命子均前往，是因為他知道如何操演訓練，而不是要他統帥無當。

況且，子均勇烈，能吃苦，雖然識字不多，可是卻很有心思，之所以讓他去，正是看重這一點。子均和幼常不同，他最大的優點便是性子謹嚴，能身先士卒，並要求嚴苛。也唯有此，無當方能為精兵。」

馬謖點了點頭，不再贅言。既然曹朋他們已做了決斷，想必王平確實合適。

「最好在荊南設立一府！」

「嗯？」

「專門負責調解與武陵蠻之關係，並協助治理武陵蠻人。無當，最好為此府所轄，而此府，則應隸屬大王……如此則能事半功倍。」

按道理說，治理武陵蠻，自有大鴻臚卿所掌。但由於五溪蠻還牽扯到了一個無當飛軍的事務，那就不是大鴻臚可以插手。

「那麼設立此府，當以何名？」

「大行……可設立大行府，治都督，比兩千石。名義上歸於大鴻臚卿所轄，實際上卻由大王執掌。於禮法上，無人能說出不是，而於大王而言，一可以治荊南，二可以獲得一處豐富兵源。」

大行府都督？

曹朋記不得歷史上是否出現過這麼一個官職。不過於曹操來說，這應該不是什麼大事。畢竟曹操把持朝政以來，已經設立了不少新的職務，令工作細化，更加具體，也使得效率更高。

「就依士元、孝直所言，你們立刻準備，做出奏摺，我明日就送去王都。」

「喏！」

所謂師出有名。先把無當飛軍的名正下來，再進行細節的安排。

似馬謖、向寵、鄧艾，都是那種統兵的將領，而孫紹雖被幽居，卻熟知江東兵馬的習性。

曹朋博採眾長，討論這無當飛軍的具體事宜。

首先，要確定無當飛軍的衣甲裝備。

歷史上無當飛軍身披鐵甲，雖然防禦力增強，卻在某種程度上令負重增加，降低了靈活性。可是，如果以皮甲為主，未免又顯得有些單薄。

最終曹朋選定，在皮甲下鑲嵌鐵片，一來減少重量，二來增強防禦能力。兵器還是以武陵蠻最為熟悉的弓弩和毒箭為主。曹公連弩，配以鋼矢。毒藥自有武陵蠻人解決，也可以讓華佗設法調配。

但連弩毒箭，都是遠程兵器。在山地間用刀劍，肯定不太合適，而且對武陵蠻而言，那東西也太過奢侈。

「老師，我印象裡，曾在賀齊叔父那邊，見過一些山越兵器。」

「哦？」

「山越人好用一種名為鐵钂的兵器，配以小盾防身，威力極為驚人。山越人稱之為排钂手，近戰時威力巨大。而且這鐵钂和小盾，打造起來方便容易，也不是很重。賀齊叔父說，當初山陰之亂時，山越排钂手給他製造了不小的麻煩……若不是後來他用計，未必能勝得過。」

賀齊，在《三國演義》當中並未登場。但在正史裡，這賀齊賀公苗卻是江東一員上將，更是智將。

孫策早期征伐會稽，可以說這賀齊有一半以上的功勞，甚至相比下，他的功勞比周瑜還大。不過周瑜好水戰，賀齊善於山地戰，性質不同，兩人也沒什麼矛盾。孫策死後，孫權曾有意對賀齊進行打壓，可是卻又擔心賀齊背後龐大的會稽世族力量，最終也只能與賀齊妥協。

不過，就是因為這原因，賀齊在孫權掌權後，幾乎少有統兵機會，一直為會稽太守，坐鎮山陰，震懾山越。

陸遜私下裡與曹朋的通信中曾言：「征伐江東，有兩大難處。一為水軍，守禦大江天塹；二為賀齊，最善陸戰，雖友學未必能與之爭雄。」

賀齊，是一個孫權埋沒的名將。終其一生，都是治理地方，打擊山越。

雖然才能卓著，卻因為對孫策的忠心，乃至於比周瑜都有不足。不管怎麼說，周瑜是水軍大都督，而賀齊，卻始終留在會稽，未曾出戰……

曹朋當然知道賀齊的厲害，但是卻沒有太多的交集。

眉頭緊蹙，他沉吟片刻後問道：「伯文，能畫出那排鑹的模樣嗎？」

「當然可以！」

一旁馬謖，立刻鋪開了紙張。鄧艾則拿出一枝炭筆，遞給了孫紹。

孫紹想了想，在紙上畫出排鑹的形狀。

說穿了，那鐵鑹就是一種類似於短矛的兵器，不過比短矛更短，甚至不足兩尺五寸。刃長一尺，成扁平狀，兩面開封，中間凸起，有點像三尖兩刃刀，但更細、更窄。

而排盾比普通的團牌要小三分之一，但拿起來更加方便。武陵蠻人的個頭普遍偏低，若團牌太大，則會成為負擔。這種山越團牌，明顯更為合適。

曹朋大致上瞭解了排鑹的形狀後，便使人找來了祝道。

祝道，如今為將軍府掾屬，與王雙共同執掌閽士。

「你立刻持此圖，趕赴滎陽，請王榮太守代為加工，打造這圖紙上的兵器。而後，我給你三十天時間，與史老大一起研究出一套使用排鑹的招數，方便在山林之中使用。不必太複雜，簡單明瞭，而且盡可能發揮出這排鑹的威力即可。」

史阿身為東漢末年一代劍術宗師王越的弟子，其武學底蘊之高明，自不須贅言。雖然瘸了一腿、殘了一手，可是在這些年來，卻憑藉其底蘊創出左手劍，變得更加厲害。在去年與雒陽幾位劍手交鋒中，幾乎無一人能抵擋他三招，重又恢復了當年聲望。

曹賊

章九

上魏王荊南策

不過，史阿在恢復了之後，依舊留在滎陽，過著閒雲野鶴般的隱士生活。

曹朋把當初蔡琰的那個莊子贈給了史阿。史阿也是見慣了風雨，實無意再回從前的圈子，僅幫著曹朋訓練一下闇士，平日裡或是在洞林寺禮佛，或是在洞林湖泛舟遊玩，逍遙快活得緊。

祝道立刻領命，連夜趕奔滎陽。

而曹朋呢，則繼續研究無當飛軍的細節問題，不知不覺已然天亮……

送走了沙摩柯和王平，曹朋帶著龐統和法正連夜寫好的治荊南策，呈報曹操。

至於曹操會有什麼反應？卻不是曹朋可以揣測出來的。

數日後，曹彰領著秦朗，登門拜訪。

「老師，卻做得好事！」一見曹朋，曹彰就苦笑搖頭。

秦朗站在一旁，則好奇的打量曹朋。他也早就聽說有這麼一個族兄，號稱是曹氏宗族之中最為出色的棟梁。只可惜，秦朗一直在王府長大，並沒有機會與曹朋相識。

他倒是知道曹朋曾做過曹彰、曹沖的老師，還和曹植翻過臉，差點揍了曹植。他膽大妄為，闖過輔國將軍府，砍過伏完，殺過韋端……更闖下而今顯赫的『曹閻王』之名。但在此前，他還有『孝子』、『性情中人』、『點金手』等不同的稱號，更是享譽士林的『曹三篇』。

就連自己小時候所讀的啟蒙書《八百字文》、《三字經》和《弟子規》，也出自於曹朋之手。再大一點，他學了《陋室銘》和《愛蓮說》。連授業的先生也要讚嘆一聲，曹公子乃當世奇才……

後來，秦朗又讀了曹朋的《三十六計》，據說這《三十六計》和曹操所著的《孟德新書》，被曹操評定為曹氏二代子弟、三代子弟必修課業。

在曹氏宗族裡，稱《孟德新書》為『書』，《三十六計》為『策』。

『書』為本，『策』為用！

這也是未來曹氏宗族必須傳承的家學之一。

曹朋，對於曹氏子弟而言，有太多的傳說。

他在和秦朗一樣大的年紀時，便闖出了馬中三寶，並隨如今的並州牧鄧稷遠赴海西，硬生生打下了如今的大海西格局，使兩淮得以開發。

秦朗對曹朋，既好奇，也崇拜。聽聞將在曹朋門下效力時，秦朗也是激動萬分！

曹朋笑道：「子文，我怎地害你了？」

「老師，你所書《上魏王治荊南策》，已經被父王所認可。今日父王喚我過去，除了考驗我近來課業外，還給了我一個很重要的任務。父王已決定，罷了我鎮北將軍之職，轉為鎮南將軍、五官中郎將、大行府都督。」

「啊？」曹朋聽聞吃了一驚，但馬上欣喜若狂。他沒有想到曹操會這麼快便做出了決定，並且還做好了安排……

既然設立大行府都督，也就是說明曹操同意了自己的主張。

原本，曹朋還在擔心這大行府都督的人選，畢竟若換個不曉事的，說不定會弄巧成拙。但是任命曹彰，卻是合適。

曹彰早年就有和羌氏交道的經歷！

駐紮北方之後，又先後與烏丸、鮮卑、匈奴、羯胡等異族進行接觸。他手段強硬，但也知道懷柔，在處理異族關係上，算得上經驗豐富。

曹彰是最瞭解曹朋心意的人，也是堅定的支持者。更重要的是，曹彰是曹操的兒子，也是曹操的長子，未來繼承人最有力的爭奪者之一。由他出任大行府都督，一方面可以表現出曹操對武陵蠻的重視，另一方面則可以統領荊南。鄧範、潘璋、魏延……哪怕是包括夏侯淵，都會盡力配合曹彰行動，更不可能給予曹彰任何刁難。

只看這人選，就可以看出曹操對於《治荊南策》的重視。

有一種如釋重負的感覺！

曹朋輕輕出了口氣，「若是子文執掌，我倒是可以放心了。」

「老師放心了，可學生對此卻是一點頭緒都沒有。這大行府都督，究竟是做什麼用處？還有，對武陵蠻，又該以什麼態度？父王要我向老師討教，正好元明要過來，學生便冒昧登門。」

曹朋聽聞，頓時笑了：「你這黃鬚兒，卻是來向我炫耀嗎？」

秦朗在旁邊聽得真切，嚇了一跳。

曹家諸子當中，曹彰脾氣最為暴烈。據說他是個天不怕地不怕的人，不管是誰，只要惹怒了他，都敢發作。就連曹操對曹彰也無可奈何，私下裡說：「若子文能壓制脾氣，勝子桓多矣。」

也就是說，曹彰能控制脾氣的話，連曹丕都不如。

曹朋敢直呼曹彰的綽號，萬一……

不過，出乎秦朗意料之外的是，曹彰卻沒有發怒，反而嘿嘿笑個不停。

對於曹朋這笑罵，曹彰好像非常得意，讓秦朗吃驚不小。

記得昨日，母親拉著自己的手叮囑：「明日就要去武鄉侯那邊做事，要多聽話才好。武鄉侯是唯一能壓住世子的人，將來你要得世子所重，首先便要經過武鄉侯一關。」

秦朗有些不信，可現在看來，果然如此。

曹朋站起來，從書架上拿出一本小冊子，遞給了曹彰。

「這是這兩日，我著人訂下一些章程，你可以拿去作為參考。我已命沙摩柯和王平前往武陵，著手徵召，操練新軍。關於新軍要注意的事情，我都已經寫在上面。不過也只是一個框架，具體事務還要子文隨機應變。你有子遠先生協助，大方向上無須我擔心，只要小心處理，便可以迅速打開局面……」

「還有，我已著人在河一工坊打造出第一批兵器鎧甲，預計要三個月時間才可以完工，你若是等不及，可以使人命內方工坊趕製……至於圖樣，我也畫好了，在冊子裡，你可以參考。」

曹彰頓時笑了！

「我就知道老師不會讓我一頭霧水的前去赴任……」

曹朋坐下來，嘆了口氣。

「老師何以感嘆？」

「你卻是有了事情，可我還不知道大王究竟要如何安排我呢。」

是啊，回到鄴城，轉眼間已經兩個月了！

這兩個月來，一開始還好些，可時間長了，不免有些難受。曹朋已經習慣了那種緊張的生活，如今在鄴城無所事事，總覺著不舒服。可曹操那邊一直沒有音訊，究竟準備如何安排，也遲遲沒有半點端倪……這也使得曹朋怎一個煩惱了得。

曹彰看了一眼秦朗，臉上露出一抹神秘笑容。

「老師不必擔心，快了！」

「哦？你有消息嗎？」

「嗯！」

曹朋猶豫了一下，最終嘆了口氣，站起身來走到書房門口，招手把姜維叫過來：「去你乾娘那邊，讓她從神兵寶劍閣裡，將那口朱紅劍取來。」

姜維連忙答應，匆匆走了。

曹朋這才指著曹彰，搖頭苦笑道：「子文，你近來一定是和子廉叔父走得太近，隨他學壞了……朱紅劍，是我父親五年前親手打造出來的一口寶劍，雖然比不得我獻給主公的那口寶劍，但也不遑倚天劍多讓。好了，現在說吧，什麼安排？」

曹彰頓時露出心滿意足的笑容，卻讓秦朗看得目瞪口呆。

原來，還可以這樣？

在他印象裡，曹彰是個不苟言笑，而且極其剛正的人。沒想到……

不過正是如此，也說明了曹朋和曹彰之間那難以用言語形容的感情。恐怕換個人，曹彰不會如此。

「涿郡！」

「啊？」曹朋不禁疑惑道：「讓我去涿郡嗎？」

曹彰點點頭，表示正確。

「我去涿郡幹什麼？」

「這個……過兩日，父王自會說明。不過老師你莫急，是一樁大事……此事還是郭軍師建議，父王也是考慮了很久，並一直在做安排。具體情況，到時候父王自然會告訴你……反正，是好事！」

幽州牧？

不太可能吧！自家已經出了一個並州牧，若再出個幽州牧，恐怕朝中大臣也不會同意。哪有一家兩州牧的道理！

可是，若不是幽州牧，讓我去涿郡又是什麼意思？

張遼是幽州大都督，統帥兵馬。我又跑去幽州，難不成和張遼爭權嗎？

曹朋想不明白，同時暗自惱怒，郭嘉這廝，拿人錢財，卻不與人消災。

老子是你閨女的乾爹，你給老曹出的主意，卻連半點風聲都不透露，還要我照顧你兒子……慢著，郭嘉讓郭奕過來，莫非也是為了這件事？

曹彰走後，曹朋百思不得其解。

「公子，何必為此事憂慮？郭嘉不說，必然是大王吩咐。而大王此舉，自然有他深意……不過，公子有沒有發現，彰世子而今可是遙遙領先，他日說不得會成為大王繼承人。」

「此話怎講？」

「使彰世子為鎮南將軍、五官中郎將，又出任大行府都督。大王這是在為彰世子造勢，看樣子將來很有可能，是彰世子為繼承人。」

造勢？

培植實力？

曹朋驀地一下子清醒過來。

曹操命曹彰出鎮荊南，絕不是表面上看去那麼簡單。說不定，日後征伐江東者，便是由曹彰統帥……他曾征戰北方，如今又駐守荊南。西北，亦有他的足跡，可以說曹彰在軍中的威望已經根深蒂固。若不是要培養曹彰，曹操何至於花費這麼大的心思？難道說，他真的已經下定決心要扶植曹彰嗎？但也唯有這樣，才能解釋清楚。

曹朋眉頭微微一蹙，但旋即，露出了燦爛笑容……

曹彰的優勢越大，於曹朋而言，就越是高興。

最初，曹朋希望藉曹沖之手來實現他的理想。可是後來，卻發現曹沖雖聰明，但只是小聰明，算不得大器。

相比之下，曹彰有很多缺點。他性如烈火，容易動怒；好爭強鬥狠，不喜讀書。而且，曹彰沒有曹沖聰明，更沒有曹沖一步三策的機變之能。但他大氣，有雄心壯志，為人豪爽，能容得下事情。雖比不得曹沖的聰慧，可是卻知道上進，能虛心求教。最重要的是，他重視親情……在這一點上，曹彰繼承了曹操的性子，對於兄弟族人極好，若不是觸犯他的底線，都可一笑而過。

也只有這樣的人，才可以實現曹朋的理想。

更重要的是，曹朋和曹彰，早在當年他隨曹朋從西北一路回家時，已密不可分。曹彰的妾室，是曹朋妾室甄宓的妹妹。有這麼一層關係在，足以保證曹朋的利益……曹彰越有希望，對曹朋越有好處。多年歷練，已經讓曹彰有了足夠的政治資本。北伐烏丸，扣擊匈奴，立下足夠戰功。而且，他如今拜師荀悅，也就有了強大的世族支援。

溫縣司馬氏，與卞夫人一系關係極好。在去年末，司馬防，也就是司馬朗和司馬懿的父親，來到鄴城，參加了曹操舉辦的酒宴。據曹彰自己交代，他此次前往荊南出任大行府都督，所配備的班底便有司馬朗和荀適兩人。

司馬朗自不必介紹，司馬懿的哥哥。

而荀適，則是荀攸次子。荀攸長子荀緝，死於建安初年，如今荀適已經成人，自然要有所安排。有這兩人，再加上許攸，曹彰的班底已初具規模。

只要他日後不出什麼大問題，最有可能成為繼任者……但是，曹彰也不是高枕無憂，還有一個很嚴重的問題存在：曹彰至今仍沒有子嗣。

他成親已經多年，大妻便是孫河之女，屬於政治婚姻。但妾室，卻是曹彰自己找的，也就是甄宓的妹妹。兩人成親已有五載，可是曹彰到現在卻只有兩女，而沒有兒子。

這繼承人的問題上，有一個延續性，也就是說子嗣的問題非常關鍵……後世在這個問題上出麻煩的可不在少數。好在曹彰年紀還小，倒也不必急於一時……

當晚，曹朋夜宿甄宓房中。

已年近三旬的甄宓，依舊保持著誘人的風韻，身材嬌俏玲瓏，凹凸有致。小蠻腰盈盈一握，甚是柔軟……曹朋每次都可以在甄宓身上獲得極高的歡愉享受。這一夜，自然又不例外。兩人抵死纏綿，待雲雨止息之後，甄宓好像小貓一樣，蜷縮在曹朋的懷裡，用那纖細修長的玉指在曹朋胸口畫著圓圈。已經是兩個孩子的母親，可甄宓每逢做這事情，總好像初經人事的少女。

曹朋半倚在床頭，有些倦意。

卻聽甄宓突然道：「君侯，今日妾身小妹，也隨世子前來。」

「嗯，我知道。」

曹彰夫婦前來，曹朋自然清楚。

這也很正常，甄宓的妹妹過來，自然會找甄宓。只是甄宓突然提起，必然是有事情。於是曹朋好奇問道：「怎麼，小妹可是說了些什麼？」

「她很抑鬱，說膝下無子。」

「這算什麼事！子文才多大年紀，總能生下來，何必擔心？」

「可是……」

「怎麼了？」

甄宓猶豫了一下，鼓足勇氣道：「小妹擔心，若一直這般，會出事故。昨日夫人喚她去，還說起這件事情。聽夫人的意思，是想要為世子再添幾房。小妹有些擔心，怕失了世子的寵愛。世子倒是沒有什麼想法，可是小妹……她總是感覺心神不安。」

夫人，便是卞夫人。

看起來，卞夫人也覺察到了曹彰的這個問題，所以才想要為曹彰納妾。

曹朋搔搔頭，披衣走下床來，在一旁的錦凳坐下，取來水杯，喝了點水。

「小妹，是什麼意思？」

「小妹想，過繼一個。」

「啊？」曹朋大吃一驚，驚訝的看著甄宓，「小妹和子文年紀還輕，有大把時間生養，何必如此著急？她過繼，不會是想要找妳……過繼小叡吧？」

甄宓膝下，一子一女。甄榮自己就有兩個女兒，自然不可能過繼女的，只可能是過繼曹叡。

曹叡如今將五歲，是個極聰明的孩子，而且非常健康。曹朋也極喜歡這孩子，包括曹汲夫婦以及曹楠，對曹叡也都很喜愛。

甄榮不可能過繼其他人的孩子，只可能找甄宓。

只是，曹朋有點不太明白，甄榮何故如此著急緊張呢？

甄宓也坐起來，用一件袍子披在嬌小玲瓏的身上，那兩團豐腴若隱若現。

「是大王的身子……」

「大王的身子，和這事有關係嗎？」

「小妹說，大王身子一日不如一日，比起當初，好像差了很多。小妹覺著，也許就是這一兩年，大王定然會決定世子人選。子文最有希望，可如果不能早些有子嗣在身邊，難免會失了優勢。所以小妹才……」

曹朋閉上了眼睛。

歷史上，曹操應該還有十年壽命。可現在看來，他身子骨確實有些差了。如果真如甄榮所言，那曹操的確很有可能在未來幾年裡，確立繼承人人選，而曹彰目前的確是占著優勢。首先，他是五官中郎將，已算入了中樞；其次，他是鎮南將軍、大行府都督，可謂權柄甚重。以曹彰的威望，的確是有可能。

但如果曹彰沒有子嗣，難免會落人口舌。

「妳怎麼想？還有，萬一將來子文有了兒子，那小叡又怎麼辦？總不可能再要回來吧！」

甄宓不由得沉默了！

這的確是一個問題，一個不得不考慮的問題。

半晌後，她輕聲道：「小妹說，若將來真如此，她保證小叡有一個列侯前程。再說了，世子也不可能虧待了小叡，這還有君侯在啊……」

曹彰的確是不會虧待曹叡，甚至會更加疼惜。

可關鍵在於，曹朋捨不得，很捨不得！

即便是過繼給曹彰，還是姓曹，他同樣會感到有些捨不得。畢竟是自己的骨肉，怎能……不過看甄宓的意思，似乎是有意幫襯，否則也不會和自己商量。

他在床邊坐下，把甄宓摟在懷中。

「妳真捨得？」

「自然不捨……可小妹苦苦哀求，我實在不忍心看她失去了寵愛。」

「這件事，我自會考慮。而且此事也不是我們可以定奪，需要大王恩准，方可以進行。這樣吧，妳私下裡和小妹商量，別太招搖。從明日起，讓小叡隨我讀書吧。」

「嗯！」

甄宓睡下了，可曹朋卻毫無半點倦意。

他走出房間，站在門廊上，看著院中繁花似錦，突然間啞然失笑。

曹叡，居然有可能成為曹魏繼承人嗎？

歷史上曹丕的兒子，就叫做曹叡，而且還當了皇帝。莫非自己的兒子，便是那個曹叡轉世，註定了

章九
上魏王荊南策

要成為帝王？想想，也覺得不太可能，但又讓曹朋多了幾分期望。

若真是如此，怎樣都要保護好曹叡成長。

細想，自己好像變得……越來越無恥了！

第二日，曹朋醒來，就好像沒事人一樣，讓人把曹叡找來。

他抱著曹叡，在園中戲耍，只樂得曹叡一整日都開心的笑個不停，拉著曹朋的手，奶聲奶氣的不停喚著『爹爹、爹爹』。曹朋有一種衝動，拒絕甄榮的請求。這是自己的兒子，若真的過繼了，豈不是要喚別人父親？

這也使得曹朋更多了許多不捨。

「公子，府外有兩父子，說是有公子故人託付，特來求見。」

「故人？」

曹朋正抱著曹叡在書房裡看書。玩了一晌午，曹叡也睏了，竟趴在曹朋懷裡熟睡。聽聞有人求見，曹朋愣了一下，抱著曹叡道：「請他們到客廳裡歇息，我立刻過去。」

「喏！」

曹朋旋即抱著曹叡到了臥房裡，把他放在床上，然後蓋好了被子。吩咐婢女，要好生照拂，而後他換了一身衣服，便直奔客廳而去。

「小人吾粲，拜見公子。」

來人身高在一百八十左右，體格魁梧雄壯，儀表堂堂。看年紀，大約在三十上下，身邊還有一個孩子，約八、九歲模樣，虎頭虎腦，好像一頭小老虎般，一雙烏溜溜大眼睛，正好奇的打量著四周。

從衣著來看，不是什麼富裕人家。

曹朋感覺這兩人非常陌生，於是拱手道：「壯士此來，是受何人所託？」

吾粲從懷中小心翼翼取出書信，雙手呈上。

曹朋接過書信，卻見上面除了寫著『新武鄉侯曹』五個字之外，還有一個『遜』字書於角落。

陸遜？

曹朋心裡一動，忙打開來，仔細閱讀。

這些年來，曹朋和陸遜的聯繫始終不曾中斷，不過多是由陸瑁作為樞紐，從不直接聯絡。陸瑁效力曹魏，並不為太多人知曉。陸遜對外宣稱陸瑁在外求學，多年未曾歸家。於是乎，人們知道陸瑁此人在外面，卻不會有太多的想法。而陸遜直接與曹朋聯絡，卻是第一次。

開篇，是幾句客套話，而後才是重點……這吾粲，是吳郡烏程人，有勇力，好讀書，可是卻生於寒門，一直不為人所重。本來，陸遜和吾粲並沒有太多接觸，還是孫河先發現了此人。在一次偶然閒聊時，孫河與時吳郡太守顧雍，說起了吾粲，立刻令顧雍上了心。在反覆思考後，顧雍把吾粲介紹給陸遜。

但陸遜卻以為吾粲留在江東，終究難有作為。

原因？很簡單！

吾粲性格忠直，是個剛正不阿的人。也正是這性格，使得他年僅三十還只是一個小吏，甚至連老婆到最後也不願跟隨他，拋棄他跑了……

吾粲沒有後臺，也沒有什麼背景。陸遜想用，也難免會受到很多制約。所以陸遜便想到了曹朋，與吾粲商量了一下之後，決定推薦吾粲到曹朋門下。吾粲也知道自己在江東沒有根基，想要崛起，並非一樁易事。

至於孫河看重吾粲一事……顧雍也好，陸遜也罷，都不會告訴吾粲。

三思後，吾粲決意北上投奔曹朋。早就聽說過曹朋的大名，也知道曹朋用人從不拘於小節，說不定能有一番作為。於是他帶著兒子，千里迢迢出發。

原本是想要去長安投奔，可不想到了長安，才知道曹朋早已返回鄴城，於是又從長安一路過來。

這路上，也幸虧了他說要找曹朋，所以受到不少照顧。至少在長安時，聽說吾粲要去找曹朋，陳群二話不說，資助吾粲一萬錢，也就是十貫上路。

也許有人說，陳群給的太多了些……

沒辦法，陳群和曹朋有著密切的關係，更不要說兩家還有生意上的合作，他若給的少了，將來見到曹朋，少不得要被挖苦。這面子，陳群還是要顧全。

可是這一周折，卻是整整半年。吾粲從吳郡出發，先到桂陽，又赴長安，最後來到鄴城，也是風塵僕僕。

吾粲？曹朋記不得《三國演義》裡是否有提及此人，反正他記憶裡是沒有半點印象。可這是陸遜推薦過來的人……你認為，陸遜會推薦一個無用之人過來嗎？

他看完了書信，便把書信扔進了一旁的火盆裡。

「公子，你這是……」吾粲心裡頓時感到了絕望。

難道說，曹公子不願收留我父子嗎？

「孔休，既然來了，就安心住下。你千里迢迢來找我，我自不會虧待。不過，你要記住，是你自己找過來，沒有任何人舉薦。」

吾粲一怔，旋即明白過來，曹朋這是不想有人知道他和陸遜的關係。

豈不是說，自己有了著落？

他喜出望外，連忙拱手道：「小人知道。」

「孔休，我這武鄉侯府沒什麼大規矩。你只要記住，安心做事，我自不會虧待任何人……這樣，先住在侯府裡，由從事中郎做起。月俸呢，暫領三十斛，若不夠時，再與我說。一會兒我會讓人給你測量身子，好做幾件妥帖的衣服。只管安心住下，先熟悉一下情況。可惜德潤大哥不在，否則你也能多個老鄉，有個可以說話的人。所以，儘快熟悉這邊的口音，以免將來出偏差。」

「對了，這是令郎嗎？叫什麼名字，多大了？」

曹朋好奇的看著那個縮在吾粲身後，瞪著一雙烏溜溜大眼睛，正好奇看著他的童子。

吾粲聽聞，連忙回道：「此正是犬子，名叫吾彥，今年方七歲！」

才七歲啊！不過看上去，似乎很威武嘛。

曹朋忍不住笑了，蹲下身子，朝著吾彥伸出手來，「來，到叔叔這邊。」

吾彥似有些羞澀，抬頭看了看老爹吾粲。

「去吧，公子喚你過去。」

吾彥這才怯生生走到了曹朋的身邊，卻見曹朋伸出手來，揉了揉他的腦袋瓜子。

「肚子餓不餓？」

「嗯！」吾彥用力點點頭。

「好，一會兒帶你吃好吃的。」

曹朋站起來，對吾粲道：「令郎七歲，與我兒年紀相仿，不如以後，就讓他隨我兒左右，如何？」

這赫然又是一樁喜事！吾粲激動得有些不知如何是好。

只不過，他誤會了一件事。曹朋要吾彥跟隨的並不是曹陽，而是準備要他跟隨曹叡。

若將來曹叡真的要過繼給曹彰，身邊總要有個夥伴。曹朋已經想好了，讓傅僉一起過去。但傅僉的年紀和曹叡差不多，還得找個可以保護他們的人。

相比之下，姜維明顯不太合適。

章九

上魏王荊南策

卻沒想到吾彥出現……這小子虎頭虎腦，看上去也是個精明人。先留下來查看一下，若真的可靠，就讓他跟隨曹叡，保護曹叡安全。同時，也可以讓吾粲更加安心做事。

總之，從現在開始，就要為曹叡做準備，絕不能讓他受到半點委屈。

吾粲與高采烈的走了，但曹朋卻依舊心事重重。

「士元……我記得韓德四個孩子，而今也有些年紀了吧。」

韓德如今在河西郡任中郎將，也算是功成名就。

聽到曹朋詢問，龐統想了想，回答道：「信之長子韓英，今將九歲，次子韓瑤也將八歲……三子韓瓊和幼子韓騏乃同胞所出，方六歲。如今一家人定居紅水縣。」

「告訴信之，要他把幾個兒子送過來，與我兒作伴。」

龐統頓時愣住了！

他有些不明白，這好端端的，曹朋為何要做如此安排？不過既然曹朋吩咐了，他自然依令行事，於是點了點頭，便轉身離去。

回到臥房，曹叡仍在熟睡。曹朋在他身邊坐下，伸手輕輕拂過他的面龐。

寶貝兒，不管將來如何，我都是你爹！所以，我怎樣都要讓你過得快活，絕不會讓你受半點委屈。

曹彰離開鄴城，前往武陵赴任。而過繼之事，也在悄然進行，曹彰對此沒有任何反對意見。至於卞夫人那邊，也同意了這件事。不過要找合適機會，與曹操說明。

曹叡，依舊快活的在武鄉侯府成長。不過在他身邊，又多了一個夥伴，便是那吾粲之子，吾彥。

時間，在悄然中流逝。

轉眼已是三月，曹操下詔，於涿郡開設五軍都護府，監察推行府兵制。

五軍都護府，直屬丞相府所轄，除曹操之外，不聽從任何人調遣。其地位在大都督之上，與州牧齊平。不過，五軍都護府只負責軍事，不得插手地方事務。這是曹操在與各州州牧商議後，做出的決定。

同時，正式在並州、幽州、曹州三地，推行府兵制。

兩年之內，三州須建立四百座軍府。在府兵推廣的同時，並著手削減地方冗兵，以加強地方生產。雖然不能插手地方事務，但五軍都護府卻是代表著曹操的利益。

一時間，無數人希望能接手五軍都護府，然則在三月初十，曹操再次下詔：新武鄉侯曹朋，定西北有功，拜車騎大將軍，五軍都護府大都督。即日啟程，趕赴涿郡任職。

消息一傳出，頓時引起譁然……

這個任命，在意料之外，似乎又是情理之中。

以不足三十歲而出任車騎大將軍，位在九卿之上、三公之下，自有漢以來，恐怕也唯有那位驃騎大將軍霍去病做到。一開始，大家都在猜測，誰會出任五軍都護府首任大都護。也有人想到了曹朋，但又覺得，曹朋功勞雖然卓著，名聲也夠了，可是年紀終究還是有些太小了。

但除了曹朋之外，誰又有資格接手五軍都護府？恐怕包括曹洪、夏侯惇、曹仁、夏侯淵，乃至曹純在內，都不能讓人心服口服。

府兵制，是曹朋率先提出，並且在河西郡推行，成果卓著。

而曹朋自己，與朝中各家都有密切聯繫。無論文武，或多或少都有利益牽扯。至少當曹操決意任命曹朋為五軍大都護的時候，曹魏集團內的武將沒有一個人站出來表示反對，甚至不少人都舉手表示贊成。至於文臣，也沒有人跳出來指責。

這裡面，也有曹朋那個『工程承包』的因素在裡面。

自曹洪向曹操提出要承包擴建長安工程之後，夏侯惇和夏侯淵也表示願意承包修繕豫州到荊州三條官路的巨型工程。荀彧讓自家子弟召集流民，並且與鍾繇、陳群以及河東衛覬聯手，四家接下了修繕雒陽的工程。

各工程所產生的利潤，達億萬錢。而所有工程的發起者，恰恰就是曹朋……

如此巨大的利益，足以讓許多人放棄恩怨。

對曹操而言，幾項工程同時開工，非但不會耽誤了農時，反而又為他增加了幾十萬人口登記造冊，同樣是有著非凡意義！

總之，曹朋出任五軍大都護，幾乎全票通過。

當詔令發出之後，武鄉侯府立刻行動起來……黃月英、孫尚香和蔡琰，接連都懷了身子，要返回滎陽休養。所以，在商議過後，決定由郭寰和甄宓隨同曹朋前往涿郡，負責照應曹朋生活。同時，曹陽、姜維兩人也會隨行前往涿郡歷練，不過到九月，他們將會返回滎陽，開始課業。

曹叡也將隨同曹朋前往涿郡，是因為曹朋希望能與兒子多相處一些日子。

如此一來，可是羨慕壞了曹綰、曹允幾個孩子。可一個是女兒，另一個則太小，只好依依不捨，隨著母親前往滎陽。

如此一來，武鄉侯府便空下來，由曹汲派人負責照應。

一切都安排妥當之後，曹朋也準備啟程動身。

就在他出發的前三日，曹操卻突然派了越般前來，「大王著奴婢問君侯，事情辦得怎樣了？」

「什麼事？」

越般卻面帶神秘笑容，把一封信遞給曹朋。

信裡，只有七個字：何時深閨鎖大喬？

「這個……」曹朋一下子懵了！

老曹這操心操得也太過分了吧！

「大王說，孫公子一人出門在外，總是要有人照顧。所以大王的意思，是請喬夫人一同隨行，也可以給孫公子妥善的照拂。若公子不好開口，大王可以派人與喬夫人商量。」

尼瑪，步步緊逼啊！

看樣子老曹是鐵了心，要撮合自己和大喬的事情。也不知他老人家，是怎麼一個想法……

不過，曹朋聽越般說完之後，忍不住苦笑，無奈點頭。

這，算不算亂點鴛鴦譜呢？

章十 遼東亂（上）

「妾身也要隨行？」

大喬驚訝的掩口驚呼，卻讓曹朋不知該如何回答才好。總不能告訴大喬：老曹命令我推倒妳，否則他就要親自上了……

絞盡腦汁，苦思冥想，曹朋最終還是決定採用越般的那個說法。

「本來，我是準備讓嫂嫂留下，可又一想，不太妥當。伯文而今還小，一路上也需要照拂，此一去涿郡，不知何年月才能回來，所以思來想去，還是覺著嫂嫂隨行可能更好，也能使伯文安心。」

這理由著實很牽強，可曹朋實在是找不出更好的理由來。

好在，大喬夫人是個比較單純的女子，性子也溫婉，考慮的也很簡單。

她也確實不捨孫紹，畢竟曹朋說的也沒有錯，孫紹這一去涿郡，算是有了一個正經去處，身不由己，到時候想要再見他，也不是一件容易事。

喬夫人卻忘了，孫紹當初隨曹朋去河湟一載，曹朋並沒有要她隨行……

「既然如此，就麻煩君侯。」

走出房間，曹朋拍了拍額頭，長出一口氣。

先帶走再說吧，至於能不能推倒，還是看緣分。緣分有了，自然也就容易；若沒有，涿郡與鄴都之間有些距離，曹操一時間怕也管不周全。

倒是孫紹……曹朋覺得，這孩子最近對他越發的親近了！

轉眼間，三天過去。

曹朋正式受車騎大將軍印綬，率部啟程，前往涿郡。

涿郡的五軍都護府已經建造完畢，據說花費了張遼不少心思。一切就緒，若再耽擱下去，也不太好。畢竟涼州府兵已經開始推行，三州府兵的建設也已經準備妥當。具體如何進行推廣，還需要曹朋抵達涿郡後，與三州大都督進行商議。對此，曹朋也做好了準備……

龐統對府兵最為熟悉，數年鎮守河西，可以說河西府兵是他一手推廣組建，經驗自然不少。如今，又有法正、吾粲兩人協助，可以拾遺補缺。

陸遜推薦的吾粲，果然不同凡俗。這個人能力極強，更善於處理雜務。

可別小看了這個能力，至少在吾粲來了之後，不管是龐統還是法正，都覺得壓力小了很多。許多細微末節，吾粲都能面面俱到，為兩人免去了不少麻煩。

以前，曹朋手下有步騭，後來又有闞澤、賈逵、龐林等人輔佐；到荊州後，有杜畿、蔣琬等人，為他處理一些日常的雜務。等杜畿和蔣琬離開之後，曹朋身邊一直缺少這麼一個精於雜務的人才……哪怕是諸葛均，也無法讓他真正滿意。

吾粲的到來，也的確是讓他的班底進一步完善起來。

曹操率文武大臣，送曹朋於十里亭。

遼東亂（上）

踏著明媚的晨光，曹朋一行浩浩蕩蕩離開鄴都，朝著涿郡方向而去。

這一路上，風餐露宿。說不上有多麼辛苦，但是人員車馬隨從甚多，加之曹朋牙兵人數的增加，的確是頗為繁瑣。

曹朋此行涿郡，任五軍大都護，於是這人員分派上，也做了一個調整。

龐統為都護府中郎將，參軍事，秩比兩千石；法正為都護府長史，參軍事，秩比兩千石；吾粲為都護府主簿，負責各項事務。

趙雲拜都護司馬，秩比千石，統領八百飛駝；馬謖拜校尉，秩比千石，掌兩千二百白駝兵；王雙拜校尉，統領五百闇士，秩比千石；鄧艾、孫紹、徐蓋、郭奕四人，拜掾屬，隨軍聽命；另有向寵，拜都護從事中郎，秩比六百石，參軍事。

基本上，這個班底算是完整了。另外曹陽和姜維，則各領二百人，負責保護家眷。除此之外，尚有僕從隨員，林林總總約三百餘人。整個隊伍加起來四千餘人，極為壯觀。

這官職越高，排場越大。即便曹朋對此並不感興趣，也不得不遵從規矩。

韓德的四個兒子將前往涿郡，與曹朋會合。到時候，還會有一府兵馬隨行。

總之，不管曹朋是否情願，他做到了這個位子，就不可避免的要遵循一些規矩。

曹操要推行府兵，目的非常明顯。他要著手消除漢室烙印，在軍中打下屬於他曹魏的痕跡。所以，曹操對於推行府兵，非常看重。

兩年內立四百軍府，也可以看出曹操的雄心壯志。

據曹操私下裡與曹朋的交流，他有意建立一千四百座軍府，這北方三州只是一個開始。一千四百軍府，每座軍府有八百軍卒，也就是百萬兵馬。

如果真的能夠部署妥當，那麼曹魏將使整個大漢江山牢牢掌控在手中。

「阿福，此次北上，你責任重大。務必要將軍府嚴密部署，並做出一整套可行之有效的方案……必要時，我准你有決斷之權，可以自行安排操演。兩年後，我希望北方三州，盡為府兵。」

曹操的氣色，的確是不如當年。但是他的氣魄，似乎比之當初更見雄渾。

而他對曹朋的信賴，也更加厚重。這讓曹朋心裡感受到了從未有過的沉重。他有一種感覺，如今的曹操，似乎和歷史上的曹操，出現了巨大的變化。他的野心已昭然若揭，全無半點隱瞞，表露得清清楚楚。也正是這樣一種變化，使得曹操的氣魄更大。

他敢這樣光明正大，同時又急不可耐的推廣府兵，只怕裡面還有更深一層的含意。

他，在為兒孫清除障礙！

也不知道，這變化是好還是壞……

曹朋心裡面既激動，又有些惶恐，因為他不清楚自己的前途究竟會是怎樣。曹操對他，會不會發生一些態度上的改變？雖然現在沒有，可是未來……誰又能說得清楚？

看起來，去涿郡兩載，最好還是韜光養晦為妙，府兵的事情莫插手太多。

哪怕曹操說是寄予厚望，可是否真的如此，還在兩可。好吧，就算曹操現在對他寄予厚望，如果他做得太過於出色，或者插手過多，難免會讓曹操心生忌憚。

曹朋這一路上，都在思考對策……思來想去，他最終還是決定把府兵事務交由龐統來負責。必要的時候，可以把龐統推出去，讓他來獨當一面。若真到了這一步，也就說明曹操對他生出了戒心。

所以說，為人臣子，當如履薄冰。

曹朋想到這裡，也就放鬆了心情。一路上，他帶著曹陽、姜維和曹叡，可謂遊山玩水，看上去極為逍遙快活。而一應事務，都交給了龐統。

曹朋知道，龐統早晚都會跳出去獨當一面，畢竟他的才幹已經展露無遺，如今能留在自己身邊，只是一個短暫的過渡期。等時機成熟，龐統一定會像甘寧他們那樣，去獨自承擔風雨。而且這個過渡期不會太長，最多兩年，當府兵推廣成功，便是龐統離開之時。

既然如此，就讓他能者多勞吧……

章十 遼東亂（上）

建安十五年四月中，曹朋一行，抵達涿郡。

幽州大都督張遼、曹州大都督夏侯蘭、並州大都督鄧稷三人，已經在涿郡恭候多時。

見到曹朋，張遼和鄧稷都是非常熱情。鄧稷還算好一些，可是張遼，自從曹朋出使匈奴、置河西郡、征戰涼州時，便再也沒有多少聯繫。唯一一次聯繫，恐怕還是當初呂藍等人前來許都時，他主動和曹朋聯絡。

「大都護，一別經年，卻越發的精神了！」張遼看著曹朋，忍不住發出一聲感嘆。

當年那個在下邳城裡膽大妄為，敢與呂布交鋒的小童子，而今卻成長如斯。

別看他這個大都督和曹朋相齊，但實際上，卻受命於都護府。換句話說，張遼如今可以說是曹朋的部下。

曹朋也客套說：「此次前來叨擾，少不得還要請大都督多關照。」

「大都護客氣，實在是客氣了！」

眾人寒暄過後，便直奔都護府而去。

這五軍都護府位於涿郡城外，仿照軍鎮模式，形成了一個獨立的塢堡。

塢堡門頭，龍飛鳳舞書寫『五軍都護』四個大字。

塢堡內，設立軍營，正中央是一座氣勢恢宏的宅邸，便是都護府中堂所在。

「此處宅邸，氣勢恢宏，有肅殺之氣。古有四靈白虎主兵事，故而叔孫建議，喚作白虎節堂。大都護的家眷，就在白虎節堂後面，外有軍卒守禦，萬無一失。」張遼介紹完畢，話鋒突然一轉：「大都護可知道，這五軍都護府的前身是什麼？」

曹朋被『白虎節堂』四個字雷得不輕，聽到張遼詢問，不由得一愣：「是什麼？」

「此地，本為一座田莊，便是那劉逆帳下大將，張飛張翼德的私宅。那張飛隨劉逆起事之後，一把火燒了祖宅，便荒廢下來。我見此地位置甚好，所以便把都護府設立於此。由此到涿縣，不過十里距離。大都護若是有吩咐，只須擂鼓，遼在城中便可知曉。」

這裡是張飛的祖宅？

曹朋頓時笑了！

「此地，可有桃園？」

「桃園？」張遼愣了一下，旋即道：「由此地西行十五里，於桃水河畔，確有一處桃林。不過，是不是大都護所說的桃園，卻不太清楚。因為桃林畔，有一亭，故而本地人都稱之為『桃亭』。此時桃花已經凋零，卻無甚景色。」

曹朋沉默了！

沒有桃園，也就沒有那桃園三結義的典故。雖然早知道那是羅大糊弄的杜撰，可是當他聽聞真相，還是有些惆悵。

走進白虎節堂，曹朋在主位坐下。

吾粲帶著人，自去安置。兵馬駐紮前面，家眷和奴僕則在後院收拾。

龐統和法正隨同曹朋一起走進白虎節堂，在曹朋身邊落坐。

「幽州而今，局勢如何？」

「大體上平靜，也沒什麼大麻煩……不過，自年初以來，遼東公孫氏和高句麗倒是頻繁接觸。呂氏漢國前幾日派人前來，向我提請援兵，說那高句麗王位宮不斷挑釁，已經發生了多次衝突。期間不乏公孫氏的手筆，令呂氏漢國感受到莫大壓力。我本意出兵援助，然則去年匈奴河會戰開始，令我也無能為力。開春以來，公孫氏倒是老實不少，但是他們和高句麗的聯絡卻一直沒有停止。」

「公孫康嗎？」

「正是！」

遼東公孫氏，是遼東本地豪強，實力頗大。

曹操消滅袁熙的時候，公孫氏就曾經相助袁熙，不過後來看曹操勢大，便立刻改換門庭。不過，公孫氏在遼東，的確是豪門望族，根深蒂固。也正是因為這原因，曹操幾次想要把公孫氏連根拔起，但最終還是放棄。

曹朋的臉色驀地沉下來。

「呂氏漢國使者，而今何在？」

「就在城中。」

「是何人為使？」

「呵呵，說來與大都護也是熟人，便是大都護的同門，周奇。」

「待會兒，請他前來。」

「喏！」張遼答應了一聲，猶豫片刻後，突然問道：「那遼東公孫氏，該如何處置？」

「先盯著他。」

曹朋閉上眼睛，沉吟片刻後說道：「遼東此時，依舊寒冷，不適宜開戰。一個公孫氏，不足為慮。倒是那高句麗人，百足之蟲，死而不僵。若不能將其一舉消滅，早晚必成禍害。大都督，我此次前來，一則為推行府兵，這第二嘛……請大都督發兵，向肥如挺進。不需要有太大動作，只是給公孫氏一個警告。待時機成熟，我要一舉將公孫氏和高句麗連根拔起，絕不可以使其留下後患。」

所謂時機成熟，有多方面因素。除了天時、地利等因素之外，呂氏漢國的配合也極為重要。

由於初來乍到，曹朋不會做出太過激烈的動作，所以在這個問題上，也沒有過多糾纏。

「曹州而今，形式如何？」

夏侯蘭道：「曹州如今一切正常，梁刺史走馬上任以來，一直致力於穩定局勢，安置移民。而今已經開始對土地人口進行清算……我來的時候，梁刺史託我轉告公子，由於曹州土地廣袤，而且從未進行過人口造冊。所以這一個過程會相對長一些，難免會有不周之處，請公子海涵。」

梁習的意思，非常明顯。他也知道曹州即將推行府兵，但問題是曹州此前是個一窮二白的地方，根本沒有任何資料可以依據，一旦推行府兵，必然會有很多地方照顧不周，比如人員、比如土地、比如……林林總總的事務都要進行疏理。這言下之意，便是希望曹朋能夠暫緩對曹州府兵推行的進度。即便是要推行，最好是緩行為好。

曹朋倒也理解，點頭道：「子幽回去轉告子虞，他的困難，我能夠理解。曹州而今下設五郡，但要疏理清楚，恐怕需要時間。我會在彰城郡和鵬城郡兩地先推行，其中以鵬城郡為先，請他放心。」

鵬城郡，就是之前的朋郡。

曹朋在抵達鄴都之後，上書曹操，把朋郡更名為鵬城郡，寓意鵬程萬里。這樣一來，既可以消除那『朋郡』所帶來的影響，同時也可以保持原有的含意。曹操欣然接受，在更名鵬城郡的同時，也改彰郡為彰城郡。

這兩郡，也是曹州的主體。許多東西都已經齊備，所以推行府兵倒也容易。

夏侯蘭非常高興，起身向曹朋感謝。

「姐夫，並州呢？」曹朋最後，才問到了並州。

章十
遼東亂（上）

鄧稷笑了笑，「一切就緒，隨時可以進行。」

真不愧是一家人，鄧稷這邊相對而言就顯得爽快許多。不過，這也和鄧稷在並州的時間有關。鄧稷在並州已經有近一年之久，與才上任的梁習相比，自然多了許多空間。他上任之後，立刻便進行土地丈量以及人口登記。在加上之前與南匈奴和高幹交戰，許多當地豪強逃亡，也使得鄧稷少了很多阻力，可以順利進行疏理。

在這一點上，幽州雖然保存相對完整，可是在準備過程中，不可避免受到一些牽制。以致張遼準備至今，仍有一些地方未能疏理清楚。

遼東，是其中最難疏理的地域……以公孫氏為首的遼東豪強，的確給張遼製造了許多麻煩。這也讓張遼很頭疼，所以在進度上竟輸於並州。

「就從西河郡開始吧。」曹朋想了想，沉聲道：「先不必急於全面推行，由西河郡開始，逐步向北擴展。姐夫儘快把西河郡資料呈遞過來，而後我這裡會使士元著手安排。」

「士元，此事就交由你來負責。曹州方面，從鵬城郡開始……子幽你在河西多年，曾協助士元，一手推行府兵。許多方面，你的經驗比我還多。而且曹州的情況，與當初河西頗為相似。子幽就依照河西郡模式進行推廣，三個月內，我要初見成效。」

龐統先是一怔，旋即拱手應命。

曹朋沒有討論關於幽州方面的情況，因為他知道，張遼心裡肯定有所計畫。

商議完之後，張遼告辭，並且與曹朋說好，明日在涿郡設宴，為曹朋接風。

鄧稷與夏侯蘭則在都護府住下。鄧稷是曹朋的姐夫，夏侯蘭出於曹朋門下，所以也沒什麼不方便。

「文遠大哥，幽州方面，我不會插手過多。以兄長之大才，怕早已經有了統籌。我這裡有一卷關於府兵組建的心得，兄長可以拿去參考。幽州的情況和並州、曹州以及涼州都不一樣，兄長最好根據幽州的具體情況，做出統一部署。若有問題，可以與我商議。我此來，就是為了配合兄長，請兄長放手施為。」

張遼目光複雜，看著曹朋。

曹操命曹朋在涿郡開設五軍都護府，說實話，張遼心裡並不是非常痛快。畢竟，他是幽州大都督，曹朋在這裡，豈不是有分他權柄的嫌疑？

張遼和曹朋之間，不似其他人。他們是朋友，但更多的，則是靠呂氏漢國維繫友誼。哪怕張遼聽從曹朋勸說，歸降了曹操，可是他和曹朋的關係並非特別親密……

所以當他得知曹朋要來，還是難免產生了一些芥蒂。但曹朋這一番話，也讓張遼心裡感動。曹朋明明白白的告訴他：我不會分你權柄，我只是助手，在這幽州，還是你張文遠當家作主。

這也使得張遼心生無盡感慨。

他猶豫了一下，突然下定決心，「友學，我有一事相求，不知可否？」

「兄長但說無妨。」

「我有一子，今方十八。此前，一直隨我在軍中效力，有些武藝，卻失於驕橫。你也知道，我今四十有二，只此一子，難免有些溺愛。長此以往，我擔心他驕縱成性，招惹是非。可我又不忍約束，所以想請友學你，代我管教一二。」

曹朋聽聞，心裡暗自叫苦。

難不成，大家都覺著我這裡是學校嗎？怎麼是個人就往我這裡安插子弟！

先有徐蓋，後有郭奕，現在又跑來一個張遼之子。

可是張遼既然說出口，曹朋也無法拒絕，於是點了點頭道：「若兄長不怕朋誤人子弟，就讓令郎過來吧。」

一隻羊是放，一群羊也是趕。既然你開了口，那我就勉為其難吧……

就這樣，張遼興高采烈的走了。

當晚，呂氏漢國周奇前來，與曹朋相見。

得知曹朋將常駐涿郡，周奇也非常高興。兩人談論了一下呂氏漢國的情況，得知呂氏漢國如今已經基本穩住局面。高順和曹性雖然已年邁，可是卻有龐明崛起，逐漸替代了高順的職務。於兵事上，龐明比不得高順治兵嚴謹，但是他勇猛善戰，每戰先登，故而在軍中威望甚高。

濮陽闓逐漸退出政事，更重教育。於是，周奇等人便漸漸開始在朝堂上站穩腳跟，並且展現出非凡才幹。

「小王子已五歲了！」

「啊？」曹朋心裡不由得一顫，抬頭向周奇看去。

「長得與大都護極為相像，甚是俊朗……王上為他取名『曹念』……此次奇前來，王上還託我帶了一幅畫像，說是找機會送與大都護。」周奇說著，從一旁的行囊裡取出一卷畫像。

一共有十餘幅，每一幅畫的，都是同一個童子。

從襁褓中的嬰兒，到而今的童子……畫師顯然非常用心，畫得栩栩如生。

念兒襁褓圖，念兒學語圖，念兒行路圖……

曹朋看著看著，眼睛不由得濕潤了。

他如今十個孩子，算上曹念，是十一個。而這十一個孩子中，他最覺得愧疚的，莫過於曹念。從曹念出生至今，他甚至沒有見過曹念，更沒有盡到一天父親的責任。眼看著圖畫，卻觸動了曹朋心中那最為柔軟的地方。

好半天，曹朋才算是穩住了情緒。他抬頭向周奇看去，輕聲道：「老周，煩你回去之後，轉告你家王上……就說，我很想她，也很想念兒。若有可能，希望與她母子相聚。」

呂漢，歸漢城——

夏日炎炎，呂藍登上望海閣。

這是歸漢城中最高的建築，共有四層。站在望海閣，可以鳥瞰整個歸漢城；舉目眺望，則能看到海平線。從海面上吹來的海風，涼爽宜人。

隱隱約約，有船工的喲喝聲息傳來……

「母親！」

一個稚嫩的聲音從身後傳來，令呂藍一驚，忙轉過身。

就見貂蟬牽著一個童子，邁步走進望海閣中。十年過去，貂蟬並不顯老態，依舊是風采迷人。三年前，嚴夫人病逝，也只剩下了貂蟬和呂藍相依為命。

歲月不饒人，昔年隨呂氏一家東渡而來的那些老臣，正在漸漸的淡出朝堂。高順、曹性等人，也不再負責領兵打仗，而是交由龐明統帥。

曹性如今拜衛將軍，保護宮城安全；而高順，只是負責練兵，其餘事務也不再插手。新一代的將領逐漸成長起來，數年前隨呂藍而來的謀臣將領也逐漸走到前臺。呂藍在生下曹念後，正式執掌朝政。

「小娘，高叔叔怎樣了？」

「高將軍只是偶染風寒，已經診治過了，當不得大礙。玲綺，妳昨夜又沒有休息。若不是小念和我說起，我還以為……妳這樣子可不成，整日不好生歇息，身子骨早晚要垮，可是要小心調養才好。」

「小娘，非是本宮不願休息，實在是……高句麗近來蠢蠢欲動，公孫氏又封鎖了遼東路上通道，斷了我們和大陸的關係。只依靠海路，終究不是常事。我們沒有船塢，完全靠周將軍的海船輸入，始終有些為難。周將軍那邊最近也是戰事吃緊，一旦我們斷了和大陸的聯繫，勢必孤軍奮戰，龐明將軍恐怕也難以抵擋。這個時候，高叔叔斷然不能出事，只要他還在，就能震懾位宮……對了，周奇前去幽州，可有消息回來？」

「尚未有消息。」貂蟬輕輕嘆了口氣，牽著曹念，走到了呂藍身邊。

「母親，抱抱！」曹念伸出小手，扯著呂藍的衣衫。

呂藍眼中閃過一抹慈愛，俯下身子，將曹念抱起，一起向遠處眺望。

「母親，妳在看什麼？」

「我在看海的另一邊。」

「可是我什麼也沒有看到啊。」曹念學著呂藍的模樣，向遠處眺望好久，然後用稚嫩的聲音道：「母親，小奶奶說，念兒的爹爹就在海那邊。可他為什麼從沒有來看過念兒？是念兒不乖嗎？所以爹爹不要念兒。」

稚嫩的言語，觸動了呂藍心中最為柔軟的地方。

「念兒不要亂說，念兒很乖，爹爹怎會不要你呢？不過爹爹很忙，所以才沒有來。等過些時候，爹爹就會來看念兒，到時候陪念兒一起，登上大船，一起玩耍。」

「真的？」

「當然是真的！」

呂藍強自一笑，可是那笑容裡卻飽含無奈。

她很清楚，曹朋如今身分地位越來越高，就越難來呂漢。他的一舉一動都被無數人注視，想要前來，必然很困難。可是這麼久卻沒有一點音訊，呂藍心裡面還是有些怨念。她抱著曹念，眼中不經意滑落兩行珠淚。

一旁的貂蟬，卻是默默無語。好半天，她輕輕嘆了口氣，轉身想要離開。

卻在這時候，忽聽望海閣下傳來一陣騷亂，緊跟著就見一個內侍匆匆跑上來。

「王上、王上，周將軍回來了！」

「啊？」呂藍一驚，忙放下曹念，抹去臉上的淚痕。「周將軍在哪裡？」

「就在樓下候命……」

「快請他前來。」呂藍不等那內侍說完，就開口打斷了他的話。

內侍也不敢怠慢，忙跑下去，不一會兒的工夫，周奇快步走上望海閣。

「臣周奇，拜見王上。」

貂蟬上前牽著曹念想要離開，卻被呂藍阻止。

「小娘，讓念兒留下來，陪陪我……將來這呂漢，總是要給他的，讓他多一些瞭解，總是好事。」

貂蟬笑了笑，便走了。

不過，當她快要走出望海閣閣樓的時候，忽聽身後周奇道：「王上，臣此次在涿郡，不但見到了張將軍，還見到了曹君侯……他、他、他而今駐紮於涿郡，拜五軍大都護之職，執掌北疆三州軍事……他，有書信於王上。」

呂藍聽聞一怔，旋即露出驚喜之色：「曹君侯他，在涿郡？」

貂蟬也停下了腳步，回頭看過來。

就見周奇從懷中取出一封書信，恭敬呈遞呂藍，「樓下還有大都護託臣帶來的禮物，說是送給王上與世子。」

不等呂藍開口，貂蟬立刻吩咐道：「把周將軍帶來的東西，都搬上來。」

呂藍這時候也顧不得儀態了。她雙手顫抖，緩緩打開了書信，卻見到一紙既陌生又熟悉的字跡。

「母親，妳怎麼哭了？」曹念疑惑的看著呂藍，伸出手，想要為呂藍抹去臉上的淚痕。

哪知道，呂藍卻緊緊抓住了曹念的小手，臉上帶著淚，卻又笑著對曹念說：「念兒，爹爹要來了，他要見你……他，還給念兒帶來了好多禮物。」

隨著一箱箱禮物被抬上來，呂藍的心情也頓時好轉許多。

「小娘，快看，這是妳最喜歡的雒陽彩衣坊的綢子……還有，這是送給小念的玩具。」

呂藍拿起一盒胭脂，如小女兒般的興奮道：「小娘，這是東都花紅樓的胭脂，我最喜歡的……他還記得，妳看，他沒有忘了我們，還記得我們喜歡什麼。」

貂蟬在一旁，也忍不住笑了！

很少見呂藍如此開心，特別是從去年和高句麗開戰之後，一直愁容滿面。

「周將軍，大都護還說了什麼？」

周奇忙拱手道：「大都護說，而今尚不是和高句麗決戰之時。各軍兵馬正在休整，而且並州、曹州兩地，也須一個過程。所以，大都護吩咐，請王上盡量保持守禦之勢，先穩定局面。至於遼東陸上通路，也不必擔心，大都護會設法，命周靖海周將軍自郁洲山調撥五艘大型海船，專門往來於幽州和呂漢之間。到時候，王上所需物資，盡數由海上輸入呂漢。至於具體的時間，大都護到時候會設法通知王上。」

哪知道，呂藍此時根本就無心理會這些事情，她脫口而出道：「阿福不是說要見念兒嗎？他有沒有說怎麼見念兒？是他過來，還是讓念兒過去？你倒是說啊！」

周奇忍不住笑了，「王上，大都護交代，他而今剛到涿郡，一時無法離開。一個月後，他將巡視幽州，到時候希望王上把世子送到孤竹城。他會在孤竹城迎接世子，而後轉到返回涿郡。大都護還說，請王上再忍耐些時日，最遲明年開春，他一定會帶著世子來歸漢城探望王上。」

呂藍頓時笑了！

「我耐得住，我一定能耐得住！」

她自言自語，把曹念摟在懷中，輕聲道：「念兒，你馬上就能見到你爹爹了！」

章十一

遼東亂（下）

六月暮夏，遼東半島海域已經透出一抹涼意。

商船乘風破浪，在茫茫大海上航行。海船上插著一面黑龍旗，表明這是一艘來自大陸上的商船。

一般而言，在這片海域上，曹魏幾乎是沒有什麼對手，能夠與之抗衡的，便是江東水軍。不過江東水軍更擅長在大江上作戰，在海上的戰鬥力則相對顯得有些薄弱……

這也和江東水軍的建軍方向有關。孫權是希冀偏安一隅，藉東南之地利，憑藉大江天塹與曹操抗衡。所以在他接掌江東之後，大力推行小快靈的建軍方針，以方便在大江上作戰。而這一方針，恰恰與周瑜不謀而合，兩人很快便達成了統一。

這也是江東水軍在孫權執掌江東後，迅速發展的一個原因。由於建軍的方針發生變化，早期推崇大船政策的賀齊，也就隨之被擱置在一旁。

賀齊被閒置有諸多因素。對於孫權的態度固然是一個因素，但孫權改變建軍方針，也是一個因素。

十年下來，江東水軍在大江上，已形成了強大的戰力。

至少就目前來說，江東水軍絕對屬於霸主地位，雄霸大江之上。雖然曹操命甘寧出任水軍大都督，以杜畿為輔佐，穩住了局勢，並對江東水軍形成了遏制。可總體而言，曹魏水軍依然是落在下風，只能被動防禦。

也許再過幾年，三年、五年？甚至更久？曹魏憑藉其強大的經濟能力，能夠挽回局勢。

不過就目前來說，還不足以和江東水軍抗衡。

但，一利必有一弊。

江東水軍在全方位推行小快靈的同時，對海域的控制力，則相對薄弱。而曹操在東陵島設立東陵島水軍，則是推行大小並重的原則。

特別是在闞澤、蔣琬、張松等人抵達廣陵之後，結合曹朋的建議，闞澤對船舶進行了等級設定。八百人巨型樓船，為『巨高級』海船，船分五層，可容納千人，適合在沿海航行；五百人樓船，為『孟德級』，既可以用於軍事，也能夠商用；三百人樓船，為『建安級』，主要適用於海上，也能在大江上行駛。建安級樓船，也是洞庭湖水軍的主力裝備。

建安之下，還有適用於一百人和五十人的船隻，分別為西京和東都兩個級別。除此之外，尚有十人用艨艟，廣泛裝備。

如今在洞庭湖水軍，裝備有八十艘建安級樓船、三百艘西京級和八百艘東都級，艨艟逾千；而在東陵島，則是搭配組建，共有十艘巨高級、三十艘孟德級，其餘三級船隻則相對比較薄弱，但也足以讓東陵島水軍雄霸沿海。

也正是這個原因，周倉在東陵島站穩腳跟的同時，也加強了對沿海的巡邏。

遼東半島海域，距離東陵島較遠，但整體上還算安全。

「哥哥，我們什麼時候可以到孤竹城啊？」

海船上，曹念興致勃勃，拉著一個青年的手，饒有興趣的問道。

章十一
遼東亂（下）

青年大約在二十出頭，笑了笑，輕聲道：「世子不必著急，按照這個速度，最遲明天早上便可以抵達孤竹城。世子若是累了，就先去睡一會兒，等快到的時候，我再喚世子起來。到時候，世子便可以與大都護重逢了！」

「哥哥，爹爹是什麼樣子？」

「個頭很高，也很雄壯。」

「那哥哥和爹爹見過嘍？」

青年臉上露出迷茫之色，半晌後輕聲道：「確實見過，但是卻不太熟悉。」

「這樣啊……」曹念不免有些失望。

曹朋來信，要見曹念。可惜呂藍暫時無法脫身，所以只好派人，趁一艘商船返回遼西的時候，搭載曹念過去。隨行著約三百多人，全都是當年隨同呂氏赴海外的陷陣營軍卒。

昔日那些陷陣，如今活著的也只有三百多。雖說年紀有些大了，可是戰鬥力卻越發強橫。只是這些陷陣，已經很少再上戰場。高順的精兵政策，已不適合於目前的呂氏漢國。從建安十二年開始，呂氏漢國借鑑曹朋在河西的政策，開始著手推行府兵制度。於是乎，這兵員越來越多，也就漸漸的把陷陣淘汰。不過，對呂氏而言，陷陣雖然淘汰，但依舊待之甚厚。

這次曹念去見曹朋，呂藍思來想去，還是決定要陷陣出動，保護曹念安全。

除了三百多陷陣之外，尚有呂漢丞相掾，一個叫做呂新的人隨行。

這呂新，便是當初呂藍從許都帶到呂漢，那個失去了記憶的周不疑。不過，周不疑之名早已經棄之不用，改名為呂新，字巨山。

呂新的記憶，經過數年調養，依然沒有任何好轉的跡象。如果用後世的專用術語來形容，呂新這種情況應該類似於強迫性失憶——是呂新自己不願意回憶起以前的事情，刻意迴避。並且隨著時間的推移，這種潛意識裡的強迫越發嚴重，連他自己都不知道。但其他方面倒是顯得很正常，特別是學識方面，呂新漸漸恢復。作為濮陽闓的助手，呂新給出過許多出色的建議，甚得呂藍的信任。

站在甲板上，呂新眺望大海。對於過去的事情，他完全沒有印象，但是對曹朋，他記憶卻極為深刻——那是他的兄長！

不過，感覺著他這位兄長，對他似乎有些顧忌。呂新也不清楚究竟是什麼原因，反正聽到曹朋的名字時，他內心裡本能就會產生一種恐懼，或者說，是一種敬畏。

搔搔頭，呂新想不明白這其中的緣由，正準備返回船艙休息，卻忽然聽到有人大聲呼喊：「不好，海賊！」

海賊？

呂新激靈靈打了個寒顫，連忙跑到船甲板邊上，舉目眺望。

但見海平線上，出現了數個黑影，速度很快，正朝著商船迅速逼近……

「遼東烏賊！」當船上水手看清楚那海賊船上的旗幟後，不由得發出驚恐呼叫。

呂新的臉色頓時變得有些難看起來。眉頭一蹙，他扭頭吩咐道：「傳令下去，準備交鋒。」

東漢末年，沒有海盜這個說法，人們統一用『海賊』來稱呼那些在海上打家劫舍的傢伙。自黃巾之亂後，海賊屢禁不止，蓋因這大海廣袤，難以圍剿，而人們、包括那些精英分子，也沒有產生一個『海防』的概念，所以對海賊也頗為無奈。

對付海賊，一般就是兩個辦法：剿與撫。

這是時下最為常用的兩個策略。

不過『剿』，更多是把海賊從海上引誘到陸地上之後，進行圍剿。一開始這個辦法倒也奏效，但隨著海賊們吃虧上當的次數增多，由單純的登陸劫掠，漸漸轉變為在海上劫掠商船，並透過陸上的一些管道銷贓。這也使得消滅海賊的難度增加不少。

『撫』，則大都針對一些願意招撫的海賊而言。

比如管承，他原本就有些本事，後來不得已當上海賊，於是被曹操招撫。歷史上，還有早期被曹朋消滅的海西賊，他們原本是被陳登招撫，只是如今卻死於曹朋之手。

招撫畢竟只能作為一個輔助的手段，尚無法徹底改變局面。直至大海西格局形成，周倉受曹朋之託，加強了海上巡防，同時又因為資助呂氏漢國，海市越發興隆，才逐漸有了海防之說。但這種海防，更多是一種無意識行為，還沒有真正形成概念。

東陵島水軍建立起來，雖然改善了一些局面，卻大都局限在大江入海口南北海域，至東萊郡海域一帶，也就是後世所說的黃海海域地區。

遼東半島海域，曹魏水軍還無法顧及周全。

這『遼東烏賊』，是遼東半島海域的一群悍匪。

他們究竟是從何而來？並不為人知曉……但這群悍匪卻是殺人不眨眼，劫掠貨物、搶奪人口，往往是雞犬不留。其身後，必有靠山，可是卻無人知曉其身分。

張遼在駐守遼東，為渡遼中郎將的時候，也曾有心設計將這些悍匪幹掉。可是幾次設計，都未能成功。後來並州戰事發生，也只能半途而廢。

呂新也聽說過遼東烏賊。

這些海賊，喜好黑色，連船隻都塗抹成黑色。船上所有的水手，也都是以黑衣打扮，故而才有了『烏賊』之名……

「哥哥，出了什麼事？」曹念跑出船艙，好奇的問道。

此時烏賊海船已經靠近商船，船上的烏賊發箭警告，命令商船停下。

一枝冷箭呼嘯而來，直奔曹念。

呂新大叫一聲：「世子小心！」說話間，人已經撲過去，一下子將曹念撲倒在甲板上。那枝利矢正中呂新後背，只聽他悶哼一聲，卻強忍著痛，把曹念抱起來，躲在暗處。

「世子，快躲起來。」

「哥哥你沒事吧？」

「我沒事兒！」呂新說著，拔出寶劍，反手將背後利矢斬為兩段，然後長身而起，下令道：「把船上的貨物丟了，讓陳氏和馬氏兩家商船迅速靠攏過來，陷陣集結，準備作戰。」

這是鵰翎箭，邊軍所用的箭矢。

呂新臉色凝重，大聲指揮。

曹念則小臉發白，跟在呂新身旁，一聲不吭。

「世子，你怎麼還在這裡？」

「我要陪哥哥一起作戰。」曹念伸手，從腰間拔出一支匕首。

這匕首，名為『凝雪』，是當初曹汲打造而成，送給鄧稷的兵器。只是聽說曹朋在海外，還有這麼一個兒子，鄧稷也沒什麼可送，便把凝雪交給了曹朋，再由曹朋轉送曹念。凝雪是曹汲中期一件不可多得的作品，匕首略顯纖細，但鋒利無比，吹毛可斷，品秩絲毫不遜色曹汲晚期封爐的作品。

只不過匕首這種武器，上不得大雅之堂。加之一直在鄧稷手中保存，所以也不為人所知……

呂新見曹念明明怕得很，卻仍舊強撐著，做出堅強模樣，暗自讚嘆。

「那跟在我身邊，不可以輕舉妄動。」

這時候，其餘兩艘商船已經靠攏過來。呂新也看出這些商船跑不過烏賊的海船，索性讓三艘商船靠攏一起，形成一個海上陸地。三百陷陣原本分散於三艘商船，此刻也聚集一處。

章十一
遼東亂（下）

這些烏賊，真真個張狂！

「準備交鋒。」呂新大聲呼喊。

忽然，卻聽對方海船上傳來機括繃簧響。一根長矛呼嘯而來，啪的就打在甲板上，把船甲板打得四分五裂。

「是大弩！」有商人驚恐喊叫。

而呂新的臉色，旋即變得更加難看。

有鵰翎箭、有大弩……這些可都是軍隊的制式兵器，這些海賊又從何而來？怪不得『烏賊』橫行，恐怕在他們背後，還有軍方力量。

看起來，今日要有危險了！

呂新扭頭看了看曹念，暗自下定決心：不管怎樣，都不可以讓世子有危險。

他招手，示意一名陷陣上前，在那陷陣耳邊低聲細語。

陷陣點點頭，便退到了一旁。不過，他站立的位置卻是曹念不遠處。呂新吩咐他，一旦局勢不好，哪怕是這陷陣死了，也要保護好曹念才行。

砰！

烏賊的海船撞擊在商船上，發生了劇烈的顫動。

「準備迎敵！」

「陷陣！」

「陷陣！」

時隔十年，陷陣的呼喊聲，再次在大海上迴響。

呂新持劍，準備衝上去交鋒，卻在這時候，一陣悠長的號角聲傳來……

海面上，突然出現了十餘艘建安級海船。除此之外，一艘巨型樓船在三艘孟德級樓船的簇擁下，緩緩出現在人們的視線當中。

建安級海船的速度，明顯優於其他海船，在大海中乘風破浪，呼嘯而來。船上升起了桅杆，一面面黑色船帆被海風吹得鼓起緊繃，呈現出一個巨大的弓形。

這也是曹魏海船特有裝備，只在建安級以上的海船才有配備。

那艘巨型樓船，便是巨高級海船。船上配有六支桅杆，在水手熟練的操作下，緩緩升起。巨高六桅，孟德四桅，而建安單桅。

那海船滿帆啟動，速度驚人。黑色船帆，製作精美，金邊銀字，上書『五軍大都護，車騎大將軍』，正中央一個巨大的『曹』字，顯示出它的歸屬。

「攔住它！」有烏賊看到那巨高樓船，驚恐叫喊。

兩艘輔船立刻衝出去，想要將巨高樓船攔下。可是那巨高樓船卻絲毫不見停滯，呼嘯而來，就聽轟的一聲巨響！能容納近百人的海船，在巨高樓船巨大的衝擊力下，顯得是那樣不堪一擊，頓時便被撞擊的粉碎。

樓船望臺上，站立一名男子。看年紀，大約在三十左右，長得眉清目秀，頷下短髯，透著一股英氣。他沒有穿戴盔甲，只一身月白色長袍，外罩一件蠶絲大氅，在風中獵獵。頭戴三叉紫金束髮金冠，腰繫獅蠻玉帶，肋下配著一口寶劍，手中持一把蠶絲摺扇。

在他身後，分別站立兩個少年。

一個懷抱一支長約四尺的錦匣，匣子上還寫著金光閃閃的『天閑』二字。裡面裝著的，正是那口號稱可斬兩千石官員的天罡三十六劍之一的天閑劍。

而另一個少年，則持一桿方天畫戟。戟首寒光閃閃，在陽光照耀下，透著一抹血色。

曹賊

章十一

遼東亂（下）

呂新看到那男子，頓時驚喜異常。他忙上前幾步，大聲喊道：「大都護，世子在這裡！」

是曹朋！

五軍大都護，車騎大軍將，新武鄉侯曹朋……來了！

也許會有人問，曹朋怎麼會在海上？

原來，自曹朋抵達涿郡，經過和鄧稷、夏侯蘭、張遼幾人商議後，便把府兵推行的具體事宜交給龐統，由龐統一手負責。反正無論是鄧稷、夏侯蘭，還是張遼，都不會增添什麼阻礙，於是乎，曹朋便動了巡視的念頭。正好他要去孤竹城接曹念，便派人向周倉借來了一艘巨高、三艘孟德，以及十五艘建安，沿海岸線而行，說是巡視，倒更似遊玩。

如今，黃海已經有了海防行動。但包括遼東半島海域的渤海灣，卻海防空虛。

在航行之際，曹朋便生出了加強渤海海防的構想。

遼東！

還是遼東……

曹朋覺得，必須要在遼東灣設立水軍，興建類似於郁洲山那樣的船塢港口，才可以徹底保證曹魏在遼東灣的利益。不過，這只是一個構想，曹操是否會採納，還不一定。

曹朋認為有必要更加清楚的瞭解遼東灣海域狀況，便帶著人在海上巡視。

可沒想到……

「大都護，世子在這裡！」

一個陌生的聲音傳來，卻讓曹朋不由得激靈靈打了個寒顫。本來，他倒沒有想著曹念就在船上，可聽到這喊叫聲，哪裡還能不明白。

小念在船上？

曹朋頓時勃然大怒……

「張虎，傳令攻擊，一個烏賊都不許放過，格殺勿論！」

「喏！」

身後執戟少年大聲應下，立刻命人擂鼓。

鼓聲突然急促起來，作為巨高輔船的一艘孟德級樓船上，一個青年將領聽聞鼓聲急促，便拔出寶劍，厲聲喝道：「傳我命令，揚帆與我攻擊！」

這青年，名叫郭淮，本是太原陽曲人，官宦子弟。其祖父郭全，曾官拜大司農，而他的父親郭縕，則是雁門太守。兩年前，二十歲的郭淮被舉為孝廉，時張遼得知，便征辟郭淮為府丞，作為助手。

曹朋來到涿郡之後，也是於偶然機會認識了郭淮。這可是三國曹魏的名將，曾先後抵禦諸葛亮和姜維北伐，立下赫赫戰功。

歷史上，郭淮官拜車騎大將軍，陽曲侯。不過此時的郭淮，尚名聲不顯。

曹朋立刻向張遼討要，張遼倒也沒有拒絕。

入五軍都護府後，郭淮拜都護司馬，成為曹朋親隨。對於曹朋的賞識，郭淮自然萬分感激，卻苦於沒有機會報答，如今曹朋下令攻擊，郭淮立刻興奮起來。

他指揮座下孟德級樓船呼嘯衝出，直奔烏賊海船而去。

而那些烏賊們，則被這突如其來的打擊嚇呆了，一個個手足無措，慌亂不已。

「小念，你爹爹來了，你爹爹來了！」呂新有一種劫後餘生的衝動，抱著曹念，興奮的大聲喊道。

爹爹嗎？

小曹念順著呂新手指的方向看去。陽光下，曹朋立於巨高樓船望臺上，海風拂動大袍獵獵，恍若神仙中人。

不知多少次，在夢中與爹爹相見。可是當曹念真的看到曹朋時，卻忍不住哭了！

「那是爹爹嗎？」

「嗯！」

曹念突然從呂新懷抱中掙脫出來，跑了幾步，一雙小手放在嘴邊，朝著那正在行進的大船上的挺拔身影喊道：「爹爹……爹爹！我是小念……」

從他出生，從未喊過『爹爹』。

旁人都有爹爹，偏我沒有！

雖然呂藍等人一次次告訴他，曹朋有多麼疼愛他，可是在曹念心裡卻始終無法釋懷。如今，爹爹來了！爹爹以一種他從未想到過的方式，出現在他的面前。積鬱在心中多年的委屈，一下子傾瀉而出，他大聲的呼喊。

而在巨高樓船上，曹朋也聽到了喊聲。

「落帆！」孫紹大聲呼喊。

樓船上的船帆，緩緩降落下來。船隻在海面上打了個橫，慢慢朝著商船靠過去。

曹朋看到了那船上正在朝他呼喊的小人兒，鼻子一酸，眼淚刷的落下。

那是我的兒子！

曹朋的眼睛紅紅的，快步走下望臺。他站在船舷邊上，朝著那船上的小人兒喊道：「小念，別怕，爹爹來了！」

在曹朋身後，孫紹的眼睛也紅了。他好像回到了從前。那船上的小人兒，似乎就是他，而曹朋，彷彿變成了孫策。

「爹爹！」孫紹喃喃自語，淚水也不禁無聲落下……

建安十五年，大抵很平靜。

似乎在經過了兩年動盪之後，諸侯們不約而同決意休養生息，息止干戈。吳侯孫權，遷治所於建康，而後大力推行屯田之法，以充盈府庫。表面上，他似乎不願和曹操發生衝突，然則私下裡，小動作不斷。長沙和桂陽兩地，孫、曹衝突不止。但總體而言，都是小規模的衝突，或者說是試探對方底線，沒有釀成大規模戰事。

「江東碧眼兒，欲架孤於火上炙烤乎？」

鄴都王城，紫宸閣內，曹操冷笑一聲，把書信丟在一旁。

「碧眼兒勸孤稱帝，言願奉孤為主。此獠野心之大，世人皆知。欲使孤為千夫所指，眾矢之的……其心可誅。」

一旁大臣，皆沉默無語。

孫權勸說曹操稱帝，斷然是不安好心，可是……

郭嘉偷偷看了荀彧一眼，卻發現荀彧神情沉冷，一言不發。

年中時，荀彧自許都來到鄴城，拜副丞相。此前，荀彧一直不肯來鄴城任職，令曹操多少有些不快。這態度上的突然變化，讓曹操有些懷疑。

不過郭嘉卻知道，荀彧之所以來，並非是他對漢室的感情發生了變化，而是迫於無奈。

荀氏和曹氏的聯繫，近年來越發緊密。

老一輩人的故去，也使得荀氏感受到了越來越大的壓力。荀氏如今，便是以荀彧和荀衍為主。荀諶的故去，的確令荀氏損失頗大，不過卻無傷根本。

章十一
遼東亂（下）

荀彧兩兄弟中，荀衍過於剛強，不適合家主之位。於是在反覆磋商後，將荀彧推上了家主位置。不在家主位子上，和在家主位子上，完全是兩個概念。在私人感情裡，荀彧更傾向於漢室朝廷，希望漢室中興。可當他登上了家主位子之後，荀氏的未來就壓在他的肩頭，他不可以再以個人喜好來判定是非，而要從家族利益著想。

漢室中興？如今已經成了笑話！

就連那漢室宗親劉璋，又有多少中興漢室的想法？

以前，荀彧可以去奢望、去幻想，但是現在，他必須要以冷靜的態度來面對這個問題。曹、荀已密不可分……隨著潁川其他家族的壯大，荀氏如果不儘快做出選擇，到頭來很可能就要面對一場殘酷的清洗……荀彧很清楚，那清洗的結果是什麼。

既然已經追隨了曹操，那也只有繼續追隨！

在反覆思忖之後，荀彧最終決定放棄原來那些不切合實際的想法，全身心投入曹魏陣營。

而荀彧的改變，對於已經搖搖欲墜的漢室而言，更是巨大打擊。

漢帝再無半點力量來對抗日益強大的曹操。好在曹操對他還不錯，該有的一樣都不會少，只是軟禁在偌大的許都皇宮之中，不使他與外界接觸。整個許都，上至衛將軍夏侯惇、尚書令董昭，下至城門校尉王買，全都是曹操的人馬。漢帝就算有再大的本事，可在這牢籠裡，也無可奈何。

郭嘉擔心，荀彧會說出什麼不妥當的言語。好在荀彧並沒有任何反應，只坐在旁邊，一言不發。

曹操閉上眼睛，似乎是在沉思。

這一年來，著實發生了不少事情。

府兵制在三州順利推行，在年末時，曹州也已經開始推廣府兵，預計今年可以完成計畫。而並州推行最為通暢，在半年時間裡鄧稷搭建八十餘軍府、興建二十六座軍鎮，形成了一個極為完整的構架……

相對而言，幽州則有些麻煩。

地方豪強的阻撓，使得府兵制的推廣出現困難。曹朋連續斬殺了十餘名當地豪紳，激起不小的波折。不過，卻被曹朋以更為酷烈的手段鎮壓，令漁陽、右北平兩郡豪強最終低頭，府兵制才得以推行。

也只有曹朋，才有如此凶狠的手段。據說，他在兩天裡消滅了漁陽近十家豪強，斬首逾千人之多，令幽州上下為之驚恐。當然了，如此酷烈的手段，必然會被無數人群起而攻之。

許都日報連續月餘，抨擊曹朋凶殘手段。

最後還是在曹操的指示下，新興的鄴都報業開始做出還擊，才算是轉移了視線。

這件事的好處就是，幽州府兵制的落實；而壞處就是，曹朋凶名更甚。

不過對曹朋而言，這算不得什麼。對於曹操來說，曹朋自汙其名，也頗符合他的心思。他覺著，曹朋懂事，也明白事理，絕對是一個棟梁……

建安十六年春，曹操下詔，拜曹朋為新武侯！

原河西郡新武鄉，則正式升格為新武縣，成為曹朋食邑所在。這也是曹魏集團中，第一個被拜為縣侯的武將。曹朋拜新武侯之後，卻一下子低調起來。

十六年三月，曹操才收到了曹朋的書信。

「遼東公孫氏冥頑不化，新武侯已決意對遼東用兵，同時聯合呂氏漢國夾擊高句麗。若此戰功成，則幽州可再添一郡。只是這樣一來，幽州地方官員不免出缺，諸公可有什麼舉薦?遼東高句麗一定，則必然會與扶餘國產生諸多牽扯，所以出缺遼東之人選，必須要謹慎方可。」

話音未落，荀彧起身，「臣舉薦一人，可擔當重任。」

「何人?」

「便是魏軍太守，鄴都校尉步騭步子山。」

章十一
遼東亂（下）

「哦？」

「子山歷任海西中郎將、河西太守、武威太守……熟知異族習俗。此人學識不俗，更精通兵事，可以出鎮遼東。況且幽州府兵推行，遼東局勢複雜，單憑文遠一人，恐力有不逮。子山也曾參與西北府兵推廣，經驗豐富。有他駐守於遼東，則遼東大局可定，幽州從此不復混亂……」

郭嘉開口道：「可是子山為上郡，真兩千石俸祿。而遼東不過下郡，使他前往，會不會有些不妥？畢竟他在魏郡兩載，也是兢兢業業。去年環郎私自販賣八牛弩之事，也是他一手操辦。若這時候派他去遼東，只怕會有人說大王是為夫人出頭，打壓步子山吧。」

「那簡單，若只是品秩問題，大可以參照武陵大行府設置。於遼東設置大行府，拜子山為大都督，同樣也是真兩千石俸祿，兼任遼東太守，也就順理成章。奉孝莫忘記，遼東地處邊塞，周邊有呂氏漢國和扶餘國。即便是攻破高句麗，也要面臨和當地百姓的接觸……這大行府，是最為合適的官署。」

大行府在武陵試推行以來，成效顯著。

曹彰在當地官員的配合之下，迅速展開了局面。沙摩柯、王平徵召三千無當飛軍，並配以極好的待遇。諸多武陵蠻紛紛響應，曹彰順勢又徵召八千人，以作為備用。整個大行府，徵兵萬人，令荊南局勢隨之變化。

而隨著曹彰的成功，大行府的規模也在不斷變化，集合了軍事、外交以及種種事務於一體，是一個綜合性的職能機構。

曹操想了想，也覺得在遼東設置大行府最為合適。於是，他點頭道：「如此，便任步騭為遼東大行府都督、遼東太守之職。」

旋即，曹操話鋒一轉：「不過，新武侯言要前往呂漢督戰，主持高句麗之戰……孤亦以為，此舉可行，同時能加強呂漢臣服之心。然則五軍都護府還須有人主持，新武侯舉薦龐統暫領都護府事宜，諸君以為如何？」

郭嘉、荀彧等人相視一眼，拱手道：「此議可行。」

「哦？」

「那龐統出身荊州鹿門山龐氏，其父龐季，大王想必印象極深。其弟龐林，如今拜襄陽太守，頗為沉穩。而龐統才能，更是卓著，在荊州素有『鳳雛』之名。大王可還記得，司馬德操曾言『臥龍鳳雛，得一人可安天下』？這龐統，便是鳳雛。」

「龐統曾任河西郡太守，今為都護府丞。河西郡府兵，是他一手推行。此前新武侯曾上《府兵制諫言》一書，也正是出自龐統之手。但若貿然為大都護，恐怕也不太合適。不如拜龐統為五軍都護太監，假幽州府兵事。這樣既可以堵悠悠眾口，於龐士元而言，也極為適合。」

這太監，和後世的『太監』，並不一樣。在東漢，太監是一個官名；而那些『公公』，則是被稱之為寺人、閹宦……

曹操想了想，也認為可行。

「既然如此，傳詔下去，就以龐統為都護太監之職。」

郭嘉和荀彧相視一眼，在彼此眼中都看到了一抹笑意。

原來，步騭和龐統這兩個人選，全都是出自曹朋建議。

不管怎樣，總算是不負了阿福所託……

建安十六年暮春，張遼下令，以向寵為先鋒，馬謖為參軍，徵召漁陽新建十二府兵馬，向遼東發動了攻擊。而這出兵的藉口，便是公孫氏與海賊勾結，於遼東灣襲擊曹朋座船，意欲謀反。無論公孫氏怎麼解釋，這罪名卻被坐實。

章十一
遼東亂（下）

張遼在出任遼東太守的時候，對公孫氏便不滿。如今找到了理由，更師出有名。

在一樁樁證據面前，張遼以從未有過之強勢，自肥如出兵，攻入遼東。

公孫氏倉促應戰，卻怎是張遼對手？只二十天，遼東被張遼攻陷。而公孫氏苦苦期盼的高句麗援兵，卻遭遇到呂氏漢國極為凶猛的打擊。

呂漢上將軍龐明，督大軍五萬，發動猛攻。

悄然抵達歸漢城的曹朋，則密令郭淮接手高順兵馬，鄧艾為參軍，孫紹、徐蓋、張虎為先鋒，奇襲國內城。高句麗兵馬在毫無半點防備的情況下，被呂氏漢國軍隊一舉擊潰。位宮倉皇而走，兵敗國內城，逃亡扶餘國。

隨後，曹朋領趙雲、法正，在五月中，與張遼會合國內城。

六月，曹朋以五軍大都護之名，使新任大行府都督、遼東太守步騭發送國書，向扶餘國國主討要位宮人頭。扶餘國最初態度非常強硬，堅決不肯交出位宮。

六月中，曹朋以郭淮為先鋒，佯攻扶餘國；同時以趙雲率三千親兵，越過遼山，奇襲扶餘國。趙雲在三日之內，連奪扶餘國十二寨，兵臨扶餘國國都城下。扶餘國國主驚慌失措，赤足披髮裸身，率扶餘國文武大臣出城投降，並呈上位宮首級，表示歸附曹魏。

從遼東戰事發起，到扶餘國投降，這場看似應該是極為慘烈的大戰，只持續了不到三個月。在初秋到來之時，戰事結束。

捷報傳至鄴都，令曹操喜出望外，邀請鄴都士紳名流，通宵暢飲……

這一戰，不單單是奪回了遼東四郡之地，更擴土千里，拿下了高句麗和扶餘國兩地，使得曹魏領土一下子擴張無數。這可是自曹操稱王以來，除匈奴河之戰外，最為輝煌的戰果。即便是當初曹朋在河湟廝殺，也未能比得上這次戰役的成績。畢竟，奪取高句麗、扶餘國，那可是正經的開疆擴土之功。

曹操旋即下令，置高句麗郡和扶餘郡兩郡。同時下詔，在未來五年中，當向兩郡遷徙十萬戶，以加強對兩郡控制。

這也是曹操和歷代漢室君王最為不同的地方。

他不在乎虛名，在乎的是實際利益。已經到手的好處，再讓他吐出來，那是萬萬不可能。雖然有不少人反對曹操攻占兩郡，言此舉非仁義之師所為。但曹操又豈能聽從他們的主意？一意設立兩郡，要徹底將兩郡控制於手中。

建安十六年，對曹操而言，無疑是美妙的一年。

隨著高句麗郡和扶餘郡被占領，使曹操稱帝的呼聲，突然一下子高漲起來。

可面對這種呼聲，曹操卻保持了沉默！他沒有再說什麼『欲使孤於火上炙烤』的言語，言語間更顯得極為謙卑。

曹操在鄴都日報上發表了文章，表明自己並無篡漢之心。

然則明眼人卻可以看出，曹操使的分明就是欲擒故縱之計……其野心，已經昭然。而其功績，更給了他足夠的資本。只不過到目前為止，還沒有一個合適的時機，讓他公然篡奪漢室。所以，他這篇文章更像是為自己造勢，以創造出合適時機。

可是，就在曹操全力製造聲勢的時候，卻發生了一樁大事，將天下的目光一下子轉移。

同時，這也為曹操篡漢，創造了最為有利的藉口！

建安十六年暮秋，劉璋，死了……

章十二

西川之亂

「劉璋死了？」

曹操聽到這個消息的時候，不禁吃了一驚，甚至有些懷疑是什麼人和他開玩笑。心裡面，恨不得劉璋死；但突然聽到劉璋的死訊，卻又有一些不太相信。

懷著一種頗為複雜的心情，曹操召見了奉賈詡之命，從武都而來的賈星。

「這幾年來，西川的局勢極其混亂。特別是民生方面，幾乎到了將要崩潰的地步……自去年開始，劉璋任劉巴為別駕，主持恢復西川民生的事宜。劉巴上任之後，透過廢除劣幣、平抑物價、逐步更迭建安重寶等手段，的確是令西川發生了不小變化。但由於之前所造成的問題太過嚴重，劉巴雖然竭力試圖恢復，但效果並不是非常明顯。成都的物價雖然平穩下來，但依舊高居不下，非常嚴重。」

「而且從去年時，南中動盪加劇。劉備駐守南中，只是穩定局面，卻沒有著手改變環境。並且，劉備不斷向劉璋討要輜重物資，也使得劉璋壓力很大。入秋之後，劉璋得從事吳懿建議，在成都召劉備前來商議事情。本來也不是什麼大問題，卻不想在劉璋進入劉備大營商議事情的時候，突然有人跳出來，將劉璋刺殺。」

「而後，劉備強行奪取了成都。張任、冷苞、雷銅還有黃權、劉巴等人，於匆忙中集結兵馬，保護劉璋之子劉循撤離成都，退守巴西，並且在撤退途中，盡毀涪水以西倉廩，與劉備僵持。而巴郡太守嚴顏，更決意起兵，準備為劉璋報仇。家父得知消息，便立刻命臣前來報備，請大王儘快決斷，以備劉備坐大。」

劉璋真的死了！

這一下子，曹操算是徹底相信了劉璋的死訊。

「真的是劉備殺了劉璋？」

賈星想了想，便回答道：「具體的情況，臣也不太清楚。只知道成都而今，正處於混亂之中，西川百姓人心惶惶。據石廣元傳來的消息，自劉璋死訊傳出以後，不斷有西川百姓逃離益州，進入漢中避難……而根據那些逃民所言，劉備當時率部抵達成都，劉璋本欲請他入城，卻被黃權等人阻止。於是劉備在成都外紮營，邀請劉璋赴宴，劉璋欣然而往。可不想在酒席宴上，有刺客突然出手襲擊，劉璋當場斃命。」

曹操不禁倒吸一口涼氣，蹙眉沉吟不語，露出一種思忖之色。

這件事，實在是太過於詭異了！以曹操對劉備的瞭解，這個人最重名聲，雖有些虛偽，卻很在意名氣。按道理說，他不會輕易動手與劉璋爭奪西川。即便是要翻臉，他也不會在當時那種環境下動手，應該會選擇一個恰當的時機，起兵攻取益州。

但刺殺劉璋，而且是在他的地盤上刺殺劉璋，這手段太為酷烈，不符合劉備的作風。曹操寧可相信，劉備在營地中把劉璋俘虜，而後假惺惺的落幾滴眼淚，再勸說劉璋一番後，順理成章的從劉璋手裡接管。

刺殺？真真不是劉備的作風啊！

曹操對此，顯然是百思不得其解。

二十章 西川之亂

但不能否認，此時此刻征伐西川是最好的時機，若錯過了這個機會，日後再想奪取益州，怕就沒那麼容易。以劉備之能，定可以穩住西川局勢，最多半載，則西川定然再無混亂。到時候，劉備得整個西川之力，即便是曹操，也感覺頗為棘手。這劉備，真真是一個難纏的對手。

「越般！」

「奴婢在。」

「傳孤詔令，命友學儘快返回鄴都。」

「喏！」

曹操迅速拿定主意，決意征伐西川。

但這征伐西川的人選，還要仔細揣摩才是。思來想去，曹操決定，還是要曹朋來主持西川之戰。首先，曹朋對西川態勢有一個完整的理解。在過去一年多來的書信中，可以看出曹朋一直對西川虎視眈眈。同時，打西川，必須要有西北作為依託。曹朋在西北，地位頗為特殊，由他出面整合西北資源，能夠事半功倍，更別說那漢中根基是曹朋一手安排的，這種時候不讓曹朋回來，著實有些說不過去。

只是曹操也知道，曹朋如今還身在國內城，想要他返回，恐怕至少要一個月的時間才行。曹操自然不會白白的空餘這一個月的時間，他必須要開始著手進行布置，調動兵馬，準備開戰。召回曹朋的詔令，已經發出。曹操立刻命荀彧等人，前來商議具體方案。

「西川之戰，當兩路併發。」荀彧聽聞西川大亂之後，二話不說，便起身建議道：「單憑漢中一路兵馬，恐怕還略顯薄弱。大王當兩路進擊，自荊南與漢中兩地出兵……」

「而且，劉璋之子劉循，如今正在巴西。他手中尚有一股力量，張任、冷苞，皆西川名將，而巴郡太守嚴顏，更是勇冠三軍，威望無兩。憑這些人，足夠給劉備製造一些麻煩，但如果沒有大王支持，恐怕也難以長久。所以，大王當設法先與之聯絡，而後再圖謀出兵西川。這樣一來，征伐西川便有了內應，可以更加輕鬆奪取。」

「新武侯大才，可為一路主將。大王意欲使新武侯自漢中出兵，是一個極為妥帖的選擇。但南路軍，卻需要仔細籌謀……當有上將統帥，方不至於有太大問題。」

「臣以為，世子曹彰勇冠三軍，而今駐紮荊南兩載，對於巴郡也極為熟悉。他手中有大行府蠻軍，正可以調用，配合荊州將軍兵馬，足以攻取巴郡。巴郡一失，則成都門戶大開……不過，荊州人馬調動，還須小心江東孫權從中作祟，所以荊州方面也需要加強防禦。水軍自重組以來，業已三載有餘，雖則尚未達到要求，但也足以抵禦江東兵馬。」

「臣建議，請水軍大都督甘寧，攻占三江口，防禦東吳水軍。並請曹仁、于禁、臧霸三人，於淮南行動，牽制住孫權兵馬，令他無暇兼顧西川。至於長沙和桂陽兩地江東兵馬，倒不必在意，只須武陵太守鄧範、零陵太守魏延死守，拖住太史慈，便可功成……」

荀彧一番話說完，令在座眾人紛紛點頭。

毫無疑問，在大家看來，荀彧這番話可謂是算無遺策，已經概括了所有問題。

曹操也是非常欣慰！

他不為荀彧這條計策如何高明而感到開懷，卻為荀彧全心全意為他籌謀而高興不已。

說實話，荀彧過來時，曹操還有些猜忌。他總擔心荀彧的投靠另有目的，畢竟此前荀彧對他的一些政策，一直不太滿意。甚至於在他稱王的時候，所有人都來祝賀，唯獨荀彧沒有出現，這讓曹操又失望，又難過。想當初，征伐董卓之後，曹操立足東郡，荀彧是第一個投靠過來的謀主，為曹操的大業可算得上是盡心盡力。他推薦了郭嘉等人才，更為曹操確立了目標。

無怪曹操當時曾對人說，荀彧就是他的張子房。

只是隨著曹操事業的不斷發展，特別是在漢帝東歸之後，荀彧和曹操之間就出現了一道裂痕。

曹操一直希望能與荀彧共創一段君臣相知的佳話，可隨著那裂痕不斷擴大，也使得兩人的關係在不知不覺中發生變化。

此次荀彧獻策，讓曹操彷彿又回到了當初在東郡時，荀彧為他出謀劃策的時光。看著荀彧，曹操臉上不禁露出了一抹笑容，暗自點了點頭：孤有文若，大事可期！

不過，讓曹彰主持征伐巴郡之戰，真的合適嗎？

曹彰今年不過才二十二歲，這麼早就獨領一軍，恐怕……

「老嚴顏之名，孤曾聞新武侯提過。當初張松前往荊州時，孤聽人說，新武侯對嚴顏極為重視，更有『巴郡嚴顏若在，則西川固若金湯』的說法。子文這些年，的確是有些長進。但要和嚴顏對決，孤還是有些擔心子文非嚴顏對手，文若以為如何？」

荀彧頓時笑了！「正因此，才要子文出面。」

曹操忙問：「此話怎講？」

「臣亦因新武侯，而知巴郡嚴顏。當初嚴顏返回巴郡時，臣曾對西川做了一番瞭解。這嚴顏乃巴郡豪強出身，頗有威望，其人善戰，更熟讀兵法……若以力敵，嚴顏藉巴郡之險，有張任、冷苞之人協助，想要攻破，困難重重。但嚴顏對新武侯，卻是頗為讚賞。兩人後來常有書信往來，關係非常親密……」

「嚴顏此人，性情高傲。若派個等閒人前去，恐怕未必被他看重。但世子不一樣……他與新武侯有師生之誼，更兼兄弟，嚴顏也會看在新武侯的面子上，不為難世子。若能使新武侯書信一封，說不得可以使世子事半功倍。若換個人，怕難有效果，唯有世子出馬，方能勝任。」

曹操陷入了沉思。

良久之後，他突然一咬牙，點頭道：「文若說得極是！便讓子文統兵……不過江東方面，單憑鄧範和魏延，恐未必能抵擋太史慈。使子丹前往督戰，也能避免萬一。還有，命東陵島周倉、廣陵太守龐德，也一起動作，務必要牽制住孫權兵馬主力，不可使其增援西川。其餘各部，也全都行動起來。待新武侯返回之後，孤自有安排。所費輜重糧草，文若當儘快做出章程！」

「喏！」荀彧聽聞，立刻插手應命。

伴隨著曹操令下，曹魏兵馬立刻調動起來。

賈詡在涼州，徵召五十軍府，兵馬四萬餘人。同時更有並州鄧稷，調動三十府兵馬，約兩萬人，在漢陽集結。而京兆尹徐晃，則征伐八萬軍卒，隨時待命。

幽州、曹州兩地兵馬倒是沒有大規模調動。不過為防止鮮卑異動，還是進行集結，於彰城郡徵發三萬大軍，防備軻比能趁機作亂。

各地兵馬，調動頻繁。

而遠在高句麗郡國內城，曹朋則迎來了一批客人。

「文成先生此次身涉險地，勞苦功高。」

在國內城的高句麗皇宮裡，曹朋舉起酒杯，走到一個酒案前，躬身一禮，「請先生滿飲此杯。」那酒案後，端坐一人。看年紀，大約在五十出頭的模樣，面目醜陋，身著一件黑色長袍。

見曹朋敬酒，他也不敢怠慢，忙起身一飲而盡，「儒有何德何能，當得公子厚愛？」

這男子，正是李儒。

隨著扶餘國歸降，遼東戰事已基本平息。曹朋的日子一下子變得悠閒起來，每日陪著呂藍和大喬等人，遊山玩水。而大喬在半年前，正式嫁給了曹朋。

事情進行的極為順利，就如吾粲在私下裡勸說的那樣：「夫人可以不顧自己，卻也要為公子和兩位姑娘著想。今夫人有家不能歸，難不成要公子將來也是落葉無法歸根嗎？女人在外，總要有一個歸宿。

新武侯與夫人年紀相當，又是個有情義的人，而公子對新武侯，也頗為仰慕。」

「既然如此，何不再進一步？於夫人也好，於公子和兩位姑娘也好，都是一樁喜事。有新武侯在背後支持，夫人又何須擔心他日不能重返故里？還請夫人三思。」

吾粲是江東人，和大喬夫人不是同鄉，但畢竟都屬江東，交流起來自然也非常輕鬆。

吾粲是奉曹朋之命，打探大喬夫人的心思。這一來二去之下，大喬夫人倒也心動。後來再打探孫紹的口風，發現孫紹對曹朋並無任何抵觸，大喬夫人這才算放下心來。不過，她懇請曹朋，不要興師動眾的大加操辦，僅悄悄的嫁入了曹氏門中……如今，大喬夫人已懷了三個月身子。

曹朋身在國內城，頗有些樂不思蜀。

也就是在這個時候，李儒帶著一干人，突然出現在了曹朋面前。

「我刺殺了劉璋！」李儒開門見山，對曹朋道：「儒已完成了當年與公子的約定……今高句麗已亡，呂氏漢國從此穩如泰山。儒請公子履行當年諾言，使儒離去。儒願留在呂氏漢國，為一富家翁。只是犬子年紀已長，不必使他跟隨，就讓他待在中原，為公子牽馬墜鐙吧。」

李儒在成都，娶了三房小妾，並生了兩個兒子、一個女兒。如今，他頗有些功成名就，想要退隱山林的意思。

曹朋自然不會拒絕。

他要住呂氏漢國？沒問題！曹朋在宴請了李儒之後，便讓他安頓下來。

曹朋也沒想到，李儒居然會用這麼一個辦法來完成使命。

用李儒的話說：「西川民生糜爛，繼續滯留，意義不大……而且大戰將起，無須我再主持大局。此種狀況下，劉璋繼續活著，已沒有意義。」

李儒告辭的時候對曹朋道：「公子當做好準備，只怕就這幾日，大王必有詔令，請公子返回。」

對於李儒的歸隱，從內心而言，曹朋並不太情願。

雖然他如今有龐統、法正，都是三國少有的人傑，但此二人與李儒相比，還是少了些經驗。也許他們的能力的確是高於李儒，可是在經驗上，終究有些不足。自黃巾之亂到初平二年，李儒為董卓運籌帷幄，從一個西北良家子、世人眼中的土豪鄙夫，而成為影響漢室命運的關鍵人物，在這期間，李儒絕對是出力不少，甚至是居功甚偉。

在董卓前期崛起的階段，幾乎是李儒一手為他謀劃。可惜到最後，隨著董卓的地位越來越高，哪怕李儒是他的女婿，也漸漸疏遠，甚至有些提防。

後世曾有人說，如果董卓去郿塢時，帶著李儒同去，那麼王允的連環計很有可能以失敗而告終。恰恰是李儒，最先覺察到了呂布的不臣之心，勸說董卓讓出貂蟬，以進一步拉攏呂布。但董卓沒有同意，更因此對李儒生出了怨恨之意，把李儒留在了長安城裡。

關於董卓和李儒的間隙，最明顯的例證，就是當董卓興高采烈返回長安，準備接受禪讓的時候，李儒事先竟然一無所知。這麼大的事情，謀主竟不知曉，可見董卓當時對李儒已經是完全拋棄，甚至不復信任。

自歸附曹朋以後，李儒很少出謀劃策，但每一次出謀劃策，都能讓曹朋逢凶化吉……至於後來，主持西川大局，李儒可謂費盡心思，令整個益州出現混亂。

「先生這一走，誰又為朋保駕護航？」

曹朋這句話，可不是客氣。

李儒表面上雖然沒有為他出太多主意，但是卻給了一個明確的方向。

比如當初李儒就曾建議他，無論曹操對他是升還是降，別想太多，只管照吩咐做便是。這聽上去似乎算不得什麼，但卻為曹朋在曹操心目中打下了堅實基礎。他只忠於曹操，其餘人皆不足為慮……這也是後來不管曹朋怎樣胡鬧，曹操都包容下來的重要原因。因為曹操知道，曹朋是他手裡一把鋒利的寶劍，而且只聽命於他，這便足以讓曹操放心。

李儒笑了！

「公子何必難過？以公子今日之地位，其實已經少有人可以動搖。大王對公子的器重，無須擔憂，公子而今只需要記住一件事，那便是水滿則溢，過猶不及。此次西川大亂，大王一定會重新啟用公子，但公子定要小心，此戰不可以推進太快，更不可以率先進駐成都，否則必有禍事。」

言下之意，便是要曹朋磨洋工。

初時，曹朋猶自不解，然則等李儒離開後仔細思忖，卻發現這句話裡飽含深意。

他的功勞已經夠多、夠大……如今官拜新武侯，升遷的空間已經不大。這還是曹操刻意壓制的後果，否則曹朋至少能位列三公。以三十歲年紀位列三公，自古少有之。這些人，往往不得善終，特別是在改朝換代時，往往會成為第一批冤死鬼。

原因？非常簡單！

功高震主，賞無可賞。

如果真到了這地步，為臣子唯有謀逆，為君主則心生忌憚。

最明顯的一個例子，便是貞觀末年，李世勣被李世民貶去了邊郡。按道理說，李世勣又沒有犯什麼罪過，李世民為何貶他？就因為李世勣的功勞太大，而李世民的身體也一日不如一日。李世民對身邊人說：「我今日貶他，就是為了日後雉奴提拔。如此一來，李世勣就會對雉奴心懷感激。而雉奴，也不必擔心李世勣心懷不軌。若我現在繼續為他升官，等雉奴登基時，又如何賞賜他呢？」

這道理，李世民清楚，李世勣也很明白。

如今李儒對曹朋的這一番話，頓時讓曹朋警醒起來。

最近的日子，實在是太過於逍遙，以至於曹朋漸漸失去了警覺之心。李儒的話，無異於醍醐灌頂，讓曹朋重新警戒。

就在李儒離開國內城，數日後，曹操派遣常侍越般來到國內城，命曹朋即刻趕赴鄴都。同時，曹操罷曹朋五軍大都護之職，以張遼代替，拜龐統侍中、都護太監，繼續負責府兵推行。

曹朋接到了命令之後，也不遲疑。他先把越般安排好，便立刻召集眾將，準備趕往國內城。

在離開國內城前，曹朋自然少不得與呂藍又一番抵死纏綿。雲雨過後，他輕聲道：「玲綺，我此次返回中原，短時間內，恐怕難以再與妳相會。本來，我應該把妳和念兒一同帶回去，但現在，時機尚不成熟。不過將來，我總要把妳和念兒接到身邊，一家團聚。只是如此一來，妳恐怕要失去很多東西。不知妳是否能夠捨下而今這呂漢女王之位？」

呂藍聽聞一怔，頓時瞪大了眼睛：「阿福，你的意思是……」

「撤銷呂漢之名，全盤歸附朝廷，從此以後，呂漢為曹魏治下……到時候我再設法周旋，將妳母子接來，從此一家團聚。要知道，妳久居呂漢，於朝廷而言，始終為番邦，難以心安。」

呂藍愣住了！她猶豫良久，依偎在曹朋懷中，「若只是我的話，捨了這王位也算不得大事。可這呂漢，凝聚了無數人心血。高將軍、曹將軍更為了呂漢，拋家捨業，遠離中原……此事，我當不得主，還要與他們商議才行。」

曹朋知道呂藍這不是推脫之語，當下點點頭，輕聲道：「這件事，妳不必急於應下，先試探一下大家的口風，而後再做主張。我估計，這件事非短時間可以做成，所以最好還是以穩妥為主。我會讓子山與士元盡力與妳方便。在沒有我點頭之前，妳切不可輕舉妄動，以免走漏風聲，壞了大事。」

呂藍乖巧的應下，蜷縮在曹朋懷裡，久久不語……

章十二
西川之亂

建安十六年秋，劉璋遭遇刺殺，引發巴蜀動盪。

劉循在張任等人保護下，退往巴西，誓要與劉備決一死戰。

劉備果斷的攻占成都後，命留守南中的諸葛亮率部而上，直奔成都。臉皮已經撕破，也使得劉備沒有任何退路，不管劉璋究竟是死於何人之手，他都沒有理由放棄成都。原本劉備對西川就垂涎三尺，如今劉璋死了，也再無任何顧慮。在攻占了成都以後，劉備迅速安撫百姓，穩定了成都局勢。

吳懿、費觀等人，舉雙手歡迎劉備的到來。並且由吳懿出面，說降了葭萌關守將吳蘭，命張飛接掌葭萌關，以防備曹軍偷襲。

隨後，劉備命向朗駐綿竹、大將陳到坐鎮涪陵關，抵禦張任等人的攻擊。十餘日之後，諸葛亮率部抵達成都，隨行還有南中大豪孟獲和雍闓，以及南中三十六洞洞主前來參戰。為了這一日，劉備在南中整整蟄伏了近三年時間。

不得不說，劉備的確是有手段。在抵達南中以後，他吸取之前的教訓，招攬雍闓，又收服孟獲，並透過孟獲，把南中三十六洞完全掌控手中。這三年來，他頻繁向劉璋索要輜重糧餉，說穿了就是為了收買南中蠻族。如今，三十六洞集結蠻兵六萬餘人前來助戰，也在很大程度上緩解了劉備兵力空虛的弱點。

建安十六年十一月，劉備在成都，自領漢中王。

十二月，孫權在建康稱王，號吳王。

曹操得知後，勃然大怒：「大耳賊有何德能，也敢稱王？」

旋即，曹操拜新武侯曹朋為征西大將軍，使持節，都督西南。西北各郡，盡歸曹朋調遣。同時，曹操又下令鎮南將軍、大行府都督曹彰揮兵西進，直奔巴郡而去。

一時間，巴蜀之地，戰火重啟。

劉璋被刺的影響還未被消除，曹軍已開始調動起來，朝著西川緩緩逼近。

劉備得知消息，也不禁有些慌亂。哪怕是早就有了準備，可是聽聞曹操行動，劉備還是不免感受到巨大壓力。

「軍師，而今曹操兩路並進，當如何是好？」

諸葛亮看上去極為輕鬆，絲毫沒有慌亂：「曹彰，黃口小子，不足為慮。主公可使向條駐守雒城，與叔至遙相呼應。曹彰年少氣盛，久攻不下必然氣餒，自會退去；倒是那曹朋，方為主公心腹之患。此人狡詐，詭計多端。他雖遠離西北兩載，但是在涼州威望，確是無人可以相比。」

「漢中太守石韜，與亮同出水鏡山莊。此人雖不擅兵事，卻也不可小覷……他在漢中經營兩載，根基極為深厚。曹操占領漢中以後，雖止息干戈，但卻一直在籌謀準備，謀取西川。如今曹軍在西川，糧草充沛，米倉山屯糧近百萬斛，足以令十萬大軍，兩年內無須憂慮糧餉。」

「若曹朋抵達，必然會全力攻擊。到時候，葭萌關雖然易守難攻，怕也難以抵禦。亮決意前往葭萌關，拒曹朋於關外。主公當儘快將局面穩定下來。時間越久，曹軍必然勢弱……孫權絕不會袖手旁觀，必然會出兵相助。如此一來，則曹軍必退，主公也就可坐穩成都，而後徐徐圖之。」

諸葛亮這一計，倒也正合了劉備的心意。

別看西川這些年來混亂不堪，但還是給劉備留下了不少家底。成都府庫，存糧數十萬斛。當時張任等人匆忙撤走，並未完全銷毀，也就便宜了劉備。

而西川，素有天府之國的說法，物產豐富，糧草充足。即便張任焚燒涪水以西倉廩，但終究不可能全部銷毀。黃權、劉巴、鄭度這些人，的確是有影響，但費觀、吳懿這幫人，也有自己的班底，為劉備留下了豐富的財富。短時間內，劉備的確是不需要為糧草等物資發愁。

他首先要做的，便是穩定局勢。只要這局勢穩定下來，便可以有迴旋餘地……

不過，對於諸葛亮要前往葭萌關督戰，劉備還是有些顧慮。

「軍師要去葭萌關，孤不反對。只是，若有事故發生，孤又要與何人商議？」

諸葛亮想了想，微微一笑道：「此時正是主公安撫西川士人的絕好時機。內事可問費觀，外事可問吳懿。若有不決時，可派人前往葭萌關……成都方面，可以由三將軍接掌，亮只須率孟獲、楊鋒等人足矣。」

於諸葛亮而言，對曹朋素來不服氣。數次大敗，在諸葛亮看來，不過是曹朋實力太強，而非曹朋謀略過人。內心裡，諸葛亮一直期望能與曹朋一戰，如今機會到來，他自不會放過。

在和劉備商議妥當之後，諸葛亮率部，趕赴葭萌關。

此時，曹朋方抵達臨洮，正準備進軍漢中。

曹朋此行，確實是大動干戈。除龐統、向寵和馬謖三人留守涿郡之外，都護府其餘人等皆與曹朋同行。除此之外，曹朋還把黃忠從河西郡調來。

在他的建議下，河西郡太守由吳班出掌。相比之下，吳班與前幾任還是有不小的差距，無論是能力還是威望，本不足以擔當這河西太守之職。可吳班有一個優勢，是任何人都無法比擬。他是曹氏老家臣，早在建安初，便歸附了鄧稷，隨鄧稷輾轉大河南北，從海西一直來到並州。一晃，已十五年之多，吳班對於曹氏和鄧氏的忠誠，少有人可比。一直默默無聞的追隨鄧稷做事，雖名聲不顯，卻極受重視。

此次河西郡出缺，鄧稷便推薦了吳班。曹朋對吳班的印象也非常好，於是便答應下來……

吳班到了河西之後，也不需要有太出眾的能力。步騭、龐統還有黃忠，已經為他打下了堅實基礎。河西郡如今也非當初那種艱苦危險，只需要蕭規曹隨，便可以坐穩位子。再說了，這河西郡還有一個諸葛均負責日常事務，所以吳班到了河西郡之後，還真不會有太大的壓力。

曹朋在鄴都休整一個月，調黃忠、韓德會合一處。而後點精兵三千，依舊由趙雲統帥，而後安頓好了家眷，便領著法正、郭淮、鄧艾、孫紹、徐蓋、張虎等人，浩浩蕩蕩直抵臨洮。

曹朋才一到臨洮，就得到了諸葛亮接手葭萌關防務的消息。

法正臉色頓時大變，大叫一聲：「不好，子度休矣！」

曹朋對孟達的觀感，一直都不太好。

該怎麼說這個人呢？

鼠首兩端，反覆無常。也許能力的確是有一些，但相比之下，他的品性實在是太差。歷史上，他先反劉璋，後反劉備，最後又要反曹魏，卻被司馬懿所殺。而在這個時空裡，孟達的表現，同樣讓曹朋感到不滿。

劉璋死後，石韜就曾與他商議，讓出白水關。可孟達當時不知是出於什麼考慮，拒絕了石韜的提議，用『尚非時機』拖延。

大體上，曹朋能夠明白孟達的心思。他無非是想要獲取更大的利益，所以遲遲不肯起事。可如果他當時起事，石韜便可以趁機占領白水關，為曹朋征伐西川架起一個支點。但孟達卻沒有這樣做……

如今，諸葛亮親自坐鎮葭萌關，恐怕這白水關少不得一場惡戰。

「孝直，此非你之過，實子度不知天時，竟錯失良機，才有今日之危險。那孔明一旦抵達葭萌關，必會對子度下手。你我現在就算出兵，也遠水救不了近火……如今之計，唯有儘快完成兵馬整頓，他日攻取西川，殺了諸葛孔明，為子度報仇雪恨。你莫太難過，我已讓廣元設法提醒子度……若子度聰明，說不得還有一線生機。」

法正也知此際沒有其他選擇，只是一想到孟達將遭遇危險，這心裡終究有些恍惚。

他與孟達的關係非常好。當初一同從關中投奔劉璋，若非孟達的照拂，說不得法正如今早已經餓死。

法正也知道孟達的品性有些問題，所以當他得知孟達拒絕讓出白水關的時候，也非常生氣，恨不得立刻出現在孟達面前，勸說孟達起事。但由於種種原因，法正未能與孟達取得聯繫。

但願，子度能度過這一關吧。

事到如今，法正也沒有太多辦法，因為孟達的性命，如今已掌握在諸葛亮手中。他只能期盼諸葛亮沒有太快發現破綻，這樣還有挽回的餘地。可一旦諸葛亮覺察到孟達的異動……

法正不敢去再往下去想！

西北如今變化頗大。與兩年前曹朋離開時，不僅是環境的變化，最重要的還是人事的變化。陳群依舊為司隸校尉，沒有什麼變動。可是關中京兆尹，已變成了徐庶。

張遼接掌五軍都護府，使得幽州大都督出缺。曹純代張遼，掌幽州大都督職。原京兆尹徐晃則返回鄴都，另有任用。如此一來，隴西太守出缺。

孟建接徐庶職務，暫領隴西太守。不過，這只是一個過渡性的職務，主要是為了配合曹朋征伐益州而安排。待益州之戰結束，孟建將擔任高句麗郡太守，駐守國內城。

早在曹朋出任征西大將軍之前，曹操便已經交代清楚。對此，孟建也沒有任何意見。

曹休，如今為金城太守，加西部都尉，總領羌氏事務。

曹操意欲在今年，於金城設立大行府，都督羌氐。而這金城大行府的都督人選，便是曹休。之所以還未進行安排，更多是出於對益州戰事的考慮。

諸如此類的人事變動有很多，比如蘇則調往鄴都，為魏郡太守、鄴城校尉……

兩年時間，整個涼州變化之大，讓曹朋也有些目不暇接。好在他根基猶在，並不須費心太多。

在曹朋抵達臨洮的第二天，武都太守賈星、南部都尉郝昭，以及副軍中郎將張郃，紛紛前來向曹朋報到。在一番商議之後，曹朋以張郃和郝昭為先鋒，各領三萬人馬，兵分兩路，進駐漢中。曹朋則親領四萬府兵為中軍，在會合了從武陵趕來的沙摩柯、王平所部三千無當飛軍之後，向漢中挺進。除此之外，尚有五萬兵馬留駐武都，為後軍，保證糧道通暢。

一切安排妥當之後，曹軍正式開拔，浩浩蕩蕩向漢中進發。

時建安十七年二月二日，就在曹軍開拔的同一天，漢中太守石韜接到了來自白水關孟達的書信。孟達同意讓出白水關，正式歸降曹操。

這消息一傳來，石韜激動萬分。他火速命典滿、許儀自沔陽開拔，前往白水關交接。卻不想，當典韋和許儀二人抵達白水關的時候，遭遇蜀軍伏擊，典韋、許儀拚死而戰，總算是從亂軍中殺出重圍，狼狽而走。蜀軍旋即在白水關布下了防線，坐等曹軍前來。大戰氣息越發濃郁，似一觸即發。

「孟達狗賊反覆無常，累得典將軍和許將軍慘敗！」

當曹朋抵達南鄭的時候，曹軍已穩住了陣腳。

白水關一戰，曹軍雖損失慘重，卻沒有傷到根本。典滿和許儀在敗退沔陽之後，便整備軍馬，堅守不出。石韜負荊請罪，向曹朋彙報了戰況。

曹朋和法正相視一眼，不約而同的嘆息一聲。

「只怕此戰，非孟達反覆，而是諸葛亮所設一計。孟達此時，怕已經成為階下囚，甚至可能被諸葛亮所殺……可惜子度，早不決斷，竟累得身首異處。廣元，此戰非你之過，卻是我疏忽了！」

孟達，必已被殺。就算還沒死，怕也是階下囚，早晚難逃一死。

曹朋不由得眉頭緊蹙，陷入沉思當中。

而法正在經過短暫的失神之後，立刻恢復正常，將心中的悲慟強自壓下，仔細詢問前方戰況：「你是說，諸葛亮的兵馬，刀槍不入？」

如果換一個人，說不得法正會懷疑他居心不軌，故意散播謠言，動搖軍心。但石韜不同，他雖然不是最早跟隨曹朋的人，卻是曹朋手下老牌幕僚。石韜對曹朋的忠誠，自無須贅言。而且法正和石韜也有過接觸，對石韜為人也非常瞭解。這是個實誠人，有一事一，絕不會無的放矢……

可這世上，怎可能有人刀槍不入？

石韜說：「圓德將軍派人回報，說那蜀軍裝備奇特，刀槍不入，難以抵擋。以圓德將軍之能，要斬殺對方也頗為困難。而且這些人，好用短弩毒箭，行走如飛，極難對付。許將軍也派人說，對方竟然可以不藉舟船之力，渡過白水，非常詭異，請大將軍定奪。」

短弩毒箭？

法正脫口而出道：「莫不是南中蠻兵？」

曹朋則抬起頭來，看著石韜，彷彿自言自語道：「藤甲兵？難道說，這世上真有藤甲兵不成？」

雖然時間已經久遠，但記憶卻非常深刻。曹朋猶記得在《三國演義》中，諸葛亮七擒孟獲時，孟獲曾請來烏戈國國主兀突骨，率藤甲兵參戰，使蜀軍造成巨大傷亡。最後，是諸葛亮以火攻之術將對方消滅，才達成了七擒孟獲的千古佳話。

不過在正史裡，卻沒有關於藤甲兵的記載。所以當石韜講述戰況的時候，曹朋一開始並沒有往這方面去考慮……可石韜所言，分明就是藤甲兵的模樣。

而法正所說的南中蠻兵，更坐實了曹朋的想法。

難道說，真是藤甲兵？

法正在益州生活了一段時間，所以對南中蠻族倒也有一些瞭解。初聞曹朋言『藤甲兵』三字，法正愣了一下，旋即點頭道：「藤甲兵三字，倒也恰當。我在益州時曾聽人說，南中特產一種野藤，待生長百年後，極為堅韌。有當地人採野藤支撐鎧甲，又使用特殊手段進行製作，所成鎧甲既輕且堅，善能防箭，可刀砍槍刺不入，遇水不沉。」

「但我也只是聽人說起，從未見過。按照廣元所說，其作戰方式必是出於南中蠻族。難道說劉備在南中兩載，居然找到了這支蠻族？若真如此，卻麻煩了！」

曹朋聽聞，卻微微一笑：「藤甲兵不足為慮，我自有辦法破除。關鍵是，諸葛亮這次屯兵葭萌關，請來南中蠻人，的確會造成不小麻煩。廣元，你即刻派人前往沔陽，告知我兩位兄長，請他們堅守不出，待我前去觀戰。還有，務必要打聽清楚諸葛亮手下蠻軍的情況……我可不希望與之交鋒時，再有藤甲兵這樣的情況出現，當早做準備，方為正道。」

曹朋記得諸葛亮攻打南中的時候，可是遇到了許多麻煩。

當然了，這一次曹朋不必擔心遇到南中那極為特殊的地形地貌，但一些必要的瞭解，還是要進行偵探。比如說，此次蠻軍中，可有那象兵出戰？

知己知彼，方能百戰不殆。

曹朋此次要面對的是諸葛亮，那個兩千年後，被世人稱之為妖人的諸葛孔明。

雖然他知道《三國演義》中的孔明有誇張成分，可是要與之交鋒時，曹朋還是非常小心。

法正忍不住道：「可如此一來，大軍進度，必然放緩。」

曹朋大笑，「諸葛亮以為我急於進軍，所以才屯重兵於葭萌關，更親自督戰。其實，我倒是一點也不著急。在我離開高句麗前，曾有人與我說，水滿則溢，過猶不及。他還告訴我，若益州戰事發生，不必過速推進。至少，我不可以第一個進入成都……所以，我倒是不介意在這葭萌關下，和諸葛孔明周旋一番。」

「傳我命令，左軍張郃、右軍郝昭，待命不得妄動。命黃忠為先鋒，郭淮為參軍，先行出發，趕赴沔陽。我隨後督軍親往，正想會一會那傳說中的南中蠻兵，究竟有何厲害。」

章十二

葭萌關之戰

「報！」

曹朋決意穩紮穩打，徐徐推進。在得知南中蠻軍的消息之後，就越發堅定了這個想法。可就在石韜派出信使前往沔陽的第三天，忽有小校來報，說諸葛亮派人送來禮物。

曹朋一怔，道一聲：「請！」

不一會兒的工夫，卻見一名青年昂首闊步，走上廳堂。青年年紀不大，約在二十出頭的模樣，身高八尺，相貌不俗。在他身後，還跟隨一名少年，也就是在十六、七的模樣，眉清目秀，頗有姿容。

「學生馬忠，奉諸葛軍師之命，特來奉還大將軍之物。」

曹朋愣了一下，旋即展顏而笑：「我有何物，居然在孔明手中？」

「大將軍看罷自知。」

說完，馬忠伸手，在他身後的少年立刻將懷中錦匣遞上。馬忠雙手呈獻，自有孫紹搶步上前，把錦匣接過來，轉身擺放在曹朋面前的書案上。

曹朋心中不免疑惑，於是伸手打開來，卻聞到一股濃濃的石灰味道。

一顆血淋淋的首級，呈現在曹朋的面前。正在一旁閉目養神的法正，睜眼看去，頓時臉色大變，失聲叫道：「子度！」

曹朋馬上就明白過來，這錦匣裡的首級便是孟達的人頭。

果然，孟達死了！

法正悲慟不已，大叫一聲，拔劍就要衝過去砍了馬忠，卻被曹朋起身及時攔住。

「孝直，切莫中了孔明計策……孔明正要我等失了方寸，他才好亂中取勝。我知你與子度情同手足，可越是這時候，就越是要冷靜才好。他日待我等攻破成都，拿了孔明，必讓你報仇雪恨。」

法正深吸一口氣，穩住心神：「公子，子度與我情同手足，還請公子將子度首級與我，我要將他妥善安葬。」

「我正有此意。」曹朋當然不會拒絕法正這不是請求的請求。

讓鄧艾陪同法正一同離去，曹朋復又坐下，上上下下打量馬忠兩人。

只見兩人面無懼色，神情自若。

「爾如此羞辱我，不怕我取了你們項上人頭？」

馬忠大笑，「大好頭顱在此，若大將軍喜歡，但拿走無妨。」

曹朋不由得暗自敬佩，這馬忠倒是頗有些膽氣。當下一笑，沉聲問道：「孔明只讓你們送信嗎？」

馬忠沒想到曹朋絲毫不怒，反而有些慌張。但很快的，馬忠便鎮定下來，插手躬身道：「軍師要我轉告大將軍，他在葭萌關，靜候大將軍送死。」

曹朋臉色一變，突然間大笑起來：「孔明果是村夫，只知口出狂言嗎？」

而他心中，則怒氣勃發：這諸葛亮真個狂妄至極，莫非以為小小葭萌關，便能阻擋住我的腳步？

「回去告訴那鄙夫，就說我不日兵臨城下，讓他洗淨脖子，受死吧！」

曹賊　章十三

葭萌關之戰

馬忠不卑不亢，「學生必將大將軍言語，如實稟報。」說罷，轉身就走。

而曹朋卻看著他背影，沉思不語。

這個馬忠，不似等閒之輩，看其氣度言語，恐怕來歷不俗。為何我卻記不得馬忠此人？我倒是知道一個叫馬忠的，但那是江東人士，歷史上曾殺了關羽。眼前這個馬忠，分明不是那個馬忠！如此人物，我應該有印象才是，為何一點記憶都沒有？難道說，又是一個被歷史湮沒的人才？

曹朋倒是真的想錯了！

這馬忠並非被歷史湮沒，實在是曹朋的記憶已經模糊了。在羅大糊弄的《三國演義》裡面，馬忠曾隨諸葛亮征伐南蠻，北伐時更擔任奮威將軍、博陽亭侯。只不過，馬忠的戲分實在是太少，以至於曹朋印象本就不太深刻。重生以來，隨著時間的推移，那印象自然蕩然無存。

而在真實的歷史裡，馬忠最終官拜安南將軍，是三國後期的一位蜀漢名將。他出身士大夫，於去年被舉為孝廉。劉備在南中時，因仰慕劉備的名聲，故而前往投奔，如今擔當掾屬，參軍師。

簡而言之，這馬忠是諸葛亮身邊的參謀。

曹朋沒有聽說過馬忠的名字，倒也很正常。

當馬忠走出大堂，正要往門外去的時候，迎面卻見一人大步流星從大門外走了進來。雙方只是照了個面，並未說話，僅擦肩而過。

就在馬忠要邁出大門的時候，身後忽然傳來一個驚喜的呼喊聲：「前面，可是伯歧嗎？」

跟隨在馬忠身邊的少年聽聞一怔，立刻停下腳步，扭頭看去。只見剛才和他們擦身而過的青年，正一臉驚喜的看著他。

馬忠也一愣，低聲道：「伯歧，此人是誰？」

未等那少年開口，青年已大步走上前來，一把拉住了少年的胳膊，「伯歧，真的是你！」

「敢問……」少年一臉迷茫之色。

青年笑道：「我是王平……不，我是何平啊！」

「何平？」少年愣了半晌，猛然醒悟過來，也萬分驚喜道：「你是子均！」

「是我，是我……當年南充一別，一晃近八年。若不是我覺得你眉目間有些似曾相識，真認不出是你……怎地，你怎會在這裡？」

「我……」少年剛要回答，卻聽身邊傳來了兩聲輕咳。他立刻醒悟過來，忙掙脫王平的大手，「我乃成都漢中王帳下書佐，今隨我家馬參軍，前來與大將軍下書。子均，你何故在這裡？我聽人說，你隨祖父去了漢中，又怎會在大將軍府中出現？」

王平笑道：「我祖父過世後，便歸宗認祖，換之以父姓。在魯公帳下效力過一段時間，後魯公歸降，得大將軍看重，任我為果毅都尉，而今在大將軍府中效力。怎麼，你這就要走嗎？你我許久未見，不若尋一地方，小酌幾杯？」

「這個……我還有公務，怕無法與兄長敘舊了！」

果毅都尉？

這是一個全新的職務，以前從未出現過。

馬忠微微一蹙眉頭，沉聲道：「伯歧，我們走吧。」

「喏！」少年而後與王平一拱手：「兄長，咱們後會有期。」說罷，隨馬忠就要離開。

王平有心阻攔，卻不知如何開口。就在這時候，忽聽大堂上傳來一聲沉喝：「大將軍有令，與我攔住益州使者！」

在府門口當值的，是張遼之子張虎。聽聞命令，張虎二話不說，帶著百餘名白駝兵呼啦啦上前，將馬忠二人攔住。

馬忠頓時大驚，「爾等意欲何為？」

張虎喝道：「大將軍要你們留下，就留下吧。」

「兩國交兵，不斬來使……」

馬忠還要掙扎，卻見曹朋走出大廳，冷笑道：「什麼兩國？不過是一群忘恩負義、欺瞞天下的亂臣賊子而已。益州自古便是我大漢領土，神聖不可分割。此前劉益州得天子冊封，為振威將軍，大司徒，都督益州。」

「劉益州心念宗室之情，收留劉備。可那劉備狼子野心，竟刺殺了劉益州，真真不為人子……爾等受朝廷之恩，得劉益州所顧，不思為朝廷排憂解難，不思為劉益州報仇雪恨，偏偏屈身於賊子，又有什麼資格叫囂？」

「今日我攔你，是為了救你……劉備不過一假冒宗室的亂臣賊子，人人得而誅之。你既然到了這裡，就留下吧。免得日後受劉備牽連，以至於最後身死魂消，還會連累家人。張虎，帶馬先生去後宅歇息，沒有我命令，任何人不得與之交談，違令者殺無赦！」

兩國交兵？你馬忠根本就是亂臣賊子，我又何必和你講規矩？

曹朋這一手，端地是出乎馬忠意料之外。可沒等他反應過來，一幫子如狼似虎的白駝兵便把他死死制住。少年見狀，拔刀便要搶救馬忠。

這時候，王平卻突然間動了。他拔出寶劍，墊步上前，攔住了少年：「伯歧，還不棄械就縛，欲尋死乎？」

而馬忠也反應過來，眼見周圍白駝兵刀槍並舉，心知要逃走，難度不小，只得勸道：「伯歧，放下兵器。」

少年猶豫了一下，將兵器丟在地上。

張虎剛要命人上前將少年拿下，卻被王平攔住。王平快步走到曹朋跟前，單膝跪地，哀求道：「公子，伯歧絕非逆黨，只是被奸人所欺，才誤投了賊人。他年紀雖小，為人卻非常忠義，且勇武過人。請公子饒他性命，子均願為他作保，絕不會再為賊人效力。」

曹朋卻愣住了！

他見馬忠氣度不凡，故而才生出了招攬之心。

兩國交兵的規矩，於曹朋而言根本不成立。劉備不過是占據益州的亂臣賊子，算得什麼兩國？所以，曹朋才會將馬忠扣下，希望能慢慢感化。

卻不想，王平竟然和對方認識。

伯歧？

曹朋看了一眼那少年，突然問道：「他叫什麼名字？」

「伯歧名叫張嶷，與我同鄉。小時候，卑將父母早亡，與外祖相依為命，當時生活艱苦，多虧了伯歧，才有今日。伯歧的表字，還是外祖所賜！只是後來，我隨外祖到了漢中，與伯歧分開。一晃近八載光陰，未曾想會在這裡與他重逢。」

張嶷？這名字好熟悉！

也怪不得曹朋會覺得熟悉。

劉備手下，有張翼、張裔和張嶷。就算是對著書的時候，曹朋也時常會混淆。不過他對張嶷，倒是有些印象。因為這張嶷，就是後來接替王平擔任無當飛軍統領之人……

原來，他和王平早就認識？

曹朋忍不住看了張嶷一眼，突然間笑了！

這巴蜀之地，藏龍臥虎，果真如此。

歷史上，劉備在西川啟用了不少能人。可惜在劉備過世後，蜀漢人才漸趨凋零。

如今劉備初入西川，根基未穩。雖然在南中待了三年，但還沒有真正建立威望。可就這樣，還是招攬到了如馬忠、張嶷這樣的人物，果然不愧三國大BOSS的人物。

「既然如此，就把他交給你。給我看好此人……我不要他一定為我效力，但絕不可以放他返回西川。如果他跑了，我就唯你是問。好了，把狐篤先生帶下去！狐篤，還真是個糊塗的傢伙。這般妄為，難道不怕將來為家人帶來滅族之禍？」

馬忠正好從堂下走過，曹朋最後那幾句看似自言自語的嘀咕，卻清楚的傳入他的耳中。

馬忠臉色一變，大聲喊道：「大丈夫做事，自有擔當。我投奔玄德公，乃我自己選擇，與我家族沒有干係。大將軍又豈能因此牽累無辜？」

曹朋看了他一眼，嘿嘿一笑，轉身走進大廳。

可是那笑聲，卻讓馬忠心裡感到一陣慌亂……

「公苗先生，依你所言，這馬忠果真是個人才？」

曹朋回到了廳上，卻見那廳上端坐之人一臉的驚訝之色。

此人名叫閻芝，是嚴顏派來的使者。

原來，在曹朋進駐漢中之前，曹彰已經起兵，兵臨魚復。但曹彰並沒有急於開戰，而是派人前往巴郡，拜會嚴顏。同時，曹彰還帶去了一封曹操的書信，請嚴顏轉交給劉循。

嚴顏如今也是在兩難之中，不知如何是好。劉璋突然被殺，使得嚴顏手足無措。他雖然表示要為劉璋報仇，可劉璋這一死，西川必然大亂。曹操坐擁荊襄，斷然不會不理。到時候，曹操一定會出兵攻打，他又該何去何從？

劉璋不死，嚴顏自是忠貞不二。

可劉璋一死，曹操又打著為劉璋報仇的旗號，卻讓嚴顏有些犯難了。

他對劉備的觀感很差。當初劉璋請劉備入川，嚴顏就不太同意。他認為劉備一旦入川，則巴蜀必將動盪。特別是巴蜀豪強，將會遭受到一場不可避免的波及。但劉璋卻不聽，依舊堅持讓劉備入川……

而今劉璋，果然死了！嚴顏有些迷茫了……

這時候，曹彰帶著曹朋和曹操的書信來到嚴顏跟前，使得嚴顏更加迷茫。

曹朋和嚴顏是老朋友了，兩人這幾年書信不斷，卻從不討論什麼政事。曹朋多是以請教的口吻，說一些他的經歷，比如攻打河湟，以及征伐遼東、攻占高句麗、吞併扶餘國……諸如此類的事情，或是請教，或是講述。

一來二去，嚴顏對曹朋的防範之心也就淡了。

有時候，他甚至把曹朋引為知己，時常將曹朋書信中談論的事情，當作酒宴上的談資，與人說起，著實漲了不少面子。如果劉璋還活著，曹朋書信中有招攬勸降之意，嚴顏二話不說便會撕了書信，和曹朋翻臉。可現在……

曹朋書信的內容非常簡單：老將軍忠義剛烈，我一直都很敬佩。以前，劉益州在的時候，我便有意勸說。可我知道老將軍不會聽，若我說出口，你必然與我絕交。可現在劉益州走了，老將軍以為劉循真的能抵擋住劉備嗎？那劉備是梟雄，更是人傑……一旦他穩住益州局勢，必然會對巴郡用兵。到時候，老將軍又該何去何從？而巴郡也將生靈塗炭。

我不說魏王有多好，但是魏王治下，百姓安居樂業，生活都很幸福。老將軍不為自己考慮，也該為

曹賊

章十三
葭萌關之戰

巴郡的鄉親考慮。

劉備到一地方，就會大動干戈。當初徐州，錢糧廣盛，百姓富庶，但劉備去了徐州以後，很快就人口銳減，戰事不斷，令生靈塗炭；然後他又去了荊州，裹挾百姓逃亡，結果差一點讓百姓陷入死地……他坐鎮荊南事，勾結武陵蠻，大肆侵吞漢室子民的利益，到頭來把一個破敗的荊南一丟，跑去了西川。而據我所知，他到了西川後，與蠻人勾結，往來親密。

老將軍是個老實人，也是個好人！該何去何從，想必老將軍自有一番計較……

如果說，曹朋這封信讓嚴顏不得不沉思，那麼曹操的書信內容更加簡單：若孤入西川，必不犯西川分毫！

言下之意，我會保證你們西川豪強，還有百姓們的利益！

這一個保證，讓嚴顏不得不深思。是孤軍奮戰？還是歸順朝廷？一時間他也猶豫不決。

嚴顏把曹操的書信，派人送往巴西。而後又派閻芝，找曹朋進行磋商。

相比之下，嚴顏更信任曹朋。即便曹彰是曹操的親兒子，可是在嚴顏眼中，終究比不得曹朋那邊可以信賴。畢竟，曹彰的年紀小了一些。

曹朋也不大，但聲名在外。更何況數載往來，嚴顏自然對曹朋更加信賴。

馬忠不認識閻芝，可閻芝卻聽說過馬忠的名字。馬忠前腳剛出去，閻芝就把馬忠的情況簡單的對曹朋說了一遍，頓時引起了曹朋的注意力。

曹朋也非常乾脆，二話不說，將馬忠扣下。

「公苗，請回去轉告老將軍，就說我可以保證世子值得信賴。老將軍的擔憂，我非常瞭解。但如今非是兩國之戰，而是正邪交鋒……不管怎樣，老將軍是朝廷委任，而那劉備，只不過是一個亂臣賊子。何去何從，想來老將軍心裡自然清楚。」

閻芝點頭表示記下，和曹朋又交談一番，這才告辭離去。

送走了閻芝，曹朋端坐在廳堂之上。外面腳步聲傳來，卻見法正匆匆走進了廳堂。

「公子，我有一計，雖凶險，但若成功，可使諸葛孔明方寸大亂……」

白水關，位於後世廣元市青川縣營盤鄉。陸路北通秦隴，南接葭萌；水路溯白龍江而上，便是甘南，向下可抵達巴渝，乃至於荊襄。

歷史上，法正在為劉備分析巴蜀形勢的時候，就曾提過白水關。他說：「魚復、關頭實為益州禍福之門。」

這關頭，也就是白水關。

法正當時曾設計，進入巴蜀有兩條路：一個是從魚復入蜀，走巴郡，另一個便是從白水關，進入蜀郡。所以，守住魚復和關頭就是巴蜀之福，失掉這兩處便是巴蜀之禍。由此可見，白水關之重要性！

曾有晉人在《南漢記》記載：蜀有三關，陽平、江關和白水。

劉備以吳懿說降吳蘭之後，為安撫成都諸將，於是委派了成都人鄧銅為白水關關尉。諸葛亮在抵達葭萌關後，便立刻覺察到孟達的異動，於是藉口與他商量事情，將孟達從白水關騙至葭萌關，而後將其斬殺。鄧銅旋即奪取白水關，復將白水關掌控於手中。

這鄧銅年紀不大，卻是個孝廉出身，也是成都本土的豪強，威望不小。此人心狠手辣，抵達白水關後，將孟達部將斬殺大半，迅速控制住了局面。而後又與涼州胡王白虎文、南中蠻王治無戴聯手，守禦白水關，信心滿滿，對曹軍來犯，絲毫不懼。

這白虎文，本是河湟胡人。早在曹朋第一次圍剿馬騰的時候，白虎文屬馬騰部下。馬騰戰死後，白虎文率部逃入巴蜀之地。後來又和劉備扯上了關係，成為新一任胡王。

而治無戴，則是南中蠻人。

三人聯手，先伏擊了典滿、許儀，大獲全勝。而後典滿、許儀按兵不動，更助長了三人的氣焰。仲春之時，三人在白水關頭飲酒作樂，一邊喝著酒，一邊指著北方笑罵。

「人道那曹朋厲害，我看也不過如此。兵法有云，兵貴神速。這曹朋坐擁漢中，卻遲遲不肯出擊，顯然是不曉兵法。真不知他那偌大的名聲，又是從何而來？軍師對此人，未免看得太重。」鄧銅說罷，還笑呵呵對白虎文道：「胡王以為如何？」

白虎文臉上帶著笑，可心裡卻不太舒服。

你看不起人家曹朋，人家未必把你放在眼裡。

鄧銅一邊詆毀曹朋，一邊詢問白虎文，實際上也是在諷刺白虎文無能。這話語中的意思，白虎文焉能聽不出來？只是他如今身在巴蜀，受人挾制，也無力與鄧銅辯駁，於是微微一笑，「那是自然。」

鄧銅聽聞，哈哈大笑。

就在這時候，忽聞小校來報：「啟稟關尉，曹軍以黃忠為先鋒，率部五千，正向白水關進發。預計傍晚時，將抵達關下，請關尉早做打算。」

曹軍，出擊了？

鄧銅一怔，旋即露出疑惑之色，「黃忠何人？」

白虎文和治無戴兩人，更是一臉茫然。

也難怪，鄧銅不過二十多歲，從未走出過巴蜀。曹操麾下眾將，他記得名字的也不過寥寥，但大多是如曹朋、曹仁、曹洪、夏侯淵、夏侯惇、李典、樂進等人。

黃忠在曹魏體系，並不是非常出名，一則是黃忠低調，二則是因為他跟隨曹朋，以至於名聲被曹朋所遮掩。河東對並州之戰時，黃忠倒是露了一次威風。可隨後，黃忠出任河西郡太守，也就漸漸被人淡忘。除了曹魏集團的高層，還有少數人之外，知曉黃忠之名的人的確不多。

鄧銅見是個無名之輩，更不在意：「曹朋欺人太甚……竟使個無名小卒，便敢來取我白水關？」

話音未落，卻聽一旁有人道：「公子何必為此事生氣？待某家前去，為公子斬殺了黃忠，以免壞了公子酒興。」

鄧銅抬頭看去，頓時笑了。

請戰之人名叫鄧虎，乃是族中勇士。此次鄧銅前來，成都鄧氏為他準備了二十餘名勇士助戰，這鄧虎便是其中之一。鄧虎年過三十，身高八尺，膀闊腰圓，使一口開山鉞，號稱鄧家猛虎。其人有兄弟五人，個個能征善戰，也是鄧銅的心腹。

見鄧虎請戰，鄧銅自然不會拒絕，便滿上一杯酒水，「鄧虎，此戰若成，你當為首功。」

鄧虎二話不說，舉起酒杯，一飲而盡。旋即，他和四個兄弟便衝下關頭，點起兵馬，風一般衝出白水關，向北而去。

白虎文看了鄧銅一眼，嘴巴張了張，可卻未說話。他也知道這時候開口勸說，必受鄧銅羞辱。那曹朋究竟有什麼本事？白虎文雖未窺全豹，但也有所瞭解。以馬騰那麼厲害的人物，還不是被曹朋打得狼狽而走，最後身死魂消。他既然出兵而來，即便那黃忠聲名不響，也絕非等閒之輩。要知道，當初跟隨曹朋的人，哪個有名號？還不是隨了曹朋之後，聲名越來越響亮，最後成為一方諸侯。

但他轉念一想，鄧虎五兄弟勇猛善戰，當問題不大，於是便把心放回肚中，安心飲酒，不再過問。

仲春時，巴蜀多雨。到午後，一場春雨淅淅瀝瀝落下。

鄧銅酒吃多了，有些熏熏然，便返回大帳裡歇息。睡得迷迷糊糊時，忽聞有人呼喊。他睜開眼睛，一臉不快之色道：「發生何事，竟擾我春夢？」

「公子，大事不好了！」

鄧銅的酒勁兒還未醒，當下道：「發生了什麼事？」

「鄧虎將軍他……」

「鄧虎回來了？」鄧銅頓時驚喜異常，大笑道：「我早就知道，鄧虎必能旗開得勝，可取了那黃忠首級來？他在哪裡？我要為他擺酒慶功。」

小校一臉尷尬之色，半晌後期期艾艾道：「鄧虎將軍，死了！」

「啊？」

「鄧虎將軍在城外三十里處列陣，與曹軍交鋒。結果不到三回合，被那曹軍先鋒黃忠斬殺。將軍四兄弟上陣欲為鄧虎將軍報仇，結果被黃忠斬殺三人，生擒一人。三千兵馬潰敗而走，如今曹軍已抵達關外。」

「啊！」鄧銅聽聞，頓時慌了神。

就在這個時候，關外突然響起隆隆戰鼓之聲。

白虎文和治無戴跑來大帳，拱手道：「關尉，曹軍已經兵臨城下，正在城外搦戰，不知關尉有何打算？」

鄧銅這時候有些不知所措，脫口而出：「速速應戰，速速應戰！」

「慢！」治無戴突然攔住了鄧銅，輕聲道：「曹軍兵鋒正盛，不可以觸其鋒芒。我有一計，可大勝曹軍。但還需要關尉配合……」

鄧銅連忙問道：「敢問何計？」

一旁的白虎文，不由得露出一抹嘲諷之色：日間在關頭何等囂張，這會兒就萎了嗎？果然是個不知天高地厚的小子。

白虎文轉頭看向治無戴，「那曹朋不動則已，動必如疾風暴雨，難以阻擋。卻不知老戴有什麼好辦法？」

「我藤甲兵，而今在白水西岸，不為人知。我這就派人前往通知，命他們趁夜渡河。而今正在小雨，曹軍搦戰必不能久。他遠道而來，又歷經一場大戰，必然人困馬乏，疲憊不堪。待後半夜，公子在城頭舉火為號，我自白水西岸出擊，咱們裡應外合，可以一舉將曹軍擊潰，大獲全勝。」

鄧銅聽聞，頓時大喜：「大王所言極是，就依計而行。」

只是白虎文的心裡，卻感到有些擔憂。他隱隱覺得，曹朋恐怕沒有這麼容易對付。依著白虎文對曹朋的瞭解，這個人若用兵時，必然是計出連環，一環連著一環。而且曹朋最善奇襲，怎可能沒有防備？想要偷襲曹軍，恐怕難成……但一想到治無戴手中那三千藤甲兵的凶悍，白虎文又多出幾分信心，說不定，可以馬到功成？

是夜，淫雨靡靡。白龍江上，水霧瀰漫。

已經近子時，白龍江兩岸，寂靜無聲。

在濛濛雨霧裡，從江西岸緩緩行來密密麻麻的人影。沒有舟船，那些人卻盤坐於水面之上。身披獸皮甲，頭戴斗笠，看上去如同鬼魅一般。

若此時有人在岸邊，必然會心生寒意。

鬼影重重，猶如一群水鬼從江中冒出來，悄然無聲逼近而來。

這些人在渡過白龍江之後，登岸站起。從身下拿起一副副鎧甲，迅速披在了身上。而後手持鋒利竹矛，列隊行進。當大隊人馬完全渡過白龍江之後，細雨止息。

為首的鬼卒，使的是一口鋼刀。他舉刀朝著白水關方向一指，鬼卒們迅速行動，猶如鬼魅般穿行在地上，踩著泥濘的小路，可腳下卻不發出半點聲息，令人不由得心驚肉跳。

葭萌關之戰

忽然，一陣急促的梆子聲響起，一排排火箭從兩邊密林中射出，呼嘯而來！

那火箭射中鬼卒之後，鬼卒立刻燃燒了起來。緊跟著，從密林中傳來一個洪亮的聲音：「休放走一人，格殺勿論！」

一隊隊曹軍吶喊著衝出密林，每個人手裡都拿著一個陶罐，在距離鬼卒還有十幾步的時候，便狠狠砸出去。陶罐中的火油，瞬間流遍全身。火箭呼嘯，那些鬼卒身上的藤甲本就怕火，再加上這些陶罐，便再也無法撲滅……藤甲兵們一個個變成了火人，在熊熊烈焰中，淒厲呼號不止。

一隊騎軍從林中行出。曹朋跨坐獅虎獸，居於正中，兩邊則是典滿和許儀。

「早就知道這幫子南蠻會故技重施，卻不知同樣的計策使第二次，便不得用了。」

典滿詫異道：「阿福，你怎知這些人怕火？」

「三哥難道忘了？我部下不乏西川人士，所以我詢問了一下，有人聽說過這些蠻人，號南中藤甲兵。他們身上的鎧甲是用百年野藤泡製桐油而成，這種藤甲刀槍不入，遇水不沉，可承重三百斤。唯一的缺點，就是怕火……試想，五行之中火剋木。那野藤就算是千年，也還是五行之木，焉能不懼烈焰？」

遠處，白水關方向傳來了喊殺聲，隱隱約約，似極為激烈。

許儀笑道：「這一下子，他們才是偷雞不成蝕把米……想要偷襲，反被我等伏擊。藤甲兵一去，白水關不足為慮。想必此時，漢升將軍和子龍將軍正殺得過癮呢。」

曹朋聽聞，頓時大笑。

在弄清楚了藤甲兵身分後，曹朋便不再懼怕。《三國演義》裡，諸葛亮火燒藤甲兵的橋段，他可是記憶深刻。唯一擔心的，是藤甲兵來無影去無蹤，極難捕捉蹤跡。唯有引蛇出洞，讓他們自己出來，才可以一舉消滅。這支藤甲兵若不能消滅，終究是心腹之患。

曹朋思來想去，便以黃忠為誘餌，攻擊白水關。

郭淮獻出一計：「既然漢升將軍出擊，白水關恐難抵擋。到時候，說不得那些蠻人會故技重施，放出藤甲兵來。公子何不將計就計，引藤甲兵出洞？待藤甲兵出來，咱們一舉攻殺，則心腹之患必去。」

曹朋欣然應允。

他以黃忠和趙雲為先鋒，郭淮為長史、參軍事，兵臨白水關。而後又在距離白水關最近的渡口埋伏下來，等待藤甲兵出現。果不其然，南蠻成功了一次之後，似乎上了癮，居然再次偷襲。曹朋不費吹灰之力，便解決了藤甲兵。待天亮之後，他督帥大軍，兵臨白水關城下。

藤甲兵，聽上去好像很厲害，什麼刀槍不入，遇水不沉……可在曹朋看來，那就是個雞肋。你不能解決怕火的缺點，便不足為慮。

相較而言，曹朋更看重他手中的無當飛軍。

鄧銅在白水關上，面色如土。

昨夜偷襲，卻損失慘重。

曹軍之中有黃忠、趙雲，更有韓德、孫紹等人參戰，不管哪一個，都算得上悍將。他偷營不成，反被伏擊。鄧銅所帶的二十多屯將，除了鄧虎五兄弟戰死之外，昨夜偷營回來，一清點，發現折損了一大半。而治無戴更音訊皆無，想來也是凶多吉少。

他站在白水關上，看著關城下密密麻麻的曹軍，不由得遍體生寒。

而白虎文，也是感到心驚肉跳。

治無戴至今沒有回來，必然失敗了……

引以為傲的藤甲兵，居然就這麼輕易被曹朋所破！白虎文不知為何，腦海中又浮現出當年涼州慘敗於曹朋的景象。莫非，這曹朋真是自己的剋星嗎？

章十三
葭萌關之戰

白虎文偷偷看了鄧銅一眼，心中頓生一絲不屑：昨日還大言不慚，而今卻膽小如鼠。這樣的人，怎能擔當大任？若不是你有個好老子，恐怕連狗都不如！

兩人站在關頭上，心裡面忌憚頗深，各懷心思。

忽聽城下曹軍陣營中，戰鼓聲隆隆響起。三通戰鼓結束，一員小將縱馬衝出陣來。馬上之人，鄧銅認識。他叫張虎，一桿大槍出神入化，殺法驍勇。

張虎在關下勒馬，大槍遙指城頭，「白水關人聽著，與你一個時辰，獻關投降。一個時辰之後，大軍一動，便格殺勿論。」

那囂張氣焰，直氣得鄧銅暴跳如雷。他開口想要罵回去，哪知張虎理都不理，說完了撥馬就走。緊跟著，曹軍陣前一陣忙碌，一架架奇形弩車，在軍陣前擺列整齊。

「那是什麼？」

「大弩吧。」

「怎地看上去有些怪異？」

「天曉得，我也是第一次見到。」

鄧銅和白虎文搞不懂曹軍究竟是怎生個意思，於是決定按兵不動。

一個時辰的時間，很快過去。就在鄧銅和白虎文緊張萬分的時候，忽聽白水關外曹軍中戰鼓聲再次響起。

曹軍陣型，巍然若泰山，紋絲不動。二百餘架八牛弩同時激發，一根根槍矛呼嘯射出，朝著白水關關上飛去，只嚇得鄧銅、白虎文連忙縮頭躲避，卻聽到一聲慘叫響起。一名蜀兵被槍矛攔腰射成了兩段，上半身倒在血泊中，下半身卻還站立在地上，鮮血染紅了地面……

砰、砰、砰！

站在城頭上，可以清楚的感受到關牆在劇烈的顫抖。豎在關頭上的大纛，被槍矛打成兩截，倒在了地上。蜀軍將士根本不敢抬起頭來，全縮在女牆下，一個個臉色慘白、心驚肉跳。

三輪拋射結束，曹軍陣營中，戰鼓聲隨之止息。

鄧銅和白虎文小心翼翼探頭出來，往城牆上一看，就見一根根沒入城牆中，把城牆打出了一道道裂紋。若不是白水關城牆堅厚，說不得這幾輪轟擊，便被打得城牆坍塌。鄧銅和白虎文面面相覷，不知該如何是好。

這時候，又有一名小將從陣中衝出。

「某乃征西大將軍帳下騎將孫紹，奉大將軍之命，特再次警告爾等……爾等蠻夷，不知天軍厲害。今先以警告，天黑之前，若再不決定，便是白水關城破之時！到時候，白水關內，雞犬不留！爾等要何去何從，早做打算，以免自誤，壞了性命。」

說罷，孫紹一如先前的張虎，撥馬就走。

而白水關上，鄧銅和白虎文則面面相覷。

「曹軍勢大，不可硬敵。」

「正是……如今之計，當堅守不出，同時派人前往葭萌關，向軍師求援。」

白虎文連連點頭，眼中卻閃過一抹冷芒。

他的意思，是投降！可看鄧銅的意思，好像是要繼續抵抗。白虎文心中頓時生出了殺意。

你想要送死，卻莫要連累於我。

不過，鄧銅在白水關勢大，白虎文也不敢輕舉妄動。他臉上帶著微笑，但心裡面卻早已有了另一番計較。

章十四

不對稱之戰

「白水關丟了？」

葭萌關大營內，諸葛亮手一顫，手中羽扇險些脫手。

「怎麼可能？白水關兵馬近萬，尚有三千藤甲兵協助，如何一天光景便被攻破？」

「回軍師話，鄧關尉控制白水關不久，曹軍便出兵攻擊。鄧虎五人臨陣，被曹軍大將黃忠斬殺，隨後治無戴大王意圖偷襲，不想在渡過白龍江後，遭遇曹軍火攻，三千藤甲全軍覆沒。曹軍以箭陣威嚇，白虎文臨陣倒戈，斬殺鄧關尉後，舉關獻降。而今曹軍已占領白水關。」

「哎呀！」

諸葛亮不禁大怒！

三番五次提醒鄧銅，不可以輕舉妄動，更不能主動出擊。他需要時間在葭萌關布置防線，哪知道鄧銅年少氣盛，居然要偷襲曹朋。

殊不知，曹朋最好奇襲！

他這種人，又怎可能沒有防備？

如此一來，葭萌關防線尚未穩固，就要面臨曹軍攻伐，諸葛亮也是頗為擔心。

「再探！」

許久，諸葛亮沉聲喝令。

不管內心裡有多麼緊張，可是他卻不能流露半點憂慮之色，否則這葭萌關兩萬大軍，勢必軍心動搖。好在葭萌關的防務已經布置妥當，只要堅守下來，曹軍定難持久，畢竟十幾萬大軍日耗糧餉甚巨，而漢中道路難行，一旦攻入益州，糧道必將出現不濟。如今最讓諸葛亮頭疼的，莫過於米倉山倉廩。曹軍囤積數十萬斛糧草於米倉山，想必也是有所防備。

而這一布置，恰恰是出自曹朋之手。看起來，曹朋早在兩年前撤離關中的時候，便已經著手要對付益州。

諸葛亮心裡不服氣，但是又不得不讚嘆曹朋的先知。

「請孟獲前來！」

「喏！」

諸葛亮如今唯有死守葭萌關。

劉備在成都布置，還須時日。他現在能拖多久，便拖多久，走一步看一步吧。

孟獲，是彝族人。孟氏在建寧，屬於大姓，乃當地豪強。

孟獲為人豪爽，得當地漢夷所敬重。劉備在進入南中之後，便聽人提起了孟獲的名字。他首先招攬孟獲，而後分化雍闓，一一將之收入帳下。

這孟獲年過三十，武藝高強，號稱南中第一勇士。劉備正是因為得了孟獲，才迅速在南中站穩腳跟。

此次諸葛亮出鎮葭萌關，孟獲為副將，隨同前來。

諸葛亮使孟獲在葭萌關外的山林中紮營。

孟獲的手下，多是南中蠻人，擅長山地戰法。葭萌關外，山勢綿延，只有一條道路可以通行，到時候諸葛亮與孟獲可以首尾呼應，相互配合。就算曹朋厲害，要想解決山中的孟獲，也沒那麼容易。

諸葛亮在籌謀之後，下定了決心，兩萬大軍擺開陣勢後，坐等曹朋來攻。

可沒想到，一連等了三天，曹朋卻沒有任何動靜。

他在白水關整頓兵馬，又安排當地百姓進行春耕事宜。同時抽調人手，修建道路，在沔陽和白水關之間準備開通一條大道，似是為日後運糧方便。

曹朋這一沒有動靜，諸葛亮可就有些吃不準了！

於是，探馬不斷前往白水關探查，得來的消息，不是曹朋在休整，便是曹朋在修築道路。

又過了五、六日，諸葛亮坐不住了！於是派人前往白水關下書，意圖邀戰曹朋。

可曹朋卻不予理睬……

事實上，對於益州這場戰事，曹朋並沒有特別上心，甚至有些意興闌珊。

從白虎文口中瞭解了劉備的狀況之後，曹朋發現，這根本就是一場不對等的戰事，無論是從兵力、裝備，還有民生上來看……

劉備接下了益州這爛攤子後，也是焦頭爛額，民心不穩，人心浮動，物價飛漲，物資奇缺……

李儒用近八年時間，把西川搞得民不聊生，幾近於崩潰。劉璋活著的時候，憑藉黃權和劉巴等人，堪堪穩住局勢，但要想恢復，也並非一樁易事。事實上，從去年初，劉璋便開始與曹操接觸，試圖引入建安重寶，廢除五銖錢，以平抑西川的物價飛漲。

這裡面牽扯到了一個通貨的問題。

建安重寶，於這個時代而言，無異於後世的美元、英鎊，屬於硬通貨。

而五銖錢，在經過李儒劣幣衝擊之後，已難以在市面流通。

劉璋曾發行過百五銖，可是效果並不明顯。

西川信用的破滅，即便是發行貨幣，也無法挽回局勢。最好的辦法，就是引入建安重寶，來穩定經濟局勢。可問題是，一旦建安重寶流入西川，則西川必然受曹操控制，歸附只在早晚。劉璋本人猶豫不決，難以下定決心，也就是在這種情況下，他派人請劉備前來商議對策，卻不想……

而劉璋一死，劉備入主成都，進一步令益州局勢動盪起來，剛剛穩定的經濟民生，徹底混亂起來。如此情況下，曹朋攻打益州，並無太大障礙，哪怕諸葛亮有天大的本事，也難以挽回益州如今這危局。

攻破益州，不過早晚而已。

曹朋在瞭解了情況之後，也就失去了和諸葛亮爭鋒的興趣。大家不在同一層面上。西川如今混亂，與曹軍抗衡，無異於以卵擊石。若非劉備沒有其他選擇，恐怕也不會和曹軍硬抗。換句話說，劉備和諸葛亮不管如何強硬，此時不過困獸猶鬥。覆滅，只在早晚，曹朋並不擔心。

他所要做的，就是把諸葛亮拖在葭萌關，以保證曹彰能夠建立首功。

「父親，何不一鼓作氣，拿下益州？」孫紹忍不住，向曹朋發問。

在經過最初的不適之後，孫紹已習慣了曹朋的新身分。加之他本身對曹朋也沒有任何排斥，於是便順理成章的成為曹朋之子。

曹朋登上白水關城頭，微微一笑。

「而今白水關在我手，益州門戶已經打開。葭萌關雖然堅固，卻也是旦夕可破。我來西川前，有一位長者對我說：水滿則溢。我而今思之，已大體明白。」

「此戰，非是以我為主，也不是以攻伐西川為主要目的。這一戰，是彰世子立威之戰！大王的心思，我大致瞭解，而今恐怕是更屬意於彰世子。但彰世子軍功尚不足以威懾天下，所以大王才要我配合。只

章十四
不對稱之戰

要彰世子能先我一步攻入成都，就說明他能力高於我。於他而言，將來接掌王位，也就順理成章。我今日所做，就是為了助子文立威。」

換句話說，曹朋這一戰的真正作用，就是一個參照物。

世人都知道曹朋善戰，自出世以來，戰無不勝。你看，曹彰路途遠，結果卻先曹朋一步攻下了成都，豈不是說明，曹彰之勇武不遜色於曹朋？

曹操要曹朋做曹彰的墊腳石，曹朋自然不會拒絕！

內心裡，他當然希望曹彰繼位……再說了，曹彰的兒子，可是從曹朋身邊過繼過去。於公於私，曹朋都不會介意做一次曹彰的墊腳石。

「不過，諸葛亮在葭萌關若太悠閒也不好。」

曹朋沉吟片刻，突然對孫紹道：「伯文，可有興趣，和這位大牛博弈幾手？」

「啊？」孫紹先是一怔，旋即便興奮起來。

第二天，曹朋下令，以郭淮為主將，鄧艾、孫紹、秦朗為副將，而後以郝昭為後軍接應，向葭萌關發動攻擊。

曹朋要借用諸葛亮之手，磨練出一代新人。

不僅是為曹彰，也是為曹叡，把這些未來名將打磨成才。

建安十六年三月，葭萌關戰事起。

諸葛亮一開始連勝幾仗，也是信心倍增。可隨之戰事推移，至五月時，諸葛亮發現對手越來越難對付。孟獲的攻擊，再也無法產生作用，甚至幾次偷襲都損失慘重。而曹軍卻是越戰越猛，令諸葛亮壓力倍增。

最可怕的是，從頭到尾，曹朋就沒有出現過。

一開始諸葛亮還沒有覺察，可是漸漸的，他便發現了曹朋的意圖……

曹朋，這是把他當成了磨刀石！

對面的幾個小娃娃從最初指揮生澀，到逐漸圓滑純熟。郭淮的沉穩，鄧艾奇詭，孫紹剛猛，秦朗多變，再加上一個鐵壁將軍郝昭督戰，諸葛亮在進入五月後，便有些感到吃力。而麾下兩萬蠻兵，已漸漸無心再戰。

軍心隨著戰事的發展，一點點的動搖……

同時，諸葛亮更覺察到了曹朋的真實意圖。

他有一種感覺，曹朋並不太急於攻占成都。他這次領兵，恐怕是為曹彰做掩護。

他有心想要撤離，可是卻被曹軍死死拖住。

五月中，孟獲偷襲曹軍，卻被鄧艾設計來了個反偷襲，結果令孟獲六千蠻兵全軍覆沒。孟獲更在亂軍之中，被孫紹斬殺。失去了孟獲的掩護，葭萌關壓力陡增。

也就在這時候，經過兩個月艱苦談判，巴西劉循正式宣布，歸附曹操。

旋即，巴郡太守嚴顏也宣布歸附，曹彰幾乎不費一兵一卒便長驅直入，占領了巴郡。

劉備得到消息後，也是大驚失色。他連忙命張飛前往閬中，試圖以西漢水為屏障，阻攔曹彰進軍步伐。但未等張飛抵達閬中，張任和冷苞兩人已率先出擊，占領了閬中……張飛只好後撤，占據梓潼防禦。

同時，劉備又緊急召諸葛亮收兵，試圖合兵一處，在梓潼堅守。

然則，諸葛亮數次想要全師而退，卻被曹軍發現。

曹彰推進順利，也使得曹朋放下了心事。在曹彰兵臨閬中之後，曹朋終於露面，督軍攻打葭萌關。從漢中緊急調撥來五百架八牛弩，向葭萌關連續發動攻擊。

諸葛亮在堅持了三天後，終於抵擋不住，只帶了不足萬人，狼狽撤離葭萌關。曹朋在占領了葭萌關後，不再遲疑，下令三軍追擊，絕不可使諸葛亮和張飛會合。諸葛亮倉皇而走，在敗退至德陽故治的時候，被曹朋追上，圍困城中。

此時，曹彰以零陵太守魏延為前鋒，張任和冷苞為副將，強攻梓潼。

張飛在堅守兩天後，梓潼城破。若非涪陵關陳到及時救援，張飛怕就要戰死梓潼。殘兵敗將與陳到會合之後，張飛剛要進行休整，曹彰已兵臨城下。

六月，法正令沙摩柯、王平、張嶷三人，穿行陰平小道，攻克江油，逼近綿竹。

這是曹朋的一支奇兵。

法正獻計陰平小道，曹朋便把無當飛軍盡數交給法正。

綿竹守軍只堅持了兩日，便舉城歸降。

綿竹告破後，德陽故治的諸葛亮便成為一支孤軍。劉備大驚失色，忙急令張飛領兵復奪綿竹。可是張飛前腳剛一出發，便傳來了巴郡太守嚴顏攻克犍為郡的消息。南中四郡，舉城獻降，整個益州已丟失大半。

劉備這一下子是真的急了！

成都已亂成了一團，方表示歸順的豪強大族，又開始首鼠兩端，態度難以琢磨。

六月末，在堅守涪陵關二十天後，陳到苦候援軍不至，只得獻關投降。曹彰厚待陳到，並加廣漢將軍銜，視作心腹。

涪陵關丟失，成都再也無險可守。

張飛猛攻綿竹十餘日未果，面對嚴顏大軍屯兵武陽，兵鋒直指廣都情況下，只得回兵成都。

建安十六年七月，曹朋集結五萬兵馬，強攻德陽故治，德陽城破。諸葛亮本欲自盡身亡，卻不想被親兵阻攔，淪為曹朋階下囚。

與此同時，張郃所部左路軍已兵臨綿竹城下，與法正合兵一處，直逼成都。

劉循使鄭度持書信，送至廣都。

那廣都守將，本就是鄭度族姪，在收到了劉循書信以後，也知大勢已去。於是，他立刻表示願意獻出廣都。嚴顏旋即提兵而來，占據廣都。

與此同時，曹彰在涪陵關整備兵馬後，一舉攻克新都郫縣。

曹軍呈三面合圍之勢，將成都包圍得水泄不通。

而此時的劉備，已成為籠中之鳥。外有曹軍兵臨城下，內有成都人心惶惶。陳到、諸葛亮相繼失利，降的降、被俘的被俘，已難以再給劉備任何幫助。

更可怕的是，成都本地豪強已經表露出強烈的敵意。若非劉備手中尚有兩萬兵馬，麾下更有張飛、吳懿、費觀等人協助，只怕這些成都豪強早就起兵作亂。可饒是如此，也使得劉備惶惶不安……

一連兩日無眠，劉備形容憔悴。

這一日，他好不容易小睡片刻，忽聞屋外有人報告：「啟稟大王，大事不好……城內左氏家族，聯合數家豪強，集結三千人，強取北門，開城獻降。」

劉備驀地一下子清醒過來。他呼的從床上站起，探手抄起掛在床欄上的一對雌雄大劍。

「速命翼德，復奪北門！」

章十五

梟雄末路

曾幾何時，劉備意氣風發。與關羽、張飛結識之後，更是縱橫天下。

如今，他卻垂垂老矣，年逾五十，腹上更贅肉橫生。以至於當劉備跨坐上戰馬，有一種極為荒謬的預感——也許今日，他就要死在這裡！

成都左氏是一家老牌豪強。據說高祖尚未定天下，蟄伏漢中的時候，左氏便已經在成都扎根。一晃數百年過去，左氏雖已沒落，但實力猶存。

在劉備入川後，左氏家主左侯態度一直很隱晦，既沒有明確支持劉備，也沒有表示反對。甚至在劉備占領了成都，左侯也沒有一個明確的態度。當然了，似左侯這樣的豪強世家還有不少。劉備不敢過於強硬，在對待左氏的態度上，也多以拉攏招攬為主。

無他，左氏手握西川鹽業，實力不弱。哪怕是西川經濟混亂，對左氏的影響並不大。手握十幾個鹽池，足以讓他立於不敗之地，因此從劉焉入川開始，歷經二十年風波，左氏始終雄立成都。

劉備不敢對左氏太過分，只能以懷柔手段。

可沒想到，最終還是這左氏出手，令劉備的大計毀於一旦。

劉備跨上馬，剛衝出府衙，就見張飛渾身浴血，從遠處疾馳而來……

那丈八蛇矛槍上，滴著濃稠鮮血。渾身甲冑更斑駁破爛，看上去極為狼狽。

「哥哥，速走！」

「翼德，情況如何？」

「北門已經丟失……左氏聯合成都六大豪強，集結五千餘人，與曹賊勾結一處。曹軍大將張郃，還有典滿、許儀已經占領北門。吳懿正帶人抵抗，但軍心已亂，恐難以支持太久。而今南門尚在呂吉之手，兄長快與我突圍！」

「啊呀！」

劉備不由得仰天長嘆。但如今已容不得他再猶豫，甚至顧不得帶上家人，和張飛會合一處後，便朝成都南門而去。

此時，成都已經大亂，潰軍隨處可見……這些潰軍已經失去了控制，更出現了亂殺無辜、哄搶財物的現象。一幢幢民居，烈焰沖天。劉備哪裡還顧得上這些，與張飛一起，拚死向城南突圍。

這一路上，死傷無數。

當抵達南門的時候，南門也正亂作一團。

好在呂吉此時尚能穩住局面，見到劉備之後，大聲喊道：「主公，成都已不可堅守！嚴顏老兒率部，正向南門逼近，再不突圍，恐難脫身！」

「突圍，突圍！」

劉備這時候已經想不出究竟要往何處去，只能憑著本能，狼狽而走。

這左氏，怎會突然造反？

劉備自認待左氏不差，卻想不明白左侯為何如此。不過現實已容不得他再去考慮，與張飛和呂吉，

梟雄末路

以及數名白旄兵，趁著夜色衝出成都。

夜色深沉，遠處成都的喧囂，已經抛在身後。

劉備突然勒馬，「翼德，我等將往何處去？」

他此時已經迷茫了，有些不知所措。

原以為拿下了成都，是一個新的開始，卻不想，這成都變成了末日終結。

嚴顏攻克越巂，使南中臣服。再想返回，已不太可能……孟獲等三十六洞大王，幾乎是全軍覆沒。南中雖然富饒，也無兵可用。回去南中，若同於死，劉備斷然不會前往。

「偌大天下，竟無我容身之所嗎？」

「哥哥休要氣餒，咱們去蜀郡屬國。」

「啊？」

「哥哥難道忘了，那蜀郡屬國，尚有一些兵馬。咱們先過去，待穩住陣腳之後，再做圖謀。到時候我願領兵三千，為哥哥復奪成都，斬盡小人。」

蜀郡屬國？

似乎也只有這一個去處。

劉備想到這裡，點點頭，重振精神，與張飛等人星夜趕路。

天濛濛亮了。

成都已經不見蹤影。再往前，過了前面的河流，便是江原。等過了江原，便可直抵臨邛，說不得能喘一口氣。

劉備緊張的心情頓時放鬆下來。可這一放鬆，卻突然間悲由心生，放聲大哭。

成都沒了！

老婆孩子，都沒了……

惶惶如喪家之犬，真個是他此時的真實寫照。

多年打下的基業，此時只剩下張飛和呂吉兩人，他如何不感到悲傷？

就在這時候，忽聽一陣隆隆戰鼓聲響起。

「翼德，何處擂鼓？」

劉備忙止住悲聲，舉目觀看。

卻見前方河灣，殺出一支人馬。為首一員大將，頭戴三叉紫金束髮金冠，身披唐猊寶鎧，腰繫獅蠻玉帶。月白色印花緞子戰袍披身，胯下獅虎獸，掌中方天畫戟。

在那將身後，尚有兩員大將。一個是身高近丈，膀大腰圓，掌中一桿鐵蒺藜骨朵，赤髮環眼，正是沙摩柯。而另一個則是一員小將，胯下烏騅馬，掌中一桿蟠龍金槍。

而八百飛駝兵，列陣在三人身後。

「曹朋！」劉備大吃一驚，忙握緊手中大劍。

曹朋在馬上微微一笑，沉聲喝道：「玄德公，朋在此已恭候玄德公多時。」

一時間，劉備有些恍惚。

當年那個一刀砍斷他營門大纛的少年，如今卻成了要奪取他性命的惡魔。

多年心血，幾乎毀於曹朋之手。

劉備咬緊牙關剛要衝上去，卻聽張飛大吼一聲：「子善，帶大王走，某家死戰掩護！」說罷，一催胯下馬，便朝著曹朋衝去。

曹朋穩坐馬上，絲毫不懼。

章十五
梟雄末路

沙摩柯則健步如飛，倒拖鐵蒺藜骨朵，迎著張飛就衝過去。眼見與那戰馬撞在一處，沙摩柯突然間大吼一聲，墊步騰空而起，鐵蒺藜骨朵帶著一股銳風，呼嘯砸向張飛。張飛在馬上舉蛇矛相迎，只聽鐺一聲巨響，胯下馬希聿聿慘叫，連連後退，而張飛自己更是兩臂發麻……

這蠻子，好大氣力！

而沙摩柯也好不到哪兒去，雙腳落地後，蹬蹬蹬連退十幾步，一屁股坐在地上。

張飛一見，二話不說催馬便衝上去。

曹朋身後那員小將，則縱馬擰槍，攔住張飛。

這小將，正是孫紹！

但見他手中金槍上下翻飛，幻化出萬朵梨花，槍影重重。而張飛則絲毫不亂，舉蛇矛與孫紹戰在一處。兩人交鋒十餘個回合，孫紹漸漸抵擋不住。

張飛畢竟是經驗豐富，在經過了初期的慌亂後，很快就穩住陣腳。

此時，劉備和呂吉在白眊兵拚死保護下，已殺出重圍。曹朋數次想要衝過去，卻被那些悍不畏死的白眊兵所阻。眼見劉備已經逃遠，曹朋大怒。

「沙沙、伯文，你二人追擊大耳賊，三將軍就交由我來！」

說話間，獅虎獸一聲咆哮，馱著曹朋如同閃電般，撲向張飛。

張飛在沙摩柯和孫紹兩人聯手之下，不分伯仲，但此時曹朋突然殺來，卻讓他心神大亂。

沙摩柯與孫紹閃身退下，曹朋便到了張飛跟前，畫桿戟掛著罡風，呼的劈來。張飛舉矛相迎，卻見畫桿戟在貼住蛇矛的剎那，突然間一顫，順著蛇矛一個橫抹，險些斬了張飛的胳膊。只嚇得張飛冷汗淋淋，撥馬閃躲，心中暗自感到驚駭：這曹朋，果真是曹賊麾下悍將！

「三將軍，十年前你我曾廝殺一場，當時某藉詭計，小勝你一回。」曹朋聲音沉冷，傳入張飛耳中。

張飛也不開口，只是悶著頭，舞動蛇矛，拚命廝殺。曹朋端坐獅虎獸身上，看似渾不在意般，左一戟、右一戟，將張飛狂風暴雨般的攻擊攔下。

「當時我曾立下誓言，終有一日，要和你堂堂正正一戰。不過我現在才知道，所謂公平，根本不存在。當年我正年幼，三將軍則在巔峰；而現在，我在巔峰，三將軍卻已經老了。這倒讓我想起一句俗話：三十年河東，三十年河西！如今這形勢下，三將軍難道還要頑抗？」

張飛知道曹朋在說什麼！

然則，天生執拗的性子，使他不可能低頭。

「小賊，休要聒噪！你我今日，不死不休！」

說話間，張飛蛇矛更猛。

而曹朋臉色一變，厲聲喝道：「且如三將軍所願！」

畫桿戟一改先前慢悠悠的招式，突然間變得狂猛無儔，宛如一團烈火，招招凶狠。張飛初時還能抵擋，然則三十多回合後，卻是氣喘吁吁。

正如曹朋所言，他已經老了！

二馬錯蹬，曹朋見張飛反應已經不甚靈敏，猛然反手從馬背上拽出一口大劍。寒光閃動，兩人已經錯身而過。待曹朋勒住戰馬，低頭向刀口觀瞧時，卻見一溜鮮血，順著刀口緩緩流淌滴落在地上。

在他身後，張飛在馬上晃了兩晃，一頭摔落在地上。

其身上鐵甲斷裂，胸前鮮血汩汩流出，染紅了大地……

「江山代有人才出，各領風騷數百年……三將軍，二十年前是你馳騁天下的時代，二十年後，這時代已經改變。今日你馬革裹屍，總好過他年，睡夢中被人斬下頭顱。」

曹朋幽幽一嘆，一擺手，命人收攏好張飛的屍體。

章十五

梟雄末路

「繼續追擊劉備，休放走了大耳賊！」

劉備在呂吉的保護下，倉皇而走。

身後喊殺聲漸漸消失，劉備勒馬回頭觀望，涕淚橫流。

「翼德，休矣！」

曹朋真個可怕，竟然能如此準確，算準了他的逃路……

早知這傢伙如此厲害，當年在下邳時，拚著和曹操反目，也該先將此子斬殺。可惜當時顧慮太多，以至於養虎為患。如今思及，劉備不禁後悔莫及。

「主公，只要穿過前面那片林子，有一座橋。過橋便是江原，咱們當儘快趕去，以免再有差池。」呂吉見劉備有些失神，忙開口勸說。

劉備這才回過神來，點點頭，一抖韁繩，正要縱馬狂奔，卻聽林中一陣鑾鈴聲響。一支人馬從林中殺將出來，攔住了劉備的去路。就著月光，劉備一眼便認出，那為首大將赫然正是趙雲，臉色也不由得大變。

「子龍，欲殺我嗎？」

趙雲神色平靜，但看著劉備的目光，卻極為複雜。

「玄德公，別來無恙。」

劉備慘笑道：「子龍，當初你歸降曹朋，我知你是迫於無奈。今日我已落到這種地步……與其死在曹朋手中，倒不如為你所殺，以全當年情義。」

長阪坡發生的事情，劉備怎能不知？

趙雲在長阪坡七進七出，斬殺曹軍曹將無數。最後是曹朋拿了他的家人，威脅趙雲投降。趙雲不得已，才歸降了曹朋，此後再也沒有音訊。

向朗和向條回來說，趙雲反叛。

劉備明知道那是謊言，卻也無可奈何。

「兩位夫人，可好？」

趙雲遲疑一下，幽幽道：「玄德公放心，兩位夫人安好。公子並未為難她們，而是送她們去了西域……而今二舅爺在日勒經商，大舅爺則在西域另起爐灶，也漸漸有了起色。大公子他……很好，也很快活。兩年前我隨渾家歸省時，曾去西域探望。大公子已改名為麋禪，非常壯實。」

「不過，不管是夫人還是兩位舅爺，都沒有告訴他身分。大舅爺說，他們此生都不會告訴大公子真相。只盼他能快快樂樂，在西域成長，將來接下他的事業……不會讓他返回中原。」

劉備聽聞，淚水橫流。

這一次，他是真的哭，不過卻還帶著些喜悅之情。

在馬上一拱手，劉備突然把手中寶劍丟棄，「子龍，取我首級，領功去吧。」

趙雲胯下馬噠噠噠踏踩地面。掌中龍膽槍，也被緊緊攥在手中……

他看著劉備，咬了咬牙，卻始終無法下定決心。

許久之後，他突然一聲長嘆，「主公，這是雲最後一次喚你主公，你走吧。」

「啊？」

趙雲道：「當年事情，莫要再提。我本一小卒，得玄德公所重，本應肝腦塗地。然則長阪坡上，公子待子龍更重。幾次犯了事，本應早死，可公子卻都寬恕。我今日殺玄德公，是不仁不義，但放走玄德公，卻是不忠。請玄德公走吧，雲自當向公子請罪。」

說罷，趙雲舉起大槍，命軍卒讓開道路。

章十五
梟雄末路

劉備先是一怔，旋即喜出望外。他顧不得向趙雲道謝，催馬就走。

呂吉緊隨在劉備身後，在和趙雲錯身而過的剎那，他偷偷打量了趙雲一眼。

說實話，剛才他已經絕望，不想竟死裡逃生。

真個是傻子！若是我，必去他性命……

呂吉想到這裡，心中陡然間騰起一股殺機：若我殺了劉備，又會如何？

但又一想，當年他拋棄呂布，等於和曹朋結下了深仇。要知道，曹朋和呂氏一家關係密切，如今呂氏已在海外站穩腳跟，更興立國家，歸附曹操。

他現在就算是殺了劉備，怕到了曹操手裡，也不會落好。

真後悔，當初看走了眼……

趙雲目送劉備等人離去，幽幽一聲嘆息。

「從今日起，雲與玄德公恩斷義絕。他日若在疆埸衝鋒，雲絕不會再心慈手軟……不過，玄德公，你還有機會嗎？」

前面就是九折阪，過去之後，便是一條大河。

只要能過河，就算安全。

劉備心頭不禁一陣火熱，馬上加鞭，急行而走。

可有的時候，越著急，就越是容易出錯。九折阪之所以叫做九折阪，便是因為這地形崎嶇，道路九折。劉備只急於趕路，卻沒有留意地形，在奔跑一陣後，胯下戰馬忽然希聿聿一聲慘嘶，馬失前蹄，撲通就跪在地上。馬背上的劉備毫無防範，一下子便栽下戰馬，狠狠摔在地上。

若是以前，劉備斷然不會被摔到。可如今，他腹上贅肉橫生，早已不復當年南征北戰時的模樣。

劉備摔得頭昏眼花，半晌竟反應不過來。

「主公，可無恙？」呂吉大驚失色，忙甩蹬下馬，跑到了劉備跟前。

腿斷了！

這一下，竟然把劉備的腿摔斷了。

遠處，傳來馬蹄聲息，想來是曹朋已經解決了張飛，和趙雲會合一處，追殺過來。

「速走。」

劉備不敢耽擱，咬著牙，掙扎著起身。

只是他一條腿折了，再想騎馬，卻不太可能。呂吉想了想，把自己的戰馬牽過來，翻身上去。而後讓人把劉備攙扶上馬，用大帶將兩人繫在一起。

「主公，抱緊末將，咱們走。」

劉備頓時感動了！他被呂吉這種忠誠，感動得涕淚橫流。

「他日若孤能復起，必不虧待子善。」

「主公，這時候就別說這些，咱們先殺出去再說。」說罷，呂吉提槍，催馬而行。

尚有三百餘白毦隨同前進，一行人在衝出九折阪後，天已經亮了。

遠處，河水滔滔的聲息傳來。

逐漸散去的晨霧中，隱隱約約顯露出一座小橋。

呂吉縱馬而行，突然間一提韁繩，「吁！」

「子善，怎地不走了？」

「有埋伏！」呂吉臉色鐵青，大槍高舉，示意白毦警戒。

這時候，只聽那木製橋梁上，傳來噠噠噠馬蹄聲響。從濃霧中緩緩行出一騎，越來越近。

章十五 梟雄末路

「劉玄德，老夫在此，恭候你多時！」

「誰！」劉備坐在呂吉身後，卻看不見前方的景象，連忙大聲喊喝。

「某家黃漢升，奉大將軍之命，在此候你多時……大耳賊，何不把人頭奉上，讓老夫得一首功？」

說話間，那人突然躍馬撲來。

越來越近，呂吉終於看清楚來人模樣。只見他金盔金甲，皓首白髮，卻精神矍鑠。掌中一口大刀，馬背兜囊裡，斜掛神臂弓，正是黃忠黃漢升。

呂吉大驚！

他可是知道黃忠的厲害……

當初在荊南時，劉磐和呂吉關係不錯，曾對他說：「若那老卒尚在，焉使小賊猖狂？」

劉磐所說的老卒，便是黃忠。

時曹朋在下雋幹掉了關羽，劉備軍心不穩。呂吉便問：「那老卒與二將軍、三將軍相比如何？」

劉磐則沉思片刻後回答：「若老卒年少十歲，則兩位將軍未必能勝。」

劉磐這話，還是看在劉備的面子上。

那潛在的意思是說：黃忠比關羽和張飛年長不少，估計能和兩人打成平手。但如果他年輕十歲，張飛和關羽必定不是黃忠的對手。

自那以後，呂吉便記下了黃忠之名。

「攔住他！」呂吉大聲吼道。

身後白毦兵手持兵器，蜂擁而上。這些白毦兵，隨劉備多年，可算是忠心耿耿。也幸虧這次陳到駐守涪陵關未帶白毦兵，否則劉備這時候必成為孤家寡人。

面對三百餘白毦兵，黃忠一聲冷笑，舞刀迎上。

與此同時，從橋另一邊殺出一支人馬，赫然正是曹朋麾下白駝。兩支人馬瞬間便殺在一起，呂吉不敢和黃忠敵對，躍馬擰槍，連斬數人。

「主公休要慌張，末將保你突圍。」呂吉一邊殺敵，一邊安慰劉備。

就在這時候，身後傳來陣陣馬蹄聲。卻是孫紹、鄧艾、張虎、徐蓋四名小將帶人追來。呂吉見此情況，便知大勢已去，當下大叫一聲，撥馬邊走。

黃忠揮刀，將身前三名白旄兵砍翻在地，見呂吉要走，連忙大聲喝道：「士載、伯文，休走了那大耳賊……黑馬長槍之人身後，便是劉備！」

鄧艾四人剛追上來，準備加入戰團，聽聞黃忠叫喊，忙舉目看去。就見呂吉一騎雙人，剛殺出重圍，朝遠處逃逸。

鄧艾頓時急了！

他很清楚自家舅舅要什麼。曹朋常對他說，天下大亂，便是這許多野心家作祟。若非劉備、孫權，天下早已一統，百姓自當安樂。此次征伐西川，曹朋已下定決心要誅殺劉備。眼見劉備就在面前，鄧艾又豈能讓他逃走？當下一催坐騎，便追上前去。

「伯文，與我殺敵！」

孫紹連忙應了一聲，兩人一左一右，兩桿大槍翻飛，硬生生衝出一條血路。

張虎和徐蓋剛要跟上，卻被白旄兵拚死攔住。眼見三騎越來越遠，兩人也是心中大怒，於是高舉刀槍，在亂軍中一陣瘋狂的衝殺，將白旄兵殺得血流成河。

不得不說，這些個白旄，如同被洗腦的狂熱信徒。三百餘人，竟無一人投降，死戰到底。

黃忠悍勇，張虎、徐蓋也非等閒，再加上八百白駝兵，可謂兵強馬壯……卻硬生生被白旄攔住，等到最後一個白旄兵戰死後，劉備已經不知去向。

「黃將軍，怎麼辦？」

黃忠想了想，一咬牙道：「公子將九折阪交予老夫，便是要把劉備斬草除根。你二人在此打掃戰場，我率白駝繼續追擊，不殺劉備，誓不回還。」

「我等願隨老將軍同去。」

三人商議之後，便立刻朝著呂吉逃竄的方向追過去。

與此同時，呂吉、劉備兩人一騎，在晨光中亡命而逃。可不管怎麼跑，身後馬蹄聲卻越來越近。呂吉偷眼向後看了一下，就見鄧艾和孫紹兩人緊追不捨。

這樣下去，可是不行。

這一馬雙人，怎能跑得過鄧艾、孫紹兩人呢？

呂吉的坐騎不差，但又如何比得過鄧艾、孫紹的馬匹？

那兩人的戰馬，都是曹朋命人透過河西郡從西域高價購來的馬王。雖比不得曹朋自己的獅虎獸，卻也是千里挑一、萬金難求的汗血寶馬，本就比呂吉的坐騎跑得快，而呂吉此刻，身後還帶著一個人，更無法比得過鄧艾和孫紹。

連番血戰，加上腿骨折斷，劉備已經精疲力竭，昏沉沉趴在呂吉背上。

劉備已經完了！

呂吉心中暗想：關羽死了，張飛也死了，還有陳到、諸葛亮，投降的投降，被俘的被俘。而今西川已歸曹氏，天底下唯有江東，尚可苟延殘喘。

劉備已成喪家之犬，想要復起，談何容易？

我和他又無太大關係，能陪他到現在，也算是仁至義盡。明知是死，何苦再與他一起？倒不如趁此機會……劉備只要一死，則曹軍自不會再追。中原我是回不去了，不過憑我這一身本事，倒也不怕找不到容身之所。

我進山，做一個逍遙快活的山大王，豈不比寄人籬下要好？

呂吉想到這裡，猛然下定決心。

見劉備仍昏沉沉，他掛好了大槍，悄然從肋下抽出一口短刃，將腰間大帶割斷。隨後，呂吉突然在馬上一個旋身，反手一刀，刺入劉備胸口。同時，他順勢肩頭一撞，把劉備一下子便撞下了馬。

「主公，非是鞬𢉩吉不忠，實在是兩人一騎難以逃脫。主公仁義，便為鞬𢉩吉擋一擋，也算是還了這些年鞬𢉩吉為主公賣命的情義……」

呂吉大吼一聲，把劉備撞下馬，縱馬飛奔。

這戰馬覺得身上陡然一輕，自然精神大振，跑得飛快。而劉備被呂吉一刀正中胸口，旋即從馬背上摔下來時，整個人一下子變得清醒起來。

鞬𢉩吉，鞬𢉩吉……

劉備突然苦笑：「孤卻忘記了，這呂吉本就是個胡人，是個無情無義的狼崽子。」

當初他見呂布情況不妙，連十幾年養育之恩都不顧，把呂布拋棄，投奔劉備。可惜，劉備忘記了這一點，到頭來，卻落得個和呂布同樣命運。

「不過，呂布比孤要強，至少他是力戰而死。然孤卻死於小人之手，可恨，可惱……」

馬蹄聲越來越近，戛然停下。

緊跟著，劉備聽到有人下馬的聲音，腳步聲到跟前停下，視線中出現了兩個少年。

「他就是劉備？」

「應該就是……剛才那傢伙不是喊『主公』嗎？除了劉備，還能是誰？」

曹賊

章十五

梟雄末路

劉備心中好一陣憋屈，突然鼓足所有力氣，大聲吼道：「孤乃劉備劉玄德，中山靖王之後，當今漢室皇叔。爾等取我首級可以，休要辱我！」說罷，一口鮮血噴出。

一代梟雄，竟含恨而死。

只是他這一吼，把鄧艾和孫紹嚇了一跳。

兩人連忙跳起來，躲過了劉備臨終前那一口鮮血。鄧艾和孫紹面面相覷，半晌後相視一笑。這廝便是劉備了……沒想到，劉備竟然死了！

「伯文，咱們立功了！」

孫紹的腦袋好似小雞啄米般點著，「這西川第一功，便是咱們的……是取了他首級回去，還是把他屍體帶走？不過這廝剛才倒是頗有氣概，便留他全屍，回去與父親交代。對了，剛才那逃走之人，怎麼辦？」

鄧艾搔搔頭，思忖片刻後說：「漏網之魚，不足為慮。劉備已經死了，想必那廝也鬧不出什麼動靜。回去與舅父知曉，而後由舅父決斷吧。咱們只要把劉備的屍體帶回去便足夠了，其他暫且放下。」

孫紹立刻同意，兩人走上前，吃力的把劉備屍體抬到一匹馬上，而後步行往回走。

朝陽，初升！

陽光極和煦，照耀在大地上，讓人暖暖的。

從遠處行來一支人馬，為首那員老將軍，正是黃忠黃漢升……

建安十六年仲秋，成都城破，劉備戰死！

一場豪雪襲來，瞬間染白了天地。

郭嘉坐在堂上，下意識緊了緊身上的衣袍，然後用火鉗子夾起兩塊火炭，丟進火盆。

火盆上搭著一個鐵架子，上面擺放著一個陶盆，裡面躺著一壺酒。

水已熱，酒正暖。郭嘉拿出酒壺，斟上一杯之後，靠在大椅上，閉目養神，形容頗為自在。

而在一旁，荀彧默不作聲，翻看著手中書卷。不過很明顯，他有些心不在焉，因為那卷書被他拿倒了，可他卻毫無所覺。

「文若，還在猶豫嗎？」

「啊？」

堂外，鵝毛大雪飄飛，好壯觀的一副雪景。

郭嘉給荀彧斟上一杯酒，一雙星目凝視荀彧，「文若莫騙我，難道看不出大王這一段的行為，究竟是何意思?文若，對許都是捨棄不掉嗎？」

「我……」

「若真如此，我勸文若，立刻辭官。」

荀彧低著頭，卻不回答。

伸出手，轉動酒杯，他呆呆出神。

「一旦大事成就，容不得文若你再三心二意。你若不捨，現在便請辭離去，我自會在大王面前，保你荀氏三代不衰。更何況還有阿福他們在，你不必擔心。可若你留下來，且不能再猶豫，否則就會有性命之憂。」

荀彧幽幽嘆息一聲：「大王，果真要如此嗎？」

郭嘉輕聲道：「誰也沒有想到，西川戰事竟迅猛如斯……不過想想也是，建安八年，阿福初為河西太守，便開始對西川實行攻略。那時候你我誰又能想到，短短八年時光，會有如斯態勢？而今建安十六年，天下一統在望。大王在這八年裡，平定北方，擴土開疆，征伐荊南，成績斐然。如此態勢之下，你

曹賊

章十五

梟雄末路

以為許都那位，還有存在的意義嗎？」

荀彧頓時沉默了！

「阿福這次在西川，做得漂亮。誰也沒想到，他攻略西川八年，到頭來卻把首功讓給了子文……彰世子經此一戰，再也無人能夠阻其上位。然則彰世子還有一個大問題，便是他不夠心狠手辣，過於寬厚。大王這樣做，說穿了，便是為彰世子開路。如果丕世子還活著的話，大王說不定不必如此……然則形勢不如人，大王身體一日不如一日，必然會為彰世子掃清一切障礙。」

「許都，只是第一個。」

荀彧苦澀一笑。

突然間，他臉色一變，「難道說，阿福會成為障礙嗎？」

郭嘉沉默許久，輕聲道：「阿福會不會成為障礙，還要看他自己選擇……我相信，大王已經為他設計好了考驗。如果他能夠度過，必將成為彰世子身邊最可依賴，乃至於最可信賴之人。但若不能……性命危矣。」

荀彧沉默了！

堂外，狂風裹挾鵝毛大雪，肆虐蒼穹。

整個世界在一片雪白之中，變得朦朦朧朧，看似模糊異常。

荀彧站起來，走到門口。他靜靜看著外面飛揚大雪，心中卻在唸叨：也不知阿福這次，能否禁得住考驗呢？

建安十六年底，以華歆、董昭、滿寵等人為首的朝中大臣，聯合各州州牧共百餘人，聯名上書，勸說漢帝禪位，將帝位讓與曹操。不僅如此，還有西域三十六國，以及荊南各部落，甚至包括海外呂氏漢國，也同樣遞交國書，表示只尊曹魏，不奉漢室。

劉協本不願低頭，奈何大勢已去，他手中無兵無將，更連個心腹都沒有，最終只得同意禪位。

建安十七年正月，劉協正式宣布，交出玉璽，禪讓帝位。而曹操在三讓之後，最終答允，表示接受。

正月二十九日，曹操登壇受禪。改國號為魏，改元興隆，意欲曹魏興旺之意。而後，曹操將都城設立於長安。

說來也巧，就在曹操定都時，長安城一期工程已全部竣工，隱隱有大興氣象。

隨後曹操又設立雒陽為東都，同時還將譙縣和南陽，設立為陪都。

興隆元年三月，曹操遷都長安，冊封退位漢帝為山陽公，而後分封百官，普天同慶。

就在曹操入主長安當天，一紙詔書飛往成都：特立征西大將軍曹朋為驃騎大將軍，見詔書後，即刻啟程，返回長安接受冊封，不得延誤！

章十六

最後試煉

不知不覺，已是建安十七年的春天。

暮春時節的成都，自有一番慵懶之美。漫山的桃樹結了果，空氣中瀰漫著一抹淡淡的桃香。山野間，桃紅杏白的凋零灑滿小徑，更添一抹幽幽之美。

益州戰事，已經結束。

雖然還有些地方尚在戰鬥，比如蜀郡屬國等地區……但大都是當地山民和曹軍的衝突，並無太大麻煩。曹彰在占領成都之後，啟用許多成都本地世族，比如鄭度、黃權、劉巴……這些都是巴蜀人傑，才幹非凡。而費觀和吳懿之流，則押解去鄴都，交由曹操處置。

在處理吳懿的時候，曹彰頗有些頭疼。蓋因這吳懿，和曹氏有著極為親密的關係。曹操的祖母，也就是曹騰的對食吳老夫人，是陳留吳氏族人，而吳懿，恰恰也出自陳留吳氏，論輩分，竟然與曹操平輩。換句話說，這個吳懿，還是曹彰的長輩……

偏偏這吳懿，是劉備的忠實擁護者，在得知劉備死訊之後，竟放聲大哭。

這也讓曹彰有些不知如何是好，於是便派人把吳懿送往鄴都。

「此彰世子寬仁，然不免婦人之仁。」

曹朋在成都攻陷之後，除了在第二天出現一下之外，便率本部白駝兵、飛駝兵以及無當飛軍共八千人，駐紮在郫縣，再也沒有踏足成都。

益州之戰，是曹彰立威之戰。

成都將是曹彰施展才華、展露威嚴之處，不適合他過去參與。

隨同曹朋駐紮郫縣的，還有黃忠和趙雲兩人。

嚴顏在攻克廣都後，便辭去軍中職務。從他的語氣中，曹朋聽出他不想繼續留在益州，於是便邀請嚴顏一同駐紮郫縣。嚴顏也欣然應允，畢竟在曹朋麾下，還有個和他年紀相若的老卒。兩人雖然經歷不同，可是在一起，卻頗有談資。

暮春的郫縣，景色極美。

曹朋坐在府衙中，使人在成都找來了幾個工匠，做出一個紅泥小火爐，裡面點上炭火，置一陶罐於火上。而後又取來清明時才採摘下來的蒙頂黃芽，經過簡單烘焙之後，碾成碎末。這時候的茶葉，還沒有系統的烘焙工藝。曹朋也不太懂這技術，只是依照前世在杭州時，看茶農炒茶學來的知識，進行簡單烘焙。

蒙頂黃牙，是蜀茶極品。不過在後世，已經很少出產，大都是大棚工藝（注：溫室栽培），味道也差了許多。

把那碾碎的茶末，灑入陶罐中，用木勺輕輕攪動，空氣中瀰漫著一股淡淡茶香。舀了一勺茶水，注入白色茶碗。金黃色的茶湯，格外誘人，令在座眾人不由得心動。

「如此涼風，如此美景，配上如此清茶……哈哈，我突然有點懂了公子何以能寫出《陋室銘》這等佳作。公子之風雅，著實令法正心悅誠服。」法正說著，便捧起茶碗，抿了一口。

曹朋忍不住笑罵道：「孝直生得一張好嘴。」

「他那功夫，全在嘴上。」

在曹朋下首處，還端坐一青年。

說是青年，年紀卻顯得有些大，約在三十一、二左右，和曹朋有些相彷。個頭與曹朋相若，都是八尺靠上身高。姿容俊美，氣質也極為不凡……

「孔明，莫非不服？」

這青年，赫然正是諸葛亮。

德陽一戰，諸葛亮在無奈之下，最終投降曹朋。不過，他卻不願意歸降曹操。原因嘛……卻是當年曹操攻伐徐州時，曾數次屠城。諸葛亮祖籍琅琊，在那次戰火中也受到了不小波及，甚至有一些親人喪命。這也是諸葛亮對曹操頗為反感的一個重要原因。

曹朋沒有殺諸葛亮，而是留下他性命。

諸葛亮又不甘心就這樣遁世，在曹朋的勸說下，最終答應，充當曹朋幕僚。而曹彰那邊也沒有為難，赦免了諸葛亮的罪名。

就這樣，諸葛亮隨同曹朋，留在了郪縣。

聽聞法正的話，諸葛亮嘴角一翹，「若使孔明有三年，不，兩年時間，便可防備你偷襲綿竹。」

他這話裡，顯得不服氣。

與法正相比，諸葛亮對西川的瞭解終究不足。他根本沒有想到還有陰平小道這麼一招，以至於法正攻占綿竹，使得劉備整個局勢一下子大變。

而法正則顯得不屑，冷笑一聲道：「便是我不走陰平小道，孔明你憑葭萌關，便能擋住公子腳步？告訴你，公子一直不肯強攻葭萌關，是在等彰世子。若彰世子當時能再快一些，只怕你葭萌關休想守住三十天。」

諸葛亮頓時無語。

打仗靠頭腦，但是在絕對實力面前，智謀並非是一切。

諸葛亮也是個能用奇謀的人，奈何曹朋當時選擇了步步為營的招數，令他也束手無策。

見兩人爭吵，曹朋也是頭疼，連忙擺手，示意二人莫再爭執。

三人喝了會兒茶，諸葛亮話鋒一轉，輕聲道：「彰世子這種性格，雖不甚好，但是於公子而言，卻正合適。」

曹朋功勞太大，換個人，不免會生出功高震主之心。

狡兔盡，走狗烹！

自古以來，便是如此。

曹朋聽聞笑了笑，斜倚在靠椅上，沉思不語。若換作是曹丕，只怕二話不說，先斬了吳懿，才會向曹操稟報吧……

「休要再談這煩心事，你我飲茶，飲茶。難得大好天氣，正是悠閒之時，何苦為些許瑣事而煩憂呢？」

曹朋笑著，端起茶碗，只是這心裡面卻在嘀咕：曹操登基了……這與歷史又有不同。只怕他這登基，更多是在為曹彰打基礎。

只不過，他下一步又會如何呢？

益州大戰已停息半年，成都在一年中歷經兩次動盪，也是元氣大傷。

曹彰占領了成都之後，在曹朋的推薦下，他招攬了劉巴等人，負責恢復益州民生。

章十六 最後試煉

只是，這破壞容易，建設卻難。

想當初，曹朋用數年時間，把益州經濟攪成一鍋粥。如今要想恢復，沒個十幾年時間，恐怕也難以達到原先的水準。

不過，至少曹彰在努力！不管他做的有多麼生澀，他都在努力的恢復原貌。

建安十六年末，曹彰命人從南郡和漢中兩地，徵調糧草五十萬斛。同時又派人自河湟購來牛羊無數，以幫助西川百姓度過難關，恢復民生。隨後，他又請曹操，在益州設立銀樓。

經過反覆商討，一次次請教，曹彰和他的幕僚們，在二月二日，龍抬頭之日，決意廢除益州五銖錢，並下令以建安重寶為唯一流通貨幣。

五銖錢，早在劉璋時便已經難以流通，甚至有一段時間，成都出現了以貨易貨的現象……好在後來劉璋也致力於引進建安重寶，只可惜剛開始實施，便被刺身亡。

劉璋，究竟死於何人之手？

已經不需要再去追究！

諸葛亮很清楚，那不是劉備的手段。

但不是劉備，又會是什麼人？

反正劉璋死了，劉備也死了，而西川好不容易穩定下來，就讓劉備背負這個罪名吧。

許多人，如黃權等人，在私下裡都懷疑是曹操。但現在討論這個問題，似乎也沒什麼用處。至少曹彰是在真心為西川謀劃，他雖然還有些青澀，甚至有時候還有些稚嫩天真，但卻是實心實意。

有這份心，便足夠了！

「西川山民眾多，更有南中蠻族，始終是一禍害。」

在成都府衙中，黃權侃侃而談，「此前世子在荊南推行的政策，臣也知曉一二，甚好！故而臣以為，可以將世子在荊南所推行之法，在西川推行。於越巂設立大行府，專門負責與南中蠻人之事宜，想來必有收效。」

曹彰苦笑一聲，「荊南之法，非我所出。那是我家四哥一手策劃，由我手推廣……本來成都穩定後，我幾次請四哥過來，想與他商議一些事情。可四哥卻左推右推，始終不肯前來。」

曹彰所說的四哥，便是曹朋。

如果按照族譜中的排行，曹二代當中，曹朋排行第四。雖然他不是嫡出，但曹彰還是要尊他為兄長。在曹朋之上，而今只剩下曹休一人。

黃權聽罷，心中暗自苦笑。

自家這位世子，人很豪爽，也很果決。雖說有時候略顯優柔，比如在吳懿的事情上，更透出了婦人之仁，可總體而言，敏而好學，不恥下問，又肯鑽研，日後必然是一位明主。可是，曹彰對曹朋的依賴以及信任，也讓黃權感覺很無奈，甚至有些頭疼。

對曹朋，黃權很是敬重。

這是一個知進退、明輕重的人。

黃權知道，曹朋不肯來成都，就是為了給曹彰造勢，也是不想搶了曹彰的風頭。可是曹彰一有問題，首先便想到曹朋，著實令黃權不太舒服。

我是你的幕僚啊！

可他也知道，曹朋是曹彰的啟蒙老師，兩人感情極好。不僅如此，兩人還是連襟，就連曹彰的兒子，也是在前年由曹朋膝下過繼。兩人感情如斯，曹彰對曹朋的依賴也就無話可說。

好在，曹朋很曉得事，每次曹彰派人去請教，他都會來信說，讓曹彰請教黃權、劉巴。

「大將軍此舉，也是為磨練世子。將來世子必要掌控全域，怎能事事請教大將軍？弄個不好，只怕會給大將軍找來禍事。」

「這個，我也曉得。」

就在這時，忽聞小校來報：「陛下命中常侍越般前來傳旨。」

曹彰連忙起身，帶著黃權等人便迎上前去。

前來傳旨的人，正是越般。

他見到曹彰之後，便立刻道：「太子，陛下有密旨與太子，請閒雜人等退下。」

密旨？

曹彰激靈靈打了個寒顫。

黃權等人也急忙退出大廳。

「陛下此時，究竟傳何旨意？竟如此神秘？」黃權忍不住，低聲詢問。

卻見劉巴面露凝重之色，見左右無人，輕聲道：「公衡慎言！陛下這次傳旨，只怕是有要事……弄不好，是為太子掃清障礙，你我休要揣摩。」

障礙？

黃權心裡一顫，駭然向劉巴看去。

然而，就在曹彰領旨的時候，張郃、典滿、許儀等人，卻匆匆前來府衙。三人面色凝重，也沒有向黃權打招呼，這也使得黃權和劉巴心裡更加不安……

過了一會兒，越般陪著曹彰走出來。

不過，曹彰的臉色並不好看，甚至透著幾分陰鬱。

「太子！」見曹彰久不言語，越般低聲催促了一句。

而曹彰則一臉陰沉，甚至用不耐煩的口吻道：「休要聒噪，我知分寸……圓德！」

「喏！」

「你立刻前往鄴縣，請大將軍前來。就說……陛下傳來旨意，請大將軍前來接旨。速去速回，不得有誤。」

哪知道，典滿卻露出了猶豫之色：「太子，要臣去嗎？」

「要不……」曹彰目光一轉，落在了許儀身上。

許儀立刻道：「太子，非臣不願前往，只是這臀有疾，實不宜騎乘，請太子恕罪。」

黃權差一點笑出聲來。

所謂臀有疾，如果說得直白一點，就是『我屁股上有痔瘡』，所以不能騎馬。

連這種藉口都能找出來，許儀也著實大才。

曹彰把目光又轉到了典滿身上。

「圓德！」

「好吧，那就我去！」典滿說完，惡狠狠瞪了許儀一眼，轉身離去。

可是這一來，卻更堅定了黃權和劉巴兩人的猜測。兩人心裡不免感到了惶恐，在一旁坐立不安。

曹彰則在庭上煩躁踱步。

到傍晚時分，曹朋與典滿匆匆趕來。

「太子，陛下旨意何在？」

「越常侍！」曹彰很是為難，扭頭向越般看去。

卻見越般站起身來，取出聖旨，「曹朋接旨。」

曹朋連忙低身接旨。

「著征西大將軍，新武侯曹朋，自接旨時罷大將軍職，即刻啟程，返回長安。」

章十六
最後試煉

劉巴和黃權敏銳覺察到，庭上的張郃、典滿和許儀三人都不約而同緊張起來。兩人只覺一陣心驚肉跳，冷汗順著脊背流淌，濕了衣衫。

這，分明是要解除曹朋兵權！

曹朋則是愣了一下，表現得卻極為輕鬆。

「臣曹朋，接旨！」

說話間，他起身上前，從越般手中接過了聖旨。

「太子，陛下有旨，即刻命臣趕回長安……臣，這就要告辭，趕路了。」

「慢著！」曹彰突然開口：「四哥，我隨你一同走。」

「啊？」

「父皇有旨，也要我返回長安。益州事務，由漢中太守石韜暫領，行大都督事……還有，陛下將於越嶲郡設立大行府，罷南部都尉郝昭，拜越嶲郡大行府都督，即刻赴任。」

曹朋聽罷，更疑惑了！

反倒是一旁的張郃、典滿、許儀三人，如釋重負般長出一口氣，緊握劍柄的大手也隨之鬆開。只因先前曹操下詔……

著張郃、典滿、許儀三人知：朕罷友學大將軍職，即刻返回長安……若友學接旨後，有半分不滿，或猶豫之表現，則就地格殺，不得違命。欽此！

阿福，果真好福氣……

鄴縣，府衙——

夜已深了，府衙內燈火通明。

諸葛亮和法正徹夜未眠，黃忠、嚴顏、趙雲等人更是嚴陣以待，在大堂內徘徊。

郭奕走進廳中，如釋重負般向眾人稟報。

「啟稟兩位軍師，他們退了！」

這也讓廳內所有人都長出一口氣。

『他們』，是指曹軍。不過並非曹朋的手下，而是西川一干降將，如張任、冷苞等人。同時，張郃所部兵馬，神不知鬼不覺的出現在郪縣和綿竹之間，隔斷了駐守綿竹的大將郝昭的路途。如果郝昭出兵，必然會在第一時間遭遇張郃阻擊。而這一連串的行動，無不刺激著眾人的神經。

諸葛亮說：「此必是針對公子所為。」

「那怎麼辦？」沙摩柯立刻就急了，「我這就點起兵馬，殺進成都，將公子解救出來！」

「沙沙，休要莽撞！」法正連忙阻止。「你這時候若動，也就坐實公子罪名，則公子必死無疑。」

「可是……」

「你莫擔心，公子早就猜測到了這一天會來，所以早有準備。此次公子在成都，有驚無險，必無大礙。不過，怕公子再難繼續滯留於益州了。」

法正和諸葛亮兩人的阻攔，以及黃忠與嚴顏的勸說，總算是穩住大家情緒。

隨著曹軍退走，所有人都鬆了口氣。

諸葛亮彷彿自言自語道：「公子已化險為夷，不過十天之內，咱們也將啟程離開。大家都去準備一下吧，用不了多久，咱們也該離開了……」

是啊，曹朋已經走了！

諸葛亮這些人，也就沒有必要繼續留在益州。

不過接下來，還會發生什麼事情？無人知曉。所有人的心頭都沉甸甸，有一種壓抑感覺。

章十六
最後試煉

真的是狡兔盡，走狗烹嗎？

三月陽光明媚，正春暖花開好時機，山花爛漫。

涼風徐徐，拂在身上，格外舒適，總令人精神振奮。

曹彰陰沉著臉，顯得很不高興。倒是曹朋看上去很輕鬆，一路上竟似在遊山玩水般，顯得格外逍遙自在。

「太子還在生氣？」見曹彰不高興，曹朋笑了，「這春色正美，何故悶悶不樂？這次咱們離開巴蜀天府之國，下次就不知何時才能再來。入川時，未能欣賞美景，此時欣賞，倒也正是好時候。你看，那漫山春色，何等的動人。」

「四哥，這件事真不是我所為。」

「我知道。」

「父皇他……」

「子文，慎言……你而今是太子，也是這大魏朝的繼承人，說話時要三思才好。陛下如此作為，是為你好，也在情理之中，沒什麼好生氣。你我相識，已有多年，從師生開始，直到而今手足。你的心思我很明白，這個情，我也記下了……只是這關乎國體大事，陛下謹慎很正常。換作是我，說不定也會如此，你莫要再去責怪陛下。」

「你為儲君，當多留意國事。而今西川已定，荊襄也逐漸恢復元氣。水軍歷經近五載光陰，想必也有了一戰之力。我想，收復江東，不過早晚，到時候陛下必然會以太子為主帥，征伐江東。你與其在這裡生氣，倒不如好生琢磨如何打江東吧。」

要征伐江東嗎？

曹彰頓時興奮起來……

這傢伙果然是個好戰的性子，一聽打仗，立刻沒了先前的表情。

人群中，黃權、劉巴、鄭度三人則默默的觀察著。三人相視一眼，無奈苦笑。

曹彰對曹朋的依賴，而曹朋對曹彰的瞭解，都不是他們三人能夠清楚的。這曹朋，若品行好時，可為棟梁；若品行差時，必禍害甚大。可兩人之間的關係，又不是他們可以挑撥。

曹朋現在雖手中無一兵一卒，但若要取他三人性命，也易如翻掌。三人私下裡，不約而同做出了決定：可以與曹朋交好，盡量不要去招惹……對曹朋，要防備，但不能使曹彰知曉，否則必然會惹來殺身之禍。

但願得這位曹『大將軍』，能如他在《陋室銘》和《愛蓮說》中所寫的那樣，是一個出淤泥而不染，濯清漣而不妖，品德高尚的人物。否則，太可怕了！

「四哥，此次回長安，還有什麼需要注意的嗎？」

曹朋騎在馬上，聽曹彰如此問，突然勒住馬，用馬鞭遙指前方山嶺。

「我記得那山上有一座亭，站在亭中欣賞景色，極美。這時候，正是桃花盛開時節，子文何不與我一同登山，欣賞一下景致呢？」

正晌午頭，陽光也很烈。

曹朋突然改變了對曹彰的稱呼，讓曹彰先一怔，旋即醒悟過來，忙使人在前方山腳下駐營。

「公衡、子初、伯年，你三人也一起來吧。」

黃權三人一怔，旋即點頭，躬身應命。

在安頓好後，眾人沿著山間小徑，登上了這座不知名的山嶺。孫紹和鄧艾兩人捧著茶具，在大家都走進小亭之後，兩人在亭外生火，烹茶。

章十六
最後試煉

茶香瀰漫山間，合著那山風，令人心曠神怡。

「陛下登基，而丞相一職，隨著出缺。陛下在時，君權必盛，但……自有漢以來，相權始終是一大隱患。子文他日在朝，還須對此多加留意。我以為，君權至上，相權不可以過大。而今朝中制度，相對混亂，令出丞相府，少不得將來會出現動盪。」

曹朋這番話，直指曹彰弱點。

曹操是一個個性極其剛強的人，他活著，則相權必弱。可是曹操身體一直不好，很難說還能堅持多久。而曹彰性情也很剛強，卻又有些柔弱，比如在處理吳懿的事情上，就顯得不太利索。曹彰在位時，也還好，但如果曹彰去世，誰又能保證日後相權不會再次坐大？

君權至上，但需要節制。

相權，始終是一種輔助手段……

曹朋一番話，直指如今的政治制度。一旁的黃權等人聽得也是頗為贊同。

「此前，文若他們搞出來了一個九品官人法，甚好！然則再好的律法，也需要合適的人推行。而今官制混亂，職權混淆，並非一件好事。這段時間，我在郪縣和孝直、孔明，也有討論這件事……我想出一套官制，不過還需要再推敲，如此一來，則可以職權清晰。」

曹彰聽聞，頓時來了興趣：「四哥，願聞其詳。」

曹朋笑了笑，招手示意鄧艾取來一本冊子，遞給了曹彰。

「這裡面是我的一些想法，子文可以拿回去作為參考。必要時，可與公衡、子初、伯年三人商議討論。公衡、子初、伯年，皆為人傑，是智謀高深之輩。子文將來要多多向三位請教，必然能獲益甚多……」

曹朋說著，突然輕輕的嘆了口氣：「至於我這邊，子文回長安後，休要再管。」

「啊？」

曹朋拍了拍他的肩膀，起身走出涼亭。

他帶著孫紹和鄧艾走了，卻留下曹彰幾人，相視默默無語……

曹朋所書的官制，是參考後世明代閣部制度而成的法規。這套制度是否完善？很難說得清楚……就像他說的那樣，再完美的制度，也要合適的人選執行。也許在這世上，根本就沒有真正完美的制度，只有合適的人選。

曹朋可以想像得到，此行返回長安，恐怕在短時間內他再也無法離開……

抑或說，曹彰一日不登基，他就難有出頭之日。

建安十七年四月，曹朋抵達長安。

正如他所猜想的那樣，抵達長安後，曹操並未召見他，而是讓他在那座修建得美侖美奐的新武侯府中等候召見。名義上，曹操拜曹朋為驃騎大將軍，可實際上，已經罷免了他的兵權，猶如軟禁一般，把他關在侯府之中。

隨後，曹操又把無當飛軍調走，前往荊南；沙摩柯任長水校尉，王平任步兵校尉，留守長安。

本來，曹操對黃忠、嚴顏、趙雲三人也有任命。不過三人卻推辭拒絕，在新武侯府安頓下來。法正和諸葛亮也一起住進了新武侯府，算是一同囚禁。

而郭淮，因征伐西川之功，拜射聲校尉。此外還有孫紹，拜荊南大行府少督……

孫紹不願任職，卻被曹朋勸阻，讓他前往武陵。孫紹無奈之下，只得同意。

曹朋，要倒楣了？

長安城中，頓時議論紛紛。

曹賊 章十六

最後試煉

否則，以曹朋的功勳，加上曹操對他的喜愛，怎可能出現這種事情？

不過又不像是倒楣……若真被問罪，斷然不會如此。

雖說曹朋官職罷免，但他的爵位猶在。特別是他對河西郡的掌控，以及並州大都督鄧稷也沒有受到任何影響。甚至曹朋自己，更時常帶著他的白駝兵與飛駝兵出城操演……而曹操對此，也從未有過任何的表示。

建安十七年入秋，曹彰以副丞相之職，拜大將軍，奉命駐紮荊南，整日操演兵馬，做出與江東決戰之態勢。一時間，烽煙四起，天下人為之惶恐。

曹操終於要對江東用兵了？

江東上下，人心惶惶……

而最使孫權頭疼的，莫過於孫紹突然出現。

當年大喬夫人帶著孫紹兄妹突然消失，令孫權緊張不已。不過後來，大喬夫人一家音訊全無，倒也讓孫權漸漸放下心來。

可如今，孫紹再一次出現，而且是以荊南少督之身分出現，這令孫權如何不緊張？

他一方面在調兵遣將，另一方面則疑神疑鬼。特別是對周瑜，孫權更是謹慎提防。畢竟周瑜和孫紹的關係太深了，是孫紹的姨父，更是孫策的連襟。孫權對周瑜本就有些提防，現在孫紹出現了，他對周瑜就更加忌憚。

十七年末，孫權突然罷周瑜水軍都督之職，任馬達接掌水軍。

此令一出，江東上下為之譁然。許多人急忙上書，請求孫權三思而行。

周瑜經營水軍多年，戰功顯赫，對於曹魏的威懾力，無比巨大。現在孫曹要開戰，你把周瑜撤了，豈不是自斷一臂嗎？那馬達雖然也有本事，可畢竟比不得周瑜威望。

魯肅急急忙忙從丹陽趕赴建康，勸說孫權莫自毀長城。殊不知如此一來，孫權對周瑜的忌憚又加深了幾分。

章十七

混亂之始

廬江，舒縣。這裡是周瑜的家鄉。

時值三九，北方大地千里冰封。舒縣的氣溫很低，瀰漫在空氣中的水氣，更多了幾分刻骨寒意。

周府臥房中，擺放著幾個火盆。炭火熊熊，驅散了屋中寒意。

周瑜躺在榻上，氣色顯得有些不太好。自從被免去了水軍大都督之後，他心中鬱結，悶悶不樂，隨後便病倒在榻，病情也始終得不到好轉。

小喬夫人捧來藥水，勸說道：「公瑾，把藥吃了吧。」

周瑜掙扎著坐起，將那黑色的藥汁喝下去，而後忍不住嘀咕道：「真苦！」

小喬夫人則幽幽嘆了口氣，在一旁坐下。

「夫人，可是有話要說？」

小喬夫人抿著嘴，半晌後低聲道：「公瑾，可是怪伯文嗎？」

周瑜臉色微微一變，卻沒有回答。良久，他開口道：「當年伯符故去，我見紹年紀小，恐他無法擔當重任，於是與子布商議後，假伯符之命，使主公繼位。畢竟那時候，主公已展露才幹，可為明主……

若當時紹繼位，只怕江東少不得要動盪。」

「啊！」小喬夫人聽聞，失聲驚呼。她這是第一次聽周瑜說這件事，不免感到驚駭。

「夫人，可是被嚇到了？」

「不，只是有些、有些……」小喬夫人實在不知道該怎樣才能表達出自己此時此刻的心情。

周瑜則是一臉的苦澀，輕聲道：「這，卻怪不得妳！事實也證明，我當時的選擇並沒錯，主公遠比小紹更適合這個位子。不過我也知道，他對小紹頗為忌憚……所以我只好冷漠相對，不敢與小紹有半分的親熱。哪料到，小紹他居然……」

「公瑾，這怪不得你！」小喬夫人見周瑜情緒低落，忙開口勸說。

周瑜笑了！

「此前我還在高興，笑那曹朋功勳卓著，到頭來免不了那狡兔盡、走狗烹的命運。可沒想到一轉眼，就輪到了我。這也許就是當初我辜負伯符的報應，報應啊！」

小喬夫人不知如何勸慰。就在這時，門外傳來腳步聲，緊跟著便聽到有人敲響門扉，小喬夫人頓時大怒：「什麼人？跑來打攪？」

「夫人，是我。」門外人連忙道：「大都督可有休息？」

周瑜一怔，忙撐著坐起來：「可是周南？」

「正是！」

「進來吧……」

周南是周瑜的家將，也是跟隨周瑜多年的老家臣。

門開了，周南走進屋中，單膝跪地道：「大都督，建康有消息傳來……主公罷會稽太守賀齊賀公苗太守之職，並將其捉拿下獄，等候處置。程普、黃蓋兩位老將軍一力阻止，卻未得主公同意。兩位老將

章十七
混亂之始

軍一怒之下，掛印還富春去了。」

周瑜聽聞一怔，頓時臉色大變：「你說什麼？」

「主公將賀公苗打入大牢，程普和黃蓋兩位將軍掛印離去。」

周瑜不由得大叫一聲：「主公，錯了！」

只覺有一股氣在胸中鬱結，周瑜忽然間噴出一口鮮血，便一頭栽倒在榻上。

周瑜病了！

當魯肅趕往舒縣見到周瑜的時候，顯然被眼前的景象嚇住！這才多長時間，周瑜就變得形銷骨立，宛如變了一個人。昔日的美周郎已不復存在，躺在榻上的周瑜，死氣沉沉，絲毫看不出當年那種靈性。

「子敬，你來了……」周瑜昏昏沉沉，卻還認得魯肅。他苦澀笑道：「可是主公派你前來……取我性命嗎？」

「公瑾，你此話從何說起？」

「主公抓了公苗，又趕走了程、黃兩位老將軍……而今不就剩下我一人尚在嗎？」

魯肅連忙走上前，在床邊坐下，「公瑾想得多了……主公他……只是聽說公瑾患病，所以讓我前來探望。」

周瑜笑了笑，卻未再贅言。

魯肅坐在一旁，突然間不知該說些什麼。曾幾何時，他與周瑜是無話不說的好朋友，卻未曾想兩人有朝一日，面對面時會不知如何啟口。

良久，魯肅嘆了口氣，站起身來勸慰道：「公瑾莫想太多，還是好好將養身子。他日主公……必然會復起公瑾，這江東八郡，若無公瑾，終究是有些不足。至於公苗，我會盡力勸說。」

江東本六郡，但因桂陽和長沙兩郡，故而稱之為八郡。

周瑜似乎不想再說什麼，把眼睛一閉。

「嫂嫂，若有什麼需要幫助，請與我知，肅必不推辭。」

魯肅知道周瑜不想再說話，於是起身告辭。臨走時，他對小喬夫人如此說道。而小喬夫人卻是一副冷漠模樣。

「子敬！」

「啊？」

就在魯肅要出門的時候，忽聽周瑜喚他。

「若有朝一日，我真個出事，煩請子敬你多費心，代我照拂家小……請把他們送往富春，請程、黃兩位老將軍代為照拂……他日如果你有機會見到嫂嫂和小紹，請代我道歉。當年之事，瑜出於公心，絕無半點私情。那幾年之所以疏於走動，也非是因為周瑜涼薄，實為他們母子考慮。若他們能夠原諒更好，若不肯原諒，就隨他們去吧……」周瑜說完，復又閉上了眼睛。

小喬夫人眼睛哭得紅腫，送魯肅走出家門。

「嫂嫂放心，待我回去，必請名醫前來為公瑾診治。至於公苗的事情，我自會勸說主公。請公瑾好生將養，這江東，而今還少不得他周公瑾啊。」

小喬夫人強笑一聲，點點頭，答應下來。

魯肅星夜離開舒縣，趕赴建康。

此時的孫權，已經完全亂了方寸。特別是程普和黃蓋兩人離去，對於孫權的打擊無比巨大。當年孫堅留下的三位老臣，只剩下韓當一個。但是與程普、黃蓋相比，韓當不論是在德行還是能力，明顯有些不足。兩位老將掛印離去，使得江東人心惶惶。

孫權一面努力的穩定局面，同時又承受著巨大壓力！

曹魏聲勢越來越大，而曹魏水軍也在不斷擴張……

甘寧坐鎮三江口，數次和江東水軍交鋒，從最初處於下風，到如今已隱隱可以抗衡……至於東陵島水軍，也在不斷強大。魯肅雖然幾次想要攻擊東陵島，但結果卻不容樂觀。幾次交鋒，也都是不相伯仲。廣陵太守龐德與周倉配合天衣無縫，令魯肅幾次試探都無功而返。同時，東陵島海軍則幾次在沿海地區出擊，威脅江東海域，令江東沿海百姓更人心惶惶。

如此情況下，孫權不得不實行堅壁清野政策，下令吳郡、會稽等地沿海百姓後撤，以免遭遇曹軍攻擊……好在，到目前為止，曹魏尚沒有太大動作。

魯肅回到建康，力勸孫權。加之程普、黃蓋離去，也使得孫權產生了猶豫。權衡下，他最終決定釋放賀齊，但罷去賀齊會稽太守之位，不復錄用。同時命人對賀齊嚴加看管，如此就等同於是把賀齊軟禁了起來。

雖然沒有達到目的，可總算是保住了賀齊的性命，魯肅和諸葛瑾不禁如釋重負。兩人商議一番，決意在適當機會時，再勸說孫權，復起賀齊。畢竟，如今孫權正處於盛怒，要想勸說他改變主意，並不是一樁容易的事情。

在諸葛瑾府中花園裡，魯肅和諸葛瑾相對而坐。

「子敬，你何時返回丹陽？」

魯肅道：「廣陵龐德，最近時常襲擾丹徒，頗令人頭疼。他有東陵島周倉配合，有舟船之利，已不復當初我等占據水上優勢之時。特別是那些巨高海船，體型巨大，雖然不甚靈活，但是作為接應掩護，卻極為適合……子明幾次出擊，都未討得便宜。」

「我這次回來還有一件事，便是請大王打造巨型舟船，以免將來在海上吃虧。大王已經開始考慮此事，準備在會稽置鎮海縣，修造船塢，打造海船。若海船製造成功，我江東水軍便可以直逼東陵島，牽制曹魏水軍。」

魯肅說得是信心滿滿，但諸葛瑾卻憂慮重重。

曹操打造東陵島水軍，徵調能工巧匠，耗費錢糧無數，整整用了近八年時間，才算是打造出如今的東陵島水軍。江東一開始只注重於大江之上，打造出來的舟船偏小，根本沒有製造巨型海船的經驗。就算現在開始轉移側重，沒幾年光景，恐怕也難成功……更不要說，這海上作戰和江上作戰完全不同。曹魏如今是財大氣粗，能消耗得起！可江東，能撐得住嗎？

可是看魯肅那般自信，諸葛瑾也不好開口勸說。

兩人坐在花園中長吁短嘆，討論著如今天下大勢。

忽然間，有家臣慌慌張張跑進來，在諸葛瑾面前躬身說道：「啟稟將軍，大事不好！」

「怎麼了？」

「剛接到消息，周都督……周都督他在兩天前，歸天了！」

「什麼？」

魯肅和諸葛瑾同時站起身來。

「周都督歸天了，有當地官員前來報訊，確認此事。」

魯肅和諸葛瑾二人，不由得面面相覷。

周瑜，死了？

周瑜竟然就這麼死了……

兩人相視許久，不由得苦澀而笑：周瑜這一死，只怕江東，將更加混亂！

章十八

天罡第一劍

興隆二年，正月。

返回長安已經有大半年了，曹朋始終未有任何任命。雖然拜驃騎大將軍，卻是一個虛職，沒有半點權力。許多人都在為曹朋不平！但曹操威名尚在，無人敢出面反對。而曹操呢？就好像忘記了曹朋這個人一樣，也從未詢問過，也沒有派人到新武侯府慰問。

倒是卞夫人，時常派人送些小禮物，表示關心。

曹朋也予以回禮，而後好像什麼事都沒有發生似的，該玩樂就玩樂，該如何便如何……

他出巨資，在終南山、隴西、南陽三地開設了三座書院，招攬學子就讀。書院的門檻也很低，面向整個社會，並不收取半點費用。

這也讓許多人感到吃驚！

還有人上奏曹操，不想曹操卻說：「找點事情做也好，總勝似一些人遊手好閒，不務正業，只知道與一幫子無行之人唱和。友學這傢伙，倒是會消遣。文若有空時，去問問那小子，可需要幫忙？若不過分，就給些方便。」

這一番話，卻是包含了各種深意。

遊手好閒，不務正業……說的是曹植。

近來朝堂上有不少聲音，說曹植才情卓絕，比曹彰更適合繼承皇位。曹操用這樣一個態度，表明他不會更換太子。曹植才學雖好，但過於散漫。

而另一方面，則是警告一些人：不要試圖去找曹朋的麻煩！朕罷他官職、幽禁他都可以，但是你們不可以……

荀彧旋即答應，並在隨後發出了勸學令，算是表明了官方態度。

曹朋卻沒有上書道謝。他閒暇時和法正、諸葛亮在家中下棋烹茶，逗逗孩子，陪著妻兒四處遊玩。或者便領著他那些近衛，在長安周圍遊獵。

時間，就這樣一天天過去。轉眼間，曹朋已過而立之年……

興隆二年初，曹操下詔，罷鄧稷並州大都督職務，同時改廷尉為大理寺卿，拜鄧稷為大理寺卿，召還長安。這一道政令發出，頓時引起了無數抗議。鄧稷是個身有殘疾的人，以前在外做官還好，如果要返還京師，入主中樞，而且是九卿之一的大理寺卿，卻召來許多人反對。

東漢以來，任用職官，除能力和德行之外，還要有姿容。

你讓個殘疾人來出任九卿之一……更不要說，經過曹操重置後的大理寺卿，比之原先廷尉的權力更大。許多人都盯著大理寺卿的位子，你如今卻把這個職務交給了鄧稷？這要是傳揚出去，豈不是要被人笑話死？

換個人，還真承受不住輿論壓力！

可曹操是誰？

寧我負人，毋人負我……一個極其自我，又極其強硬的人。他何曾在意過別人的想法？事實上，從他迎奉漢帝，奉天子以令諸侯，便爭議不斷。可每一次，不都是被他以極為強硬的手段給硬生生壓制？

這一次，也不例外！

「朕用人，只看才具。滿朝文武之中，非叔孫不足以擔當大理寺卿。朕意已決，休勿贅言。」

「文若，陛下這樣子怎生是好？」

退朝後，許多人圍住了丞相荀彧。

哪知荀彧笑道：「陛下已詔，勿贅言。諸公若有不滿，可以與陛下商議。此事乃陛下所定，非我可以改變……不過，叔孫雖有殘缺，但才具的確出眾。自建安二年開始，至今已整整十五年。十五年來，叔孫功勳卓著，滿朝文武能與之相比者，屈指可數。他為人剛正，最適合大理寺卿。」

不少人這才想起來，鄧稷初入許都時，便和荀彧、郭嘉交好。

你要荀彧出面阻止鄧稷，又怎可能？

不只荀彧，包括董昭、劉曄等人，以及曹洪、夏侯惇、夏侯淵……誰也不願意出面阻止。

鄧稷，是曹朋的姐夫。曹朋雖然被罷官，但請別忘了，他的人脈之廣，滿朝無人可比。甚至連荀彧，和曹朋也有利益往來。只要曹朋在，就無法阻止鄧稷還都的事實……

可是，誰又能壓制住曹朋呢？

正月十五，新武侯府中，張燈結綵。再過一些日子，鄧稷一家就要回來了……這也代表著，曹朋一家在歷經十五年波折後，終於能夠團圓。哪怕曹朋如今被幽禁，也無改這樣的事實。

曹府上下，喜氣洋洋。不僅僅是為了歡度元宵節，還有一樁喜事，那便是趙雲和馬文鷺終於有了愛情結晶，長子趙統滿月了！曹朋自然要為之慶賀，在府中大擺酒宴。

然而，就在酒宴正酣時，忽聽家臣傳報：「中常侍越般，在府外求見。」

曹朋聽聞一怔，連忙和父親曹汲一同出迎。

「新武侯，勿贅言，請隨咱家進宮。」

曹朋驚訝不已……他返還長安大半年，這還是第一次得到詔令，讓他入宮覲見。

「越常侍，出了什麼事？」

越般似乎有些著急，低聲道：「新武侯莫問……對了，當年陛下託咱家送給新武侯的物件，可還保存？」

曹朋旋即反應過來，「可是那密詔？」

「正是！」

「當然保存完好。」

「請新武侯攜帶密詔，隨我進宮吧。」

曹朋不再追問，連忙跑進屋中，把密詔帶好，在一家人擔憂的目光下，和越般一同前往宮城。

一入宮城，曹朋立刻覺察到有些不妙。

長安城裡張燈結綵，歡聲笑語不斷，然而在宮城內，卻是戒備森嚴，冷冷清清。十步一崗，五步一哨，但見禁軍在宮城中巡行，一個個都面帶凝重之色。整個皇宮裡，瀰漫著一股緊張的氣息。

等曹朋隨著越般來到紫宸閣的時候，就見荀彧、程昱、郭嘉、賈詡、荀攸，以及夏侯惇、夏侯淵等人都在宮外守候。曹洪頂盔貫甲，執矛而立，透出一股淡淡的殺氣。見到曹朋，所有人都沒有顯露出驚異之色。

越般匆匆來到殿外，輕聲道：「陛下，新武侯來了！」

大殿裡，一派寂靜。

片刻之後，只聽有人傳道：「陛下有旨，傳新武侯、荀丞相、程公……等人覲見。」

章十八
天罡第一劍

曹朋名列第一位，不過他倒是曉得輕重，落在了最後。

「奉孝大哥，出了什麼事？」他和郭嘉並肩而行，忍不住低聲詢問。

郭嘉見左右無人留意，壓低聲音道：「日間陛下突然昏迷，方才清醒。阿福，一會兒進去後，說話小心些。我擔心，陛下他……」

郭嘉沒有再說下去，然而曹朋卻瞪大了眼睛，露出一抹駭然之色！

郭嘉雖未言明，但意思已表達得非常清楚……曹操，恐怕要不行了！

曹操身體在過去一年裡，一直都不太好。

荊南一場疫病，幾乎淘空了底子。雖然有張仲景、華佗這樣的名醫，也僅僅是維持。而荊南之戰後，曹操致力於發展，甚至比戰時更加操勞，登基後又少不得費心。一來二去之下，身體便越來越差。

曹朋回長安被閒置起來，而且沒有機會與曹操見面。但卞夫人時常派人過來慰問，每次曹朋都會有意無意詢問一些曹操的生活瑣事。睡眠少，食量小，加之每日處理公務到深夜，曹操的身體狀況也就一目了然。只是，曹朋卻沒想到曹操會在這個關頭垮掉。

江東之戰即將開始，若沒有曹操坐鎮，還真不太穩固。如果曹操出事，那麼江東之戰勢必暫時擱置，待態勢穩定下來，重再開戰。只是那樣一來，所要耗費的時間和力量必然比現在多出百倍。

江東方經歷一場變故……周瑜病死，程普、黃蓋隱退，而那個馬達坐鎮水軍時日尚短，還不足以控制江東水軍。可以說，這時候開戰，於曹魏利益甚多。可偏偏……

曹朋隨眾人走進大殿，見曹操躺在床上，形銷骨立，憔悴得恍若兩人。

「阿福，來了沒有？」在和荀彧等人交談片刻後，曹操突然低沉問道。

曹朋連忙從後面走上來，跪在床邊，「臣，在這裡。」

看到曹朋，曹操那張瘦削得毫無半點血色的面容上，閃過一抹淡淡笑容。這笑容，看上去很熟悉。第一次和曹操見面時，他就曾用這種笑容來迎接曹朋。青梅煮酒，與曹朋論英雄。

當年的曹操，意氣風發，臉上最常掛著笑容，透出難言的自信和威嚴。然則……

曹朋曾多次想過，曹操若死了，會如何如何。可是當他親眼看到曹操這副模樣時，卻沒有半點想像中的開懷，反而感覺非常難過，還有一種難言的揪心。

一世梟雄，便要如此走了嗎？

「陛下……」曹朋的聲音，突然有些哽咽。

而曹操朝他招了招手，一旁卞夫人忙開口道：「阿福，再走近些。」

曹朋跪行幾步，手搭在了床上。

「阿福，可恨朕嗎？」曹操的大手，覆在曹朋手上，「你打下了西川，朕卻奪了你的兵權，把你閒置起來，你心裡，可恨朕嗎？」

說實話，曹朋還是有點怨念。

可在這時候，他卻生不出半點怨恨，點點頭，又搖了搖頭，「初時有些怨恨，但而今已經沒有了……陛下這樣做，必然是有原因。陛下對阿福的照顧，阿福一直都記在心裡。阿福好惹是非，若不是陛下，誰人又能容忍那許多過錯？一想這些，怨恨也就沒了……陛下定是有打算。」

曹操呵呵笑了！

他混混沌沌說：「密詔……」

越般連忙上前，把此前從曹朋手裡拿來的密詔遞上去。

「阿福，打開！」

章十八

天罡第一劍

曹朋有些迷茫，當著這麼多人，打開密詔？那還是密詔嗎？不過他還是打開了密詔，卻見裡面並無想像中的密詔，而是一封黃金鐵券。

武侯一脈，不反永昌。

反亦富貴，子孫牢記。

十六個大字後，還有落款：曹吉利。

曹朋看清楚鐵券上的文字，剎那間五味雜陳，淚水刷的一下子流淌下來。

這是免死鐵券，也是曹操給他這一支的護身符。

曹朋和他的子孫，只要不造反，就永遠昌盛；即便是造反，也不可以殺害，而且要保住他們的富貴。這是曹操的遺囑，也是曹魏後來皇帝必須要牢記的一個規則。曹朋有了這鐵券，也就等於讓武侯一脈可以綿延下去，永遠不必擔心消亡的命運。當然，這前提就是，曹魏永存。

曹魏，可能永存嗎？

這天下事，風水輪流轉，哪有什麼永恆？

不過，只要曹魏存在一天，曹朋一脈就不必擔心消亡。

這，就是曹操贈送給曹朋的禮物！

一旁眾人，不由得面面相覷，甚至是眼紅不已。

就連荀彧和郭嘉，也是在心底暗自嘆息：人言曹朋是曹操私生子……若非是知道，恐怕連我也會相信。曹操對曹朋的關愛，可謂到了極致。恐怕他連自己的兒子，都沒有這許多關懷。

曹朋有這麼一封鐵券在，便如同立於不敗之地。

「阿福莫怨恨朕。朕把你閒置，也是想保護你……你功勞太高，威望太重。在攻取西川之戰中，雖然把成都第一功讓出，可朕卻知道，若非你一早謀劃，此戰何來如此輕鬆？人說子文是首功，朕心裡明白，真正首功，是你阿福。可越如此，朕就越要閒置你、打壓你。你功勞太大，若到極致，賞無可賞，即便子文與你親密，也會心生忌憚。朕本不想說這些，可是朕又不想帶著阿福的怨恨離去。

「阿福，朕要你保證，一世輔佐子文，保我曹氏永昌……你可否能應下？」

曹朋再也說不出話來！

他在床邊，連連叩首，好半天哽咽道：「叔父放心，阿福絕不負叔父所望。」

「寧我負人，毋人負我……說起來容易，可做到卻難。朕今日要給你一道枷鎖，不讓你過得如此灑脫。」曹操說著，突然一陣劇烈咳嗽。

「阿福，天閑何在？」

「啊……在殿外，君明大叔手中。」

「拿來！」

曹操說的天閑，是當年他賜予曹朋的天閑刀，又名天閑劍。

曹汲製天罡三十六劍，已經成為一種榮譽。在大多數時候，這三十六劍的所有者都會隨身攜帶。不一會兒的工夫，典韋捧來天閑劍，奉與曹操。曹操躺在榻上，示意曹朋幫他把劍拔出。

「榮耀即吾命！」

曹操呵呵笑了：「當年朕贈你天閑，是望你能悠閒一世。可到頭來，怕還是要麻煩阿福，去勞神費心。既然如此，這天閑便名不符實……子建何在？」

「兒臣在！」曹植聽聞忙從人群中走出，俯伏床邊。

「拿去……這天閑，便贈與你。」

「啊？」曹植聽聞，臉色頓時慘白。

「做個閒人，快活逍遙，把你的才學好好用起來，以後休要插手那些亂七八糟的事情，做一個逍遙

天罡第一劍

王，你這一支，便可長存，得一個富貴。」曹操說完，把天閑劍遞給曹植。

這一句話，也等於斷了曹植在政治上的念想。

曹植猶豫半晌，顫抖著接過了天閑劍，「兒臣，必不負父皇所期……」

這句話裡，有絕望，也有幾分如釋重負的輕鬆：也罷，逍遙一世就逍遙一世。至少我還可以唱和，從此再無顧慮……

「皇后！」

「臣妾在。」

「把天罡劍取來。」

天罡三十六劍，天罡劍為第一劍，一直由曹操保管。

曹操似乎了無牽掛，並沒有交代什麼大事，只是絮絮叨叨，說一些身邊瑣碎。一旁眾大臣，誰也沒有開口阻攔。比如曹操珍藏的那些香料，該如何處置；比如一些衣物，都放在何處……諸如此類的話語，說了大半晌。

最後，曹操拿起天罡劍，「阿福，朕搶走了你的悠閒，就把這天罡劍，賜予你。」

一旁的環夫人，臉色大變。

而卞夫人則露出一抹淡淡笑容，看著曹朋，輕輕點頭。

天罡第一劍！

這哪裡是什麼賜劍，這分明是在託孤！

曹朋成為曹操託孤第一大員，天罡劍可統帥其他三十五劍，也就是說，曹朋的權力和地位，猶在荀彧等人之上。聯想早先曹操閒置曹朋，又突然間委以重任，所為的，恐怕就是這一刻。再看荀彧等人神情自若，絲毫沒有任何不滿之色，也就說明了，曹操這個安排早已得到眾人認可。

曹朋也懵了！

在一個時辰前，他還是快活逍遙之身，可現在……

曹朋深吸一口氣，從曹操手裡接過了天罡劍，輕聲道：「陛下請放心，榮耀即吾命！」

他在向曹操保證，此生忠於曹氏。

又是好一陣子的絮絮叨叨，曹操累了……

「都下去吧，阿福和皇后留下。」

荀彧等大臣，還有環夫人以及一干子嗣，緩緩退出紫宸閣。不管他們心中有什麼不滿，曹操的決意已定，而且手持天罡劍，便等於執掌生殺之權，誰也無法改變。

「這份名單，便交給你！」曹操遞給曹朋一份名單，「名單上的人，不可留。」

打開名單，曹朋一目十行掃過。他駭然看到名單上還有越騎校尉陳式的名字……陳式此人，是曹朋中陽鎮的夥伴。不過是那個早已死去的曹朋，而不是現在的這個曹朋。

後來曹朋在中陽鎮和陳式重逢，並予以提拔。可他很快便發現，陳式此人不可重用。但礙於那份少年友誼，曹朋把他送到了許都，此後便沒有再聯繫過。不成想，這陳式竟成了越騎校尉。

他疑惑的看向曹操，卻見曹操閉上了眼睛。

一旁卞夫人，做出一個『五』的手勢。曹朋立刻醒悟過來，原來陳式投靠了曹沖。若非如此，不足以解釋他何以做到這個位子。曹操這是要為曹彰清除一切障礙，把所有不穩定的因素，都強行掐死在襁褓中。

「阿福，陪朕說說話。要不讀讀書……就讀你寫的《八百字文》和《三字經》吧。」

曹操呢喃自語，曹朋則含淚應下。

卞夫人取來了《八百字文》和《三字經》，曹朋就坐在床邊上，一字一句為曹操朗誦。

天罡第一劍

可唸著唸著，忽聽卞夫人悲呼一聲：「陛下！」

剎那間，曹朋的眼淚，無聲流下……

曹操，走了！

興隆二年正月十五，曹操駕崩。

他的死，較歷史上提前了八年，享年五十七歲。

史書稱曹操為武祖，號魏太祖。

就在曹操駕崩的當晚，曹朋突然召集長水校尉沙摩柯、步兵校尉王平和射聲校尉郭淮，加上他在長安城外的白駝兵和飛駝兵，共七千人，強行闖入駐紮郊外的越騎營，斬越騎校尉陳式首級，以及十六名軍官。

隨後，荀彧下令，全城夜禁。

曹朋依照著曹操的那份名單，挨個上門。

一夜間，共三十餘名朝中大臣被打入天牢，罪名是陰謀造反。而在名單上第一位的，便是那位被安置在雒陽的山陽公劉協。曹朋拿下其餘大臣之後，在第二天趕赴雒陽，使劉協飲鴆毒而死。其實，劉協不可能密謀造反，他無兵無將，更無一個可用之人，哪裡可能造反？

但是，劉協卻必須死！

曹操用這樣一個方式，斷去了曹朋登基之希望，同時也確立了曹朋在朝中第一人的地位。

劉協之死，令天下譁然！

曹操雖然死了，可是繼曹操之後，又有一國賊出現。

無數人，無數心中對漢室還存有眷戀的人，無不斥責曹朋為『曹賊』。而孫權更是在咒罵曹朋為國賊之後，在建康稱帝，改年號為黃龍……蓋因傳說，鄱陽湖有黃龍出現，是孫權稱帝的預兆。孫權登基之後，封其父孫堅為武烈皇帝，可是在冊封孫策的時候，卻只給予了長沙桓王之號。

這也使得許多人心中暗生不滿。

在不少人心裡，孫策理應獲得帝位封號，因為這江東六郡乃孫策打下來的江山。孫權這樣做，分明是對孫策一種羞辱。與此同時，江東開始流傳，當年孫策之死，出自孫權謀劃……證據？且看孫紹母子被逼離開江東，不就是為了躲避孫權迫害？這便是最明顯的一個證據……

不過，對於長安而言，孫權的所作所為，都不甚重要。

曹朋自雒陽返還長安之後，與荀彧等人聯手，迎曹彰返還繼位。

當曹彰還在路上時，曹朋又向荀彧遞交了一封書信。書信是出自曹沖之手，交予越騎校尉陳式。信中曹沖命陳式做好準備，在曹操過世當天起事，控制長安。不過曹沖沒想到，曹操故去突然，而且戒備森嚴。

沒等他命令發出，曹朋便已斬了陳式。

這書信是真還是假？已經不再重要！反正，陳式已經死了……

荀彧在得到書信後，立刻下令，把曹沖拿下，將其幽禁，不得與人接觸，等候曹彰返回處置。

曹操駕崩，影響甚大。不過在曹朋、荀彧、郭嘉等人聯手處置下，整個中原幾乎是在波瀾不驚中，順利度過。

興隆二年二月中，在荊南得知消息，日夜兼程趕回長安的曹彰，在曹朋、荀彧等百官擁護下登基，改年號興隆為泰平，史稱昭武皇帝……

隨著曹彰的登基，天下一統大勢已刻不容緩。

江東之戰，也隨之將拉開序幕！

章十九

噩耗

泰平元年，也就是西元二一三年，秋。

曹仁與東吳兵馬，再戰濡須口。大將臧霸奉命，繞道偷襲東吳軍側翼，不想遭遇大雨，江水暴漲，衝垮了堤岸。臧霸所部五千餘人，盡沒於滔滔洪水中，臧霸更殞於這場災難……

聽上去，似乎有些玄幻。

古時為大將者，天文地理都要知曉。似臧霸這樣的將領，更是經驗豐富。偏偏這樣一個經驗豐富的大將，死於洪水中，或多或少讓人感到疑惑。但，這的確是一個意外！合肥多年風調雨順，往年在這個季節，很少會有大雨，就算是有，也只是小雨，不傷大雅。偏偏今年這場雨來得突然，沒有半點預兆，而且雨勢很猛。以至於臧霸在沒有任何防備的情況下，才遭遇了這場不幸。

而這樣一個意外，給曹仁帶來了巨大的麻煩。

江水暴漲，令他計畫破滅。臧霸身亡，更使得曹仁有一種措手不及的感覺。幸好于禁、李通及時增援，否則曹仁就有可能面臨一場慘敗之局。不過，經此一戰，曹仁也病倒榻上，經軍醫診治，已無力繼續坐鎮合肥。不得已，曹彰命曹真接替曹仁之職，為合肥太守，淮南都督。而曹仁則被送還雒陽診治。

曹二代，已全面登上了舞臺！

隨著曹真出任淮南都督後，夏侯尚、夏侯霸相繼出仕，擔任章陵太守和襄陽太守之職。

隨後，曹彰做出一連串的調整。

夏侯淵調任益州將軍，並把前假益州大都督的石韜調至雒陽，任河南尹。並州大都督，由曹洪出任。廢五軍都護府，罷張遼五軍大都護之職，任荊州大都督，總領荊襄九郡軍事。改曹州，為靈州。罷靈州牧梁習，改任涼州大都督。罷靈州大都督夏侯蘭，改任中護軍，右將軍。伴隨著一輪調整結束之後，時間已經進入泰平二年。

曹彰在穩定了朝中局勢之後，正式拜曹朋為太傅，大將軍，加京兆尹。封曹朋為武信公，食邑靈州信城。這信城，便是此前曹州治所彰城郡。曹彰繼位之後，便改彰城郡為信城郡，其中還包涵了一層意思：我始終信任你，請你也繼續幫助我！

這層意思所針對的目標，便是曹朋。

曹操駕崩後，曹朋得曹操託孤，卻表現得極為低調。

在迎接了曹彰登基後，他便從眾人的視線中消失。哪怕是曹操靈柩入陵墓時，曹朋也沒有出現。這引起了許多猜測！不過曹彰也好，荀彧也罷，還有卞夫人，卻知道曹朋去了何處。他手中，還有曹操一封密詔。

曹操生前，最大的願望便是死後墓碑上，寫下安遠侯的封號。可惜，到頭來他無法達成這個目的。臨死之前，曹操密詔曹朋：屍骨不得入殮，焚化之後，灑雞鳴山上。

那雞鳴山是當年秦始皇統一六國後，封禪之地。

雞鳴山，西望河西走廊，北向漠北。曹操希望死後能繼續守護邊疆，成為一個真正的安遠侯。所以，

曹賊

章十九

噩耗

陵墓中的屍骸不過是曹操秘密命人打造而成的金身，而他的屍骸，在入殮之時，已灑落在雞鳴山上。

曹朋命人在雞鳴山豎起了一座石碑。

安遠永鎮！

他沒有說這安遠究竟是誰，只是記下了這個名字。

在許多年後，有人從雞鳴山中挖出了這個石碑，安遠侯也一下子變成了一個名叫安遠的勇士，曾在這裡抗擊羌氐胡虜而死，並因此流傳下美麗動人的傳說。雞鳴山下的小鎮，因而改名為『安遠鎮』。但實際上，這小鎮是曹朋當年安葬曹操時，秘密打造成的鬪士訓練基地，不過史書之中並沒有記載。

泰平二年仲春，魏昭武皇帝曹彰正式下詔，向江東開戰。

曹魏水軍集結三江口，荊南更屯紮十數萬大軍，虎視眈眈。大戰，一觸即發。

時任大將軍的曹朋，並未奉命指揮。

曹彰力排朝中大臣的反對，決意御駕親征。他點起三路兵馬，以荊南、廣陵、合肥三地，同時向江東發動攻擊。

荊南大行府少督孫紹為先鋒，率部直逼長沙郡。而長沙郡太守太史慈，在孫權嚴令之下，起兵應戰。雙方在汨羅江畔對峙，展開連番血戰。與此同時，合肥太守、淮南大都督曹真，集結淮南兵馬三萬人，屯紮濡須口。命郭淮為先鋒，鄧艾為參軍，牛金和牛銀兄弟為副將，向東吳軍發起猛攻。

孫權急命諸葛瑾應戰，更派遣大將蔣欽、徐盛二人協助。

但未等濡須口戰事開啟，廣陵太守龐德向丹徒發動了一次偷襲。丹徒守將呂蒙，被龐德俘虜。魯肅急令大將董襲救援，卻遭遇周倉伏擊。

大將丁奉，被八牛弩射殺，慘死於戰船之上。董襲身受重傷，率殘部退守。

魯肅得知後，大驚失色，忙命大將周泰馳援，同時向孫權懇求援兵。

卻不想在這時候，會稽郡山越作亂。原本，會稽郡山越有賀齊坐鎮，震懾山越不敢輕舉妄動，卻不想孫權自廢武功，罷免賀齊。失去賀齊的威懾力，山越不復之前的恐懼，於是在當地豪強的協助下，近五萬山越起兵作亂，攻掠縣城，擄掠人口，搶奪財富，造成了巨大危害。

整個江東在一剎那間，似乎亂成了一團麻。

張昭等人建議，與曹魏議和；然則馬達、魯肅等人，卻堅決反對……

孫權在雙方爭執不下時，突然間發狂，將五官中郎將薛綜薛敬文斬殺。雖則清醒後，孫權後悔不已，命人厚葬，可是這人已經死了，給江東諸臣帶來的陰霾卻久久無法消散……

「子布，而今主公剛愎，不聽勸諫，更斬了薛敬文，如何是好？」

暮春時節，江東多雨。一場細密小雨籠罩在建康上空，更使人感到心頭有幾分壓抑。

張昭已經老了，不復當年的旺盛精力。孫權在朝堂上斬殺薛綜，著實嚇壞了張昭，以至於回到家後，便病倒床榻，一直未能康復。他躺在榻上，看著床榻前跪坐幾人，心中苦澀無比。

虞翻、嚴畯、程德樞，還有張溫、駱統，全是東吳重臣。可是看這些人，一個個都面帶隱憂之色。

虞翻輕聲道：「我才得到子義傳訊，桓王之子而今率部屯兵汨羅江，攻勢極為凶猛。子義數次與之交戰，都未能取勝。伯文已經長大，武藝韜略更是不俗。子義雖善戰，卻也無法立刻取勝……然而主公卻不問情由，數次派人前往長沙責問子義，又命徐盛前往督戰，令子義極為不滿。若長此以往，只怕子義未必能堅持。他素與伯文親善，若把他逼得急了，說不得就會歸附伯文，長沙危矣。」

在座眾人連連點頭。

張昭睜開那雙渾濁老眼，看著虞翻，突然問道：「仲翔以為，如何才好？」

虞翻則嘆了口氣，「當務之急，老大人也要早做打算。如今之主公，已非當初的吳侯。伯文之事，讓他方寸大亂……而斬殺薛敬文，更令局勢變得更加複雜。我聽人說，南渡之人，都人心惶惶。」

章十九

噩耗

薛綜，不是正統的江東人。他本是沛郡竹邑人，曹操征伐徐州陶謙時，舉家遷移江東。

這薛綜是當世大儒，著有詩賦難論數萬言，更有《二京解》和《五宗圖述》等著作流傳。可以說，薛綜在很大程度上，代表了南渡士人的利益。

而孫權殺了薛綜，讓許多人感到心冷。

張昭，也是南渡士人。他面頰微微一抽搐，半晌後輕聲道：「此話，只在座諸君知，仲翔說話，當須謹慎。再看看吧！而今馬達水軍尚未出動，局勢也並非不可挽回。再看看，再做打算。」

虞翻等人相視，旋即點頭應下。

不過，虞翻等人前腳剛走，張昭便立刻招來次子張休。

「叔嗣，你持我名刺，即刻前往吳縣，拜會顧元歎。就說，請他多多照拂。」

「啊？」張休聽不明白張昭的話，不免一臉茫然。

可是張昭卻不肯與他說明白，只讓他即刻啟程。

顧雍在興隆元年末因身體不適，請辭在家休養。整整一年多的時間，一直沒有再露面，從眾人視線中淡出，但張昭卻隱隱猜測到顧雍為何辭官。也許孫權不清楚，張昭卻知道顧雍可是師承於蔡邕門下。

而蔡邕兩女，一個嫁給了曹朋，如今被封為一品信國夫人；而另一個，則嫁給了羊衜。那羊衜，便是而今下邳太守、樓亭侯，拜徐州司馬。

換句話說，羊衜而今擔當著龐德的副手。廣陵曹軍一應輜重，盡歸於羊衜調派。

有這樣一層關係，顧雍豈能置之不理？想必他和曹魏早已經取得聯繫，只不過在等待時機。

那顧雍，是老牌的江東世族，有著即便是張昭也無法比擬的影響力。你別看他現在不吭不聲，一旦時機成熟，他站出來振臂一呼，整個江東說不得都會隨之混亂……張昭和顧雍，也算是老朋友了！他怎能不瞭解顧雍的秉性？如今你看顧雍好像無事人一樣，可他心裡若沒有盤算，如何能穩坐釣魚臺？說不得日後真要拜託顧雍。

派張休過去，不會引人注意。張昭也相信，顧雍一定明白他的意思……

待張休出發以後，張昭倚在榻上。他閉上眼睛，發出了一聲幽幽嘆息。

江東，大勢已去！

長安，武信公府——

曹朋瞇著眼睛，觀看演武場中，姜維和曹陽切磋比試。

兩個孩子，都長大了！

曹陽如今年十一歲，而姜維已經十二歲。兩人一個拜在黃忠門下，一個則隨趙雲習武。黃忠的風雷刀法，以及趙雲的盤蛇七探，盡得真傳。坐在場邊，看著兩個小子舞動刀槍，曹朋倒是心情愉悅。

在一旁，諸葛亮和法正也津津有味的點評。

曹彰果然不負曹朋所預料那般，是一個寬厚之主。他性情豪爽，氣度很大。這裡面，又有當年曹朋與他講解世界之大，有莫大關聯。

曹彰繼位後，一方面重用荀彧等一干老臣，另一方面又大力提拔諸如龐統、黃權、劉巴等新人。朝中一派興隆氣象，也使得很多人放下心來。

唯一讓曹朋不滿的，便是曹彰對曹沖的態度。

曹彰沒有殺曹沖，也沒有把他囚禁，只是斥責一番後，還給曹沖封了一個鄴侯之位，讓他留居鄴城。這也是環夫人懇求之後，曹彰做出的決定。

按照曹朋的想法，就算不殺曹沖，至少也該把他囚禁起來。但曹彰卻沒有接受，反而斥責了曹朋一番。這也是曹彰第一次反對曹朋的意見。

對此，曹朋是且喜且憂。喜的是，曹彰終於有了一個帝王的覺悟，知曉乾坤獨斷；可憂的是，他這樣子優柔寡斷，終究不是一樁常事。長久以往下去，說不得養虎為患。

但這是家事，曹朋無法參與過多。

「公侯，叡皇子來了！」

就在曹朋沉思時，忽聽一旁家臣稟報。曹朋忙坐直身子，扭頭看去。但見小路上，曹叡蹦蹦跳跳，一路跑來。

「爹……公侯！」曹叡隔很遠，便歡聲叫道。

雖然過繼了近四年，可是曹叡看到曹朋的時候，還是忍不住想要稱呼『爹爹』。

曹朋向左右看了一眼，法正和諸葛亮忙起身退下。

曹叡身後，還跟隨著吾彥。他一副忠心耿耿的模樣，在距離百步左右，便停下腳步。

「我……皇子近來可好？」

「我……挺好的，就是想公侯……皇后好嚴厲，總是找我麻煩。娘說，要我忍耐，可我真不願意再忍下去。爹爹，我想回家……可以嗎？」

孩子稚嫩的聲音，觸動了曹朋心中最柔軟的地方。他摟住了曹叡，用只有他父子兩人可以聽到的聲音說：「小叡，別急……等時機成熟了，爹爹自會讓你回來。不過在此之前，你還要忍耐。過些日子，我會派人去陪你，小叡若想念爹爹，就讓吾粲告訴我。」

「嗯！」

花園中，只剩下了曹朋父子二人……

「公子，長安居大不易啊！」

送走了曹叡之後，諸葛亮和法正上前。

「此話怎講？」

諸葛亮看了一眼法正，輕聲道：「陛下此次出征，卻未讓公子領兵。若說他心裡沒有一點忌憚，亮怎麼也不能相信。當然了，陛下對公子，還是很信任。這一點，從他任公子為大將軍，位極人臣，坐鎮長安，便可以看出。只是這信任，能持續多久？亮卻有些懷疑……而今，除了公子功高震主之外，尚有叡皇子牽扯其中。時間久了，難保陛下不生猜忌。」

曹朋面頰抽搐了兩下。他深吸一口氣，輕聲道：「那孔明以為，我當如何？」

「公子在長安多一日，於叡皇子就多一分不利，而陛下也就多一分猜忌。公子為大將軍，可是手中無兵之大將軍，與那砧板上待宰魚肉，有何分別？公子想要為叡皇子考慮，想要為以後籌謀，單憑先帝傳下的免死鐵券，並無用處。亮以為，居長安則死，領兵於外則生，請公子三思。」

曹朋沉吟之後，輕輕點頭。

可問題是，如何才能出去呢？

法正微微一笑，「我聽人說，軻比能近來頗不安生。其人與丁零呼揭和漠北匈奴牽連甚深，弄個不好，就會出兵攻打靈州……說不得到時候，鮮卑王素利會派人求援。公子何不趁此機會，出兵相助，駐守靈州呢？到時候，也就一切水到渠成。」

鮮卑王素利，不過是個傀儡。如今鮮卑真正做主的人，是洪都。

這個洪都，與曹朋關係極為親密，曹朋曾救過他的性命，而且一手把洪都扶到了部落大人的位子。

換句話說，洪都就是曹朋的人，只是並無太多人知曉。

曹朋心裡一動，沉吟不語。

片刻後，他輕聲道：「此事，我自有主張，你二人，莫再與他人提及。對了，孔明……我聽說你弟

噩耗

弟身體不好，是不是讓他回長安來呢？他學問甚好，又有施政經驗，我看可以在太學領個職務。叡皇子年紀也不小了，該就學了……我還是希望，能有一個明白人，傳授他學識。」

曹朋說的，是諸葛均。不過此時的諸葛均，對外還是名叫葛均。

本來諸葛亮歸附後，曹朋曾有意讓諸葛均改回原來的名字，但是被諸葛亮拒絕。如今看來，諸葛亮還是有先見之明。

知道諸葛均身分的人不多，除了少數心腹之外，便只有司馬徽知曉。然而司馬徽在去年已經過世，如此一來，諸葛均的身分知之者更少。就連如今河西郡太守胡班，與曹氏那麼親密，都不清楚諸葛均的來歷。

諸葛均學識好，也有謀略，再加上吾粲、吾彥等人以及甄氏族人的暗中相助，足以令曹叡高枕無憂。

諸葛亮大喜！把諸葛均調回來，也就代表著諸葛氏的利益將得到保證。

他連忙向曹朋道謝，「吾弟自然適合。」

「如此……就這樣吧。我一會兒要去我姐夫家中探望。他這人，太喜歡認真……當上個大理寺卿，本以為能輕鬆些，可而今看來，卻遠比當初做那並州大都督辛苦。我阿姐私下裡說過好幾次，我再不去探望，少不得又要被訓斥。」

諸葛亮和法正微微一笑，「公子只管去，一會兒幾位小公子也要上課了。」

曹朋點了點頭，便帶著王雙，離開了武信公府，直奔大理寺而去……

大理寺，位於新長安城朱雀門內。衙署氣象森嚴，格外莊重。這裡是執掌天下刑獄之所，也是大魏帝國司法命脈所在。

曹朋來到大理寺時，正好遇到馮超出門。

這馮超，也是鄧稷身邊的老家臣了！其父原本是海西縣縣令，後被海賊所殺。馮超帶著一干巡兵，為躲避追殺，不得不在山中為盜賊。後來是鄧稷前往海西為官，收服了馮超。憑藉一手出神入化的射術，很快站穩腳跟，並跟隨鄧稷從海西一路北上，在並州更立下了無數的功勳。

當初和馮超一起跟隨鄧稷、曹朋的人，大都已出人頭地。就連胡班，也做上了河西太守的位子。本來鄧稷返回長安時，有意為馮超做一個妥善安排。憑藉馮超的功勞，加上鄧稷的地位，哪怕是在五軍都護府安排一個要職，問題也不大。但馮超卻不願意，最終選擇和鄧稷一同來到長安。

而今，馮超在大理寺擔任司直，是一個不起眼的小吏。但整個大理寺都知道，這大理寺上至左右少卿，下至屬員，誰也開罪不得馮超。那是鄧稷的心腹！若不是不識字，不曉刑律，說不得也是個少卿的職位。

馮超的俸祿不多，但鄧稷給他的賞賜，卻不計其數。所以，他在長安也置辦了宅院，算是小有身家。平日裡就算是一些官員，也不敢得罪馮超。

「公侯，怎地深夜來此？」馮超連忙向曹朋見禮。

曹朋笑了笑，「我姐夫還在處理公務？」

「是啊，今日東都發來刑獄，牽連甚廣。老爺正在公房中查閱，我剛才勸他回去，也被斥責一頓。公侯來得正好，老爺這幾日太過操勞。你把他接回去，讓他好好休息一下為好。」

這侯府上下，恐怕也就馮超敢這麼說話。

曹朋點點頭，讓馮超領他去公房。

只見屋中燈光有些昏暗，鄧稷正伏在案上，翻閱公文。聽到有人進來，鄧稷頓時不耐煩吼道：「說過休要打攪，怎地還……咦？阿福你怎麼跑來了？是不是你阿姐又告狀了？」

鄧稷說著，起身繞過書案，把曹朋迎入房內。

曹賊

章十九
噩耗

馮超把燈光挑亮許多，而後與王雙出門守護。

回長安已經一年了，鄧稷看上去卻比之當初在並州時，還要憔悴瘦削。

曹朋不滿道：「姐夫，你這樣子可不成。勞逸結合，有張有弛才是正道。每日這般操勞，難不成想要我阿姐守寡嗎？你若再不注意，我就與陛下知，讓他罷了你大理寺卿職務。」

「正要回去，正要回去。」鄧稷不由得呵呵笑了。

他對這職位很在意……要知道，鄧稷最初學的便是刑律，後來機緣巧合，成為地方大員。可內心裡，他最希望去的地方，還是這大理寺的前身——廷尉。

可惜，他身有殘疾，一直不得如意。好不容易到了他心儀之地，自然廢寢忘食工作。不過他也知道，曹朋是為他著想。

給曹朋端來一杯蜜漿水，鄧稷坐下來，輕輕拍著腦袋，「非是我不願回去，只是這刑案太多……許多刑案要重新處理，所以有些忙碌。對了，你今晚怎麼來了？」

曹朋卻沒有立刻回答，而是在三思之後，問道：「姐夫，你覺得王雙如何？」

「王雙？當然不差。」鄧稷疑惑的看著曹朋，有些不太明白。

卻見曹朋從懷中取出一份名錄，遞給了鄧稷。那名錄上開篇有三個人，分別是王雙、史阿和祝道。名錄封面，寫著一個『闇』字。

鄧稷問道：「這是什麼？」

「我麾下闇士，而今共有八百七十三人，名字都在上面。這些人，忠心耿耿，只聽從我的命令。而今闇士分為兩部，一部在滎陽，都是些生瓜蛋子，派不上用場。而另一部分，也就是手中名冊上的這些人，我已秘密把他們安置在雞鳴山下，由史阿負責訓練……今日，這闇士，便一併交與兄長。」

鄧稷激靈靈打了個寒顫，緊張問道：「阿福，是不是出了什麼事？」

曹朋搖搖頭，起身又從腰間解下一塊金鑲玉龍珮，放在鄧稷面前。

「我準備離開長安。」

「什麼？」

「我記得當初我從高句麗離開時，曾有一位朋友，與我說了一番話：水滿則溢，過猶不及。也正因此，我才在益州之戰時，不肯奮勇爭先。先帝將我閒置，於我而言並無怨恨，反而暗生感激。可現在，我有天罡第一劍，更是先帝託孤重臣。拜大將軍，手握天下兵馬，即便是荀文若，在處理政務時，也要與我商議。可說是一人之下，萬人之上……然則高處不勝寒。」

「我有些害怕……害怕我權勢過重，會為我們的家招來禍事。我留在長安，就如同籠中之鳥。所以思來想去，唯有離開，才可以報家族興旺。不過我離開了，卻要姐夫多多費心。」

「小叡在宮中並不快活，更被四方所關注，此實非我所願……然則，當初把他過繼給了陛下，想要收回，卻不可能。我把闔士留給姐夫，請你好好保護小叡。小迪已經成親，不日將返回長安，我會設法讓他出任奉車都尉，在宮城內走動。伯約和伯龍，都已長大，可以暗中保護小叡。」

伯約，是姜維的表字。在姜維與向寵的保護下，曹朋可以稍微多安點心。

「總之，在我離開之前，我會盡力為小叡謀劃。但我離開之後，一切就要拜託姐夫你費心，護小叡周全。」

說罷，曹朋起身，向鄧稷深深一揖……

泰平二年初夏，北疆傳報，軻比能勾結丁零人和呼揭人，作亂靈州邊塞。

信城郡，遭遇鮮卑人攻擊。兩座村鎮被毀，死傷多達千人……

並州大都督曹洪即刻出兵救援，然則鮮卑人卻逃匿無蹤。曹洪暴怒之下，率部繞西海，強渡甘微河，

九十章 噩耗

試圖攻擊軻比能。可就在他準備發動決戰時，呼揭人突然自其後方出現，與鮮卑前後夾擊，大敗曹軍。幸得河西郡太守胡班，以及鮮卑王素利出兵救援，才算是把曹洪救出。

可這一戰，卻使得曹洪膽氣盡喪，竟率部退回並州，不敢再過問靈州事。

時，已初秋。

江東戰事，也出現了為妙變化。

龐德、周倉、羊衜，在經過初期磨合之後，再次向江東發動攻擊。與此同時，合肥曹真也指揮兵馬，與東吳軍血戰濡須口，斬東吳大將數人，大獲全勝。甘寧與杜畿，則在三江口集結水軍共五萬人，大小舟船共千餘艘，與江東水軍對峙。

在江夏督戰的曹彰，得知曹洪戰敗消息後，也是大吃一驚。

「當命何人迎戰？」

黃權和鄭度相視一眼，上前道：「與軻比能交戰，非大將軍不足以取勝。」

「你是說……」曹彰有些猶豫。

鄭度鼓足勇氣，再次上前一步，「其實命大將軍出征，於陛下和大將軍都有好處。臣也知道，陛下和大將軍甚親密……然則，陛下而今已非當年太子，乃天所命。大將軍功勞卓絕，無人可比，若留在長安，早晚必有齷齪。倒不如讓他去靈州，一則可以穩定局勢，二也可以使陛下與大將軍永存友誼，總好過將來有一日，陛下和大將軍反目。」

「混帳東西，焉敢如此說話！」

曹彰勃然大怒，拔劍就要砍了鄭度。幸好黃權、張任等人勸諫，總算是勸說住了曹彰。但最終，還是把鄭度趕出行宮。

「伯年今日說話，怎地如此不小心？」張任負責驅趕鄭度，在行宮外忍不住說道：「你明知陛下和大將軍親密，卻說出這種話，豈不是故意觸怒大將軍？他日若被大將軍知曉，你……」

鄭度卻笑了！

他輕聲道：「大將軍只會感激我，而不會責怪我。公保，難道你看不出來嗎？陛下心裡，其實對大將軍還是有些忌憚，否則此次江東之戰，陛下大可不必御駕親征，只須命大將軍督戰即可。偏偏陛下選擇御駕親征，這說明他心裡也在為難。不出三日，必有詔令：命大將軍北上。想必，這也是大將軍所希望的結果……留在長安，早晚必將會有齷齪。」

張任聽聞，不禁默然。

不出鄭度所料，就在第二天，曹彰便傳出詔令，拜曹朋為靈武王，都督靈州戰事，即刻赴任。詔令一出，頓時又引來了一陣爭議。要知道，自曹彰登基以來，未有人封王。如今曹朋，是第一個被封王之人，而且還是一個統兵的王侯，自然令人深思。

但對於曹朋而言，這樣的結果無疑最好。

接到了詔令之後，曹朋立刻開始準備。

也就在此時，三江口大戰終於爆發。雙方動用舟船近五千之多，封鎖了整個水面。馬達統帥江東水軍，試圖攻占三江口。一來，這三江口占領後，江東水軍可直入荊南，威脅曹軍後方。同時，水軍占據優勢，可以憑藉大江天塹，與曹軍周旋一二。

這一場大戰，雙方可說都準備日久。

甘寧、杜畿自接掌水軍以來，日夜操練，所為就是今日。

從雙方兵力而言，不相伯仲。江東水軍三萬人，曹魏水軍四萬餘眾。在開戰之前，雙方都做好了血戰的準備。

泰平二年八月初十，雙方在大江之上，展開了殊死的搏殺。

曹賊 章十九

噩耗

戰局剛開始，東吳水軍占據了上風。然則從第三天開始，一百八十艘建安級龍骨樓船自洞庭湖殺出，加入戰團，一下子扭轉了戰局。第三天、第四天……東吳水軍在曹魏樓船的衝擊下，加之配備在樓船上的八牛弩肆虐，漸漸落入下風。一艘艘艨艟被攔腰斬斷，一艘艘戰船被八牛弩轟擊，整個江面喊殺聲震天，到處漂浮著舟船殘骸。

隨著東吳水軍節節敗退，馬達試圖收兵，穩住陣腳。

可變故，就在這時候發生了……

十餘艘江東戰船突然倒戈，朝著東吳水軍發動了攻擊。而這十餘艘戰船的主將姓陸，名叫陸飛。原本是陸氏私兵，後被陸氏送入水軍，多年來一直勤勤懇懇。陸飛臨陣倒戈，對江東水軍帶來的影響，難以估量。

剎那間，東吳水軍徹底混亂……

甘寧見此情況，立刻下令猛攻。

他親自接見了陸飛，從陸飛口中得知：曹朋與陸遜已聯繫了很多年……三江口大戰爆發前夕，陸遜派人告知他，可視戰況而定，或戰，或降！

甘寧聽聞，不由得心生感慨。

他私下與杜畿說：「我等看十步，而陛下看十里……然則今日方知，公子已視千里之遙！」

泰平二年八月中，江東水軍在三江口，全軍覆沒。

緊跟著，桂陽太守陸遜突然出手，宣布歸附曹魏。他歷數孫權十大罪責，起兵造反，攻克湘鄉。正在泊羅江督戰的太史慈聽聞消息後，不由得仰天長嘆。

當晚，孫紹隻身渡泊羅江入東吳軍營，說降太史慈。太史慈經過再三考慮，最終決意起事。他連夜返回臨湘，將正在督戰的徐盛斬殺，而後與陸遜合兵一處，讓出長沙，直撲廬陵。三日後，廬陵失守。

江東水軍失利，太史慈和陸遜造反！

整個東吳，頓時惶恐起來……

曹彰趁機下詔，督大軍自江夏出擊，向東吳發動猛攻。

此時，東吳大勢已去。然則孫權卻不甘心就此落敗，反而集中兵力，準備和曹彰決死一戰……

十月，二十艘巨高級樓船，出現在吳郡沿海。吳縣豪強顧雍趁勢起兵，宣布與孫權決裂，迎曹魏大軍登陸。

十一月，會稽郡賀齊在山陰起兵，號迎接桓王之子還鄉，會稽郡隨之大亂。

整個江東，在短短數月間，似乎已變得難以控制。

接著，龐德攻克丹徒之後，揮軍南下，攻克曲阿。

孫權這一次，真的慌了！

轉眼，已十二月。

曹朋已抵達靈州，在信城郡召五十府兵馬，虎視鮮卑。

軻比能連忙派人前來求和，卻被曹朋拒絕。雙方在十一月時，於狼居胥山發生了一場血戰。曹朋以兩位老將軍黃忠、嚴顏為先鋒，又命沙摩柯和趙雲為左右兩路兵馬主將，從朝陽初升，直廝殺至夜幕降臨……鮮卑人抵擋不住曹軍的攻勢，終於潰敗而走。

曹朋順勢，命黃忠和嚴顏追擊，攻占了鮮卑王庭。軻比能狼狽而走，逃入丁零求助。

與此同時，呼揭人也不甘寂寞，與漠北匈奴聯手，意欲救援軻比能。然則素利在洪都的唆使下，出兵阻攔。軻比能敗北之後，呼揭匈奴聯軍立刻撤退。可是，曹朋又怎會輕易放過兩方人馬？他率部渡過甘微河，同時又發出徵召令，徵召幽州、並州兵馬。

章十九

噩耗

曹洪得知曹朋大勝，二話不說，調並州五十府兵馬參戰。而幽州大都督曹純，也徵調三十府兵馬，連同遼東大行府兩萬兵馬，以及呂漢三萬兵馬，合計八萬人參戰。

只是，誰也沒想到，呂漢派出的主將竟然是他們年不足十歲的王子，曹念！

十六萬大軍，集結於甘微河。涼州、幽州、並州三地糧草，紛紛向信城郡輸送。

曹朋擺明立場，不幹掉呼揭人，不會甘休。

一時間，呼揭人感到徹骨寒意……

富春，程府——

程普看著風塵僕僕、一臉疲乏之色的諸葛瑾，也是頗為痛心。

大好局面，竟然在轉眼間喪失。

怪誰呢？怪那個馬達嗎？

至少在三江口之戰中，馬達並沒有露出什麼破綻，甚至說指揮極為得當。

怪孫紹？怪太史慈？

誰都怪不得……

「陸伯言，何以起事？」

程普突然開口詢問，卻讓諸葛瑾不知從何說起。

「這話，說起來就長了……似乎要從桓王時談起。」

諸葛瑾倒是多多少少知道一些緣由，於是向程普解釋了一遍。當年陸遜大婚出事，看似沒什麼大礙，可是這禍根卻已經種下……顧、陸兩家看似對孫權忠心耿耿，實則這心裡面怨恨不已。他們甚至交出了私兵，所為就是今日。

至於薛綜……也只是個導火索罷了！

「老將軍，請看在武烈皇帝情分上，再幫陛下一次吧。」諸葛瑾苦苦哀求。

如今，魯肅在丹陽苦苦支撐，但早晚必敗。而隨著吳郡會稽作亂，孫權已無法控制局面，唯有請出程普、黃蓋這些老將，穩定軍心，否則必敗無疑。

不得不說，程普對東吳的感情，很深。雖然之前對孫權的所作所為失望，可是在思忖良久之後，還是決意出山。

泰平三年正月，曹彰攻入廬江郡。

龐德占領句容，而曹真則攻克石城，對建康形成夾擊之勢。與此同時，曹魏海軍在吳郡登陸，與賀齊會合，占據吳縣。孫權見大勢已去，棄建康而走，逃往余杭。同時，程普在富春徵召健卒三千人，與黃蓋重新出山。魯肅死守湖熟二十餘日，二月城破，魯肅戰死……

魯肅雖然死了，卻給孫權爭取了足夠的喘息時間。

孫權又強行徵召山越萬餘人，憑家鄉之利，誓要與曹彰決戰。

五月，曹彰親率大軍，征伐孫權。

江東之戰，看似進入尾聲，卻不想諸葛瑾設計伏擊，使得曹彰身中毒箭，險些喪命。幸好隨軍醫生有華佗在，挽回了曹彰性命。只是如此一來，曹彰已無力繼續親征，只得退回建康督戰。

不得不說，與西川相比，吳人性烈。程普、黃蓋等人在錢塘與曹軍血戰半載，直至泰平四年正月，才被攻破城池。兩位老將，戰死錢塘。

曹彰命人說降孫權，卻被孫權拒絕。孫權集結了最後一部分兵馬，和曹軍繼續周旋。

泰平四年五月，陸遜攻克交趾。交趾太守陸績將兵馬盡數託付陸遜，自交州向余杭發動攻擊。

章十九

噩耗

泰平四年十月，余杭告破。孫權在城破之時，將妻兒斬殺，而後縱火焚燒行宮，自盡於火場之中。

原本以為會是一場順利的戰事，曹彰集結了無數兵馬，耗費錢糧甚巨，幾乎把曹操生前積攢下來的本錢全都投進了江東之戰。沒有人會想到，這一場大戰竟整整持續三載。

曹彰勝利了！

但卻是慘勝……

而此時，曹朋已經攻克阿巴坎，占領了堅昆。

曹魏黑龍旗，飄揚在後世的吉爾吉斯坦境內。在曹朋面前，只剩下一個丁零……

泰平六年，仲秋。

曹魏大軍攻占北海，也就是後世的貝加爾湖。

飲馬北海，曹朋的心情無比愉悅。獅虎獸快活的奔走於北海畔，發出連連嘶鳴。

這裡，如今還是一片蠻荒。但是曹朋卻從這無盡的蠻荒中，看出了無限光明。

「大王、大王……」

就在曹朋準備上馬返回營寨的時候，忽聞有人呼喊。舉目看去，只見一騎疾馳而來，馬上是一員小將——是曹其，曹性的孫子。

曹其在曹朋身前勒馬，從馬背上翻身下來。「長安來使，請大王接旨。」

曹朋一怔。自他出征以來，很少與長安聯繫，每次捷報傳回去，他便不再過問。這怎麼突然間，長安來了使者？

曹朋連忙帶著人，返回大營。

那使者，卻是個熟人，中常侍越般。

五年不見，越般可是蒼老許多，見到曹朋之後，忙上前行禮問安。

「越常侍，你我是老熟人了，休要多禮……長安是不是發生了事故？」

越般聽聞，不由得頓時面露悲色。他點點頭，輕聲道：「陛下，快不行了！」

「什麼？」曹朋嚇了一跳。

曹彰如今才多大年紀？似乎還不到而立之年吧……這年歲，正是龍精虎猛的年紀，怎麼會突然間不行了？

越般則輕輕嘆了口氣：「陛下當初征伐孫權，被山越毒箭所傷。雖然有元化先生醫治，但並未能把毒清除乾淨……回朝之後，更每日操勞，一如當年先帝。前些時候，大王傳來捷報，說是攻占了北海，俘虜了丁零王，還斬殺了軻比能。陛下當時非常開心，便擺酒設宴……」

「酒席宴上，陛下還說：丁零一滅，就可以與大王團聚。哪知道沒幾天，身子就垮了。之後一病不起，神智也顯得極不清晰……太后和甄昭儀，承受了很大壓力。環太后和鄴侯不停唆使陛下傳位，好在被太后阻止……太后和荀丞相商議後，認為大王必須儘快返回長安，穩住局勢，否則這大魏朝危矣。」

曹朋臉色，頓時變了！

他二話不說，立刻道：「傳孤命令，孔明和孝直留守北海，興建城池，穩固局勢。黃忠、嚴顏、趙雲、沙摩柯立刻點起兵馬，隨我返還長安。」

「爹爹，那我呢？」曹念一聽曹朋要走，頓時急了，連忙詢問。

曹朋伸手，揉了揉曹念的腦袋，輕聲道：「念兒便隨我，一同回長安吧。」

章二十 雨後天晴

已經過了年關，進入新年。

長安城內卻沒有半點喜慶氣象，似籠罩在陰霾中。天還沒有黑，便城門緊鎖；皇城之中，更是守衛森嚴，透出一股肅殺之氣。

曹叡依偎在娘親的懷中。不過，不是他的親娘甄宓，而是他過繼後的娘親。

現在已是泰平七年，也就是西元二二〇年。在原有的歷史中，曹操就死於這一年。可現在，曹操已屍骨無存，永駐雞鳴山，守護大魏的江山。

然而歷史的車輪，還是要在這一年奪取一位帝王的性命。

那就是曹彰！

曹叡，今年十五歲了。七年的皇室生活，讓他有著比同齡人超乎尋常的成熟。

紫宸閣中，燈火昏暗。卞夫人痛哭失聲，伏在榻上幾欲昏厥。那榻上，正躺著一個人……身穿帝王冕服，形容安詳，彷彿睡著了一樣。

他，便是曹彰！那被曹叡稱之為父皇的帝王。然則此刻，曹彰一動不動，再也沒有往日的龍精虎猛。

「陛下，你怎地就這麼走了！」卞夫人悲呼，淚水濕透了衣衫。

這是個苦命女子，出身娼門，嫁與曹操。先失愛子曹丕，後失夫君曹操，如今再失愛子。這接連的打擊，讓卞夫人再也無法承受。白髮人送黑髮人的痛苦，她已承受過一次，可是現在，她又要再承受一次……

甄昭儀也是痛哭不止！她與曹彰琴瑟相合，本來曹彰已經準備把她扶立為皇后，卻不想一病不起。而曹叡，則瞪著一雙烏溜溜的大眼睛，看著曹彰。

紫宸閣外，吾彥執矛而立，虎目圓睜。

年僅十九歲的吾彥，已有八尺靠上的身高，生得虎背熊腰，一派威武模樣。他從小和曹叡一起長大，如今已經成為皇城侍衛，專門保護曹叡。他天生神力，武藝高強，在皇城侍衛當中號稱『猛虎』，無人可敵。吾彥知道，此時此刻他需要打起十二萬分的精神。

「太后，請暫止悲聲。陛下駕崩，必難隱瞞……明日朝會時定昭示天下，如此一來，妳我危矣。」

甄昭儀輕聲勸慰，總算是讓卞夫人冷靜下來。

自從曹彰病倒以後，曹氏諸子又開始蠢蠢欲動。曹沖自不必說了，他與曹彪、曹據、曹宇相互勾結，已形成一派勢力；就連曹彰的親生弟弟曹植，也顧不得曹操與他的天閑之號，匆匆返回長安興風作浪……面對皇位，再親的兄弟也會反目成仇！

卞夫人真的不知該如何是好。

曹操生前便說過：子建不堪大用，倉舒過於涼薄。若子建繼位，則江山危矣；若倉舒繼位，則諸子難生……唯有子文，可堪重任。

可惜，這天下方一統，不過兩年，曹彰便走了！

如果曹彰有子嗣，也罷了……偏偏他膝下三女，卻無男丁。唯一的男丁還是從曹朋膝下過繼，便是

章二十
雨後天晴

曹叡。

本來依照著卞夫人的想法，曹彰年紀不大，早晚會有兒子。不成想，江東毒箭令他一下子垮下來。雖然返回長安後，也臨幸了不少女子，可是卻始終未有結果。這也使得卞夫人感到非常為難。

讓曹植繼位？

可是曹操說過，他不堪大用。

對於自己的這個兒子，卞夫人也很瞭解。吟誦詩賦，曹植才學無雙；可如果論及治理天下，曹植過於理想化，遠不如曹彰腳踏實地。曹沖，就更不要說了！若他繼位，恐怕諸子當中沒幾個人能得善終。而唯一合法的繼承者曹叡，偏偏是過繼而來。

這讓卞夫人猶豫不決。

可是，曹彰的死訊，勢必無法隱瞞。

這繼承者的人選，也必須要儘快選出來。國不可一日無此君！若長久空置，必然會引發動盪。卞夫人不由得把目光掃向了甄昭儀懷中的曹叡。

卻見曹叡眼中含著淚，面帶悲戚之色。

這，究竟該如何選擇？

「靈武王，而今何在？」

甄昭儀愣了一下，輕聲道：「越般已走了三個月……按道理說，已經見到了靈武王。不過，據說靈武王此次北征，擴疆域萬里之遙。據說是在什麼北海……我記得陛下給那北海賜名為福海，距離極是遙遠。」

「他……能趕回來嗎？」

甄昭儀看了看懷中的曹叡，向卞夫人使了個眼色。

「元仲，在這裡陪你父皇……娘已經讓人找來伯龍還有仲龍，估計過一會兒就會過來。」伯龍，就是曹陽。而仲龍，則是步鸞之子曹允，今年十六歲，比曹叡大一歲，在去年時出任皇城旁門司馬之職。

曹叡和曹陽、曹允關係很好，另外尚有城門司馬姜維，也極為友善。除此之外，曹叡走得比較親近的，尚有傅僉，年十四歲，長安令鄧艾，年二十歲，城門司馬鄧全，年十四歲……當然了，還有此刻正在大殿外守護的吾彥。

曹叡點點頭，默默走到龍榻邊上坐下。他伸出小手，為曹彰掖了一下身上的明黃色綢褥。

甄昭儀和卞夫人看在眼裡，不由得輕輕點頭。

「昨日子廉大都督呈報，靈武王十天前已經抵達龜茲，估計返回長安至少要十餘日。問題是，臨淄侯和鄴侯都不會給我們這個時間。太后要早做好準備，否則明日一早，一旦陛下……朝堂上必然混亂。」

「這個……」卞夫人猶豫不決。

半晌後，她輕聲道：「元仲，合適嗎？」

甄昭儀咬著嘴脣，「元仲登基，妳我尚有活路；若倉舒登基，只怕安樂宮裡的那位，不會讓妳我好過。不過，元仲想要登基，也是困難重重。」

卞夫人沉吟不語。

夜色深沉，驀地下起了小雨。

卞夫人打了個寒顫，突然下定決心，咬牙道：「無論如何，也要撐到靈武王回還！」

「正當如此！」甄昭儀暗地裡長出了一口氣。

正如甄昭儀所猜測，曹彰的死訊，無法隱瞞。

十二章
雨後天晴

第二天，伴隨著皇城裡銅鐘敲響，也昭告了曹彰歸天的消息。一時間，長安大亂。好在荀彧、郭嘉等人尚在，迅速穩定局勢。旋即，曹彰的葬禮商量妥當，並在皇城中設立靈堂。

曹彰死了，誰可接掌皇位？

曹彰無子，只有一個過繼的兒子……而曹氏諸子，又豈能眼睜睜看著曹叡登上皇位？

於是在當天，曹植便在朝會上提出了疑問。

也許在他想來，卞夫人一定會推他出來。可是有曹操那一句話，卞夫人怎麼也不可能同意。

「今陛下駕崩，國不可一日無此君。先帝曾有詔，臨淄侯做個逍遙侯爺……難不成臨淄侯忘記了嗎？本宮以為，鄴侯年二十有四，正是精力旺盛之時。況乎他為陛下之兄弟，由他來接掌皇位，也正合適。不知諸位大人，以為本宮所薦如何呢？」

環夫人話音未落，就見曹彪跳出來：「由五皇兄接掌皇位，最合適……本侯亦贊同，哪個反對？」

這曹彪，生就魁梧，相貌頗與曹操相似。一雙細目，面色黝黑，透出濃濃殺氣。

滿朝文武，皆緘默不言。

荀彧微微一笑，「濮陽侯所言極是……不過，陛下屍骨未寒，便這般急於選繼位人，於陛下恐怕不敬。再者說了，誰人繼位，不是嗓門大便可以決定。這件事，最好還是好好商議，莫要因此而壞了皇室的和氣。先帝，最重此事。」

曹彪的嗓門很大，被荀彧不痛不癢的刺了一句，頓時大怒。他剛要發作，卻被曹沖攔住。

「丞相所言極是，不過母后方才說了，國不可一日無君。若不能早些選出繼任者，只怕天下人不安……所以本侯以為，還是先選出合適人選，以穩定人心。哪怕登基稍稍推遲，也不是不可以嘛。」

荀彧的面頰微微抽搐，但臉上依舊帶著淡淡笑容。

他扭頭向郭嘉看去，郭嘉立刻會意。

「鄴侯言之有理，但先帝駕崩時，曾託孤於靈武王。今陛下不幸仙去，繼任者之人選，最好還是待靈武王返回後，再做定奪。」

曹沖的臉色頓時變了。他下意識的向曹叡看去，眼中透出一抹凶光。

曹叡本能的縮了縮身子，可是當他看到立於身後的曹陽等人，頓時來了膽氣：「鄴侯，你何故在長安？」

「啊？」

「我記得父皇曾有詔，不得旨意，鄴侯不得返回長安。母后，父皇可詔鄴侯還都嗎？若是沒有，鄴侯可是抗旨不遵啊！」

稚嫩的聲音，在大殿中迴盪。

荀彧眼睛一亮，心中暗自稱讚。而曹沖則臉發青，惡狠狠的瞪著曹叡。

曹彪勃然大怒，「乳臭未乾的小子，此地焉容你放肆？」他長身而起，大步便走向了曹叡。

吾彥、曹陽、曹允、姜維四人，立刻橫身擋住了曹彪：「濮陽侯，你欲如何？」

曹叡也呼的站起身來，厲聲道：「濮陽侯，父皇屍骨未寒，你便如此放肆，可知罪嗎？」

小一輩的交鋒，令環夫人插不上話。而卞夫人和甄昭儀也一言不發。

曹彪怒道：「小子安敢如此無禮？某家便放肆了，誰敢治我罪名？」

話音未落，忽聽大殿外傳來一個洪亮聲音。

「旁人治不得你，孤治你如何？」

說話間，就見一人大步流星走進大殿。

在他身後，越般亦步亦趨。後方，百餘名身披金甲的持戈武士呼啦啦湧入殿上。更有兩位老將軍，一人懷中捧著一口鋼刀，龍行虎步，殺氣逼人。

曹賊

十二章
雨後天晴

兩位老將走進大殿，朝兩邊一立。而那開口說話之人，則快走兩步，來到大殿上，朝著殿中靈柩伏身一拜，失聲痛哭：「陛下，臣緊趕慢趕，還是晚了一步！」

此人一出現，大殿內群臣頓時騷動起來。

荀彧和郭嘉則面露喜色，相視一眼，忙起身迎上前去，「靈武王，怎來得如此快？」

「為趕回長安，孤跑死了三匹汗血寶馬。哼哼，莫以為一個蕭關便可以擋住本王歸途。本王要來長安，卻非小小關尉可以阻攔！太后，今陛下駕崩，確實突然。剛才鄴侯說『國不可一日無君』，本王深以為然。陛下雖未立嫡，然父死子繼，乃天經地義。臣舉薦武功侯曹叡，諸位大人，誰贊成，誰反對？」

來人，正是曹朋。

自接到消息後，他日夜兼程，趕回長安。途中雖有小小阻礙，但正如曹朋所言：我要通行，誰個敢阻？

曹朋這突然出現，令朝堂上的氣氛頓時生出變化。先前還張狂的曹彪等人，頓時偃旗息鼓。曹朋那一身風塵，卻無改他磅礴氣勢。往大殿裡一站，虎目環視，群臣頓時閉口，一個個鴉雀無聲。

曹叡的眼睛，一下子紅了！

爹爹！

爹爹他，終於回來了……

荀彧和郭嘉兩人相視，旋即起身道：「武功侯少而聰敏，確實適合繼任。」

而一旁的夏侯惇也旋即起身：「非武功侯，無人可以繼任。」

夏侯淵道：「武功侯，的確適合。」

「靈武王推薦，亦臣心中所想。」曹仁說罷，朝曹朋一笑，又闔上眼睛。

「武功侯最適合！」前將軍徐晃道。

「臣附議。」陳群開口。

大殿上，一直在一旁默不作聲、環胸而立的典韋，則站出來厲聲喝道：「先帝傳位於陛下，乃陛下為先帝之子；今陛下駕崩，自當傳於子嗣，何來兄死弟即之說？難不成，我中原也要學那胡人……豈不是連老娘也要一起要走？真個是不成體統！武功侯最適合，仲康以為呢？」

典韋是出了名的混不吝（注：啥都不在乎）。他這麼一說，可就牽扯到了文化傳統。

環夫人滿面通紅，怒視典韋。不過典韋卻毫不在意。

許褚搔搔頭，「君明說話真個粗鄙，讀這許多年書，卻還是不成體統。不過，你剛才那些話，倒也有理。陛下明明有子嗣，何故諸君視而不見？」

尼瑪，你能不能再不要臉一點？

群臣心中怒罵：你剛才不也像個縮頭鵪鶉一樣！這會兒靈武王回來了，你便跳出來。你跳出來也就罷了，還把我們扯進來，豈不是讓靈武王心生誤會？這虎癡，端地不為人子……

曹沖呆愣愣的看著眼前這一幕。之前表示支持他繼位的那些大臣，隨著曹朋出現，一個個都改變了主意。

五年！

曹朋遠離長安五年，可這聲名依舊。

曹閻王的名號，依舊帶著無人可比的震懾力。

而他這一回來，此前一直沒有表態的福系人馬，也都一個個跳將出來。

沒錯，曹朋看似孤身而來，可這滿長安，門生故吏無數……

城門校尉郭淮，出自他門下；越騎校尉王平、射聲校尉張嶷，也都是他門下；還有執金吾吾粲等人，以及散落各地的太守、大都督……就連曹彰的親信鄭度、黃權、劉巴、張任，也都贊成曹朋的舉薦。這種威望，何等驚人？

不是他們之前不肯表態，而是他們還不清楚曹朋的態度。

曹朋上前向卞夫人一揖，「太后，國不可一日無君！請皇子登基，以定人心。」

卞夫人看此局面，哪裡還能不清楚狀況？

沒錯，曹朋不在長安，但曹朋與長安的聯繫卻從未斷絕。

就在這時，鄧稷大步走進大殿。他帶來了一份名單，上面全都是之前答應扶立曹沖的朝中大臣。

「臣已抄查其家中，發現鄴侯矯詔數封，故特來請太后定奪。」

矯詔？

那就如同造反！

曹沖的臉青一陣、白一陣，半天說不出話來。

半晌後，他突然笑了！

「靈武王，你欲如何處置我？」

「處置二字，未免過分……鄴侯不過是受人唆使，方有今日舉動。先帝生前，最不喜家中生亂。臣不敢處置鄴侯，只請鄴侯移駕扶餘郡，震懾那異族宵小，不知可否？」

扶餘？那如同蠻荒！雖然這些年發展變化不少，卻仍是苦寒之地。

「不可以！」環夫人大叫，起身要阻攔。

卻見曹沖慘然一笑，「母親，欲兒死乎？」

妳不讓我去扶餘，那我只有死路一條……

他突然轉身，看著曹朋，半晌後壓低聲音道：「老師，若建安九年，沖能仗義執言，會是什麼結果？」

曹朋愣住了！

「倉舒，你若仗義執言，便非是倉舒了。」

說這些，還有用嗎？

曹沖慘笑一聲，轉身離開了大殿。

而曹植，則臉色蒼白。

曹朋環視大殿中眾人，深吸一口氣，大步走到曹叡身邊，伸出手，「請武功侯登基！」

那隻小手，被一隻大手緊緊握住。

曹叡腦海中，突然浮現出五年前曹朋離開長安前夜的話——

「我兒，無論何時，你終是我兒……爹爹怎樣都不會讓你受委屈。若我兒受了委屈，爹爹哪怕遠隔千山萬水，也會來到我兒身邊做主。」

爹爹沒有騙我！

曹叡想哭，卻知道此時不可以哭。他隨著曹朋登上玉階，來到那龍椅前方。

「請陛下登基。」曹朋在一旁，躬身一禮。

滿朝文武同時高呼：「請陛下登基！」

那呼喊聲，令曹叡一驚。但是當他看到一旁的曹朋，還有玉階下朝他躬身行禮的曹陽、曹允、姜維、吾彥時，慌亂的心情一下子平復下來。

我有爹爹，我又懼怕什麼？

曹叡學著剛才曹朋那般模樣，深吸一口氣，在龍椅上坐下，沉聲道：「眾卿，平身！」

一場動盪，就伴隨著曹朋的歸來，化為無形。

章二十
雨後天晴

泰平七年正月，曹叡登基，史稱魏昭文皇帝！

曹叡改元泰平年號為大正年號，旋即冊封文武百官，並下令赦免天下。

大正二年，時為扶餘侯的曹沖在扶餘病逝，享年二十五歲。有人說，曹沖是鬱鬱而終；也有人說，曹沖是死於曹朋之手……眾說紛紜，難以辨清。

同年，環夫人在皇城內出家，直到十年後，才病死於曹叡為她建造的琅琊宮中。死後，環夫人的陵墓就建在曹沖墓穴一旁，史稱武皇后。

又三年，卞夫人薨於安樂宮中，史稱文皇后，葬於曹操陵墓一側。

大正三年，呂漢歸附，將曹叡的威望推到頂峰。

曹叡在呂氏漢國設立六郡，而後封呂氏漢國國主曹念為韓侯。

總體而言，在大正最初十五年間，大魏朝堂上氣象萬千，一派勃勃生機。

曹朋拜魏武王，常駐長安。不過，他並未過多去干涉朝政，大多數時間都陪著父母妻兒。

大正十五年，張氏和曹汲雙雙病逝。曹朋藉此機會辭去大將軍一職，扶父母靈柩返回南陽中陽山，將父母葬於中陽山中。

也就是在這一年，魏文帝曹叡正式廢丞相一職，設立內閣。

同年，曹叡改年號大正為大統，開始了全新的改革。

此時的大魏朝堂，老一輩人紛紛退隱。荀攸和程昱相繼病逝，賈詡和荀彧也隨之歸隱。當年曹操五謀主中，唯有郭嘉尚在朝堂，但也很少過問政務。而諸葛均、龐統、步騭等一干人員，紛紛走進中樞。曹陽和姜維更以三十歲年紀，入內閣中樞。

次年，蔡琰病逝……

時光飛逝，轉眼又是十年。

伴隨著大魏政權穩固，曹叡在位已有二十五年。

從一個稚嫩的小皇帝，成為大權在握、獨斷朝綱的明主。也就是在這一年，曹叡正式立道教為國教，為大魏朝掀開了全新的一頁。

而這一年，曹朋六十歲！

「阿福，有時候我在想，你究竟是誰？」

一艘巨高級龍骨海船，在海面上乘風破浪。

黃月英倚在曹朋的身上，身後的步鸞諸女正聚在一處，推著麻將嬉鬧。

「我？」曹朋聽聞一怔，啞然道：「我不就是我……妳的夫君，還能是誰？」

「可是我依然覺得，你身上有無數秘密。知道嗎？就是你那種神神秘秘，使得妾身感覺好奇……就因為好奇，才嫁給了你。可是到現在，妾身還是看不透你！因為在你身上，依舊滿是神秘。」

「看不透，就說明妳不夠努力。沒關係，我今年才六十，咱們有足夠的時間讓妳瞭解……哈哈哈哈！」曹朋說著，忍不住大笑起來。

「王爺，快看！」

就在曹朋仰天大笑的時候，忽聽有人叫喊。

順著那人手指的方向看去，遠處有船隊正緩緩而來。

「是杜將軍的船！」

「是嗎？難道說，杜將軍已經打下那扶桑島了嗎？」

「必是如此……那區區蠻夷，又豈能是杜將軍對手？再說了，還有傅將軍和姜維將軍，那些蠻夷怎能討好？」

十二章
雨後天晴

曹朋笑了！

他扭頭對黃月英道：「此前伯約來信說，俘虜了那倭人女王卑彌呼……想來是得勝而歸，咱們迎上去，且看看那位倭人女王，究竟怎生模樣？」

黃月英眼睛一瞪，「怎地又生了花俏心思？」

曹朋一怔，放聲大笑。他摟著黃月英那已不復苗條的腰身，又看了一眼身後諸女，輕聲道：「我家夫人就算再過二十年，也比那番婆子強百倍。」

一句話，說得黃月英滿面羞紅，透出小兒女的模樣。

恍惚間，曹朋好像又回到了那個細雨靡靡的日子……一條狹窄的長街上，她手裡持著一支竹簦，站在長街中央，正大聲的呼喚：「阿福！」

摟著黃月英的手臂緊了緊！

曹朋彷彿自言自語：「我在這裡，我就在這裡！」

【曹賊　第二部卷十　天命魏武永昌　完】

《曹賊》第二部　全文完

《曹賊》正式完結，感謝您一直以來的支持與鼓勵！

全套二十卷，全國各大書店、租書店、網路書店持續熱賣中！

狂狷文庫020

曹賊(第二部完) 10-天命魏武永昌

出版者■典藏閣
作　者■庚新（風回）　繪　者■超合金叉雞飯
總編輯■歐綾纖
製作團隊■不思議工作室
郵撥帳號■50017206 采舍國際有限公司（郵撥購買，請另付一成郵資）
台灣出版中心■新北市中和區中山路2段366巷10號10樓
電　話■(02)2248-7896　傳　真■(02)2248-7758
物流中心■新北市中和區中山路2段366巷10號3樓
電　話■(02)8245-8786　傳　真■(02)8245-8718
ISBN■978-986-271-411-9
出版日期■2013年10月

全球華文國際市場總代理／采舍國際
地　址■新北市中和區中山路2段366巷10號3樓
電　話■(02)8245-8786　傳　真■(02)8245-8718

新絲路網路書店
地　址■新北市中和區中山路2段366巷10號10樓
網　址■www.silkbook.com
電　話■(02)8245-9896
傳　真■(02)8245-8819

曹賊. 第二部 / 庚新作. — 初版. — 新北市 :
華文網，2013.01-2013.10
冊；　公分. --(狂狷文庫系列)
ISBN 978-986-271-388-4(第8冊 : 平裝). --
ISBN 978-986-271-396-9(第9冊 : 平裝)
ISBN 978-986-271-411-9(第10冊 : 平裝)
857.7　　101024773

☞**您在什麼地方購買本書？**☜

1. 便利商店（________市／縣）：☐7-11　☐全家　☐萊爾富　☐其他________

2. 網路書店：☐新絲路　☐博客來　☐金石堂　☐其他________

3. 書店（________市／縣）：☐金石堂　☐誠品　☐安利美特animate　☐其他________

姓名：________地址：________

聯絡電話：________　電子郵箱：________

您的性別：☐男　☐女　　您的生日：西元________年________月________日

（請務必填妥基本資料，以利贈品寄送）

您的職業：☐上班族　☐學生　☐服務業　☐軍警公教　☐資訊業　☐娛樂相關產業
☐自由業　☐其他________

您的學歷：☐高中（含高中以下）　☐專科、大學　☐研究所以上

☞**購買前**☜

您從何處得知本書：☐逛書店　☐網路廣告（網站：________）　☐親友介紹
（可複選）　☐出版書訊　☐銷售人員推薦　☐其他________

本書吸引您的原因：☐書名很好　☐封面精美　☐書腰文字　☐封底文字　☐欣賞作家
（可複選）　☐喜歡畫家　☐價格合理　☐題材有趣　☐廣告印象深刻
☐其他________

☞**購買後**☜

您滿意的部份：☐書名　☐封面　☐故事內容　☐版面編排　☐價格　☐贈品
（可複選）　☐其他

不滿意的部份：☐書名　☐封面　☐故事內容　☐版面編排　☐價格　☐贈品
（可複選）　☐其他

您對本書以及典藏閣的建議________

____

____

✌未來您是否願意收到相關書訊？☐是　☐否

✍**感謝您寶貴的意見**✍

印刷品

$3.5
請貼
3.5元
郵票
不思議信箱
FUSIGI POST

235 新北市中和區中山路二段366巷10號10樓

華文網出版集團　收

（典藏閣－不思議工作室）

三國風雲之

曹賊

第二部完

卷之拾

天命魏武永昌

庚新（風回）著

超合金叉雞飯 繪